5.-



BASTEI
LÜBBE

# Ursula Burkowski

# Die Lackfrau

BASTEI LÜBBE

BASTEI-LÜBBE-TASCHENBUCH
Band 12671

Originalausgabe

Printed in Germany Juni 1997
Einbandgestaltung: Manfred Peters
Titelfoto: Transglobe/Attard
Satz: Fotosatz Manfred Schöning, Wiehl
Druck und Bindung: Ebner Ulm
ISBN 3-404-12671-8

Für eine Freundin

*Ich danke: U. Hermann*
*M. Hertzsch*
*und A.*

Namen, Personen, Orte und Handlung sind frei erfunden. Irgendwelche Ähnlichkeiten mit tatsächlichen Begebenheiten, Orten und Personen sind rein zufällig.

Am Morgen des letzten Tages in Deutschland lehnte Anett rauchend vor ihrem weit geöffneten Wohnzimmerfenster. Ihr Blick streifte wehmütig über die Dächer der Stadt in die Ferne. Sie dachte an den Abschied von ihren Eltern, die sich große Sorgen machten, ob sie ohne ihre Hilfe in einem fremden Land zurechtkommen würde.

Doch was hätte ihr Besseres passieren können? Seit einiger Zeit hatte sie ständig in panischer Furcht vor Entdeckung gelebt. Was wäre geschehen, wenn Norman zufällig als »Gast« bei ihr aufgetaucht wäre? Sie machte sich keine Illusionen über das Maß an Verachtung, mit dem ihre ach so großzügigen Mitmenschen Prostituierte zu behandeln pflegen. Bis zum heutigen Tag wußte niemand, daß die hübsche Anett eine Hure geworden war.

In Gedanken versunken schüttelte sie den Kopf und schnippte die glühende Asche ihrer Zigarette in den Hof.

Es blieb nicht mehr viel Zeit, bis Norman kam, um sie abzuholen. Norman, das war der schöne, großgewachsene junge Mann, der ihr gesamtes Leben umgekrempelt hatte. Ernst und Männlichkeit prägten sein Gesicht, das von rotbraunem, gelocktem Haar umrahmt war. Sein Körper signalisierte eine ungewöhnliche Kraft, und die rauhen Hände bewiesen, daß sie nicht nur zärtlich sein konnten.

»So, mein Schätzchen, es wird ernst.«

Wie immer, wenn sie in Streß geriet, sprach sie laut vor sich hin. Sie warf den Stoffaffen, der auf dem Boden lag, in den Sessel. Prüfend schritt sie im Zimmer umher. Alles war perfekt für die Abreise vorbereitet. Die weißen Lackmöbel glänzten, auf der Platte des Rauchglastisches klebte kein einziger fettiger Fingerabdruck mehr. Ein innerer Druck zwang sie, auf die Zeit zu achten. In anderthalb Stunden mußten sie am Flughafen sein, dann war alles überstanden. Anett holte sich ein Mineralwasser aus der Küche.

»Willst du auch einen Schluck?« Die Frage blieb unbeantwortet im Raum. Gleichgültig zuckte sie mit den Schultern. »Dann eben nicht.«

In kleinen Schlucken trank sie aus der Flasche, das kühle Mineralwasser beruhigte ihre Nerven. Sie beugte sich zu dem verschnürten Paket auf dem Boden. Mit geübten Griffen überprüfte sie die Seile. Nicht zu fest, nicht zu locker. Gelernt ist gelernt, dachte sie und nickte zufrieden.

Das Telefon klingelte. Sie zögerte, den Hörer abzunehmen. Ihren Eltern hatte sie vorgeflunkert, seit gestern im Flugzeug zu sitzen. Abschiedsszenen in der Öffentlichkeit vermied sie lieber. Wenn es nun Norman war? Aber warum sollte er anrufen? Heftig riß sie den Hörer von der Gabel.

»Hallo?«

»Anett?«

Sie erkannte Manuelas Stimme.

»Manuela? Geht es dir besser?«

»Na klar, so schnell gebe ich meinen müden Geist nicht auf. Mucky hat mir erzählt, daß ihr heute abfliegt. Wir kommen zum Flughafen, um euch auf Wiedersehen zu sagen. Du wirst mir in dieser bescheuerten Welt mächtig fehlen.«

Anett entging die Traurigkeit ihrer Stimme nicht. »Wenn du jetzt heulst, flenne ich gleich mit!«

Manuela versuchte zu scherzen: »Ohne dich werde ich zugrunde gehen. Es wird mir nichts anderes übrigbleiben, als ebenfalls auszuwandern.«

»So einfach fällt mir der Abschied von dir auch nicht«, tröstete Anett.

»Wenn es nicht anders geht, dann folge ich dir eben bis ans Ende der Welt.«

»Blödsinn! Bleib lieber, wo du bist. Vielleicht bin ich ja bald wieder da. Wer weiß...«

»Du bist wunderbar, Anett, ich hoffe, du hast dir das alles gut überlegt.«

»Jetzt ist es ohnehin zu spät, um noch irgend etwas zu ändern«, erwiderte Anett, »ich muß auswandern. Das ist wahrscheinlich meine letzte Chance. Und seit ich Norman das erste Mal gesehen habe, bin ich sicher, daß Gott ihn mir geschickt hat.«

»Mag ja sein, aber vergiß nicht, was du alles aufgeben mußt: Eltern, Freunde und Heimat.«

»Heimat? Nein, Manuela, Deutschland bedeutet mir nichts, hat mir nie etwas bedeutet. Ich will weg, weg aus dem Milieu, ich will mein ganzes Leben ändern. Niemand kennt mein Leben so genau wie du. Sag selbst, was ist mir geblieben? Der Preis für ein Hurenleben ist Einsamkeit, und davon habe ich die Nase gestrichen voll.«

»Dann laß dich am Flughafen ein letztes Mal umarmen.«

»Okay, aber ohne Tränen.«

Sie legten auf.

Norman muß bald mit dem Taxi kommen, dachte sie, ich könnte noch ein bißchen lesen, das lenkt ab.

Ihr Bücherregal bot eine ziemlich bunte Auswahl an Literatur, doch welches Buch kam jetzt in Frage? Sie sah die Bücherreihen durch: Grimms Märchen, eine Krimiserie, Erzählungen über Venezuela, Boccaccio. Die Entscheidung fiel ihr schwer.

Plötzlich streifte ihr Blick ein in braunes Leder gebundenes Buch. Mein Fotoalbum! schoß es ihr durch den Kopf. Wie konnte ich das nur vergessen? Rasch griff sie danach. Gerade wollte sie die erste Seite aufschlagen, da klingelte erneut das Telefon.

»Kaschunke«, meldete sich der Hausmeister in barschem Ton. »Ich wollte Ihnen nur mitteilen, daß heute der Makler kommt.«

Anett zuckte leicht zusammen, sie sah auf das gefesselte Paket. »Wie schön für den Makler! Ach, warten Sie, Herr Kaschunke«, beeilte sie sich zu sagen, »es wäre furchtbar nett, wenn Sie den Besichtigungstermin meiner Wohnung um eine Stunde verschieben könnten, dann habe ich alles fertig. Und Sie wissen ja, die Einrichtung soll Ihnen gehören und außerdem, Herr Kaschunke, habe ich ein kleines Abschiedsgeschenk für Sie hier liegen.«

»In Ordnung. Werfen Sie mir den Schlüssel in den Briefkasten.«

Ein netter Dussel, dachte Anett, als sie auflegte. Wo nur Norman blieb? Sie schüttelte ihre Zigarettenschachtel; erleichtert registrierte sie das vertraute Geräusch. Sie rauchte stets nur die Hälfte der Zigarette und hob die andere für später auf, eine Angewohnheit, die sie nicht ablegen mochte. Verdammte Qualmerei! Sie hatte Norman versprochen, in Neuseeland endlich damit aufzuhören.

Sie setzte sich zu dem Stoffaffen. Der Versuch, ein Streichholz anzuzünden, glückte erst beim vierten Mal. Die Riesa-Hölzer sind auch nicht mehr das, was sie mal waren, stellte Anett fest. Sie blies dem Affen den Rauch auf die braun gestopfte Nase. Genervt blickte sie in die regungslosen braunen Glasaugen. Seit ihrer Kindheit haßte sie Plüschtiere. Auch Puppen waren ihr ein Greuel. Woher das gestörte Verhältnis zu Spielzeug kam, konnte sie sich nicht erklären. Dieser tote Gesichtsausdruck ärgerte sie seit ihrem sechsten Lebensjahr. Doch gerade die stumme Traurigkeit des Affen machte ihn für Anett unentbehrlich. Ein schweigender Begleiter aus Kinderjahren, der alle ihre Geheimnisse sicherer als ein Safe bewahrte.

Sie wandte sich wieder dem Fotoalbum zu und versank in Erinnerungen längst vergangener Zeiten. Die ersten Kinderbilder, noch in Schwarzweiß natürlich, waren mit den ordentlichen Druckbuchstaben ihrer Mutter beschriftet. Einmal schaute Anett aus dem Kinderwagen, das Gesicht weinerlich verzogen, dann wieder lachte sie, auf einem Dreirad sitzend, in die Welt. Ein Foto in Postkartengröße zeigte sie im Spitzenkleidchen unter dem Weihnachtsbaum. Schlaff hing der Stoffaffe in ihren Armen. Ein Lächeln huschte Anett übers Gesicht: *Weihnachten – Netty, sieben Jahre alt* stand da. Es war eigentlich ein schönes Bild. Dann folgten Aufnahmen und Schnappschüsse, die eine behütete Kindheit dokumentierten. Belanglose Fotos von Zeltlagern, der Jugendweihe und mehrere Freundschaftsbilder überblätterte sie. Nur an Ronnys Foto blieben ihre Augen haften. Sie strich vorsichtig über das mattglänzende Bild, fast zärtlich. Sehnsüchtig schloß sie die Augen. Meine erste und vielleicht einzige wahre Liebe. Sie lächelte. Die Zeiten in der DDR waren auch nicht besser oder schlechter als jetzt, überlegte sie.

*Sommer auf Rügen.* Anett hatte keine Mühe gescheut, diesem Bild, das sie in einem Bikini am Strand zeigte, eine besondere Note zu geben. Eine strahlende Sonne umrahmte das Foto, obwohl sie bereits damals ihre eher bemitleidenswerte Begabung im Malen richtig einzuschätzen wußte. Unter dem Kunstwerk stand in ihrer Handschrift: *Meine erste Eroberung!*

Mit knapp siebzehn Jahren hatte sie gerade die elfte Klasse hinter sich gebracht und galt als eine der besten Schülerinnen. Deshalb durfte sie die Ferien zum erstenmal ohne die Eltern an der Ostsee verbringen.

Die Bewohner des kleinen Fischerdorfes lebten vom Fischfang, den Feriengästen der Gewerkschaft und weitab vom Sozialismus der übrigen Republik. Die typische Landschaft, weite Wiesen, große Felder und grüne Alleen, gaben der Insel ihren besonderen Reiz. Abgesehen von den gesperrten Grenzstreifen verlockten die menschenleeren Sandstrände zu ausgedehnten Spaziergängen entlang des Meeres. Anett verbrachte viel Zeit in den einsamen Dünen und beobachtete die winzigen Fischkutter in der Ferne. Angenehm glitten die Tage des Urlaubs dahin.

Am Morgen des letzten Ferientages lief sie wie gewöhnlich allein zum Strand. Sie sah die Sonne aufgehen, leuchtend gelb spiegelten sich die Sonnenstrahlen auf dem Wasser. Sie verspürte das unwiderstehliche Verlangen, nackt in diese wunderbare Stille einzutauchen. Die Augen fest geschlossen, ging sie in das kalte Wasser. Anett lief seelenruhig ins offene Meer hinaus, sie hielt erst inne, als sie plötzlich jemanden rufen hörte. Sie drehte sich zum Ufer. Ein Mann kam wild gestikulierend auf sie zu.

Was war los? Sie kannte ihn nicht. Was wollte er? Unsicher watete sie zum Strand zurück.

Außer Atem blieb der Fremde vor ihr stehen. Die blonden Locken fielen ihm in das bronzefarben schimmernde Gesicht.

»Ich dachte, Sie würden…«

Schwer atmend hob und senkte sich sein muskulöser Brustkorb. Anett ahnte, was er hatte sagen wollen.

»So früh und ein Mädchen allein im Wasser…«

»Da wolltest du mir sicher Gesellschaft leisten?« Sie schämte sich ihrer Nacktheit nicht, sondern ließ sich rücklings in den feinen Sand fallen und sah ihn von unten her amüsiert an.

»Wie werde ich wohl ohne dich weiterleben?«

»Meine Freunde sagen Georg zu mir«, stellte er sich vor.

»Georg, der Retter! Oder versuchst du alle Mädchen am Baden zu hindern?«

Irritiert schüttelte er den Kopf. Er gab keine Antwort.

»Schon gut. Mich rufen alle Anett. Blöder Name, wie?«

»Kommt darauf an, wem er gehört«, schmunzelte er.

Anett fand Gefallen an ihm. Er trug bis zu den Waden hochgekrempelte Jeans. Seine Füße steckten in ungefärbten Ledersandalen. Das Hemd entsprach dem Blau seiner Augen. In seinem Gesicht fand sie den kühnen, fast draufgängerischen Ausdruck, wie er ihr bisher nur bei wenigen jungen Männern aufgefallen war. Er setzte sich ihr gegenüber. Zaghaft begann er kleine Sandhäufchen in Richtung Anett zu schieben, bis sich ihre Zehen wie zufällig berührten. Anett zuckte nicht zurück. Freimütig begann er aus seinem Leben zu erzählen. Wahrscheinlich ist das die längste Rede, die er jemals vor einem Mädchen gehalten hat, dachte Anett. Noch Jahre danach sollte sie über diesen merkwürdigen Urlaubsflirt lachen. Georg vertraute ihr an, ein eingeschleuster Westagent zu sein, mit der brisanten Aufgabe, Armeestützpunkte an der Ostsee auszuspionieren. Zur Zeit sei er, als Unteroffizier getarnt, auf der Insel Rügen, wo staatlich verordnet das demokratische Festland endete.

Anett glaubte, nicht richtig zu hören. Ausgerechnet vor ihr spielte sich ein wahrer Kriminalroman ab: ein echter Westspion, der ohne Angst über seinen Auftrag sprach, als wäre es die normalste Sache der Welt. Nur seine Hände spielten nervös mit den kleinen Muscheln im Sand.

»Sei still, ich will und darf davon nichts hören.«

»Komm«, sagte er, den Rest seiner Worte verschluckte das Kreischen der Möwen. Willig folgte sie ihm in die Dünen. Georgs Nähe tat ihr wohl. Sie lehnte sich an seine Schulter.

»Ist dir kalt?«

»Dein Geständnis kann einem wirklich Angst machen.«

»Wie ein Scheusal sehe ich wohl nicht aus, oder?«

»Aber auch nicht wie James Bond.«

»Wo kommst du überhaupt her?«

»Unwichtig«, antwortete Anett. »Aus irgendeinem Nest in der Provinz.«

Liebevoll legte er den Arm um sie. »Brauchst nichts weiter zu sagen.«

Sein Kuß war zart. Wie auf Wellen getragen schaukelte sie dahin. Sie erreichte den ersten Höhepunkt ihres Lebens. Nie zuvor hatte sie ein so unbeschreiblich schönes Gefühl erlebt. Sich vollkommen einem fremden Mann hinzugeben, ohne die innere Freiheit zu verlieren, erschien ihr wunderbar.

»Du weinst ja.«

»Weil ich glücklich bin.«

Er schaute auf seine Armbanduhr. »Ich muß gehen. Meine Kameraden erwarten mich, wir fahren zusammen in den Stützpunkt.«

Sie sah ihn nicht an, zu sehr war sie mit sich selbst beschäftigt. Sprachlos lag sie neben ihm.

»Hast du mir überhaupt zugehört?«

»Bist du verheiratet?«

»Natürlich nicht! Wie kommst du darauf?«

»Dann hattest du bestimmt schon viele Frauen?«

Er lächelte geschmeichelt.

»Hast du ein Kind?«

Georg stutzte über die Sachlichkeit, mit der sie ihn ausfragte. »Wenn du gern eins hättest, dann melde dich bei mir.«

»Am liebsten sofort!« lachte sie übermütig.

Wieder riß er sie an sich.

Sie drückte ihn von sich weg. »Du kommst zu spät in die Kaserne...«

»Dann weiß ich wenigstens, warum...«

Die zwölfte Klasse brachte nichts Ungewöhnliches, keine neuen Schüler, keinen neuen Lehrer. Anetts Gedanken kreisten meistens um Georgs druckreife Liebesbriefe und seine endlosen Beschwörungen, ihr gemeinsames Geheimnis nicht zu verraten. Jetzt fehlte ihr der gute Freund Peter, der Sohn ihrer Nachbarin, der seit einiger Zeit in Berlin studierte. Sie hätte gern mit ihm über ihr Erlebnis gesprochen. Er war verschwiegen, sie vertraute ihm. Sie erinnerte sich an ihre erste Begegnung, im Sommer, auf dem Heimweg von der Grundschule. Als sie den Jungen in der komischen Lederhose mit seinem Tretroller an dem Nußbaum vor ihrem Haus halten sah, holte er unbekümmert seinen Pimmel aus der Hose und pinkelte an den Stamm.

»Du pißt wie unser Hund, nur der hebt sein Bein dabei.«

»Kann ich auch«, verkündete Peter stolz, hob das linke Bein und brachte das erwartete Kunststück fertig.

Sie bewunderte ihn. »Toll. Können das alle Jungen?«

»Klar!« Und er pinkelte im Kreis, als sprengte er mit einem Gartenschlauch den Rasen. Anett war tief beeindruckt.

»Können das auch große Männer? Ich meine, kann das auch mein Vater?«

»Na, der erst recht. Was denkst du, was der sonst noch alles kann!«

»Was denn?«

Peter druckste herum. »Frag ihn am besten selbst. Außerdem bist du dafür noch viel zu klein.«

»Ich bin überhaupt nicht zu klein! Guck dich mal an. Du bist neun Jahre alt und bloß genauso groß wie ich.«

Sie war dicht an ihn herangerückt.

»Netty!«

Sie erkannte die Stimme ihrer Mutter. Todernst

sah Anett Peter an. »Wenn ich mal groß bin, werde ich viel mehr wissen als du.«

Im Davonlaufen streckte sie ihm die Zunge heraus.

»Netty, so benehmen sich Mädchen nicht. Geh, wasch dir die Hände, wir essen gleich.«

Gekränkt durch die Rüge wusch sie sich so lange die Hände, bis sie ihren Vater kommen hörte. Erleichtert, einen Beistand zu finden, sprang sie ihm entgegen.

»Tag, Kleines!«

Er hob sie in die Luft und gab ihr einen Kuß. »Na, wie war die Schule?«

Anett zog ein bedrücktes Gesicht. »Wie immer.«

»Du verheimlichst mir doch etwas, ich sehe das an deiner Nasenspitze.« Er stellte sie auf den Boden. »Bis gleich.«

Dann verschwand er im Bad.

Anett überlegte: Soll ich ihm folgen? Wenn die Mutter sie dabei erwischte, daß sie heimlich durch eine Türritze lugte, würde es Ärger geben. Trotzdem siegte die Neugier. Leise, auf Zehenspitzen, schlich sie sich zur Badezimmertür. Sie drückte ihre Nase fest an das Holz, so daß sie sich etwas vor dem Geruch der alten Ölfarbe ekelte. Mühsam unterdrückte sie die aufkommende Übelkeit. Den Vater beim Pinkeln zu beobachten gelang ihr jedoch nicht. Enttäuscht ging sie in die Küche. Der Schäferhund lag zusammengerollt im Lichtschein der Nachmittagssonne auf der Fensterbank. Mit dem Schwanz wedelnd forderte er Anett zum Streicheln auf. Bevor sie die Hände nach ihm ausstreckte, erkannte die Mutter ihre Absicht.

»Netty, das Tier wird nicht vor dem Essen angefaßt.«

Schweigend setzte sie sich auf ihren Platz. Der Vater kam herein, küßte flüchtig seine Frau, griff zur Zeitung und begann zu lesen.

Anett ließ den Löffel liegen.

»Fehlt dir was, Kind?« fragte die Mutter.

»Iß nur!« munterte der Vater sie auf.

»Ich mag nicht.«

Anett schob den Teller Suppe von sich. In die Stille hinein fragte sie unbekümmert und ohne Übergang: »Wieso können alle Jungen und Männer im Stehen pinkeln? Peter hebt sogar das Bein dazu, wie ein Hund. Wir Mädchen müssen uns immer hinhocken.«

Der Vater starrte sie sprachlos an. Dann wandte er sich ab und unterdrückte ein Lächeln.

Das Gesicht der Mutter überzog sich mit Zornesröte. Streng sagte sie: »Du gehst sofort in dein Zimmer, ein anständiges Mädchen fragt so etwas nicht.«

Weinend lief Anett aus der Küche. In ihrem Zimmer warf sie sich aufs Bett, drückte den Affen an sich und schniefte ihm ins Ohr: »Wenn ich mal groß bin, dann werde ich unanständig, dann darf ich alles fragen.«

Aus dem schlaksigen Jungen in Lederhosen war im Laufe der Jahre ein talentierter Schauspielschüler geworden. Sehnsüchtig erwartete ihn nun Anett in den Weihnachtsferien, um ihm endlich das Ferienabenteuer mit Georg zu beichten. Zum Fest überraschten die Eltern ihre Tochter mit einem, wie sie fanden, sehr wertvollen Geschenk. Für ihre guten Noten in der Schule bekam sie einen echten Rotfuchsmantel, aus dem Exquisitladen, ein sündhaft teures Stück. Sie zog ihn Silvester an. Peter hatte sie zu einer Party eingeladen, auf der sich ausschließlich Pärchen tummelten. Anett fühlte sich überflüssig, denn zu einem Gespräch unter vier Augen fand er keine Zeit. Sein Interesse galt einer anderen Schönen. Bald saß Anett gelangweilt vor dem Bücherregal und verrenkte sich den Hals, um die Titel zu entziffern. Plötzlich kam ihr Georg in den Sinn, sie mußte ihn unbedingt sehen.

Ohne sich zu verabschieden, verließ sie die Silvesterfeier.

Als sie schon an der Tür war, rief Peter ihr nach: »Wo gehst du hin?«

»Guten Rutsch! Ich fahre zu Georg!«

»Georg? Wer ist Georg?«

»Wir sehen uns nächstes Jahr!« rief sie ihm zu und lief hinaus in die Nacht.

Trotz des höllischen Feuerwerks fand sie ihre Eltern fest schlafend. Prüfend stellte sie sich vor den Kleiderschrank, sie suchte nach etwas Besonderem, nach »reizvollen« Kleidungsstücken. Nichts schien ihr gut genug für das, was sie vorhatte. Schließlich beschloß sie, nur Unterwäsche, Hüfthalter und Strümpfe unter dem Mantel zu tragen. Der dichte Pelz würde sie warmhalten. Vorsichtshalber steckte sie noch eine kleine Flasche Sekt in die tiefe Manteltasche. Nun konnte das »Abenteuer Ostseeinsel« beginnen.

Von Sachsen bis nach Rügen per Anhalter zu fahren war schon bei Tag ein Unding. Mitten in der Nacht war es fast aussichtslos. Als nach einer Dreiviertelstunde das erste Auto kam, hob sie die Hand. Schüchternheit konnte sich Anett nicht leisten. Es hielt. Drei angeheiterte Neujahrsfreunde sangen aus vollem Hals: »Ein Korn, ein Bier, ein Kalk, ein Stein, ein Mädchen, das nicht stille hält, ein Maurer, der nicht säuft...«

Sie winkte ab: »Fahrt weiter, ich dachte, es wäre mein Freund.«

Lachend setzte der Fahrer den Wagen wieder in Bewegung, dann verschluckte die Nacht den Gesang.

Fröstelnd zog Anett den Pelz enger um sich. Die

Fäuste in den Taschen, stapfte sie in ihren hohen Stiefeln durch den Neuschnee, der immer dichter herniederfiel. Die glasklare Winterluft tat ihr gut. Plötzlich bremste neben ihr ein grünrot lackierter Trabant.

»Fröhliches neues Jahr, junges Fräulein!« rief herzlich ein hagerer Mann aus dem Fenster.

»Ihnen auch!« erwiderte sie hoffnungsvoll.

»Kann ich Sie mitnehmen? Ich fahre bis Rügen. Aber so weit wollen Sie ja wahrscheinlich gar nicht.«

»Und ob«, meinte sie lachend. »Mein Verlobter erwartet mich in der Kaserne ›Roter Stern‹!«

»Na, dann steigen Sie ein!«

Eilfertig bugsierte der Mann eine abgewetzte Aktentasche vom Beifahrersitz nach hinten. Anett übersah höflich den durchgesessenen, schmutzigen Bezugsstoff. Mit der typischen Beifahrergeste einer Trabi-Kennerin zog sie die Tür schwungvoll ins Schloß. Der Wagen schaukelte.

»Recht so, Mädel«, lobte er, »Sie kennen sich aus.«

Anett wunderte sich selbst, wie spontan sie den Entschluß gefaßt hatte, Georg zu besuchen, und wie rigoros sie ihn nun durchsetzte.

»Sie können sich nicht vorstellen, wie froh ich bin, nach Hause zu kommen«, plauderte der Alte. »Schon viermal haben wir eine Auslandsreise gemacht. Und ausgerechnet jetzt, nachdem uns meine Schwester endlich einmal nach Halle eingeladen hat, muß sich meine Frau den Fuß brechen.«

Anett fielen die Augen zu, und sie versuchte vergeblich, die Beine auszustrecken.

»Ein Trabant ist kein Luxusauto, auch wenn er sich ›Trabant de Luxe‹ nennt«, spaßte ihr Chauffeur. »Nach fünfzehn Jahren Wartezeit kauft man ja fast einen Oldtimer.«

Anetts Gedanken kreisten ausschließlich um Georgs Liebeskunst. Zwei Versuche mit anderen Jungen waren kläglich gescheitert. Sie hatte Abendstunden, als ihre Eltern nicht daheim waren, für heimliche Rendezvous genutzt und herauszufinden versucht, weshalb »es« mit dem einen Jungen Spaß machte und mit dem anderen nicht. So lernte sie zwar sich selbst zu verführen, war aber nie vollkommen zufrieden. Damit wollte sie sich nicht abfinden. Niemand konnte sie so befriedigen wie Georg.

Einmal ließ sie sich dazu hinreißen, Peter ihren Notstand zu beichten. Der lachte anzüglich. »Du mit deiner Seelenknete. Nimm mich doch zur Überbrükkung!«

Anett zeigte ihm anschaulich einen stattlichen Phallus. »Wenn du den aufweisen kannst!«

»Nicht schlecht. Schade, daß dir Beate Uhse hier nicht helfen kann.«

»Wer ist das?«

»Die hat im Westen eine Produktion für ›alle Fälle‹. Zum Beispiel für Frauen wie dich und ihre außergewöhnlichen Ansprüche.«

»Was, so etwas gibt es? Woher weißt du das?«

»Am Berliner Theater erfährt man allerhand. Ein Freund von mir kann dir vielleicht helfen, der ist ein Künstler. Da würde sogar die Uhse vor Neid erblassen. Unsere staatlich verordnete Notgemeinschaft hat viele Erfinder hervorgebracht. Eigentlich wollte mein Freund nur Gebrauchskünstler werden. Aber das ist er ja nun auch…«

»Ist das nicht langweilig? Ich meine, da bewegt sich doch nichts.«

»Und warum probierst du mich nicht mal?«

»Dich? Nein, Peter, lieber nicht. Du gehörst zur ›Familie‹. Was willst du denn ausgerechnet von mir? Du könntest wirklich jedes Mädchen haben.«

Er gestand: »Ich trau mich nicht. Außerdem bin ich sensibel und stecke voller Komplexe.«

»Ausgerechnet du, das glaubst du ja selbst nicht.«

Sie lachten.

Weise fügte er hinzu: »Eine Freundschaft hält oft länger als eine Liebschaft.«

Jemand rüttelte an Anetts Schulter. »He, Fräuleinchen, aufwachen! Wir sind da!« rief der Alte.

Er hatte genau vor dem Kasernentor gehalten.

»Danke fürs Mitnehmen!«

Anett stolzierte unerschrocken auf die Wachstube zu. Eine Glasscheibe wurde zur Seite geschoben.

»Halt, wohin?«

Der scharfe Kommandoton zwang Anett, stehenzubleiben. Vom Dach des Hauses rieselte Schnee in ihren Kragen.

»Hier ist Militärgebiet, hier herrschen Ordnung und Sicherheit.«

»Ich gratuliere zu Ihren Errungenschaften«, spottete sie.

Das hartkantige Gesicht des Soldaten löste sich zu einer Fratze, er mußte husten.

»Raucherhusten?« fragte Anett mitfühlend und hoffte, dadurch seinen Zorn zu mildern.

Der Wachposten steckte sich eine Zigarette an.

»Zu wem wollen Sie denn? Die meisten sind auf Urlaub, und Besuchszeit ist später.«

Sie setzte ein unschuldiges Gesicht auf. »Mein Verlobter, er heißt Georg Schulze, hatte wochenlang keinen Ausgang. Ich muß ihn unbedingt sehen.«

Der Soldat ließ sich nicht aus der Ruhe bringen. »Sagen sie alle. Erst Liebesschwüre, dann lassen sie die Jungen sitzen. Aber das interessiert da draußen niemanden. Hattet ihr Krach?«

»Nein.«

»Ist doch oft der Grund, wenn die Jungs nicht nach Hause fahren.«

»Nicht bei uns.«

»Also gut! Wie war doch gleich sein Name? Schulze?«

»Ja, Unteroffizier Schulze, Georg.« Sie besann sich auf ihr Aussehen, lächelte verführerisch und seufzte erleichtert auf: »Bitte, Sie müssen ihn finden!«

Ein zweiter Wachsoldat rief: »Laß sie doch wenigstens in den Besucherraum, da ist es warm.«

Der Raucher lauschte in den Telefonhörer. Dann herrschte er Anett an: »Die finden keinen Unteroffizier Schulze.«

»Es muß ihn aber geben, ich bekomme doch die Post von hier.«

»Das will nichts heißen«, mischte sich der zweite ins Gespräch ein. »Versuch es noch mal«, forderte er den Wachhabenden auf.

Mürrisch steckte der erneut seinen wulstigen Finger in die Wählscheibe.

»Kommen Sie herein!« rief der Freundliche.

Anett trampelte den Schnee von den Stiefeln und trat in den überheizten Raum.

Wenn Georg nun nicht auftauchte? Vor Angst, er könnte nicht da sein, trat ihr kalter Schweiß auf die Stirn, sie lehnte sich an die Wand.

Lag ihr »Agent« vielleicht mit einer anderen im Bett? Bangend schaute sie hinaus auf das Kasernengelände. Große Bogenlampen beleuchteten den freien Platz, zu dessen Seiten zweistöckige Häuser standen.

Grauer Putz und blinde Fenster stachen trübselig vom weihnachtlichen Glanz der Lichterketten an einer hohen Tanne ab.

Sie sah auf die Armbanduhr. Zwanzig Minuten dauerte bereits die Sucherei. Das Lied »Vor der Kaserne, vor dem großen Tor, stand eine Laterne…« spukte ihr plötzlich im Kopf herum. Sie sah die Laterne, nur strahlte diese neonhell.

Gebannt schaute sie in den Lichtkreis der Lampe.

Der Soldat am Telefon sah auf. »Wie wäre es zur Abwechslung mit einem Sanitätshelfer Schulze? Damit könnte ich dienen.«

Anett nickte. Langsam wurde es ihr egal, was und wer sich hinter dem Namen Schulze verbarg, nur Georg sollte endlich kommen.

»Schicken Sie ihn zum Tor!« hörte sie.

»Darf ich Ihnen den Mantel abnehmen?« bot sich jetzt hilfsbereit der Wachhabende an.

Ohne an ihre mangelhafte Bekleidung zu denken, löste Anett die Haken aus den im Pelz verdeckten Ösen. Der Mantel schob sich schwer auseinander, verdutzt sah Anett an sich hinunter. Statt in Pulli und Hose stand sie in fliederfarbener Unterwäsche mit Strapsen da. Im letzten Moment zog sie hastig den Mantel zusammen.

»Nein, danke, mir ist nicht sehr warm.«

Lässig meinte der Soldat: »Wenn Sie es darin aushalten…«

Seine Stimme klang eigenartig. Hatte er etwas gesehen oder nicht?

Glücklicherweise quietschten in diesem Augenblick die Räder eines Wagens vor der Tür. Die Wachsoldaten eilten hinaus. Gleichzeitig tauchte aus dem Grau des Armeegeländes ein dunkelgrüner Kübelwagen auf.

Sie erkannte sechs Uniformierte, die sich angeregt unterhielten. Plötzlich nahm einer der Soldaten stramme Haltung an und meldete: »Sanitätshelfer Schulze zur Stelle!«

Anett blickte durch das offene Fenster der Wache. Es war Georg. Er sah hinreißend aus in seiner Uniform. Die unerträgliche Spannung, die Ungewißheit, ob er überhaupt hier lebte, wich einer überschäumenden Freude. Wenig später fiel sie ihm lachend um den Hals. Die Soldaten unterhielten sich und achteten nicht auf das Liebespaar. In Sekundenschnelle erfaßte Anett die günstige Situation: »Ich habe dir etwas mitgebracht.«

Sie öffnete ein wenig den Mantel. Georg schaute verblüfft auf ihre freizügige Kleidung, dann wollte er zugreifen, besann sich aber noch rechtzeitig und sagte: »Oh, was für herrliche Früchte!« Leiser fügte er hinzu: »Mir läuft das Wasser im Mund zusammen.« Und noch leiser: »Ich habe eine Idee.«

Ehe Anett begriff, was er vorhatte, rief er besorgt: »Wo hast du Schmerzen?«

Sie verstand sofort. »Mein Magen«, jammerte sie, »ich habe Magenschmerzen« und fühlte seine streichelnde Hand unter dem Pelz. Nur für ihn verständlich flüsterte sie: »Ich sagte ›Magen‹! Oder meinst du, ein Schönheitschirurg hat sich bei mir einen Kunstfehler erlaubt?«

Georg verkniff sich das Lachen und fragte einen Wachhabenden: »Darf ich sie zum Revier bringen? Die Aufregung hat sich ihr auf den Magen geschlagen, sie braucht Tabletten!« Er sprach im gelangweilten Ton einer Krankenschwester.

»Geht in Ordnung«, sagte der freundlichere der beiden. Und zu Anett gewandt, fügte er hinzu: »Lassen Sie Ihren Personalausweis da.«

Nachdenklich sah der rauchende Soldat ihnen nach. »Was die Sanis sich immer einbilden. Haben nicht die geringste Ahnung, spülen Schieber, leeren Enten, machen Drecksarbeit und spielen sich auf, als wären sie berufen, über die schlimmsten Krankheiten zu entscheiden.« Neidvoll starrte er den langen Beinen des Mädchens hinterher.

Georg führte sie schnurstracks ins Krankenrevier. Er lief voraus durch die Flure, dicht gefolgt von Anett. Bloß keinem Vorgesetzten begegnen, dachte er. Das wäre das Aus.

Ein humpelnder Soldat, gestützt von einem anderen, bog aus einem Quergang in ihre Richtung. Blitzschnell schubste Georg Anett durch eine Tür. Sie las gerade noch: *Desinfektionsraum.* Der ausgediente Behandlungsstuhl eines Zahnarztes stand darin, und mehrere Eimer, ein Besen und stinkende Flaschen ließen nicht viel Platz.

»Georg...«

Er stammelte: »Ich wollte doch nur...«

»Nur mal nachsehen, stimmt's?«

»Nein! Daß wir nicht erwischt werden! Wenn du wüßtest! Hier darf kein Besucher rein!«

»Aber hier!« Sie trat rasch auf ihn zu und legte seine Hände auf ihren Busen. Dabei geriet sie ins Stolpern, einer der Eimer kippte um, und Anett lehnte in einer äußerst unbequemen Haltung zwischen den Schrubbern.

»Anett!«

Sein besorgter Ausruf reizte sie zum Lachen. Sie preßte die Hand gegen den Mund.

Georg zog sie am Arm aus ihrer mißlichen Stellung, geriet selbst auf einem Scheuerlappen ins Rutschen und landete rücklings mitten auf dem Zahnarztstuhl.

Anett konnte das Lachen kaum zurückhalten. Albern zauberte sie ein Taschentuch aus ihrer Manteltasche, entfaltete es und breitete es auf seiner Brust aus. »Wenn du schon da liegst, sieht Frau Doktor gleich mal nach.«

Sie ließ den Mantel fallen, ergötzte sich an seinen bewundernden Blicken und löste das Koppel seiner Hose.

»Ich wollte doch bloß...«

Sie küßte ihn.

»Weißt du überhaupt, wo wir sind?«

»Ist das wichtig?« Ihre Finger fanden am Stuhl einen Knopf. Sie drückte darauf, und die Rückenlehne senkte sich.

Georg sah ihre grünen Augen dicht über sich. »Man braucht dich nur anzusehen...«

»Wirklich? Was ist dann?«

Er schloß die Augen, sie legte sein männliches Prachtexemplar – wie sie fand – frei.

»Sehr schön. Genauso, wie ich es in Erinnerung habe.«

Sie beugte sich über Georg. Er stemmte sich ihr entgegen, blieb jedoch ihren rhythmischen Bewegungen ausgeliefert. Sie bestimmte das Spiel. Sie öffnete den Mund, doch ehe ihr spitzer Schrei durch die Kaserne gellte, verschloß er ihn mit einem Kuß. Alles war so blitzschnell verlaufen, daß ihm erst jetzt bewußt wurde, was er für sie riskiert hatte.

»Was nun?« fragte er lakonisch und sah sie an.

»Schau mich nicht so an«, sagte sie ermattet, »nicht so!«

Sie dachte an den Sommer, an die vergangenen Minuten; nahm er sie nur als Spielgefährtin? Für Anett sollte es auf keinen Fall das letzte Mal gewesen sein.

»Bist du zufrieden?« fragte er.

»Doch, sehr.«

»Du mußt jetzt gehen.«

»Sehen wir uns heute abend?« Sie sah ihn bittend an.

»Ja, bring aber eine Flasche Wein oder Schnaps mit; Alkohol brauche ich als Eintrittsgeld für dich.«

Er begleitete sie zum Tor. Sie unterschrieb ein Formular für die Aushändigung ihres Ausweises, während der Wachsoldat forschend ihre gepflegten Hände betrachtete. Rotlackierte Fingernägel fand er erotisch.

Allein in der Neujahrskälte, machte sich Anett auf den Weg, eine wärmende Unterkunft im Ort zu suchen. Ehe sie um die Ecke bog, sah sie noch einmal zurück. Georg stand am Tor, er winkte.

Wenn Mutter wüßte, was ich hier treibe, dachte Anett. Ich kann nicht anders, mit Georg ist es einfach schön.

Am frühen Abend schmuggelte Georg Anett an den Wachsoldaten vorbei auf das Gelände. Ein unbelegtes Vierbettzimmer im Krankenrevier sollte ihnen für die Nacht dienen. Er bat sie, leise zu sein, da nebenan mehrere Soldaten lagen. Die Zimmertür schloß er ab.

Als erster kroch er unter die weiß bezogene, dünne Graudecke. »Komm, ich halte es nicht länger aus, dich ohne alles herumstehen zu sehen.«

Aufreizend bewegte sie ihren Hintern.

»Herkommen!« kommandierte er und grinste.

Lächelnd trat sie einen Schritt näher. Seine Hände griffen ins Leere, sie entzog sich ihm geschickt. »Sanitäter Schulze, was soll das?« Da sie im voraus wußte, wie er reagieren würde, fuhr sie fort: »Notwendigerweise ergebe ich mich, dafür zeigen Sie mir, was Sie zur Tarnung Ihrer wahren Identität so alles draufhaben.«

»Ja, ja, nun komm«, drängte er.

Trotzdem kam er nicht in Schwung. Phantasielos wie das Graugrün seiner Uniform bewegte er sich auf ihr.

»Du bist nicht zufällig ein Eintänzer, der nur seine Pflicht erfüllt?« flüsterte sie in seine Ohrmuschel.

Er hielt in seiner Bewegung inne. »Was soll das? Hast du vergessen, was wir vor wenigen Stunden getrieben haben? Mal abgesehen davon, daß ich einen langen Dienst hinter mir habe, bist du wahrscheinlich ein Nimmersatt.«

Sie war geradezu besessen von ihm, doch kämpfte sie mühsam gegen ihr Begehren an und lächelte. »Wie du das nur herausfinden konntest, obwohl wir uns kaum kennen!« spottete sie.

Anett kroch unter seinen Schultern hervor, sprang aus dem Bett, schnallte sich den braunen Gürtel seiner Uniformhose um die Hüften, setzte sich das Käppi auf, zog seine schwarzen Stiefel an und sah ihn stumm an.

»Aha«, sagte er und lächelte schief, als er sie in diesem militärischen Evaskostüm sah. »Das sind die Waffen einer Frau.«

»Kleider machen Leute.«

»Und Uniformen herrschsüchtig«, kommentierte er.

»Du Spießer!« brauste Anett auf.

Sie ging zum Fenster, stützte ihre Arme auf das Fensterbrett und blickte in die Nacht hinaus. Georg sah, wie sie langsam ihre Beine spreizte. Diese Frau, sosehr sie ihm auch in dieser Nacht gefiel, kam für ihn nicht länger in Betracht, das wurde ihm plötzlich klar. Sie zwang ihn, Dinge zu tun, die er gar nicht wollte.

Der Heizkörper strahlte angenehme Wärme gegen

Anetts Bauch. Sie drückte ihre erhitzte Stirn gegen die kalte Fensterscheibe. Allmählich klärten sich ihre Gedanken. Das Glück, einem Mann wie Georg zu begegnen, fiel ihr schließlich nicht alle Tage in den Schoß.

Von der trockenen Zimmerluft bekam sie Durst, sie suchte die kleine Sektflasche, die neben Georgs Bett stand. Gierig trank sie einen kräftigen Schluck, der Sekt perlte über ihren Busen. Jauchzend warf sie sich ihm in die Arme.

»He, du kleiner Soldat«, rief sie vergnügt, »dein Kampf endet erst morgen!«

Im dämmrigen Frühlicht sammelte Georg leise die verstreuten Kleidungsstücke ein. Rasch zog er sich an und flüsterte der verschlafenen Anett ins Ohr: »Pst, mach bloß keinen Krach, gleich schleicht die Visite durch die Gänge. Wenn dich jemand sieht, gehe ich in den Bau.«

Anett schreckte auf. »Was ist los?«

»Ich habe Dienst, ich muß jetzt gehen. Bitte verhalte dich ruhig.«

Anett unterdrückte ein Gähnen, sie strich sich die Haare zurück. »Ich möchte nur wissen, warum sie euch so schinden. Ist ja kein Wunder, wenn du nachts müde bist.« Sie rollte sich unter der Decke wie ein Kleinkind zusammen. »Komm!«

Ergeben kroch er noch einmal zu ihr ins zerwühlte Bett. Wenig später hörten sie Stimmen auf dem Gang. In Windeseile war Georg angezogen. Er öffnete die Tür nur so weit, daß er sich gerade hinauszwängen konnte.

Anett hörte seine Meldung: »Genosse Oberstabsarzt, ein Quarantänefall, vermutlich Ruhr.«

»Stuhlprobe?«

»Stuhlprobe ist unterwegs zum Labor, Patient liegt isoliert, keine Ansteckungsmöglichkeit!«

Ein Feigling ist er nicht, dachte Anett. Vorsichtshalber zog sie die Decke bis zu den Augen. Ganz darunter verschwinden wollte sie nicht, das könnte verdächtig aussehen. Georg putzte plötzlich wie wild die Klinke. Woher hatte er so schnell den Lappen?

Nach einem kurzen Wortwechsel unterließen es die Ärzte, den Raum zu betreten. Sie gingen ins nächste Krankenzimmer.

Unendlich erleichtert atmete Anett auf. Georg kam wieder herein und konstatierte: »Schwein gehabt. Ein Einlauf hätte uns noch gefehlt. Mach, zieh dich an. Ich bringe dich hinaus, bevor sie mich ans Militärgericht verfüttern.«

Die Winterferien waren zu Ende. Anett ging wieder zur Schule und bestand erfolgreich die erste Abschlußprüfung.

Der Vater erwartete sie bereits in nervöser Unruhe. Statt ihr freudestrahlend zu gratulieren, fuhr er sie an:

»Was hast du angestellt? Heute lag eine Karte vom Wehrkreiskommando im Briefkasten. Erzähl mir nicht, daß du eine berufliche Karriere bei den Soldaten anstrebst.«

»Aber Papa, machst du Witze? Was soll ich da? Hebamme spielen? Oder kleinen Jungen die Popos säubern?«

»Mir ist nicht zum Lachen. In der Vorladung steht: Klärung eines Sachverhalts. Erkläre das erst mal deinen Eltern.«

»Woher soll ich wissen, was die wollen?«

»Untersteh dich zu lügen. Ich habe nämlich dort angerufen, und weißt du, was ich zu hören bekam?« Er wartete die Antwort seiner Tochter nicht ab, sondern hob die Hand. »Ohrfeigen müßte man dich, jawohl, ohrfeigen! Meine Tochter treibt es im Krankenrevier mit einem Sanitäter. Und nicht nur das! Sie ist auch noch so laut, daß alle in den Nachbarzimmern zuhören können und vor Neid eine Anzeige machen. Was ist bloß in dich gefahren?«

Anett war entschlossen, sich mit allen Mitteln zu verteidigen. »Ist es ein Verbrechen, Spaß am Sex zu haben? Soll ich mir vielleicht einen Knebel in den Mund stecken?«

Sprachlos setzte sich der Vater nieder. »Armes Mädel«, murmelte er. »Was wird aus dir noch werden.«

Anett wußte nichts mit seinem Stimmungsumschwung anzufangen. »Ihr vollkommenen Eltern! Immer schön brav! Immer schön ruhig! Bloß nicht auffallen in der Gesellschaft! Ihr behandelt mich wie ein kleines Mädchen! Ihr wollt nicht zulassen, daß ich erwachsen werde. Ihr habt mich nie verstanden...«

»Das ist nicht wahr«, stöhnte der Vater auf.

»Und ob, ihr wollt sie nicht hören, die Wahrheit, weil sie nicht eure ist.« Anett holte sich eine Zigarette und begann zu rauchen. Sie sah die bekümmerten Augen der Mutter. »Ja, rauchen kann eure Tochter auch. Das hätte ich beinahe vergessen zu sagen.«

»Es ist nicht gut, wenn du so sorglos mit deiner Gesundheit umgehst«, versuchte ihr Vater die angespannte Situation zu lockern.

»Hör auf, ich will das nicht hören! Ich bin zwar dein Kind, aber erwachsen. Ich tue, was mir paßt. Mischt euch nicht in meine Angelegenheiten, sonst könnt ihr mir gestohlen bleiben!«

Sie schlug die Tür ihres Zimmers hinter sich zu. Aufatmend lehnte sie sich dagegen. Nachdem sie sich umgezogen hatte, fuhr sie mit dem Bus in die Stadt.

Das Haus, in dem sich das Wehrkreiskommando befand, glich den restlichen Häusern der Straße. Bröckelnde, oberflächlich verputzte Fassaden legten Zeugnis über die staatlichen Wohnungsverwaltungen ab. Wortlos schob sie dem Mann in der Wache die Vorladungskarte über den Tresen.

»Zimmer 17.«

Seine Augen verbargen sich hinter einer großen Hornbrille mit dunklen Gläsern. Marke 24 Aschenbecher[1], dachte Anett. Er sieht aus wie ein »Heino für Arme«. Sie nahm auf einem der hölzernen Stühle des Warteraums Platz.

»Fräulein Seilmann?«

Sie musterte den Herrn im Präsent-20-Anzug[2], der in der Tür stand. Zögernd erhob sie sich.

»Nun, wir haben Zeit. Wenn Sie wollen, auch mehrere Tage.« Betont dehnte er jedes Wort in die Länge. Sie erkannte sofort, daß er ihre Hilflosigkeit ausnützen wollte.

»Ach, wirklich?« Sie sah ihn verächtlich an.

Er senkte den Kopf, dann drehte er sich um und winkte ihr, ihm zu folgen. Der Weg endete in einem spärlich möblierten Büro. Ein rotblonder, sportlich aussehender Mann thronte hinter einem kleinen Tisch, der nicht die geringste Ähnlichkeit mit einem Schreibtisch aufwies. Sie schätzte ihn auf etwa fünfzig Jahre. Artig setzte sie sich ihm gegenüber.

---

1 Aschenbecher von 24 Zentimetern Durchmesser standen in fast allen Büros und Gaststätten der ehemaligen DDR (Anm. d. Autorin)

2 Synthetischer Einheitsstoff (Anm. d. Autorin)

Das Mädchen ist zweifellos schön, dachte er, sehr schlank, aber durchaus wohlgeformt. Anett bemerkte die verstohlene Musterung. Sie freute sich, daß sie für diesen Zweck bewußt ein feminines Kleidungsstück gewählt hatte: ein enges Kleid.

»Zobel«, nannte er kurz seinen Namen. »Du bist also die Spionin?«

Anett zuckte unter dieser Anschuldigung zusammen. Der will doch nur bluffen, dachte sie, auf den Busch klopfen will er. Sie faßte sich wieder.

Unerwartet, mit der Schnelligkeit eines Gewichthebers sprang er plötzlich auf und kam um das Tischlein herum. Sie erschrak vor seiner imposanten Gestalt. Noch ehe sie in der Lage war zu reagieren, umklammerte er von hinten ihren Stuhl. Sie roch das Rasierwasser ihres Vaters: *Dur for men.*

»Bitte keine Anzüglichkeiten, ich möchte nicht geduzt werden«, wies sie ihn zurecht. Sie sprach sehr gewählt, ihre Stimme klang angenehm.

Unbeirrt fuhr er fort: »Du hast gelogen, um in das Bett des, na sagen wir, des Nullachtfünfzehn-Gefreiten Schulze zu kommen. Das ist eine strafbare Handlung. Dein Gönner sitzt nun im Bau. Es liegt bei dir, deinen Kopf aus der Schlinge zu ziehen. Denk gut nach, was du mir sagen willst.«

»Worauf Sie sich verlassen können.«

»Dann sind wir uns wenigstens in diesem Punkt einig.« Er kehrte auf seinen Platz zurück. »Ich verlange eine ehrliche Antwort! Welche militärischen Beobachtungen haben Sie auf dem Gelände gemacht? Panzer, Abschußrampen und so weiter?«

Spontan fiel ihr der Zahnarztstuhl ein. Sie griente: »Außer Schulzes Rakete habe ich gar nichts entdeckt.«

Zobel fühlte die Schamröte aus seinem Hemdkragen

aufsteigen. Voller Genugtuung registrierte sie seine Verlegenheit.

»Fräulein Seilmann…« Er stockte. Der sachliche, nüchterne Ton, in dem sie geantwortet hatte, wirkte auf ihn schockierend. Verlegen nahm er den Telefonhörer von der Gabel und wählte eine Nummer. Linkisch hielt er ihn ans Ohr.

»Hier Oberleutnant Zobel. Melde den Vorfall Schulze-Seilmann.«

Eine laute Männerstimme sprach am anderen Ende. »Schulze hat alles zugegeben, wollte sich nur bei dem Mädchen interessant machen! Wird bestimmt nicht die erste gewesen sein, der er so was weisgemacht hat.«

»Danke, das beschleunigt die Sache!«

Anett fühlte sich hintergangen. Schulze, ihr zärtlicher Sanitäter, war kein getarnter Geheimagent, sondern bloß ein Wichtigtuer.

»Fräulein Seilmann, Sie können gehen. Nehmen Sie einen Ratschlag mit auf den Weg nach Hause. Ihre Unerfahrenheit im Umgang mit dem anderen Geschlecht kann Ihnen einmal das Genick brechen. Deshalb…« Er machte eine kleine Pause. »Sehen Sie sich die Männer, mit denen Sie ins Bett steigen, vorher genauer an.«

Anett tauchte wieder aus ihren Erinnerungen auf. Mein Gott, was war ich damals noch naiv. Sie blätterte weiter in dem Fotoalbum, und ihr Blick fiel auf das erste Farbfoto: Es zeigte einen dunkelhäutigen Mann mit Schnauzer, um dessen Hals ein schwarz-weiß gemustertes Tuch hing. Er umarmte Anett mit ernstem Gesichtsausdruck. *Nasih – 1980 in Berlin* stand darunter.

Nach dem Abitur hatte sie eine Stelle als Volontärin bei einer großen politischen Tageszeitung gefunden. Zur Aufnahmeprüfung fuhr sie der Vater nach Berlin. Unterwegs paukte sie noch einmal alle sowjetischen Staatsmänner durch: Chruschtschow, Gromyko, Andropow...

»Man kann nie wissen, auf was für dumme Fragen die kommen.« Also weiter: »Andropow... Ach, nicht zu vergessen: Breschnew.« Brav wiederholte Anett die Namen; bei Breschnew sauste der alte Trabant über ein Schlagloch, und aus Breschnew wurde Brechchef. Sie amüsierten sich köstlich darüber. Selten sah Anett ihren Vater so ausgelassen. Alles ging gut, sie bestand die Prüfung. Über Beziehungen hatte der Vater ihr ein Zimmer gemietet.

Anett wohnte, wie es sich damals für eine Untermieterin gehörte, möbliert: bunt tapezierte, teils schräge Wände; ein brauner Kachelofen; schmales Holzbett; über dem Kopfende ein kleines Hochzeitsbild aus den zwanziger Jahren; bescheidenes Nähschränkchen; noch anspruchsloserer Kleiderschrank, auf dem sich Kartons türmten, das kleine Fenster mit Blick zum Hof. Den einfachen Tisch, den Anett zum Schreiben benutzte, hatte der Vater ihr in einem Trödelladen besorgt. Die Lampe, ein kümmerliches Modell aus den fünfziger Jahren, sah einer Laternenampel ähnlich. Anett ersetzte das elektrische Licht in den Abendstunden meist durch Kerzenschein. Es war ein Zimmerchen, in dem sich Anett einsam fühlte, wie ein Vogel im Käfig.

Die Arbeit im Verlag machte ihr Spaß. Sie hoffte insgeheim, einmal eine berühmte Journalistin zu werden. Deshalb sammelte sie Artikel über Freiheitskämpfer aus allen Ländern, zur Zeit über eine Amerikanerin. Wenn eine amerikanische Kommunistin ins Gefängnis kam, ging das schließlich auch die Genossen der Deutschen Demokratischen Republik etwas an. Ansonsten war Amerika weit weg und der »westlichste Feind«.

Fleißig schrieb sie kleine Artikel für die Beilage der ›Freien Deutschen Jugend‹, bis eine Kollegin sie eines Tages ansprach: »Weißt du, was ADN heißt?«

Anett wunderte sich: »Das ist ja nun wirklich kein Geheimnis. Allgemeiner Deutscher Nachrichtendienst!«

»So, denkst du? Einige nennen es hier: Anetts dußlige Nachrichten.«

»Haha, sehr komisch.«

Rivalitätskämpfen und Klatsch ging Anett stets aus dem Weg. Wer nicht will, der hat schon, dachte sie. Erbittert über die Geringschätzung ihrer Arbeit überließ sie das Sammeln einer anderen Kollegin. Sie schleppte ihr Material ins Archiv.

Auf dem Weg dorthin begegnete ihr Nasih zum ersten Mal. Anett kannte den südländisch aussehenden Mann nicht, deshalb grüßte sie nur, worauf er ihr beide Hände entgegenstreckte. »Gib her, ich trage es für dich.«

Irritiert blickte sie auf die Plakatrollen.

»Was ist?« fragte er.

Der ernste Klang seiner Stimme beeindruckte sie. Gehorsam legte sie die sperrigen Rollen auf seine ausgestreckten Arme und stammelte: »Danke!«

»Ich möchte dich heute abend treffen!«

Anett war wie benommen. Der Mann, der unverkennbar Ausländer war, machte ohne Hemmungen einen Annäherungsversuch. Empörung und Auflehnung stiegen in ihr hoch, und eine heftige Abfuhr lag ihr auf den Lippen.

Da entschuldigte er sich: »Bitte, versteh das nicht

falsch. Ich sehe dich seit deinem ersten Tag hier, du gefällst mir. Hast du Lust auf einen gemeinsamen schönen Abend?«

Sie fühlte eine leichte Erregung, etwas wie Lampenfieber, das sie sonst nicht kannte. Anett betrachtete die ausgestreckten Hände. Es war eine Geste, die eine Art kleine Vertraulichkeit herstellen sollte. Er verliert keine Zeit, dachte sie.

»Wie heißt du?« wollte sie wissen.

»Nasih. Ich bin aus Syrien und studiere hier.«

Er war ziemlich hübsch – besonders die Augen. Sie erinnerten sie an Ronny, ihre unerfüllte Jugendliebe. Sollte sie die Gelegenheit nutzen? Zum Ausgehen am Abend fehlten ihr die Freunde. Während sie noch überlegte, sagte er schon:

»Heute abend im Hotel Casta, an der Cocktailbar?«

Nach diesen Worten ging er. Doch ehe er im Archiv verschwand, drehte er sich um und musterte Anett mit einem raschen Blick. Sie fühlte sich ertappt, zum Glück stieg ihr keine Röte ins Gesicht.

Nach Feierabend leistete Anett sich ein Taxi. Nicht, weil sie zuviel Geld besaß, sondern einfach, weil der Wagen gerade vor ihr anhielt. Beim Einsteigen raffte sie geschickt den Mantel, so daß ihre schlanken Beine in der schwarzen Strumpfhose bis weit über die Knie zu sehen waren. Die Mühe lohnte allerdings kaum, denn der Fahrer begegnete ihrer weiblichen Eitelkeit nur mit einem stupiden Lächeln.

»Haben Sie bestellt?«

Natürlich hatte sie nicht. In diesem Land muß man gleich bei seiner Geburt die Beerdigung bestellen, sonst läuft nichts, dachte sie.

»Selbstverständlich habe ich bestellt«, log sie

und gab die Anweisung, zum Hotel Casta zu fahren.

Während sie sich den Rock zurechtzupfte und das Haar ordnete, freute sie sich: Das ist mein erstes richtiges Abenteuer, seit ich in Berlin bin. Wie er wohl angezogen sein wird?

Endlich erreichte das Taxi in der trüben Dämmerung die breite, mit Bäumen gesäumte Lindenallee. Das Hotel nahm sich ein wenig nüchtern neben der alten, schmucken Bibliothek aus. Als der Wagen am Portal vorfuhr, wurde die Tür sogleich von einem Hoteldiener geöffnet. Ohne in Panik zu verfallen, schritt Anett selbstbewußt durch die Eingangspforte in eine Welt, die später für viele Jahre die ihre werden sollte.

Eine hohe Glastür führte in die Empfangshalle. Beeindruckt von der Eleganz des Raumes, wagte sie sich keinen Schritt weiter. Vor niedrigen Tischen saßen vereinzelt Gäste, an der Bar lümmelten junge Engländer. Vor ihnen schäumte Bier in riesigen Gläsern. Die Bardame mit eingeschnürter Taille, in blütenweißer Bluse, eilte von einem Gast zum andern. Ob das Lächeln zur Berufskleidung gehörte?

Ein schwerer Duft umhüllte Anett plötzlich. Von hinten hielt ihr jemand die Augen zu.

»Nasih?«

»Ja!«

»Du verschmierst mein Make-up!« fauchte sie leise.

»Verzeih...« Er deutete schüchtern eine Verbeugung an.

»Du siehst umwerfend aus.« Er küßte ihre Wange.

Es war wie ein Traum – er sah aus wie ein Prinz aus einem orientalischen Märchen. Die legere Kleidung vom Tage hatte er gegen einen dunkelblauen Anzug vertauscht, die Krawatte zierte eine goldene Nadel.

Seine schönen, schwarzbraunen Augen funkelten sie bewundernd an.

»Wir gehen zur Bar«, sagte er dezent.

Mit Stolz bemerkte Nasih die Blicke, die Anett auf sich zog, doch gleichzeitig brodelte das arabische Blut in ihm heftig vor Eifersucht. Er blieb stehen.

»Ich habe es mir anders überlegt«, sagte er. »Laß uns zur Sitzgruppe dort drüben am Fenster gehen. Da können wir ungestört reden.« Er deutete in eine versteckte Ecke des Foyers.

»Schämst du dich mit mir?«

»Nein! Bitte entschuldige, aber ich will nicht, daß andere Männer dich anstarren.«

Anett fand seinen Akzent sympathisch. Nasih bestellte Kaffee. »Sprichst du Englisch?« fragte er unvermittelt.

Sie lachte verblüfft. »Ja, gern. Ich habe bisher nur keine Gelegenheit gehabt, mein Schulenglisch zu benutzen. Erzähl mir, woher du kommst.«

»Aus Palästina.«

»Palästina? Das Land zwischen der Ostküste und dem Jordan?«

»Du kennst dich aus?« fragte er verwundert.

»Ich habe in der Schule im Erdkundeunterricht aufgepaßt. Allerdings ist das alles, was ich über dein Land weiß. Ich komme nämlich aus dem Tal der Ahnungslosen, wo man kein Westfernsehen empfangen kann.«

»Wo liegt das Tal?«

»In Sachsen. Aber reden wir lieber über dein Land, das finde ich spannender. Warum bist du hier?«

Er lächelte. »Wo soll ich beginnen?«

Sie sah, wie er eine Reisegruppe beobachtete, die soeben schwatzend das Hotel betrat. Sein Gesicht verfinsterte sich. Unruhig rutschte er in seinem Sessel hin und her. Dann sagte er: »Komm, wir gehen. Das sind Israelis.«

Sie blickte ihn erstaunt an. »Na und? Die tun uns doch nichts.«

Nasih verzog das Gesicht zu einem dünnen Lächeln. »Wir fahren zu mir. Ich wohne nicht weit.«

Der Kellner griente Nasih verschwörerisch zu, während dieser zahlte.

Er bewohnte ein nüchtern eingerichtetes Zimmer in einer Altbauwohnung. Überall standen oder lagen Koffer und Kisten herum. Ein großes, altmodisches Bettgestell nahm den meisten Platz des Raumes ein. Die Türen des einfachen Kleiderschrankes, beladen mit verpackten Gegenständen, wurden durch einen Ohrensessel verstellt.

»Ist ja eine richtige Studentenbude.«

Nasih mühte sich verlegen, die Sachen vom Bett zu räumen. Ungeniert legte Anett den Mantel ab.

»Möchtest du etwas trinken?« fragte er höflich.

»Später.«

Anett empfand das Licht der häßlichen Flaschenlampe, die auf dem Fensterbrett stand und dort verstaubte, als störend. »Hast du nicht ein Tuch, das wir über den Lampenschirm hängen könnten? Das wäre gemütlicher.«

Gefällig kramte er in einer Kiste und zog ein wunderschönes, seidenes Kopftuch hervor. Nie zuvor hatte Anett eine solche Kostbarkeit gesehen. Die hauchdünne Seide leuchtete in traumhaften Farben. Silberne Fäden durchkreuzten die seltsamen orientalischen Muster, die sie bisher nur an ausländischen Touristen bewundern durfte.

Nasih sah, wie vorsichtig sie das Tuch über den vergilbten Lampenschirm hängte. Als sie sich zu ihm umdrehte, lächelte sie verführerisch. Dann warf sie sich schwungvoll auf das Bett, so daß die uralten Sprungfedern heftig vibrierten und quietschende Töne von sich gaben.

»So stelle ich mir einen fliegenden Teppich vor!« lachte sie.

Anett rekelte sich, stützte die Ellenbogen auf, legte das Gesicht in die Handflächen und bemühte sich um klare Gedanken.

Er sah ihre roten Haare, die in reizvollen Locken über ihren Körper fielen. Ihr giftgrüner Pullover mit tiefem Ausschnitt verriet die Ansätze ihres kleinen, gutgeformten Busens. Seit er in diesem Land weilte, lebte Nasih in sexueller Abstinenz. Nun saß ihm das schönste, sinnlichste Mädchen aller Länder gegenüber.

Anett ließ kein Auge von ihm. Er saß scheinbar ruhig auf dem Sessel, doch entging ihr nicht, daß er sie hin und wieder mit einem Seitenblick bedachte. Sie hatte bewußt ihre Wirkung auf Männer an ihm ausprobiert. Jetzt wußte sie: Ich kann es und werde es immer können. Davon angespornt, empfand sie eine sonderbare Erregung. Geschickt drehte sie sich zur Seite, so daß der Ausschnitt des Pullovers über die linke Schulter rutschte. Nasih fuhr aus seiner Lethargie auf. Zufällig streifte seine Hand ihren Rock. Er war sich dessen kaum bewußt, daß er sie berührte, erst als er ihren Atem fühlte.

»Warum bist du vor den israelischen Hotelgästen geflüchtet?«

Er zuckte zusammen. »Deshalb mußt du doch nicht gleich erschrecken. Sehe ich wie eine Fata Morgana aus?«

»Nein, du bist alles andere als das.«

Etwas in seinem Gesichtsausdruck erinnerte sie wieder an Ronny. Die schwarzen Augen vielleicht? So manches Mal hatte sie sich früher gefragt, was Ronny wohl gerade dachte, wenn er seinen träumerischen Blick in die Ferne schweifen ließ. Eine gewisse Ähnlichkeit war einfach vorhanden.

»Weißt du«, begann Nasih in einem Tonfall, als erhebe er den Anspruch unbedingter Gültigkeit, »Palästina wurde seit Jahrhunderten wegen seiner günstigen Durchgangslage ständig von anderen Ländern erobert, geplündert und unterdrückt. Erst durch die Öffnung des Suezkanals gewann mein Land strategisch und handelspolitisch an Bedeutung. Damals begann auch der Machtkampf. Im Zweiten Weltkrieg wurden wir von den Briten besetzt. Die britische Regierung führte eine Regelung ein, nach der sich die Juden in unserem Land eine Heimat schaffen durften. Aber das war für die Briten nur ein Vorwand, um ihre Soldaten über den Krieg hinaus bei uns zu halten. Wir wurden ein Kolonialvolk. Der britische und amerikanische Einfluß verhinderte eine gesunde wirtschaftliche Entwicklung. Das Kapital floß in die Hände der Banken, in den Handel sowie in den Bau von militärischen Objekten. Wir hatten keinerlei Rechte.«

Er machte eine Pause. Anett blieb nicht verborgen, daß sich auf seiner Stirn kleine Schweißperlen bildeten.

»Und wie gefällt dir dein Land?« fragte er unvermittelt.

Sie sah ihn ernst an. »Wir leben auch in einem Polizeistaat!«

Seine Stirn rötete sich, dann floß das Blut zurück und machte fahler Blässe Platz. Tonlos sagte er: »Was weißt du schon von Politik.«

Er nahm ihr die halb aufgerauchte Zigarette aus der Hand. »Alles, was in deinem Land geschieht, ist nicht die Welt da draußen.« Er zeigte in die Finsternis hinter dem Fenster. »Deine Welt wird immer nur dein kleines Land sein.«

»Du meinst, ich werde nie eine gute Journalistin werden, nie hinauskommen, um mehr zu erfahren, zu ergründen?«

»Nein, hier kannst du keine gute Journalistin werden, weil du die Wirklichkeit nicht kennst.«

»Du hast ja recht!« brach es aus ihr heraus. »Wie soll ich die Welt kennenlernen, wenn ich ständig auf einem winzigen Fleckchen Erde herumlaufe, als kreiste ich um meine eigene Achse?«

Er schwieg. Dann fragte er ablenkend: »Hast du Hunger?«

»O ja!«

Er verließ das Zimmer und kam gleich darauf mit einem Mahagonitablett zurück, auf dem zwei Teller mit belegten Broten standen. Ob die schon fertig gewesen waren? Er übte sich wohl öfter in Gastfreundschaft? Anett legte ihre Hand auf seinen Arm.

»Danke!«

»Du bist ein schönes Mädchen«, flüsterte Nasih.

Ihre Hand mit dem Teller sank auf das Bett. Die Wohnungsklingel schrillte. Es klingelte ohne Unterbrechung. Ihr blieb nicht verborgen, daß er erschrak. Als es an der Tür klopfte, ging er öffnen. In dem abendlichen Besucher erkannte sie einen seiner Landsleute. Ungestüm begann er auf Nasih einzureden, brach aber ab, als er Anett bemerkte.

»Hallo«, grüßte sie.

Er reichte ihr die Hand: »Benehm-hac-Mansu«, sagte er, jede Silbe seines Namens betonend.

Neben Nasih wirkte er klein. Seine pockennarbige Haut war olivbraun getönt, er hatte große, hervorquellende Augen, knochige Hände und eine schnarrende Stimme. Nasih schaltete das Radio an. Erst als die Musik erklang, sprach der Mann weiter. Anett verstand kein Wort. Sie sah aber, daß es ihm nicht leichtfiel, sich gelassen zu geben. Seine hitzigen Handbewegungen verrieten seine innere Unruhe. Auch Nasih atmete tief durch.

»Gut, gut.«

Nur diese letzten zwei deutschen Wörter drangen zu ihr. Dann gingen beide in den Flur. Nasih kam mit einem länglichen Gegenstand in den Händen zurück, der in Lumpen gepackt war und schwer zu sein schien. Er verstaute ihn vorsichtig zwischen den Kartons auf dem Schrank. Sein Freund beobachtete ihn genau, dann zog er den Reißverschluß seiner Jacke zu, klopfte sorgfältig alle Taschen ab, band sich ein schwarz-weißes Tuch um den Hals und murmelte beim Hinausgehen: »Auf Wiedersehen.«

Kaum war hinter dem merkwürdigen Besucher die Tür ins Schloß gefallen, sagte Nasih müde: »Du mußt jetzt gehen.«

»Du schickst mich weg?«

Er runzelte die Stirn. »Ich muß noch mal weg. Nach Westberlin.«

»Du fährst einfach, so mir nichts dir nichts, in den Westen? Geht das denn?«

»Frag nicht. Wir sehen uns morgen im Verlag.«

Am nächsten Arbeitstag begegnete sie ihm nicht, deshalb suchte sie ihn am späten Nachmittag in seiner Redaktion. Als sie durch den Gang zwischen den verglasten Verlagsräumen ging, fühlte sie förmlich die neugierigen Blicke der Kollegen. Sie fand Nasih vor einem überladenen Schreibtisch.

»Du?«

Ein freudiger Schreck huschte über sein unrasiertes Gesicht. Er wirkte übernächtigt.

»Gehen wir gemeinsam nach Hause?«

Anett schaute auf die Uhr über der Tür. Es war so still im Raum, daß man ihr leises Klicken hörte. Eine Hummel flog summend gegen die Fensterscheibe. Anett war die Stille peinlich. Eine dicke Fotografin rührte überlaut in ihrer Kaffeetasse und starrte Anett ungeniert an. Unachtsam stieß Nasih das Telefon vom Tisch. Verdutzt hob er es wieder auf.

»Also gut, wenn es dir nichts ausmacht, gehen wir gemeinsam.«

Triumphierend lächelte Anett. »Mach dir keine Gedanken meinetwegen.« Leise fügte sie hinzu: »Laß sie doch glotzen, das ist der Neid der Besitzlosen.«

»Verstehe ich nicht.«

»Mußt du auch nicht.« Fröhlich trällerte sie: »Einen schönen Abend, liebe Kollegin!«

In der S-Bahn fühlte sich Nasih unruhig. Alle schauten diesem Mädchen nach. Anett selbst sah ihn unbefangen an. Die grünen Augen verliehen ihrem Gesicht einen Ausdruck von Entschlossenheit. Konnte man ihr vertrauen?

Sie fixierte wie eine Süchtige einen Punkt.

»Wollen wir in ein Café gehen?« weckte er sie aus ihrer Versunkenheit.

»Wir können den Kaffee auch bei dir trinken.«

In Nasihs Zimmer sah es aus, als hätte inzwischen eine Putzfrau für Ordnung gesorgt. Überall herrschte peinliche Sauberkeit; sogar die Kisten waren aus dem Zimmer verschwunden. Auf dem Tisch ragte aus einer Kristallvase eine dunkelrote Rose. Daneben lag ein schmuckes Päckchen.

»Hast du Geburtstag?«

Wortlos reichte er ihr das Geschenk, trat zum Fenster und sah hinaus. Es begann zu regnen, schwarzgraue Wolken zogen über den Himmel. Hinter sich vernahm er einen freudigen Aufschrei.

»Nasih – bist du verrückt?« Sie stürmte auf ihn zu und umklammerte seinen Hals: »Danke, danke! Das ist sehr lieb von dir.«

Das Seidentuch hing über ihrer Schulter. Als er sie zaghaft umarmte, wußte sie, daß er sie hier erwartet hatte. Der zarte Mädchenkörper drängte sich ihm entgegen.

»Warte.«

Sie löste sich aus der Umarmung, zog den Pullover aus und legte sich, nur mit dem Tuch bekleidet, auf das quietschende Bett. Sie gab sich ihm hin, wenn nicht aus Liebe, so doch mit einer tiefen seelischen Beschwingtheit und dem eigenartigen, wundervollen Kribbeln im Bauch... Im Unterbewußtsein registrierte sie rätselhafte Geräusche, als rumple ein Zug durchs Zimmer.

»Warum bist du so stumm?«

Er antwortete nicht. Nasih war kein leichtsinniger Mensch, doch nun war er auf dem besten Wege, sich in Konflikte zu verstricken, denn er spürte, daß er sich mehr und mehr in dieses Mädchen verliebte. Doch Benehm hatte ihm unmißverständlich zu verstehen gegeben, daß er den Kontakt zu ihr abbrechen müsse, da sonst die Arbeit seiner Gruppe gefährdet sei.

Anett streichelte seinen Rücken. Er ließ sich fallen – in eine lähmende Dunkelheit, in das schwarze Loch der Erinnerung, die immer und immer wieder über ihn kam. Er schloß die Augen, grausam und heftig zog ihn die Vergangenheit aus der Gegenwart. Er sah sich geduckt durch eine enge Gasse zwischen Bauernhäusern schleichen, dann kauerte er sich hinter einen Eselskarren, auf dem sich ein Reisigberg türmte. Soeben hatten sie einen Israeli von der Dorfmauer heruntergeschossen. Er umging einen Trichter. Wo war Vater? Weinend lief Nasih umher, er sah ihn unterhalb des Dorfes mit einem grauhaarigen Mann in einer Sandmulde hocken. Sie tranken aus ledernen Wasserbehältern. Dann robbten sie durch den Sand auf die Mauer zu. Ganz in der Nähe fiel ein Schuß; er blieb ohne Antwort. Plötzlich zerriß lautes Krachen die merkwürdige Stille der Mittagshitze. Das geschah mehrmals am Tage. Nasih konnte sich daran nicht gewöhnen, aber es gab keine Möglichkeit zur Flucht. Die zweite Explosion drang gar nicht in sein Bewußtsein. Der Karren wurde hoch in die Luft geschleudert, ein Splitter traf ihn... Die Welt um ihn veränderte sich... Vor seinen Augen sah er den aufgerissenen Bauch des Maultieres. Es schrie, qualvoll, Blut rann in den Sand... Gegen Abend erlangte er das Bewußtsein wieder. Er wollte sich bewegen, doch er schrie vor Schmerz auf. Mit dem Schmerz kam die Erinnerung: der Krieg, der Vater, das Wasser, die Granate...

»Ich sterbe! Hilfe, ich will nicht sterben!«

Nicht daran denken. Einfach etwas anderes ins Gedächtnis rufen. Vergeblich, sosehr er sich anstrengte, ihm fiel nichts ein. Jemand legte ein nasses, kühles Tuch auf seine Stirn. Anett beugte sich über ihn.

»Was ist mit dir? Du hast so gestöhnt – ich dachte, du hättest Kopfschmerzen.«

Er preßte sie fest an sich. Wieder quietschte das Bett.

»Habe ich dir erzählt, daß ich mit vierzehn Jahren meine ersten Texte schrieb? Heimlich?« Er versuchte, den lästigen Alptraum zu verscheuchen.

»Das haben viele gemacht«, sagte sie. »Einige aus meiner Schule schrieben mehr oder weniger Tagebuch. Ich habe es auch versucht, aber nach den ersten vier Seiten hielt ich das Schreiben für vergeudete Zeit. Das Buch wird wohl wie meine anderen Spielsachen auf dem Dachboden verstauben, und trotz meiner Mittelmäßigkeit garantiert man mir heute im Verlag kleine Artikel.«

Er antwortete nicht. Sie konnte erkennen, daß er über etwas nachdachte.

In seinen Armen lag sie neben ihm und wartete.

»Nein, ich rede von verbotenen Zeitungen in meiner Heimat.«

»Na, Hilfe, das wäre bei uns unmöglich. Spätestens nach einer Woche käme die Staatssicherheit dahinter. Sie erfahren alles. In diesem Polizeistaat bleibt nichts unbeobachtet und nichts ungestraft.«

»Wir Mitglieder der PLO haben in eurem Land nichts zu befürchten. Mein Vetter erhält sogar eine Sonderausbildung bei der Armee, in einer militärischen Spezialeinheit, die von euren Offizieren geleitet wird.«

»Was?« Anett sah ihn erschreckt an. »Das wußte ich nicht – die PLO wird hier gefördert? Gegen die Israelis?« Sie holte tief Luft. »Die Juden sind doch von den Deutschen fast ausgerottet worden, und du«, sie faßte sich an den Kopf, »nein, das verstehe ich nicht! Ich will das auch nicht verstehen! Was läuft denn in diesem Land ab? Da schleifen sie uns in die Konzentrationslager, nennen sie Mahn- und Gedenkstätten und bilden heimlich Terroristen gegen das jüdische Volk aus! Wo lebe ich eigentlich? Was haben wir Deutschen schon wieder damit zu tun?«

Nasih sah sie finster an.

»Du hast ja keine Ahnung. Mein Großvater trat 1923 in die kommunistische Partei Palästinas ein. Er drillte die Jugend zu Freiheitskämpfern.«

»Drillen! Das ist das richtige Wort! Er war bestimmt ein Fanatiker, so wie du einer bist, sonst wärst du nicht hier.«

Unbeirrt erzählte er weiter. Sie mußte jetzt alles wissen, wenn er sie für sich gewinnen wollte.

»Mein Großvater war Mitbegründer der ersten Abteilung für den arabischen Aufstand 1947. Der Beschluß der UN teilte mein Land in zwei Hälften, eine arabische und eine jüdische. Die Briten gaben ihr Mandat auf. Noch bevor die Teilung stattfand, eroberten die Israelis weitere Gebiete meiner Heimat. Mein Großvater und mein Vater flohen in ein Nachbarland, um den Widerstand zu organisieren. Beide fielen im Sechstagekrieg um die Golanhöhen. Ich lernte, den Feind zu hassen. Mein Bruder kämpfte erbittert in der palästinensischen Befreiungsfront unter Jasir Arafat. Im Jom-Kippur-Krieg, als man die verlorenen Gebiete zurückerobern wollte, wurde er getötet. Ein Freund unserer Familie nahm mich nach Moskau mit.«

»Ja, den Rest kenne ich, sie haben dich zum Kommunismus bekehrt. Trotzdem verstehe ich das nicht. Wie kann man sich um ein Stück Land so streiten, und was haben wir oder Rußland davon? Warum gönnt ihr den Juden keine Heimat?«

»Weil meine Heimat nicht die ihre ist. Du weißt eben nicht, was richtiger Haß ist.«

»Ich will es auch nicht wissen. Wenn ich dir zuhöre, weiß ich, daß Haß nichts Wesentliches verändert, nur die Menschen. Sie werden unglücklicher. Wo ist das Gute am Haß?«

»Eines Tages werde ich auch sterben...«

»Du Narr! Da wirst du nicht der einzige sein. Es geht den Menschen wie den Tieren. Wir haben alle nur ein geborgtes Leben. Doch keiner richtet sich danach. Niemand erlebt die Ewigkeit. Und ob es hinter den Sternen weitergeht? Wer weiß. Bisher ist keiner zurückgekehrt und hat über das Leben aus dem ›Paradies‹ berichtet. Genießen wir unser Leben jetzt.«

Sie griff unter die Decke. Das Bett begann zu quietschen, und das merkwürdige Rumpeln aus der Schrankecke übertönte die Melodie der Liebe.

Oft verließ Nasih die Stadt für einige Zeit. Anett fragte nie, wohin er ging. An freien Tagen war sie mit Kollegen zusammen, oftmals blieb sie auch einfach in ihren vier Wänden und las. Es kam vor, daß Peter sie besuchte, dann begleitete sie ihn in die Studentenklause, wo sie meist einen ausgelassenen Abend verbrachten.

Wenn Nasih aber kam, überhäufte er sie mit teuren Geschenken: Luxusparfüm, topmoderne Pariser Kleidung, auch Kosmetik vergaß er nie. Der Hauch des westlichen Konsums berauschte Anett. Sie veränderte ihren Lebensstil. Gern umgab sie sich mit dem Flair, den ihr die teuren Interhotels boten. Sie entwickelte einen Spürsinn für Eleganz, gutes Essen, wohlschmekkende Weine und den eigenen Egoismus. Sie entdeckte dabei die Neigung, sich selbst in den Vordergrund zu stellen. Rasch, zu rasch, gewöhnte sie sich an Nasihs Aufmerksamkeiten. Der erste Eindruck des fanatischen PLO-Kämpfers verblaßte, übrig blieb der großzügige Liebhaber, der sie in die Welt der schicken Bars, Restaurants, Konzerte und Varietés führte.

Doch spätestens wenn das Bett quietschte und der Schrank rumpelte, fiel sie in ihre frühere Art zurück und lästerte: »Na, Genosse, geht es wieder mal in den Kampf?«

Kommentarlos nahm er ihre Späße hin. Sie war die geborene Verführerin, die wußte, wie man einen Mann zufriedenstellte.

Anett fühlte, daß sich ihre Gedanken in seiner Nähe träger bewegten. Was für ein Genuß, in seinen Armen zu liegen, sagte sie sich oft. Es ist verrückt, warum hänge ich nur so an ihm? Er hat mir nie gesagt, daß er mich liebt... Es gab Wochen, da verging sie vor Eifersucht, wenn er mehrere Tage nicht kam. Sie fürchtete dann, seine Gefühle für sie könnten nachlassen.

An einem Abend schlug Nasih vor, zu einer Konzertveranstaltung zu gehen. Anett erklärte sich sofort einverstanden, obgleich sie wußte, daß er Schwierigkeiten beim Zuhören hatte. Er mochte Konzerte nicht besonders, da er dazu neigte, einzuschlafen.

Die Musiker stimmten ihre Instrumente. Der Konzertsaal war ausgebucht. Der Zauber der Musik ergriff die Zuhörer; es herrschte Totenstille. Anett sah, wie Nasihs Kopf auf die Brust sank, und noch bevor sie ihn wecken konnte, ertönten aus seinem Mund laute Schnarchgeräusche. Einige schauten empört zu ihm herüber. Jemand aus einer Reihe hinter ihnen rief: »Zugabe!« Als die Musik endete, folgte stürmischer Applaus. Nasih erwachte und wußte nicht, wo er sich befand. Anett lächelte still in sich hinein – sie war glücklich.

Nasih ergriff ihre Hand und sagte: »Es tut mir leid.«

»Macht nichts, es war trotzdem ein wunderschöner Abend.«

Für einen Augenblick wurde ihr bewußt, wie einsam sie ohne ihn wäre, und es graute ihr vor ihrem kleinen, ungemütlichen Zimmer.

Sie fuhren zu ihm. Kaum daß sie in seiner Wohnung standen, vernahm er Anetts Flüstern: »Haben der Herr sein Abendschläfchen beendet!?«

Nasih blickte in Anetts lustvolles Gesicht. Gleich wird sie mich ins Bett ziehen... heißer Körper, elegante Dessous, teures Parfüm... Ihm gefiel besonders der seidige Glanz ihrer Haut.

Vertraulich sagte er: »Du bist eine verdammt schöne Frau.«

Anett nickte und trat nahe an ihn heran.

Unerwartet packte er sie an den Hüften, hob sie ein wenig empor und legte sie aufs Bett.

»Pst, hör mal!« stoppte sie jäh seine aufflammende Leidenschaft.

»Was ist?«

»Ist dir das Geräusch noch nie aufgefallen? Immer, wenn wir uns lieben, ist es, als ratterte eine Eisenbahn durchs Zimmer.«

»Ich kann nichts feststellen.«

»Du mußt dich bewegen, dann kommt es wieder.«

»Was kommt wieder?«

»Na, das Geräusch! Es hört sich an, als mache der Schrank mit.«

»So ein Blödsinn.« Ärgerlich zog er die Stirn in Falten.

Sie ließ nicht locker. »Beweg dich mal! Nicht so zaghaft, so wie immer!«

Sie lachte, als das Rumpeln aus der Schrankecke einsetzte.

»Na, glaubst du es nun?«

Sie schauten beide zum Schrank. Der stand ganz ruhig da, gab aber Geräusche von sich. Nasih hielt inne. Im Zimmer wurde es still.

»Ist das nicht toll?«

Ihr Lächeln ging ihm unter die Haut.

»Na warte, jetzt erlebst du was!« drohte er gespielt.

»Ich bin doch kein Wüstenschiff, dem du Kommandos geben kannst!«

Sie küßte ihn und verfiel erneut seiner Begierde. Das Bett quietschte, der Schrank rumpelte. Sichtlich genervt stand Nasih auf, stellte einen Sessel vor den Schrank und kletterte hinauf.

»So, nun beweg dich mal, als ob…«

»Liebend gern!«

Sie wälzte sich seufzend, stöhnend und lachend auf der Matratze, das Bett gab unerträgliche Laute von sich, auch der Schrank. Nasih lachte plötzlich auf, sie hielt inne.

»Was ist los? Sehe ich dabei so komisch aus?«

»Nein, nein, im Gegenteil.«

Immer noch lachend, hob er das in Lumpen gewikkelte Bündel hoch. »Hier, der Kampfgeist singt mit, es war Benehms Kalaschnikow.«

»Du machst wohl Witze? Ein Maschinengewehr, hier in der Wohnung?«

»So gesehen kommt die Liebe mit einem Genossen einem Fronteinsatz gleich.«

»Sag bloß, du hattest die ganze Zeit Angst vor mir! Wozu brauchst du eine Waffe?«

Er legte das Gewehr zurück auf seinen Platz, stieg vom Sessel und kam auf sie zu.

»Anett, möchtest du meine Frau werden?« fragte er nun ernsthaft.

Sie sah ihn an. »Erst das Menü, dann das Dessert, nicht schlecht! Aber – geht das auch ohne Bewachung?«

Überglücklich schrieb sie ihren Eltern, daß ihr Nasih einen Heiratsantrag gemacht habe. Die Eltern schickten ein Telegramm, darin kündigten sie ihr Kommen an.

Gleich bei der Begrüßung sah Anett ihren Gesichtern an, daß sie niemals der Heirat zustimmen würden. Der Vater wetterte auch sofort. »Hast du völlig den Verstand verloren? Kein Mensch bricht sein Studium ab, um zu heiraten! Noch dazu einen Ausländer! Nein, meine liebe Tochter, daraus wird nichts. Von Mutter oder mir erhältst du keine Einwilligung. Wie konntest du dich nur mit ihm einlassen? Hast du eigentlich eine Ahnung, welchen Gefahren du dich oder uns mit so einem Verhältnis aussetzt? Bisher waren wir eine ordentliche Familie. Keine Kolonialbeamten in irgendeinem Wüstenstrich!«

»Du verurteilst mich also, weil...«

»Ich verurteile dich nicht. Nach der Schule hast du erklärt, Journalistin werden zu wollen. Erinnerst du dich, wie schwierig es war, einen Platz zu bekommen? Und daß man uns besonders durchleuchtet hat?«

»Ich liebe Nasih und werde meinen Platz an seiner Seite finden.«

»Ja, neben ihm auf dem Friedhof. Dort ist Krieg, verdammt noch mal, kapierst du das nicht?«

Die Mutter wagte kein Wort zu sagen. Kreideweiß sank sie auf Anetts Bett.

»Du machst unsere Familie kaputt«, sagte der Vater mit brüchiger Stimme.

»Vater, ich bitte dich! Ich bin erwachsen!«

»Unsinn! Du verstehst nichts. Es handelt sich nicht um einen Mann aus dem Ostblock. Auch wenn er ein Russe, Pole oder Ungar wäre, gäbe es Probleme, aber so! Die werden nie ihre Zustimmung zu einer Ausreise geben. Überleg doch mal, Kind: Was würde aus uns?« Er packte ihre Schultern. »Weißt du, wie schrecklich es ist, rund um die Uhr bewacht zu werden? Damit meine ich nicht nur dich, sondern auch uns. Dein eigener Schatten wird dir fremd. Du hast sie Tag und Nacht unsichtbar an den Fersen. Womöglich glauben sie noch, wir schmuggeln Forschungsergebnisse ins feindliche Ausland. Bist du dir im klaren, was man uns alles anhängen könnte?«

Anett bekam die Angst ihrer Eltern körperlich zu spüren. Ihr Herz schlug rasend. »Vater, er ist Kommunist! Er studiert in unserem Land. Weshalb sollten sie ihm nicht trauen? Spionieren sich die Kommunisten gegenseitig aus?«

»Ach, Anett, wir hätten viel früher über dieses Thema reden sollen. Mutter und ich waren noch nie mit diesem System einverstanden. Man kann seinen Kindern nicht den Weltfrieden einreden, vom Brudervolk sprechen und sie dann wie Gefangene daran hindern, hinaus in die Welt zu gehen. Dir gefällt unser Regierungssystem nicht, ebensowenig wie uns. Doch was soll man tun? Alles andere wird noch schlimmer sein. Glaub es mir, ein ausgedientes Sofa ist mehr wert als eine Gefängnispritsche, mag sie auch noch so neu sein. Du redest immer von ›deiner Welt‹, und du schwimmst unbekümmert darin herum. Dein Nasih mag dich jetzt noch lieben, doch du sprichst seine Sprache nicht. Es wird Zeit, daß du erwachsen wirst. Zieh deine Konsequenzen!«

Anett hörte nicht mehr zu, sie weinte.

Die Mutter trat zu ihr. »Beruhige dich! Es gibt nicht nur eine Handvoll, es gibt das ganze Land voll!«

Anett lächelte unter Tränen. »Ach, ich liebe euch so!«

Noch am gleichen Abend klingelte sie an Nasihs Wohnungstür. Sie wußte, daß sie ihn nicht ohne vorherige Absprache besuchen durfte, deshalb ignorierte sie sein finsteres Gesicht.

»Anett, bitte, wie oft habe ich dir gesagt, es könnten Freunde hier sein, die nicht gesehen werden dürfen.«

»Dann brauchst du die Tür ja nicht zu öffnen. Außerdem ist es wichtig.«

Er ließ sie eintreten. »Was gibt es so ungeheuer Wichtiges, daß du um diese Uhrzeit noch kommen mußt?«

Anett hatte in der Aufregung gar nicht auf die Zeit geachtet. Es war bereits kurz vor Mitternacht.

»Entschuldige, ich habe meine Eltern zum Bahnhof gebracht. Wir können nicht heiraten«, rutschte es ihr über die Lippen. »Mein Vater sagt, wir bekämen große Schwierigkeiten.«

»So, sagt dein Vater das?«

Unruhig schritt Nasih im halbdunklen Zimmer auf und ab. Sie verfolgte die Wanderung. In seinem Gesicht glaubte sie Wut und Enttäuschung zu erkennen. Doch es blieb unbeweglich.

»Das haben deine Eltern wirklich gesagt?«

»Was meine Eltern darüber denken, ist mir nicht gleichgültig. In deinem Land ist Krieg, sie haben einfach Angst um mich.«

Für Anett war das Wort »Krieg« ein weit entfernter Begriff. Ein Wort, das bedrohlich näher kam, zu nah. Sie erwartete eine Reaktion, doch Nasihs Gesichtszüge blieben unverändert starr. Plötzlich ging er hinaus und kam mit ihrem Mantel wieder herein.

»Ich habe mich ein halbes Jahr lang mit dir abgegeben. Entweder bist du blind oder… Nimm einen Rat von mir: Befaß dich nicht mit Politik. Das ist nichts für dich. Von Natur bist du wahrscheinlich eine kleine Hure. Mach, daß du hinauskommst.«

Anett hob die Hand zum Schlag, dann überlegte sie es sich anders und rannte aus der Wohnung. Erst auf der Straße dachte sie: Ich hätte ihn ohrfeigen müssen. Abscheu gegen ihn erfaßte sie. Sie lief durch die Straßen, ohne auf den kalten Wind zu achten. Sie durchlitt den Zusammenbruch ihrer Träume, all dessen, was ihre Gefühle für Nasih ausmachte. Ihr Vater hatte recht: Er kam aus einer völlig anderen Kultur.

Zum Verlag würde sie nicht zurückgehen, sie würde sich auch exmatrikulieren lassen. Morgen werde ich nach Hause fahren, dachte sie, ich werde anfangen, Männer kennenzulernen, und trotzig dachte sie weiter: Eine Hure ist immer noch besser als Politik!

Fröhliche junge Leute in Faschingskostümen kamen ihr entgegen, halbnackte Mädchen, die im kalten Wind des Februartages nicht zitterten, sondern laut lachten, als sie von Passanten neugierig gemustert wurden. War heute Karneval? Anett lächelte in sich hinein: Es lebe die Liebe, der Frohsinn und ich!

Ein dicker junger Mann mit einer Clownsnase, dessen Mund kirschrot bemalt war, kam auf sie zu. Sie blieb stehen und streckte ihm die Zunge heraus.

Die Straßen ihrer heimatlichen Kleinstadt erschienen Anett wie ausgestorben. Alles war so ruhig, nicht so lärmend wie in der Großstadt. Die Eltern verwöhnten und umsorgten sie wie ein krankes, hilfloses Kind und versuchten, sie die Stadt vergessen zu lassen samt ihrer Einsamkeit, den Bürointrigen, der leidenschaftlichen Liebe und den Enttäuschungen. Ihr Vater schlug ihr eine Ausbildung als Glasbläserin in dem kleinen Familienbetrieb eines Bekannten vor. Man suchte dort dringend einen Lehrling. Anett stimmte begeistert zu.

Am ersten Tag führte sie der Meister durch die Werkstatt. Fasziniert sah sie den Glasbläsern über die Schulter, bewunderte das handwerkliche Geschick, mit dem sie aus dem erhitzten Glas eine weiße Kugel formten. Der Betrieb hatte sich auf die Herstellung von Glasaugen spezialisiert.

Anett fand ein Mansardenzimmer im Ort, mit einem herrlichen Ausblick über den Tannenwald, von dem sie sich Trost versprach.

Die ersten Wochen der Ausbildung verliefen nicht sehr ermutigend. Immer wieder zerbrach das hauchdünne Glas. Das angestrengte Blasen trieb ihr das Blut in die Wangen, sie fürchtete, ihr Kopf würde zerspringen. Nur das gute Zureden des Meisters, alle hätten so angefangen, ließ sie nicht verzagen. Sie machte große Fortschritte, und bald lobte man sie wegen ihrer Begabung. Zum ersten Mal erfüllte es Anett mit Zufriedenheit, eine sinnvolle Arbeit zu verrichten, denn die Augenprothesen gingen weit über die Landesgrenzen hinaus in die Welt.

Im Sommer blieb sie im Thüringer Wald. Ihr gefielen seine Berge, Täler und Schluchten. Der Sohn des Meisters, der auf einem Konservatorium Musik studierte, zeigte ihr die landschaftlichen Schönheiten.

Eines Abends, als sie müde von dem langen Fußmarsch noch im Garten saßen, fragte er Anett: »Hast du einen Freund?«

»Wie kommst du darauf?«

Sie ahnte seit längerem, daß er sie mochte. Doch für sie kam er nicht in Frage. Er war einfach zu jung mit seinen achtzehn Jahren.

»Na, hör mal, so toll wie du aussiehst, müßtest du dich vor Angeboten nicht retten können.«

»Da war mal was, es gab ein paar schöne Tage, auch Nächte. Das war alles.« Sie hatte keine Lust, über sich zu reden.

Der vorgerückte Abend brachte Abkühlung von der Mittagshitze. Sie saßen unter der Trauerweide, als wären sie mit ihr verwurzelt. Ein Windstoß ließ die Zweige rauschen. Die Grillen zirpten, in der Ferne ertönte das Bellen eines Hundes.

»Laß uns schlafen gehen, ich bin müde.«

»Aber Anett, bleib doch noch. Ich muß morgen wieder zurück nach Dresden.«

Er legte unbeholfen seinen Arm um sie. Ihr gefiel die Aufrichtigkeit seiner Verwirrung. Sie lächelte. »Lassen wir das lieber.«

Gehorsam fügte er sich. »Ich will später eine Popband gründen als Ausgleich zur klassischen Musik«, lenkte er das Gespräch in eine andere Richtung.

»Du hast schöne Träume! Ich werde wahrscheinlich ewig künstliche Augen herstellen, und wenn ich eines Tages die Nase davon voll habe und nichts Besseres finde, auch Abführmittel verkaufen.«

Sie lachten.

Nach langem Schweigen sagte Anett: »Sei nicht böse, aber ich empfinde für dich…«

»Sprich bitte nicht weiter. Ich weiß, was du sagen willst«, unterbrach er. Er hatte Angst vor der Erkenntnis, sie wolle ihn nicht. Womöglich dachte sie, er sei für eine feste Beziehung zu unreif.

»Du kannst nicht wissen, was ich denke. Wir passen nicht zusammen. Stell dir vor: die Glasaugenherstellerin und der Musikus – ein komisches Paar!«

In der Nacht fand sie keinen Schlaf. Sie warf sich

vor, nicht wenigstens den Versuch gemacht zu haben, ihn zu verführen. War es eine Laune gewesen, oder achtete sie seine Unschuld? Sein echtes Gefühl? Sie gestand sich ein, ihn nur deshalb sympathisch gefunden zu haben, weil er sie bewunderte und nicht zudringlich wurde. Die Männerbekanntschaften hatten in Anett eine spürbare Leere hinterlassen.

Beim Frühstück am nächsten Morgen stellte sie fest, daß seine Augen ständig blinzelten, seine Haare denen eines getrimmten Pudels ähnelten und er die Sprachgewandtheit eines Marktschreiers besaß. Ferner fand sie heraus, daß er alles, was mit Politik zusammenhing, verachtete und daß sie am liebsten mit ihm schlafen würde.

»In einer Stunde geht mein Bus!«

An der Haltestelle wollte sie ihn küssen, doch dann drehte sie sich Ausschau haltend nach dem Bus um. Gestern nacht, dachte sie, hatte ich mich doch fest entschlossen, ihn heute beim Abschied zu küssen, aber jetzt kann ich es nicht. Sie legte ihm die Hand auf die Schulter.

In seinen Augen schimmerte es feucht. Ärgerlich sagte er leise: »Das passiert mir immer.«

Als der Bus kam, küßte sie ihn flüchtig auf die Wange und lief rasch davon.

»Tschüs!« rief sie zurück.

Am nächsten Wochenende fuhr Anett zu ihren Eltern. Peter war auch da, und sie freute sich auf ihre vertrauten Gespräche.

Der Vater war älter geworden und wirkte blasser als gewöhnlich. Er stöhnte über den heißen Sommer und die abendliche Hitze. Erst jetzt fiel Anett auf, daß auch die Mutter schlecht aussah. Panik stieg in ihr auf.

Sie waren die liebsten Menschen, die sie besaß. Sollten sie in den letzten Jahren so schnell gealtert sein? Anett nahm sich vor, sich mehr um sie zu kümmern. Zum Glück fand sie Peter nicht sehr verändert, er war höchstens etwas männlicher geworden.

»Wollen wir zum Birkenhain gehen?« fragte er.

Eng umschlungen wie ein Liebespaar schlenderten sie durch die Gassen ihres Heimatortes. Die Nachbarn, die auf Bänken vor den Haustüren saßen, grüßten freundlich.

»Na, wie viele Liebhaber haben sich deinetwegen in den letzten zwei Jahren in die Fluten gestürzt?« fragte er lächelnd.

Anett begann, ohne Ausflüchte zu erzählen. Sie überschüttete ihn geradezu mit ihrem Wortschwall. Nichts verschwieg sie von ihrer enttäuschenden Liebe zu Nasih.

Er hörte ernst zu. Als sie innehielt, sagte er: »Du mit deinen gefährlichen Abenteuern. Die politische Seite möchte ich nicht weiter erörtern, denn du weißt natürlich, daß die PLO-Mitglieder eine terroristische Ausbildung bei uns erhalten. Ich war bisher kein Soldat...«

Peter fürchtete den Tod, er ging nie zu Begräbnissen. Er machte sich Sorgen. Denn was hatte Anett ihm da anvertraut? Ahnte sie nicht die Gefahr, in der sie schwebte? Das paßte nicht zu seinen Erinnerungen an ihre Kindheit. Sie war die Übermütige, die mit den anderen spielte, die nie die Übersicht verlor. Oder irrte er sich? Rutschte sie ab in den Leichtsinn?

»Warum hat er mich als Hure beschimpft?«

»Er kommt eben aus einem anderen Kulturkreis. Frauen nehmen dort einen untergeordneten Platz in der Gesellschaft ein. Der männliche Stolz ist in den arabischen Ländern besonders ausgeprägt. Deine Abfuhr hat ihn bestimmt tief gekränkt. Ich kann mir nicht vorstellen, wie du dort zurechtgekommen wärst – so ganz ohne mich!«

Als sie aus dem Halbdämmer der Bäume traten, ging gerade die Sonne unter. Geblendet von ihrem rotglühenden Licht kniff Anett die Augen zusammen. Einen Augenblick lang sah sie erschreckende Bilder vorbeiziehen: In einen schwarzen Umhang gehüllt, balancierte sie einen schweren Tonkrug auf ihrem Kopf, die Füße steckten in ledernen Sandalen; bei jedem Schritt rieselte heißer Sand hinein, der scharfe Schmerzen verursachte, als ginge sie auf Dornen. Ein dunkelhäutiges Kind in einem seidenen Gewand klingelte unentwegt mit einem Glöckchen. Nasih lag im Sterben, und die Trauernden eilten herbei, um Blumen zu bringen.

Sie seufzte auf: Zum Glück war das nur ein Wachtraum. Der Himmel verdunkelte sich. Man konnte nur noch ahnen, wo die Sonne hinter dem Hügel stand.

Peter murmelte: »Ihr Götter, erhört mein Flehen. Die Mauer um unser Land schließt uns nicht nur ein, sie verbaut uns auch die Sicht auf andere Kulturen. Wir, das Volk, begreifen nicht, weshalb man uns vor der westlichen Welt ›schützen‹ will, aber wir haben Angst, uns dagegen aufzulehnen. Jeder fürchtet die Strafe, das Gefängnis oder den Tod.«

Er starrte in den Sonnenuntergang. »Deutschland, meine Trauer…«

»Das Leben ist so merkwürdig«, sagte Anett versonnen.

»Vielleicht nur für uns, die Schweigenden.«

»Das glaube ich auch. Wir haben keine Chance, das Glück irgendwo auf diesem Globus zu finden. Sind wir dazu verdammt, auf den paar Quadratkilometern von Sachsen, Brandenburg, Thüringen und Mecklenburg herumzukriechen?«

In ihrer Frage lag Hohn. Peter lachte.

»Mein Liebchen, nur nicht in die Ferne schweifen, sieh, das Glück ist doch so nah...«

Sie reagierte nicht auf das abgewandelte Zitat.

»Aber was sollen wir tun?« fragte sie resigniert. »Uns fügen?«

»Du hast keine andere Wahl. Der Staat hat eben die besseren Karten. Die erkennen rechtzeitig jede Gefahr, ob es sich um einzelne Personen oder illegale Kreise handelt, ganz zu schweigen von der Unzufriedenheit des Volkes. Sie bekommen es schneller heraus, als ein Blatt zu Boden fällt.«

»Überall sind Augen, nicht nur in des Meisters Werkstatt!«

Sie lachten über das Wortspiel.

Als Anett nach Lauscha zurückkehrte, befand sie sich in einer schrecklichen Stimmung. Voller Wehmut dachte sie an Peter. Sie vergrub sich in ihre Arbeit. Dem Meister war es inzwischen gelungen, die winzigen roten Äderchen dem echten Auge täuschend nachzugestalten. Er bedauerte, daß er niemals eine Iris herstellen konnte, die sich im Lichteinfall veränderte. Trotzdem betonte er immer wieder, wie wichtig die Glasaugen für den Träger geworden seien. Sie waren nicht nur gegen Witterungseinflüsse und viele Chemikalien beständig, sie zeichneten sich auch durch eine geringe Wärmeleitfähigkeit aus und erzeugten zudem einen guten optischen Effekt. Anett entwickelte eine besondere Vorliebe für das Färben des Glases mit Metalloxiden, und der Meister lobte ihr Talent. So war niemand überrascht, als sie die Prüfung mit »Sehr gut« bestand.

Sie arbeitete wie eine Besessene. Die Wochen zogen ohne besondere Ereignisse dahin. Dann folgte eine Zeit, in der sie weder Lust zur Arbeit noch zum Lesen oder Ausgehen empfand. Die Enttäuschung über das tägliche Einerlei verwandelte sich in Niedergeschlagenheit. Das paßte nicht zu ihrem Charakter, und sie dachte: Ich muß hier raus, ich bin in eine Falle geraten.

Selten gönnte sie sich ein Wochenende in Berlin, um dem grauen Alltagstrott zu entrinnen. Mit jeder Reise hoffte sie auf eine Wende in ihrem Leben. Hundertmal am Tag fragte sie sich: Was will ich eigentlich in der Einöde? Da habe ich mir ein Handwerk für ein Leben in Einsamkeit ausgesucht. Mit einem Mal kam ihr Peters verrückte Idee in den Sinn.

»Mit deiner Figur und deinem Aussehen würde ich es mal in der Mode versuchen.«

Was sie damals als Spinnerei abtat, ergriff nun mit aller Macht Besitz von ihr.

Sie rief ihre Eltern an: »Mutter, ich muß hier weg.«

Diese reagierte bestürzt: »Kind, geht es dir nicht gut?«

»Doch, doch, aber meine Stimmung ist miserabel.«

»Ich hole den Vater.«

Für ein paar Sekunden vernahm sie nur das Rauschen in der Leitung, dann erklang Vaters tiefer Baß: »Kind, du willst nach Hause?«

»Ja und nein. Ich möchte nach Berlin. Ich kann die künstlichen Augen hier nicht mehr sehen! Lieber laufe ich als Model über den Laufsteg und laß mich von lebenden Augen anstarren, als ewig in die toten Glasaugen zu gucken.«

Der Vater mühte sich verzweifelt, diesen Schritt zu verhindern. Er wollte auf keinen Fall, daß Anett ihren Beruf aufgab.

»Mutter ist krank, sie hat ein kaputtes Herz. Wir haben es dir verheimlicht, du solltest dir keine Sorgen machen. Aber nun...«

Sie hörte Vaters schweren Atem. Ihr Vorhaben geriet ins Wanken, sie versprach, alles noch einmal zu überdenken. Niemand sah Anett in ihrer Mansarde weinen, und niemand ahnte, welche Pläne sie schmiedete.

Ein Foto rutschte aus dem Album. Anett bückte sich danach: eine Aufnahme in Postkartengröße. Es zeigte sie in einem schwarzen Bikini: *Modemesse Leipzig.*

Fest entschlossen, ihr Schicksal in die eigene Hand zu nehmen, hatte sie in ihrer Einsiedelei gekündigt. Dankbar nahm sie Peters Angebot an, während der ersten Tage in Berlin bei ihm zu wohnen. Er wollte sich mit ihr nach seiner Nachmittagsprobe vor dem Maxim-Gorki-Theater treffen. Ihr blieb noch viel Zeit, die sie nutzte, in der einzigen Prachtstraße in Ostberlin, die ihr gefiel, herumzuschlendern. Ausländische Touristen belebten die breiten Bürgersteige und betrachteten neugierig die Schaufenster. Beim Anblick der weißen Rokokofiguren aus Meißner Porzellan gerieten besonders die Frauen in Entzücken. Sie freuten sich über die günstigen Preise und rechneten laut nach, was sie dafür im Westen bezahlen müßten. Aus einem Bus sprangen aufgeregt amerikanische Soldaten; jeder wollte zuerst in den Laden. Damals erlebte die Republik mehrmals täglich solche kleinen

»Besetzungen«, anscheinend ohne daß es dem Sozialismus schadete.

Plötzlich sah Anett Benehm, der in einem Eckcafé saß. Sie gewann den Eindruck, daß er sie nicht sehen wollte, denn er versteckte seinen Kopf hinter einer Zeitung. Sein finsteres Gesicht verdüsterte sich noch mehr, als sie dennoch zu ihm trat.

»Hallo, wie geht es dir?«

»Sieht man doch«, gab er kleinlaut zur Antwort.

Ohne ihn zu fragen, setzte sich Anett an seinen Tisch.

»Schön, dich mal wiederzusehen. Was macht Nasih?«

Benehm blickte sie böse an; er wollte nicht sprechen, obwohl er wissen mußte, daß man ihr nicht so leicht entrinnen konnte.

»Er ist tot!«

»Tot?«

Er faltete die Zeitung zusammen, seine pockennarbigen Wangen zuckten.

»Du hast es so gewollt. Du hast über ihn gesiegt.«

»Wieso ich? Warum beschuldigst du mich? Ich habe damit nichts zu tun.«

Sie empfand keinen Schmerz, keine Trauer, nur Wut. Wut auf Benehm, für den das Leben weiterging.

»Und weshalb lebst du noch?« schrie sie ihn leise an. »Wohl zu feige für die Front, Herr Kommunist?«

Benehm verlor die Beherrschung: »Geh! Sonst passiert was!«

Sie blieb lauernd sitzen. »Was ist? Willst du mich wie einen Juden erschießen?«

Die Gäste an den Nachbartischen drehten die Köpfe in ihre Richtung. Anett erhob sich. Würdevoll und beherrscht, als verließe sie eine Bühne, auf der sie soeben in einer Tragödie ihren pathetischen Monolog beendet hatte, ging sie aus dem Café. Doch der Schreck saß tief.

Benehm zahlte. Grimmig dachte er an den Unfalltod seines Freundes, der leider nicht als Held im Kampf gestorben war, sondern beim Reinigen seiner Kalaschnikow, fern der Heimat.

Aufgewühlt über das unerwartete Zusammentreffen, sehnte Anett das Ende der Theatervorstellung herbei. Sie setzte sich auf die Stufen der Mensa; von hier aus überblickte sie den gesamten Platz. Zwei Studenten, die in ihrer Nähe auf Freunde warteten, unterhielten sich laut über Finanzprobleme, Theatergeschichte und Politik. Der eine, ein stämmiger Blonder mit Vollbart, meinte, die Bonzen seien korrupt und die Schmarotzer der Republik. Worauf ihm sein kränklich aussehender Freund lachend antwortete: »Paß nur auf, daß es dich nicht auch erwischt!«

»Mir passiert das bestimmt nicht, ich werde nach meinem Ingenieurstudium ins Ausland gehen.«

Der Blasse klopfte seinem bärtigen Freund auf die Schulter. »Na klar, du Vaterlandsverräter. Ich weiß auch schon, in welchem Land du deine Fähigkeiten an den Mann bringen kannst, damit der Rubel rollt. Sibiriens Druschbatrasse[1] wartet auf neue Erdwürmer. Keine zwei Wochen gebe ich dir, und sie werden dir dein Vaterunser durch die Rippen blasen!«

Sie mußte an das Gespräch mit Peter denken: Es stimmt, wir sind unzufrieden, und keiner wagt, daran etwas zu ändern.

---

1 Erdgasleitung (Anm. d. Autorin)

Seine Taschen vollgestopft mit Rollenbüchern, kam Peter eilig auf sie zu.

»Du hier und nicht in Hollywood?«

»Ich will dir nicht den Rang ablaufen.«

»Okay, dann eben nicht Amerika, dann in die Bernauer Ritze, meinen Palast der Zillekinder.«

Er wohnte in einem großen Haus mit zwei Seitenflügeln und einem Quergebäude. Nicht weit dahinter verlief die Grenze. Alle Wohnungen bestanden aus zwei winzigen Zimmern und Außentoiletten. Nachts leuchteten nicht nur die Fenster der Bewohner, sondern auch die vielen Lampen an der Mauer. Hier wohnten Arbeiter, Studenten und Ingenieure. Peter hatte hier seine ersten Rendezvous gehabt, Gedichte deklamiert, ewige Liebe geschworen, aber niemals eine Wohnung mit einem anderen Menschen geteilt. Seine Unabhängigkeit ging ihm über alles. Doch nun freute er sich auf den Abend, das gemeinsame Reden und Essen genauso, wie er sich über die Schönheit seiner Anett freute. Spät in der Nacht kochten sie Spaghetti.

»Willst du wirklich Model werden?« fragte er mit vollem Mund.

»Ich werde am Montag meinen Körper zur Schau stellen. Es ist nichts anderes als Schauspielerei. Nur eine Rolle wie zur Stummfilmzeit. Alles, was ich an Talent brauche, ist, den Zuschauer glauben zu lassen, daß die Garderobe die zweite Hülle des Menschen ist und er damit viel besser, erfolgreicher wirken kann als mit seiner eigenen Haut.«

Peter vergaß bei dieser Nachricht das Kauen. Er blieb zuerst wie versteinert sitzen, dann sprang er auf. In ihm wogten die Gefühle durcheinander: die Freude, daß sie in Berlin blieb, in seiner Nähe, und eine unbewußte Eifersucht. Er teilte nicht die Ansicht mancher Männer: Einer schönen Frau wirft man nicht nur bewundernde Blicke zu, sondern man holt sie sich ins Bett.

Wie verschieden sie doch waren. Die lustige, ahnungslose, zuweilen verträumte Anett, der er alles vom Gesicht ablesen konnte: Begeisterung und dramatische Verzweiflung, dabei immer auf der Suche nach der ewigen, absoluten Liebe. Vielleicht verfiel sie gerade deshalb immer wieder der wilden, lustvollen Leidenschaft. Auf der anderen Seite stand er, Peter, der Freund, der sich nicht zu erkennen gab. Er liebte sie mit einer Beständigkeit, die außerhalb seines Willens und seines Verstandes lag. Plötzlich fühlte er sich für sie verantwortlich. Aber stärker als dieses Gefühl war die Liebe zu ihr, die er nicht nur vor ihr, sondern auch vor sich selbst verbarg.

»Zieh nicht so ein Gesicht, als wäre meine beste Zeit schon vorbei. Montag bin ich im Modeinstitut. Soweit es möglich ist, werde ich bei meinen Eltern wohnen. Allerdings müßtest du mir hin und wieder ein Nachtasyl gewähren.«

Peter war an seinen Schreibtisch getreten. Mit einer Handbewegung schob er die geologischen Sammelstücke vom Tisch. Sie hätte gern ein wenig darin herumgestöbert, wagte es aber nicht, weil sie fürchtete, Zeugnisse einer längst vergangenen Leidenschaft zu zerstören. Der heftige Aufprall der Steine und Fossilien, von denen sie wußte, mit welcher Emsigkeit er sie gesammelt hatte, verursachte ihr ein merkwürdiges Gefühl. Es irritierte sie, wie achtlos er die Sachen zu Boden stieß.

»Was tust du?«

Sie hockte sich nieder und versuchte zwischen den Rollenbüchern, Schnellheftern und anderem technischen Kram die Steine zu finden.

»Laß alles liegen, aufräumen können wir später.« Mit wenigen Handgriffen zog er den alten Tisch auseinander. »Du wirst jetzt probelaufen.«

»Was denn, hier auf dem Tisch?«

»Wo denn sonst? Stell dich nicht so an. Hopp, hopp, auf die Bühne, die Bretter, die die Welt bedeuten!«

Er bot ihr die Hand zum »Laufsteg«. Von dort oben kam ihr nicht nur der Laufsteg provisorisch vor, sondern ihr ganzes Leben, als hätte sie es wie ein Taxi gemietet, um schneller von einem Ziel zum nächsten zu gelangen.

In so einer kleinen Bude hätte ich vielleicht mit meiner großen Liebe glücklich werden können, ging es ihr durch den Kopf. Doch sie war nicht glücklich. Sie schloß die Augen unter der hellen Deckenlampe. Irgend etwas hatte sich in ihren Körper geschlichen und beherrschte sie, von Tag zu Tag mehr. Jedesmal, wenn Männer sie betrachteten, fühlte sie dieses angenehme Kribbeln im Bauch. Sie hatte sich dieses Ziel gesetzt, unbedingt Model zu werden, mit dem Genuß verbunden, die Blicke der Männer auf sich zu ziehen. In diesem Beruf flogen den Mädchen die Männer zu. Auch die Möglichkeit, zu reisen und auf neue interessante Menschen zu treffen, reizte sie.

Peter legte eine Schellackplatte auf das Grammophon. Das uralte Lied »Männer umschwirren mich wie Motten das Licht« vollzog in Anett eine sonderbare Wandlung. Mit erotischen Bewegungen begann sie über die Tischplatte zu tänzeln; Peter fürchtete, sie würde sich im nächsten Moment entkleiden. Nein, er wünschte es! Aus dem Mädchen Anett war eine sinnliche Frau geworden, die er mehr denn je begehrte. Ihr Tanz bewies ihre Sehnsucht nach Liebe, es lag so viel

Leidenschaft darin, daß er sich verwirrt abwandte. Sofort hielt sie inne.

»Wenn du nicht zuschaust, weiß ich nicht, ob ich dir gefalle! Denkst du, sie werden mich nehmen?«

Er drehte sich wieder herum und sah sie aufmerksam an, ihre katzengrünen Augen, die geweiteten Pupillen, das selige Lächeln, und sagte leise: »Ich...« Doch er besann sich noch zur rechten Zeit. Wortlos beschäftigte er sich mit der Suche nach einem alten Faschingskostüm in seinem Kleiderschrank, das eine Kollegin zum Ball der Kunsthochschule getragen hatte. Anett hatte den Eindruck, ihn zu langweilen.

»Was ist? Wonach suchst du?« Sie sprang vom Tisch herunter.

»Zieh das an!«

Anett griff nach dem grünen Paillettenkleid, das er ihr hinhielt.

»Wo hast du denn diesen Fummel her?« lachte sie. Das hautenge Kostüm saß wie maßgeschneidert. Sie bat ihn, den Reißverschluß am Rücken hochzuziehen, der von der Taille bis zum Nacken reichte. Peters Blikke blieben an ihren makellosen Schultern haften. Samtig schimmerte die Haut. Er zog den Reißverschluß zu. Blitzschnell griff Anett nach seinen Händen. Sie führte sie langsam über das Dekolleté. Peter schloß die Augen, er vergrub sein Gesicht in ihrem langen Haar. Plötzlich spürte er die weichen Rundungen ihres kleinen Busens. Seine Fingerspitzen tasteten weiter, und sie preßte seine Hände fester dagegen. Sie wollte ihn küssen, doch er umarmte sie zu fest.

Wie lange will ich es hinausschieben? Eine Woche? Ein Jahr? Mein ganzes Leben? Peter zermarterte sich den Kopf. Er wollte sich nicht der Natur unterwerfen, das wäre schrecklich. Er wollte sie auch morgen noch lieben, als lebendiges, fröhliches Mädchen und nicht als ein Abenteuer, auch nicht als Teil seiner eigenen Vergangenheit.

Behutsam löste er seine Hände aus ihrer Umklammerung und küßte sie freundschaftlich auf den Hinterkopf.

»Mit deinem Charme und deinem Reiz wirst du mehr als nur den Laufsteg erobern.«

Sie strahlte ihn an. »Meinst du wirklich?«

Er lächelte stumm. Wenn nur die Musik jetzt nicht aussetzt, dachte er, die Stille wäre unerträglich.

Anett legte sich auf die Liege. Die Aufregung der vergangenen Wochen, die Fahrt nach Berlin und die Vorfreude auf den Montag hatten sie erschöpft. Sie schlief sofort ein. Peter sammelte seine Sachen, machte Ordnung auf dem Tisch und setzte sich über sein Rollenbuch. Es gelang ihm nicht, sich zu konzentrieren. Erst Anetts gleichmäßiges Atmen beruhigte ihn. Sie lag zusammengerollt, wie ein Baby, er konnte ihr Gesicht nicht sehen.

Am Morgen fuhr Anett ins Modeinstitut. Zum Probelaufen erschienen nur wenige Mädchen. Anett trug keine auffällige Kleidung. Pullover und kurzer Rock, das war ihr angemessen erschienen.

Eine etwas füllige Dame führte sie in ein Büro, wo die persönlichen Daten besprochen wurden. Anett gab ihre Körpergröße mit 170 Zentimetern an.

»Zu klein als Model!«

Kreideweiß, wie unter einem Faustschlag, wich sie zurück.

»Zu klein?« fragte sie ungläubig.

Die Dame lächelte. »Nur keine Angst, noch ist nichts entschieden. Wir werden sehen, wo Ihr Talent sitzt, und danach die Entscheidung treffen.«

Erleichtert ging Anett zu den anderen Mädchen im Flur. Eine sehr große, schlanke Frau trat zu ihnen.

»Frau Hammer«, stellte sie sich vor.

Sie trug das dunkle Haar als Bubikopf der zwanziger Jahre und begann sogleich mit der Belehrung: »Meine Damen, wir sind ein Modeunternehmen und vertreten unser Land in der Öffentlichkeit. Das heißt: Wir führen unsere Kleider nicht irgendwelchen Hausfrauen oder Arbeiterinnen vor, sondern Kunden aus dem gesamten Kontinent. Das bedeutet äußerste Disziplin, falls Sie genommen werden. Private Einladungen einzelner Kunden sind grundsätzlich ausgeschlossen und bedürfen im Einzelfall unserer Zustimmung. Dies trifft besonders für Kunden aus dem Ausland zu. Haben Sie mich verstanden?«

Die Mädchen nickten.

»Gut, meine Damen, dann beginnen wir. Geben Sie sich beim Laufen locker, gehen Sie ganz normal. Korrekturen nehme ich dann vor.«

Eines der Mädchen war in Jeans gekommen.

Frau Hammer sprach sie an: »Dein Name?«

»Isabell.«

»Wir duzen alle Mädchen, das festigt den Kollektivgeist. Also, Isabell, weshalb bist du in Hosen gekommen? Ich möchte deine Beine sehen!«

Verwirrt stotterte das Mädchen »Entschuldigung« und zog sich die Hosen herunter.

Sichtlich zufrieden über das Entgegenkommen flötete Frau Hammer: »Kommt, Kinder, zeigt, was ihr könnt!«

Sie klatschte in die Hände. Die Musik aus dem Kassettenrecorder war mehr Schnarren als Wohlklang. Hintereinander liefen die Mädchen durch einen Raum, in dem zu beiden Seiten Ständer mit den verschiedenartigsten Kleidern hingen.

»Du mit dem gestreiften Pulli«, rief Frau Hammer streng, »komm bitte her!«

Erwartungsvoll blieben die anderen Mädchen stehen.

»Du kannst gehen. Ich rate dir, lieber Basketball zu spielen, deine Bewegungen sind zu sportlich. Danke.«

Damit war das Mädchen entlassen. Anett schlug das Herz bis zum Hals. Wir werden ja aussortiert wie Vieh…

Die nächste flog hinaus, weil sie zu dick war.

Sie versuchte sich zu wehren: »Aber wieso denn, Frau Hammer? Ich werde abnehmen, ich verspreche es!«

Kompromißlos beharrte Frau Hammer auf ihrem Entschluß.

»Tut mir leid, das würde an deiner Figur nichts ändern. Dein Becken ist zu breit, deine Beine haben zum Körper nicht die richtigen Proportionen, sie sind zu kurz. Danke, Kerstin.«

Das Mädchen lief heulend hinaus. Anett war schlagartig klar: Hier wurde keine Rücksicht auf persönliches Befinden genommen.

Frau Hammer rief sie: »Du mit dem roten Haar, komm bitte her!«

Immerhin sagte sie bitte.

»Was trägst du unter deiner Kleidung?«

»Einen Slip.«

»Keinen Büstenhalter?«

»Nein.«

»Gut. Wenn du Spaß an Bademoden oder Dessous hast, nehme ich dich. Für das Vorführen von Damenoberbekleidung bist du zu klein, es fehlen dir zwei bis drei Zentimeter.« Anett nickte stumm. »Kopf hoch, Kleine. Dafür besitzt du eine sehr gute Ausstrahlung, die hat nicht jede. Du scheinst fürs Modeln geboren zu sein«, versuchte sie Anett zu trösten und fügte hinzu: »Also sag ja, denn wir erleben jeden Tag, daß sich Mädchen unangemeldet vorstellen.«

Anett sagte zu und hinterließ die Anschrift ihrer Eltern. Freudestrahlend, als Siegerin, fuhr sie zu Peter. Auf ihr Klingeln öffnete niemand. Sie setzte sich ins Restaurant an der Straßenecke. Um die Mittagszeit war wenig los.

Sie grübelte über der Speisekarte, was sie bestellen sollte: Rotkohl, Schnitzel, Kartoffeln – oder Soljanka, den »Küchenhandfeger«: alle Reste in einem Topf. Mutter kochte eine hervorragende Soljanka, sie hatte das Rezept von einer Krimreise mitgebracht und hielt sich streng an das russische Rezept. Sie mochte Experimente in der Küche nicht. Anett wußte, daß Soljanka überall anders gekocht wurde, meist schmeckte sie nicht. Sie konnte sich für kein Gericht entscheiden, zumal sie ahnte, daß der Kellner zu fast allen Speisen sagen würde: »Haben wir nicht!«

Endlich trat ein älterer Kellner an ihren Tisch: »Was darf's denn sein, Fräulein?«

Sie holte tief Luft, doch noch ehe sie eine Silbe herausbrachte, sagte er: »Moment, Kollege kommt gleich!«

Spöttisch antwortete sie: »Nicht nötig.«

Sie ließ den verdutzten Kellner stehen und lief hinaus.

Peter wartete mit einem Brief ihrer Mutter auf sie.

»Später, später«, lachte sie, glücklich darüber, ihren Traum erfüllt zu sehen.

Schwärmerisch erzählte sie von der Probe: »Frau Hammer meinte zwar, mir würden zwei bis drei Zentimeter fehlen, aber denen verdanke ich, daß ich die neuesten Bademoden und Dessous vorführen darf.«

Die Modelarbeit war für Anett der willkommenste Ausweg. Weg von daheim, weg aus der Trostlosigkeit einer kleinen sächsischen Vorstadt und dem täglichen Einerlei.

»Peter, weißt du, was der Fehler aller ehrlichen Menschen ist? Daß sie davon überzeugt sind, nur mit Arbeit etwas zu erreichen. Sie hocken in ihrem Winkel, jeden Tag nichts als Routine. Wie langweilig das ist. Du hast wenigstens Abwechslung. Dir begegnen in deinen Vorstellungen täglich neue Gesichter. Klar, wenn du schlecht bist, oder das Stück ist nicht gut inszeniert, dann hagelt es Kritiken, aber sonst bekommst du Anerkennung. Das habe ich bei meiner Arbeit nie erlebt. Niemals hätte ich den Patienten getroffen, dem ich mit meinen künstlichen Augen zu einem neuen Selbstwertgefühl verholfen habe. Und außerdem geben meine Glasaugen ja doch nicht das verlorene Augenlicht zurück, auch wenn sie noch so echt aussehen.«

»Was höre ich denn da? Sentimentalität? Du siehst doch, das Schicksal hat mit dir Mitleid. Deine Wünsche gehen in Erfüllung.«

Sie sah ihn erstaunt an. »Deine etwa nicht?«

»Ich komme vor lauter Glück gar nicht mehr zur Besinnung«, sagte er sarkastisch.

Irritiert fragte sie: »Freust du dich nicht mit mir?«

»Offen gestanden, es ist mir egal.«

»Spinner! Nein, warte, du hast nur Angst…« Sie lächelte geheimnisvoll. »Peter, ich weiß, was du für mich empfindest. Aber ich brauche einen Freund, einen einzigen richtigen Freund.«

Sie nahm den Brief ihrer Mutter. Ihre Gesundheit verschlechtere sich, las sie, und Vater wünschte, sie käme bald nach Hause. Anett erinnerte sich an die aufopferungsvolle Pflege durch ihre Mutter während ihrer Kinderkrankheiten. Vielleicht sollte sie Vaters Rat befolgen?

Sie setzte sich an den Tisch, um den gefühlvollen Brief zu beantworten, doch dann zerknüllte sie den Bogen.

»Nein, und nochmals nein!« sagte sie entschlossen. »Ich werde hier bleiben, nächste Woche ist mein erster Auftritt. Ich habe ein Recht auf mein eigenes Leben!«

In den ersten zwei Jahren bereiteten ihr die Modenschauen absolutes Vergnügen. Obwohl sich alles ständig wiederholte, erwartete sie die Abende in immer gleicher Aufregung: schminken, proben, lächeln, um zu gefallen. Sie sah die Augen nicht, die sie bewunderten, sie fühlte nur das Heißwerden ihrer Haut, was nicht allein am Licht der Scheinwerfer lag. Äußerlich gelassen stieg sie die wenigen Stufen zum Laufsteg empor. Der rauschende Beifall kündigte immer zu früh das Ende der Vorstellung an.

In einem Seitenspiegel nickte Anett ihrem Ebenbild zu: Sie war stark geschminkt, vielleicht zu stark, doch Schönheit bleibt Schönheit. Selbst die Ankleidehelferin konnte kein Auge von ihrem makellosen, sonnengebräunten Körper in der seidenen Spitzenwäsche wenden.

Heute ging es besonders hoch her. Es war Messe in Leipzig. Die Männer sahen an diesem Abend weder erschöpft noch gelangweilt aus. Alle waren guter Stimmung, lachten und spendeten reichlich Beifall. Anett sah, wie ihre Kolleginnen die »auserwählten Kandidaten« aus Valuta-Ländern umschmeichelten. Sie bogen ihre Hüften vor ihnen, als wollten sie Tango tanzen. Tango bis ans andere Ende der Welt… Insgeheim hegten sie alle die Hoffnung, von einem Ausländer hinausgeführt zu werden, aus dem Land mit der über dreitausend Kilometer langen Grenze.

Die Tischlampen gaben ein mildes Licht. Die Atmosphäre im Saal erhielt dadurch etwas Feierliches. Anett trank bis zur zweiten Vorführung mit einer Kollegin Sekt, die ihr freudestrahlend erzählte, daß sie gestern nach der Vorstellung von einem Holländer angesprochen worden sei, der ihr eine unvergleichliche Nacht geboten habe.

»Na, das ist kein Zufall! Du heißt doch Antje.«

»Wie meinst du das?«

»Der hat dich bestimmt ausgesucht, weil du langes, blondes Haar hast.«

»Ja und?«

»Stell dich doch nicht so an. Kennst du nicht die Werbung: Frau Antje bringt Käse aus Holland?«

»Nein! Ich wohne in Dresden, da kriegen wir keinen Westsender.«

»Aber die in Berlin können alles sehen. Du mußt dir nur zwei Zöpfe flechten, und du bist perfekt.«

Sie kicherten.

»Anett, dein Auftritt!« rief Frau Hammer.

Das Geständnis und der Rausch raubten ihr das Zeitgefühl. Sie empfand die Exklusivität dieses Abends, der sie von den monotonen Tagen trennte. Sie wunderte sich, als Frau Hammer an sie herantrat und scheinbar lustig ausrief: »Getanzt wird später!«

Sie führte die leicht schwankende Anett hinaus. »Wir sprechen uns morgen!« fauchte sie wie eine Katze.

Am folgenden Morgen mahnte Frau Hammer: »Keinen Schluck mehr zuviel, sonst trennen sich unsere Wege!«

Anett fühlte sich nicht wohl, Kopfschmerzen plagten sie. Sie bat, von der Nachmittagsvorstellung freigestellt zu werden.

»Kommt gar nicht in Frage. Ruh dich aus, geh spazieren, aber pünktlich um vier Uhr stehst du in der Garderobe.«

Es blieben drei Stunden bis zum Auftritt. Sie verließ das Hotel. Von der Sonne geblendet, blieb sie auf der Straße stehen. Die dunkelgrauen Häuser sahen im Tageslicht jämmerlichen Ruinen ähnlich. Obwohl die Stadt verkam, war sie voller Leben und gemütlich, man mußte sich nur auskennen. Auf den wenigen Terrassen vor den Hotels oder Cafés saßen außer ein paar wohlbeleibten Touristen noch Mütter mit Kleinkindern, die Eis schleckten, Liebespaare lächelten sich an, und alte Herren lasen ihre Zeitung.

»Angenehme Tage in Leipzig« stand auf einem Blechschild an einer Giebelwand. Was wir Sachsen doch für ein fröhliches Völkchen sind, dachte sie belustigt.

Sie setzte sich in das Café »Zum jungen Kater«.

Der Kellner bewirtete sie scherzend. »Bist du in den Farbtopf gefallen, oder ist deine Haarfarbe echt?«

Er kredenzte das Selterswasser wie einen teuren Sekt.

»An mir ist alles noch echt.«

»Schade, daß ich das nicht überprüfen kann!«

Er wandte sich dem nächsten Tisch zu, an dem eine zurechtgemachte Dame ungeduldig auf ihre Rechnung wartete.

Und nun, an einem der sorglosesten Tage, als die warme Julisonne die Menschen hinaus ins Freie lockte, sprach sie ein Mann mit amerikanischem Akzent an.

Der kennt sich wohl nicht mit den Verboten im Sozialismus aus, dachte Anett. Ost und West passen nicht zusammen. Sie sah ihn gespannt an.

Er war nach der Art eines Ausländers gekleidet: ohne Schlips, mit offenem Hemdkragen, die Jacke hing lässig über einer Schulter, die Füße steckten in teuren weißen Leinenschuhen. Zwischen den Fingern hielt er eine halb aufgerauchte Zigarette. Sein Gesicht war tiefbraun und spöttisch, die blaugrauen Augen blickten lebhaft in die Runde, bevor er sich zu ihr an den Tisch setzte.

»Hello, schönes Fräulein Wunderbar!«

»Wunderbar?«

Sie lachte auf. Ihr Lachen war so ansteckend, daß er mitlachte, ohne zu wissen, was so amüsant war. Der Mann gefiel ihr, obwohl er weder hübsch noch jung aussah. Seine schlichte Kleidung, der wohlwollende Spott in seinen Mundwinkeln und eine gewisse Lebendigkeit, die den typischen amerikanischen Filmen entsprach, wirkten anziehend. Anett, die in der Welt des schönen Scheins lebte, in der fast alle Gesten und jeder Tonfall verlogen waren, fühlte, daß dieser Mann ihr zusagte. Sie unterhielten sich auf englisch und deutsch. Er komme aus den Bunawerken, erzählte er, dort habe er eine amerikanische Maschine reparieren müssen.

»Dazu ließ man mich extra aus Boston anreisen.«

»Und ich dachte, meine Landsleute sind nicht auf die Hilfe des westlichen Auslands angewiesen! Ihre Arbeit hat den Staat bestimmt eine Menge Valuta gekostet.«

Amerika! Sie träumte mit offenen Augen. Als sie auf die Uhr sah, sagte sie erschrocken: »Mein Gott, ich muß los. Haben Sie Lust, mich zu begleiten?«

»Wo müssen Sie denn so eilig hin?«

»Zu einer Modenschau.«

»Okay, Fräulein Wunderbar!«

»Nennen Sie mich doch nicht immer Wunderbar! Ich heiße Anett.«

»Anett, Sie sind eine wunderbar schöne Frau. Bitte die Rechnung!« rief er dem Kellner zu.

Sie glaubte, nicht richtig zu sehen, als er eine Zehn-Dollar-Note auf den Tisch legte. »Um Himmels willen, sind Sie Millionär?«

Ein Schmunzeln breitete sich über sein Gesicht aus.

»Hem, für Sie vielleicht, Anett, aber nicht in Amerika. Hier ist alles so preiswert. Was sind schon zehn Dollar?«

»Eine ganze Menge Geld! Gefällt Ihnen Leipzig?«

»Jede Stadt gefällt, wenn man neben einer Frau wie Ihnen gehen darf.«

»Sehr diplomatisch«, stellte sie belustigt fest.

»Nun, nicht immer. Leider! Übrigens, ich heiße Geoffrey.«

Sie hakte ihn unter.

»Kommen Sie, lassen Sie uns ein Stück zu Fuß gehen. Leipzig war zu Kaisers Zeiten eine Stadt für betuchte Leute. An einigen Häusern können Sie es noch erkennen.«

»Sie mögen die Stadt?«

»Nicht unbedingt, aber eine große Auswahl habe ich ja nicht. Viel lieber würde ich mit Ihnen durch Boston bummeln«, sagte sie mit betrübter Miene und dachte: Er kann sich nicht vorstellen, was es heißt, hier leben zu müssen.

»Lassen Sie den Kopf nicht hängen, das paßt nicht zu Ihnen«, versuchte er sie aufzumuntern.

Sie waren am Taxistand angekommen.

»Mit Ihnen vergeht die Zeit sogar hier wie im Fluge«, sagte sie.

»Ich verstehe nicht.«

»Oh, es gibt Tage, da habe ich den Eindruck, mein ganzes Leben verrinnt im Schneckentempo, und manchmal scheint die Zeit überhaupt stehenzubleiben. Keine Abwechslung, immer das tägliche Einerlei. Reisen, so wie Sie, um den halben Erdball, ein Traum!«

Er verstand nichts.

»Wieso Traum? Es gibt Reisebüros, Flugzeuge, man kommt heute schnell von einem zum anderen Ende der Welt.«

»Schön wär's!«

Vor dem Hotel drängte sich eine Menschenansammlung.

»Ich kann Sie nicht mit hineinnehmen, aber Ihr amerikanischer Paß wird Ihnen die Türen weit öffnen.«

»Okay, Fräulein Wunderbar-Anett!«

Während sie auf den Lift zulief, kam ihr zu Bewußtsein, daß sie von ihm fast nichts wußte. Frau Hammer erwartete sie bereits.

»Mädchen, wo bleibst du denn? Ich wollte Silvia eben deine Modelle übergeben!«

Ausgerechnet Silvia, dachte Anett ärgerlich, die sich immer in den Vordergrund drängte, um die schönsten Stücke vorführen zu dürfen.

Zu allem Unglück riß ein Strumpfhalterband an der silberblauen Korsage, dem Prunkstück der Dessousvorstellung. Frau Hammer schrie nach der Näherin und jammerte über die liederliche Arbeit der Schneiderin, die wiederum das Malheur auf die schlechte Qualität des Stoffes schob.

Ehe die Bademoden und Dessous an die Reihe kamen, präsentierten die Hutmacher aus Luckenwalde ihre neuesten Kreationen. Darunter befand sich auch die klassische Kopfbedeckung des Arbeiters: Mütze mit Schirm. Unter den Mannequins wurde das Produkt als die »Krone des Volkes« bezeichnet. Die Stoffe der Kleider leuchteten in Mohn-, Nelken- oder Tulpenrot. Anett vernahm hinter dem Vorhang die entzückten Wortfetzen ausländischer Einkäufer; besonders Silvia im roten Kostüm, auf dessen Rückseite das Motiv eines silbernen Hammers leuchtete, erntete stürmisches Klatschen. Anett lugte durch den Vorhang. Sie versuchte, den Amerikaner im Publikum zu entdecken.

Erst als sie auf dem Laufsteg an den Männerblicken vorbeistolzierte, rief jemand aus der Menge: »Bravo, bravo, Fräulein Wunderbar!«

Die Besucher der ersten Reihe sprangen begeistert auf und applaudierten. Das hatte es noch nie in einer Vorführung gegeben. Triumphierend huschte Anett in den Umkleideraum, gefolgt von Frau Hammer.

»So ein Erfolg! Nein, ich kann es gar nicht fassen! Danke, Anett, du bist mein bestes Pferd im Stall!« Frau Hammer kam gar nicht zur Besinnung vor Freude. »Welch ein Glück, was für ein Erfolg!« schwelgte sie selig.

Als sie sich ein wenig beruhigt hatte, fragte sie: »Und du?«

»Ich?«

Anett überlegte. Sie fand die Begeisterung, in die das Publikum regelmäßig ausbrach, etwas übertrieben. Ihr schien, der Modetrend des Landes hinkte immer Lichtjahre hinter der Pariser Haute Couture her. Der reichliche Applaus war nicht viel mehr als eine höfliche Spende an den krampfhaften Versuch, der »großen freien Welt« nicht nachzustehen. Sie gab ja zu, die Plauener Spitzen an Wäsche und Stoffen waren einzigartig in ihrer Schönheit, aber wo gab es sie denn zu kaufen?

»Freust du dich denn gar nicht?«

»Mir ist es egal.«

Die Selbstherrlichkeit der Frau ging ihr auf die Nerven. Erst die Peitsche, dann das Lob. Sie ging hinüber zur Bar und trank einen Cocktail. Wohlige Wärme durchrieselte ihren Körper, sie empfand angenehme Zufriedenheit.

»Hallo, schönes Fräulein!«

Anett hielt sich die Ohren zu. Sie hatte nicht die geringste Lust, von einem Hotelgast angesprochen zu werden.

»Was ist los, Fräulein Wunderbar?«

Die Augen des Amerikaners blitzten vor spöttischer Freude, als er ihr die Hände vom Kopf löste.

»Ach, haben Sie mich gefunden?«

Er scheint sich für mich zu interessieren, oder er sucht ein Abenteuer. Er sieht vielversprechend aus! Ein Ami und ich, das wäre die Sensation, dachte Anett.

»Nun, das war bei weitem meine kürzeste Suchaktion. Ich habe mich nur auf die Anzahl der versammelten Männer im Raum konzentriert.«

Er übertreibt! Sie nippte am Getränk, um sich und ihre Gedanken nicht zu verraten.

»Würden Sie mit mir essen gehen?«

»Gerne, aber erst nach der Abendvorstellung.«

»Und was machen wir bis dahin?«

»Hungern!«

»Hungern?«

Essen spielte in ihrem Leben keine bedeutende Rolle. Seitdem sie sich ihrer Schönheit bewußt war und ihren Körper den Blicken preisgab, gewöhnte sich Anett immer mehr an karge Kost. Mit eiserner Disziplin versagte sie sich alle Süßspeisen und Säfte. Sie reduzierte ihr Gewicht unter den Normalwert. So gelangte sie zu ihrer bewundernswerten und heißbegehrten Figur, die sie niemals verlieren wollte.

»Nun«, Anett sah ihn schelmisch an, »Sie könnten ja solange die Speisekarte lesen, vielleicht werden Sie von dem Angebot satt!«

»Okay, dann hole ich mir eine Zeitung, eine englischsprachige Ausgabe wird es sicherlich geben. Möchten Sie, daß ich Ihnen auch eine Zeitung mitbringe?«

»Nein, danke, mein Bedarf an Politik ist gedeckt.«

Seit ihrer Kündigung im Verlag warf sie außer in die Modezeitung »Sibylle« keinen auch noch so flüchtigen Blick in die Presse. Die Weltgeschichte hinter der Landesgrenze kam ihr zu düster vor; von schmutzigen Kriegen, notleidenden Kindern und Katastrophen jeder Art hatte sie genug. Es war ihr lästig, zu allem eine Meinung zu haben,die am Ende doch nichts bewirkte.

Sie bat den Amerikaner, nach der letzten Vorstellung am Hotelausgang auf sie zu warten. Verwundert fügte er sich ihrer Bitte.

Nach einem luxuriösen Menü in einem anderen Hotel brachte er sie in einem Taxi nach Hause. Unterwegs erzählte er, daß seine Eltern aus Kentucky stammten, wo er auch geboren sei. Seit frühester Kindheit interessierte er sich für Motoren, die er auch zeichnete. Sein älterer Bruder war 1945 als Soldat nach Deutschland gekommen. In einem langweiligen Städtchen an der Isar lernte er seine spätere Frau kennen, die unbedingt Schauspielerin werden wollte und von Hollywood träumte. Gemeinsam reisten sie nach Amerika.

»Mein Bruder hatte Glück, er bekam eine Stelle als Flugzeugkonstrukteur.«

»Und Ihre deutsche Schwägerin?«

»Sie hat ziemlich schnell begriffen, daß die Karriereleiter kantige Sprossen hat. Die Hilfsregisseure sagten ihr geradeheraus: ›Erst kommt das Abendessen und dann...‹ Sie zogen beide nach Los Angeles, bekamen zwei Söhne und leben heute im Wohlstand.«

»Die Isar habe ich noch nie gesehen, geschweige denn Hollywood. Davon kann ich nur träumen. Es grenzt fast an ein Wunder, daß das Schicksal Sie an die Ostelbe geführt hat.«

»Das verstehe ich nicht. Sie können doch fahren, wohin Sie wollen.«

»Aber nicht ohne Erlaubnis der Polizei.«

»Polizei!« Er brach in Lachen aus. »Die Polizei?«

Anett ärgerte sich, daß er so wenig über Deutschland wußte.

»Ich mag es nicht, wenn sich jemand darüber amüsiert. Hier hat der Staat eben mehr Rechte über mein Leben als ich.«

Zwei Straßen vor ihrem Elternhaus bat sie, den Fahrer halten zu lassen. Er brauchte nicht unbedingt zu wissen, wo sie wohnte. Jeder Unbekannte wurde von Nachbarn beobachtet. Sie verabscheute das Gerede der Leute.

»Bitte, entschuldigen Sie. Ich wollte mich nicht über Sie lustig machen.«

Höflich öffnete er ihr die Wagentür. Er betrachtete noch einmal seine neueste Eroberung. Das feurige Haar schimmerte matt in der Dunkelheit. Ihre grünen Augen erschütterten ihn. Tiefe Traurigkeit vermischte sich in ihnen mit Sehnsucht. Ihre Hand ruhte kalt in der seinen. Große Achtung vor diesem Mädchen überkam ihn. Er umarmte sie mit einem Gefühl, so stark, als ob er verliebt sei.

Anett erwachte durch eine unsanfte Berührung ihrer Schulter.

»Kind, steh auf, ein Herr wartet unten auf dich!«

Vaters Worte klangen nervös.

»Was für ein Herr…?« Sie betonte das »Herr« abfällig.

»Wir diskutieren jetzt nicht, welchen Stellenwert das Wort ›Herr‹ in deinem Vokabular für das männliche Geschlecht einnimmt, sondern du beeilst dich. Ich schätze ungebetene Gäste zur frühen Morgenstunde nicht sonderlich, zumal es sich…« Er brach ab.

Mürrisch huschte sie an ihrem Vater vorbei ins Bad. Verflixt, dem Kerl werde ich was erzählen. Meinen Vater aufzuregen! Sie zog sich den Bademantel über und eilte die Treppe hinunter. Ein Mann verbarg seinen Kopf hinter einem großen Strauß lachsfarbener Rosen.

»Was wollen Sie?«

Geoffrey ließ die Blumen sinken. Sprachlos blieb sie auf der untersten Stufe stehen.

»Oh, wunderbar, Sie sehen ungeschminkt noch anmutiger aus! Ich habe mir erlaubt, Ihrer Frau Mutter die Blumen mitzubringen. Ihr Herr Vater ist wohl böse auf mich?«

»Wie haben Sie mich gefunden?«

Der Vater erschien in der Diele.

»Das ist Mister Geoffrey aus Boston«, beeilte sich Anett, ihn vorzustellen. »Wir haben uns gestern in Leipzig kennengelernt.«

Der Vater schüttelte ihm die Hand und ging zurück ins Wohnzimmer, während Geoffrey der hinzukommenden Mutter mit einer liebenswürdigen Verbeugung die Blumen überreichte.

»Kommen Sie herein, ich stelle nur eben die Blumen ins Wasser.«

Der Vater wanderte im Wohnzimmer auf und ab. Anett ging ihm nach.

»Ein Amerikaner? Hier bei uns in Sachsen?«

Das hörte sich fast nach einem Vorwurf an.

»Was hast du gegen Amerikaner? Er muß in den Bunawerken eine Maschine reparieren. Wenn der Staat kapitalistische ›Blendwerke‹ einkauft, muß er sich nicht wundern, wenn sie nicht funktionieren.« Sarkastisch fügte sie hinzu: »Das nennt man wohl Sabotage.«

»Und ausgerechnet dir mußte dieser Mister Geoffrey über den Weg laufen, als ob wir nicht schon genug Ärger deinetwegen hätten. Zuerst der angebliche Geheimagent, dann der Palästinenser, der dich ja unbedingt in seine Orientwelt aus Krieg und Unterdrükkung entführen wollte, und nun ein Amerikaner.«

Der Vater setzte sich stöhnend aufs Sofa. Anett fühlte die Hilflosigkeit des alten Mannes. Mit Mühe zwang sie sich, nicht gegen seine Vorwürfe aufzubegehren.

Vorsichtig sagte sie: »Vater, ich bin jung, ich erlebe Dinge, die dir vielleicht auch einmal passiert sind. Es ist die Unfreiheit, in der wir leben. Harmlose Begegnungen sehen wie Staatsverbrechen aus. Bitte versteh doch...«

Der Vater winkte müde ab. »Ist schon gut, geh nur.«

Sie küßte ihn auf die unrasierte Wange und rief Geoffrey zu: »Warten Sie, ich bin gleich fertig!« Sie zeigte auf ihre Haare, die noch feucht vom Duschen waren.

Eine halbe Stunde später fragte sie ihn im Taxi:

»Detektiv Geoffrey, wie haben Sie meine Spur gefunden?«

Geheimnisvoll sah er ihr in die Augen. »Anett, wie viele Mädchen wohnen in Ihrem Ort mit solchen Haaren?« Freundschaftlich drückte er ihre Hand.

Verdammt, dachte sie, ich hätte mich nicht nach Hause bringen lassen dürfen.

Sie fuhren bis Dresden. Anett zeigte ihm die stillen Straßen. Vor der Ruine der Frauenkirche blieb sie stehen.

»Sie muß beeindruckend schön gewesen sein. Ob sie wohl jemals wieder aufgebaut wird?«

Geoffrey wiegte bedächtig den Kopf. »Würde sehr viel Geld kosten.«

Sie gingen in den Elbwiesen spazieren, sie hörte das leise Rauschen des Flusses neben sich. Der Amerikaner breitete seine Jacke über den Stamm einer gebrochenen Weide.

»Faszinierend schön, dieses Deutschland!« Er deutete auf den Baumstamm. »Setzen Sie sich doch«, lud er sie charmant ein.

Er hatte wohl viele alte Filme gesehen! Sie sah ihm fest in die Augen. Er war nicht der Mann, mit dem sie ein Liebesabenteuer anfangen würde. Dazu erschien er ihr viel zu erwachsen. Er strahlte die innere Ruhe eines Mannes aus, der wußte, wenn er liebte. Lächelnd hielt er ihrem Blick stand.

Sie wurde verlegen und bat kindlich: »Erzählen Sie mir von dem anderen Deutschland. Dem Deutschland hinter den Bergen.«

Sie setzte sich zu ihm. Plötzlich überkam sie die Angst, mit ihm alles zu verlieren. Ein Hauch Freiheit umhüllte ihn, wie der schwere Geruch von Großmutters Pelzmantel in Mutters Mottenkiste, den niemand mehr trug und der dennoch unvergänglich an die goldenen zwanziger Jahre erinnerte.

Geoffrey schloß die Augen, legte einen Arm um sie und schwieg. Sein Gesicht sah abgespannt aus. Anett fühlte sich auf einmal ganz ruhig. Die Augenlider halb geschlossen, schaute sie auf den Fluß. Sie begann zu erzählen, als gelte es, zu beweisen: Meine Welt ist klein, viel kleiner als die deine, aber ich lebe in ihr, ich gehöre dazu. Trotz ihrer Neugier, vom anderen Deutschland zu hören, fürchtete sie instinktiv, daß er mit seinen Geschichten ihre Welt zerstören könnte.

Geoffrey war hierher gekommen und wußte genau, warum. Alles verwirrte ihn: der Duft der Wiesen, ihre gesittete Haltung, die einfache Darstellung über Kunst und Malerei, über das Leben hier, ihre Lieblingsblumen…

Anett zögerte, dann sagte sie: »Sie sind bestimmt ein reicher Amerikaner, und ich bin ein mäßig bezahltes Mannequin. Wir sind Menschen zweier Klassen, aus vielerlei Gründen.«

Tatsächlich empfand sie Geoffrey gegenüber Neid. Er konnte ihr abgewandtes Gesicht nicht sehen, er bemerkte nicht, daß sie sich auf die Lippen biß. Sie hatte die letzten zwei Jahre nicht vergessen. Damals schwor sie sich, hinaus in die Welt zu gehen. Sie glaubte fest daran, daß den jungen schönen Mädchen aus den Werbejournalen die gesamte westliche Welt offenstand, und sie wollte für diesen Moment, auch wenn er in unbestimmter Ferne lag, bereit sein.

Geoffrey nahm sie in seine Arme. In ihm tobten weder Leidenschaft noch Begierde, er wollte mit dieser Umarmung nur seine Zuneigung ausdrücken. Doch Anett dachte: Er ist wie alle Männer, verliebt, will nicht länger warten… Und so gab sie sich ihm ohne Zaudern hin. Sie tauchte hinab in die Tiefe ihres Körpers.

Ermattet und glücklich schlief sie ein. Geoffrey war hellwach. Er blickte auf Anett und fragte sich: Sie hat das Fräulein Rührmichnichtan gespielt, über Blumen, Museen und Malerei gesprochen. Wie viele solcher Abenteuer mag sie schon gehabt haben?

Frau Hammer hatte ihr zwei Wochen Urlaub genehmigt. Zwei ganze Wochen, die sie nur zum Faulenzen, Sonnen und Baden nutzen wollte. Eine Ungarin, die sie auf einer Vorführung in Rostock kennengelernt hatte, lud sie zu sich nach Budapest ein.

Die Mutter empfing sie wie immer, mit strenger, liebevoller Zurückhaltung.

»Wo ist Vater?« erkundigte sich Anett, verwundert über seine Abwesenheit.

»Auf der Polizei.«

»Was hat denn Vater mit der Polizei zu tun?«

Die Mutter sah sie merkwürdig an. »Es ist mal wieder deinetwegen!«

»Meinetwegen? Was für ein Verbrechen soll ich denn dieses Mal begangen haben?«

»Klärung eines Sachverhalts.«

Sie trug das Kaffeegeschirr ins Wohnzimmer. »Aber weshalb denn?«

Die Mutter zuckte die Achseln. »Kann ich dir nicht sagen. Warte auf Vater.«

Anett half ihr beim Einräumen. »Ich habe mich auf den Urlaub gefreut und nun…«

Spontan drehte sie sich der Mutter zu und umarmte sie. Verlegen befreite sich diese aus der ungewohnten Vertraulichkeit. Gefühlsbetonte Ausbrüche der erwachsenen Tochter waren eine Seltenheit.

»Vater wird gleich kommen, er ist seit zwei Stunden fort.«

Als er endlich die Tür aufschloß, machte er seinem Ärger sofort Luft. »Nein, stell dir die Blindheit in diesem Land vor!«

»Was ist?« wollte seine Frau wissen.

Ohne seine Tochter zu begrüßen, wetterte er: »Du lebst wie im Himmel, ich darf alles ausbaden. Weißt du, was dein Mister Geoffrey angestellt hat?« Er ließ ihr keine Zeit zur Antwort. »Mein Gott, wenn es nicht uns betreffen würde... Erscheint doch tatsächlich dein Amerikaner mit einem roten Rosenstrauß auf der Polizei und bittet – liebe Hedwig, hör genau zu – und bittet um die Hand unserer Tochter!«

Anett sah ihren Vater entgeistert an. »Geoffrey hat bei der Polizei um meine Hand angehalten?«

Sie brachte den Satz vor lauter Lachen kaum zu Ende.

»Mich haben sie angebrüllt, ob ich nicht wüßte, was ich zu tun hätte, wenn einem der Klassenfeind persönlich ins Wohnzimmer schneit. Ich habe sie gefragt, wie sie es gern hätten. ›Mit einem Tritt hätten Sie den Ami hinausbefördern sollen, mit einem gewaltigen Tritt in den...‹«

»Arsch«, sprach Anett das Wort deutlich aus. Immer noch lachend erkundigte sie sich: »Und? Was hast du ihnen geantwortet?«

Er winkte heftig ab und ließ sich in einen Sessel fallen.

»Ich habe gesagt: ›Was kann ich dafür, daß sich die Schönheit meiner Tochter bis nach Amerika herumspricht? Soll ich etwa mein Kind einsperren?‹ Darauf sagten sie ganz selbstverständlich: ›Ja.‹«

Vollkommen außer sich stürzte er den Kaffee, den Anett ihm hinstellte, hinunter.

»Vater...«

»Schweig! Verstehst du nun, wohin du uns treibst?«

»Wohin denn?« entfuhr es ihr heftiger als gewollt. »Soll ich bei jedem Mann, den ich kennenlerne, erst die Polizei um Erlaubnis fragen?«

»Spar dir deine Äußerungen. Es ist dein Leben, sieh zu, daß wir nicht ständig in Schwierigkeiten geraten.«

Sie sah Geoffrey nie wieder. Er bekam keine Einreisegenehmigung mehr. Anett erhielt kein Visum für Ungarn. So beschloß sie, an die polnische Ostsee zu reisen. Vielleicht fand sie dort ein ausländisches Schiff, das sie illegal nach Schweden brachte.

Das nächste Foto im Album war unscharf. Anett stand am Meer, mit vom Wind zerzaustem Haar: *Polen 1985.*

Die ewige Rücksichtnahme auf ihre Eltern, der Druck, der auf ihr lastete, hatte den Entschluß in Anett reifen lassen, dem Land heimlich den Rücken zu kehren. Sie wollte fort. Weit weg. Sie verspürte keine Lust mehr, die Erwartungshaltung, die man ihr gegenüber ständig einnahm, weiter zu befriedigen. Was man von ihr verlangte, war eine fortgesetzte Selbstverleugnung.

Entschlossen begann sie ihre Sachen für die Flucht zu packen. Sie beschränkte sich auf das Notwendigste, sie wollte nicht auffallen. Ihre Eltern durften nichts merken. Leise trug sie die Reisetasche nach unten und suchte noch einmal das Schlafzimmer ihrer Eltern auf, um sich zu verabschieden. Die Mutter lag blaß in ihrem Bett. Der Vater las in einer Zeitung.

»Auf Wiedersehen, Mutter.« Sie küßte sie behutsam auf ihre kleine Nase. »Mach's gut, Papa.« Ihm drückte sie einen schmatzenden Kuß auf die stopplige Wange.

»Wünscht mir einen schönen Urlaub und viel Erfolg…«

»Erfolg? Wozu?« brummte der Vater.

»Ach, nur so.«

Das Zimmer bei der polnischen Gastfamilie war preiswert und zweckmäßig eingerichtet. Niemand stellte ihr Fragen, wohin sie wollte und wann sie wiederkommen würde. Sie genoß das herrliche Gefühl der näherrückenden Freiheit.

Vier Tage lang schritt sie den kleinen Badeort an der Ostseeküste ab. Sie beobachtete aufmerksam jedes Segelschiff mit einer ausländischen Flagge, das im Hafen anlegte. Dann endlich war es soweit.

Sie entdeckte eine mittelgroße Yacht, an deren Mast eine bundesdeutsche Fahne im böigen Wind flatterte. Das kam ihr wie ein Signal vor: Hier bin ich…

Das Hafenviertel war der Nährboden, auf dem Devisenschieber, Verkäufer lebender Waren, Zuhälter und Schmuggler heimlich unter dem Auge der polnischen Miliz gediehen. Die Einheimischen nannten es »Klein Chicago«. In den engen Gassen und der einzigen breiten Straße bis zur Mole hinaus drängten sich Diskotheken, wo halbnackte polnische Mädchen tanzten. Hier erwarteten sie die zahlungskräftigen Urlauber. Die meisten Passanten, die zum ersten Mal auf diesen Straßen flanierten, saßen den ausgeklügelten Taschenspielertricks auf, die hier vorgeführt wurden. Das mühsam ersparte Geld verlor im verbotenen Umtausch in wenigen Minuten seinen gesamten Wert, weil der Betrogene immer feststellen mußte, daß er nicht, wie erhofft, Geld zum günstigen Schwarzmarktkurs erbeutet hatte, sondern wertlose Zlotys in den Händen hielt.

Gleich am ersten Tag ihres Strandaufenthalts lernte

Anett Dorit kennen. Sie war eine etwas füllige Malerin aus Berlin, die jedes Jahr ihren Urlaub in Polen verbrachte.

»Tausch bloß kein Geld auf dem Schwarzmarkt ein«, riet sie ihr. »Ich bin auch einmal übel geprellt worden.«

Anett wollte keine Frauenfreundschaft schließen, doch sie fand Dorit sympathisch.

Als sie am nächsten Tag die Schiffe beobachtete, war Anett ziemlich überrascht. Sie hatte erwartet, auf den Planken bärtige, nicht mehr ganz junge Seefahrer mit braungebrannten Stiernacken zu sehen, Männer, die aussahen wie Abenteurer, Aussteiger, ehemalige Lehrer und andere gestrandete Existenzen, doch es wankten unter dem leichten Wellengang junge Männer mit sportlichem Äußeren über das Deck. Sie nutzte einen Hafenspaziergang ohne Dorit, um sich genauer umzusehen, und fand heraus, daß auf einem Boot nur vier Männer wohnten. Die günstige Gelegenheit, mit einem von ihnen ins Gespräch zu kommen, ergab sich, als drei gemeinsam von Bord gingen. Sie mußten an Anett vorbei und lachten ihr zu. Da der Hafenwart mehrmals am Tag seine Runden drehte, mußte sich Anett beeilen. Er saß im Schatten einer Imbißstube und trank Bier. Wie selbstverständlich schlenderte sie auf das Schiff zu.

»He, du!« rief sie dem Jüngling zu, der sich mit dem Zusammenlegen der Taue beschäftigte.

»Meinst du mich?« fragte er.

Welch Glück, er ist Deutscher, dachte sie erleichtert.

»Kann ich mir mal den Kahn ansehen?«

Der Junge, er mochte ungefähr neunzehn Jahre alt sein, zögerte nicht eine Sekunde: »Klar, komm rauf!«

Er bot ihr hilfreich seine Hand. Sie sah den Bizeps an seinem Arm hervortreten, als er ihr mit Schwung hinüberhalf. Blondes, krauses Haar und beruhigende blaue Augen ließen keinen Argwohn aufkommen. Er wirkte wie ein Matrose: gestreiftes Hemd, kurze, dunkelblaue Hose, um den Hals eine goldene Kette. Sein norddeutscher Dialekt war unverkennbar.

»Seit wann interessieren sich hübsche Frauen für Schiffe?«

»Ganz einfach. Ich will hier weg. Verstehst du?«

»Nö, versteh' ich nicht. Ist doch super Wetter.«

»Scherzkeks«, lachte sie. »Ich bin aus dem Osten, ich will abhauen.«

Er sah sie verdutzt an.

»Ja, abhauen. Nun schau nicht so verdattert aus der Wäsche. Ich meine, die Sache ist nicht ungefährlich«, betonte Anett.

»Wieso, was würde dir denn passieren?« fragte er weltfremd.

Anett nahm die Coladose, die er ihr reichte, und sagte: »Gefängnis.«

»Du meinst, man würde dich einsperren, nur weil du davonsegeln willst?«

Die blauen Augen spiegelten die Entrüstung eines Kindes vor der Gemeinheit dieser Welt wider. Anett erzählte ihre ganze Geschichte. Christoph, so hieß der junge Mann, hörte andächtig zu, doch als er erfuhr, daß ihre Pläne auch für ihn und seine Freunde unangenehm werden könnten, wollte er erst mit ihnen sprechen. Als er darauf drängte, zu erfahren, welche Strafen bei einer mißglückten Flucht auf alle zukämen, lenkte sie ab. Sie wollte kein Gespräch über juristische Folgen führen, sie hatte Angst, er würde abspringen.

»Was wirst du tun?« wollte sie wissen.

»Mach dir keine Sorgen, ich rede mit den anderen.«

»Wirklich?«

Christoph schwieg, dann lächelte er. »Ich verstehe schon. Komm abends wieder.«

Merkwürdig, als sie das Schiff verließ, fühlte sie nicht den Siegestaumel, den sie erwartet hatte.

Als sie gegen zwanzig Uhr die Hafenanlage betrat, stand plötzlich der Hafenwart vor ihr. Sie wollte schnell weitergehen, doch er packte sie am Ärmel.

»Du gute Freunde, ich kein Wort sagen.«

Er roch nach Schnaps. Anett machte sich frei. Woher weiß er Bescheid? fragte sie sich. Instinktiv kramte sie nach ihrer Geldbörse und gab ihm einen Zwanzigmarkschein. Der Schein verschwand in seiner fleischigen Pranke.

»Bis morgen, schönes Dame«, brachte er mühsam heraus.

Eilig huschte Anett an Bord, wo man sie mit Überschwang empfing. Sowohl Christoph als auch seine Freunde hatten getrunken und sangen im Chor »Es lebe die Freiheit!« Symbolisch überreichte Christoph ihr seinen eigenen Paß.

Ein Lockenkopf stellte sich als Medizinmann der Mannschaft vor: »Mich nennen alle Markus. Bin für kleine Wehwehchen zuständig. Dein Problem läßt sich lösen. Hier, trink erst mal einen Schluck, das beruhigt!«

Er zwinkerte ihr hinter seiner Nickelbrille zu und reichte ihr die Rotweinflasche.

Christoph sagte: »Ich bin der Smutje und vergifte mit meinen Kochkünsten die Jungs, bisher hat es aber nichts gebracht. Die haben Mägen, schlimmer als ein Haifisch.«

»He, Christoph, erzähl der Lady kein Seemannsgarn. Wie wär's, bringst du ihr ein Glas, oder soll sie etwa aus der Flasche trinken?«

Hansi, ein kleines, bulliges Kerlchen, sprach sehr laut. Unverdrossen kletterte er dabei über alle hinweg, um eine bunte Lichterkette aufzuhängen. Jonas stellte sich zuletzt vor.

»Ich bin der Kapitän. Eigentlich gibt es hier ja keine Autoritätsperson, jeder kennt seine Aufgabe und erledigt sie. Aber in ernsten Situationen übernehme ich die Verantwortung. Das Boot gehört mir. Wir sind alle Studenten, die Spaß am Segeln haben. Jedes Jahr bereiten wir eine größere Reise vor, aber als Schmuggler haben wir noch keine Erfahrungen gesammelt. Warum willst du dein Land, deine Eltern und deine Freunde einfach verlassen? Ehrlich gesagt, erwarte ich keine Antwort. Für mich oder besser: für uns ist das eine spannende Sache. Ein kleines Abenteuer mehr, weiter nichts.«

Anett starrte in ihr Rotweinglas. Weiter nichts…

»Du hast ja keine Ahnung.«

Sie drehte sich dem Hafen zu. Boot an Boot schaukelte in gleichmäßigem Takt nebeneinander. Sie sah die vielen Lichter, die sich im Wasser widerspiegelten. Fröhliches Lachen von den anderen Booten drang zu ihnen. Ab und zu sah sie eine Zigarette aufglimmen. Die Luft wärmte noch die Haut, obgleich die Sonne seit einer halben Stunde nicht mehr am Himmel stand. Das Wasser sah jetzt tiefschwarz aus, wie ein baumloser Friedhof. Sie war bisher erst ein einziges Mal auf einem Friedhof gewesen, bei Großmutters Beerdigung. Jetzt war ihr, als blicke sie auf ein offenes Grab. Ein Gedanke schoß ihr durch den Kopf: Vielleicht ist es mein eigenes Grab? Ein kalter, schneidender Wind wehte plötzlich, daß die Augen tränten. Anett kniff sie zusammen.

Hansi verfügte über keine besonders schöne, aber angenehme Stimme. Er sang ein sentimentales Lied von der Sehnsucht eines Seemannes nach Hause und nach seinem Tod. Danach folgte etwas Unanständiges. Christoph fiel in den Refrain mit ein.

Markus regte sich auf: »Könnt ihr nicht mal was anderes singen? Seit Wochen höre ich nun schon diesen Scheiß!«

»Sei bloß still. Du rennst einmal die Woche als Jockey zum Stall, kennst nur die Namen von Hengsten und findest Mädchen ermüdend«, verteidigte sich Hansi.

Dieser kleine Wortwechsel verdarb die gemütliche Atmosphäre. Alle steckten sich eine Zigarette an. Markus goß Rotwein nach.

Anett fand das Schweigen unerträglich.

»Ich kann es gar nicht fassen, was für ein Glück ich habe, auf euch zu treffen.«

Sie wärmte ihre Hände unter den langen Ärmeln ihres Pullovers. Von neuem überkam sie die Traurigkeit, wie am Grabe ihrer Großmutter. Ein jähes Ende... Sie fuhr sich mit der Hand zum Herzen, sie fühlte die Wärme ihres Körpers: Ich lebe!

»Sing noch ein Lied«, bat Christoph Hansi, der zusammengekauert auf dem Boden saß und auf das Meer starrte. Ruckartig leerten sie gleichzeitig die Gläser. Anett erhob sich.

»Ich gehe.«

»Bleib doch noch!« rief Christoph.

Doch sie hörte ihn nicht mehr.

Anett zündete sich eine halbe Zigarette an und legte unwillig das Album zur Seite. Die Erinnerung war irgendwie unangenehm. Was wäre geschehen, wenn sie damals bei den jungen Männern geblieben wäre? Doch dann blätterte sie entschlossen weiter. Ein großes Farbfoto nahm die Hälfte der nächsten Seite des Albums ein. Darauf stand sie lchend vor einem Mercedes: *Henryks Diplomatenschlitten.*

Der Novembernebel hing dicht in den Straßen. Von der windschiefen Veranda tropfte es, als fielen Tränen hernieder. Anett saß auf der Liege im halbdunklen Zimmer. Auf dem Fensterbrett standen zwei brennende Kerzen. Ein schwüler, süßer Geruch nach Lilien lag in der Luft. Mutter hatte ihr gestern die letzten Herbstblumen auf den Tisch gestellt. Ihre Gedanken verloren sich in der Vergangenheit. Ihr kamen die Zärtlichkeiten, die romantischen Augenblicke mit Ronny in den Sinn. Alles schwebte vorüber wie eine helle Dunstwolke, vollgepackt mit Erinnerungen. Sie fühlte ihre Sucht nach Liebe am ganzen Körper. Sie streichelte ihren Busen. »Wie schrecklich…«, flüsterte sie. Sie umarmte sich selbst.

Anett wurde ärgerlich. Sie wußte, daß ihr Leid tiefer lag, viel tiefer. Ihr Blick fiel auf das Strickzeug; sie hatte den Schal für Mutter nicht zu Ende gestrickt. Mechanisch begann sie die Maschen zu zählen und nickte ein. Wie aus weiter Ferne hörte sie ihre Mutter das Zimmer betreten. Leise kam sie näher und blieb vor Anett stehen. Ihr Gesicht sieht verwirrt aus, dachte sie. Mehr noch: In diesem Gesicht liegt so viel Qual. Sie erschrak. Was weiß ich eigentlich über mein Kind? fragte sie sich besorgt. Doch jetzt war es zu spät. Das Strickzeug lag auf Anetts Knien. Es war unerträglich, ihre Tochter so zu sehen. Sie war ihr fremd geworden.

Die Mutter preßte ihre magere Hand gegen den Mund, und Tränen schossen ihr in die Augen. Weinend ging sie auf Zehenspitzen aus dem Zimmer.

Die Werbeplakate zur »Moda exklusiv« erregten enorme Aufmerksamkeit. Viele Besucher konnten im kleinen Saal der Kongreßhalle am Alexanderplatz keinen Einlaß mehr finden. Aufgeregte Schaulustige drängten sich in den Gängen, an der Garderobe herrschte Chaos.

Als endlich jeder der Gäste auf seinem Platz saß, und alle einen Augenblick lang erwartungsvoll schwiegen, setzte die dünne Stimme Frau Hammers am Mikrofon ein:

»Liebe Gäste und Freunde der Mode! Ich begrüße Sie herzlich zu unserer neuesten Frühjahrskollektion. Wir beginnen mit der Tageskleidung, gehen zur Abendgarderobe über und kommen dann zu den Bademoden. Ganz zum Schluß präsentieren wir Ihnen die Dessous.«

In den Umkleideräumen summte es vor Aufregung. Antje, das Supermodel, dessen Körper vom Titelbild jeder Modezeitung leuchtete, war nicht erschienen. Ein Raunen ging von einem Mädchen zum andern: »Sie ist während ihres Bulgarienurlaubs verschwunden.«

»Was wird da getuschelt, meine Damen?« schrie Frau Hammer nervös.

Ramona sagte es geradeheraus, was alle längst ahnten: »Antje ist weg.«

»Weg? Würdest du mir bitte erklären, was das zu bedeuten hat?«

Ramona senkte den Kopf. »Eben weg. Verduftet sozusagen. Hat sich ein Angebot aus Paris nicht entgehen lassen.«

»Und woher weißt du das so genau?« fragte Frau Hammer drohend.

»Sie hat mir eine Ansichtskarte vom Eiffelturm geschickt und geschrieben, daß sie nun endlich weiß, was Mode ist.«

»Und weshalb erfahre ich erst jetzt davon? Unsere gesamte Truppe gerät dadurch in ein schlechtes Licht. Wenn wir Pech haben, machen sie uns den Laden zu, und dann ist für euch alle Feierabend.«

Ramona entschuldigte sich: »Ich wollte da nicht mit hineingezogen werden.«

Die Mädchen schwiegen betroffen. Unsicherheit machte sich unter ihnen breit. Wer wird die nächste sein? Anett klopfte das Herz bis zum Hals. Wie gut, daß sie keinen in ihre Fluchtpläne eingeweiht hatte.

Frau Hammer schnappte nach Luft. »Das ist eine bodenlose Schweinerei. Ich kann Antje nicht begreifen. Sie hatte doch Erfolg. Wie soll ich das dem Institut erklären?«

Ungewollt heftig ließ sie die geballte Faust auf den Tisch sausen. Sie zuckte zurück, verbiß sich aber den Schmerz. Anett empfand leise Schadenfreude; sie gönnte Antje die geglückte Flucht.

»Alle, die weggehen, stoßen uns in einen tiefen Abgrund. Von den eigenen Leuten verraten zu werden!« Frau Hammer raufte sich die Haare. »Mädels, ich kann eure Träume verstehen, und immer an den Kommunismus zu glauben ist wahrlich schwer… Wenn er doch bloß endlich käme, dann wüßten wir, ob wir nicht nur einer Lüge aufsitzen.«

»Was sagen Sie da?« fragte Ramona überrascht.

Frau Hammer sank stöhnend am Tisch zusammen. »Man kann nicht allen Grundsätzen treu bleiben, wenn man von so einem Staat regiert wird. Mit dieser Bürde bleibt man stecken.«

Niemand hätte der strengen Dame einen derartigen Gefühlsausbruch zugetraut.

»Sie reden sich um Kopf und Kragen, Frau Hammer«, sagte Anett leise. »Vorsicht, Feind hört mit!«

Frau Hammer erhob sich. »Schon gut, Mädels. An die Arbeit!« Sie klatschte in die Hände.

Anett ging nach der Vorstellung in ein kleines Kaffeehaus am Bahnhof. Beim Eintreten schüttelte sie den Regen vom Mantel. Im Raum herrschte die angenehme Behaglichkeit, die bei jedem Unwetter einen Obdachsuchenden beruhigt. Anett überlegte, was wohl Frau Hammer bewogen hatte, ihre Gedanken so offen preiszugeben. Deshalb verstand sie nicht gleich, als ein männlicher Gast sie fragte, ob der Stuhl an ihrem Tisch noch frei sei. Die Serviererin hatte es plötzlich eilig, die Bestellung aufzunehmen. Der Mann gehörte augenscheinlich zu den Stammkunden. Anett bestellte einen Tee, der Mann einen Grog. Sie griff nach einer Zigarette, doch noch ehe sie dazu kam, das Streichholz anzuzünden, bot er ihr lächelnd sein Feuerzeug.

»Gestatten Sie, mein Name ist Henryk.«

Er trank von seinem Grog, rauchte ebenfalls und bemühte sich um ein Gespräch. Anett hörte höflich zu, doch ihre Gedanken kehrten immer wieder nach Polen zurück. Sie hatte einfach nicht die Kraft besessen, die vier jungen Männer ins Unglück zu stürzen. Der Verdacht, daß der Hafenmeister doch nicht seinen Mund halten würde, hatte sie damals wie das dumpfe, unbehagliche Gefühl einer ernstzunehmenden Krankheit gequält. Und ihre Eltern… sie hätten den Ärger nicht überlebt. Sie war noch in derselben Nacht abgereist. Dorit nahm ihr das Versprechen ab, wenn sie wieder in Berlin zu tun habe, vorbeizuschauen. Vielleicht sollte sie Dorit jetzt anrufen? Was für eine Qual, darüber nachzudenken, was geworden wäre, wenn sie die Flucht geschafft hätte. Sie fand es bedauerlich, daß ihre kostbarsten Jahre verlorengingen.

Im Kaffeehaus war es still geworden. Die einen waren gegangen, die anderen saßen in Erwartung einer Zufallsbekanntschaft stumm an ihren Tischen. Und genau in diesem Moment, als alles vor sich hin zu dämmern schien, spielten plötzlich die Musiker auf dem Podium zum Tanz auf. Wiener Walzer.

»Waren Sie schon mal in Wien?« fragte Henryk.

»Wollen Sie mich verscheißern?« antwortete Anett brüsk. »Ich war nicht nur in Wien. Auch London, Paris, Rom und Moskau gehören seit Jahren zu meinen Reisezielen. Mit dem Finger auf der Landkarte.«

»Ich verstehe Ihre Ironie nicht.«

»Das ist keine Ironie, das ist Selbstverteidigung.«

Für einen Augenblick nahm sie ihn richtig wahr. Seine lebhaften Augen sahen aus wie hellbraune Bernsteine. Die dunkelblonden Haare wechselten an den Schläfen zu grau über. Er wirkte wie ein lustiger Junge und näherte sich doch den Vierzigern. Ihr Herz ahnte Gefahr.

»Darf ich Sie zum Essen einladen?«

»Ich glaube nicht, daß ich Ihr Angebot annehmen werde.«

Daß die Männer immer glauben, sie müßten mich mästen, dache Anett gelangweilt.

»Finden Sie mich so schrecklich?«

Sie sah ihn abschätzend an. Solchen Menschen steht das Paradies offen. Doch was steht mir bevor?

»Böse? Na gut, ich bin Kapitalist, damit ist längst nicht alles gesagt. Ich arbeite hier an der Ständigen Vertretung der Bundesrepublik. Aber ich bin nicht Ihr Feind«, ereiferte er sich, als versuchte er zu beweisen, daß es Zeit sei, die Politik außer acht zu lassen.

Sie sah zum Fenster hinaus. Auf dem hell erleuchteten Bahnsteig fuhren die S-Bahnen ein. Friedrichstraße – so nah, so fern. Sie fühlte sich verwaist. Wie frustrierend war es doch, morgens zu erwachen und einen Tag, so öde wie eine Bergbaulandschaft, zu beginnen.

»Sie arbeiten an der Ständigen Vertretung?«

Hoffnung lag in ihrer Stimme. Er lächelte versonnen. Sie wurde lebhaft.

»Dann können Sie mich ja verstehen?« Flüsternd sprach sie weiter. »Bei Ihnen sollen sich heimlich Leute Hinweise zur Ausreise holen. Das nennt sich dann offiziell Politik der Familienzusammenführung. Aber in Wahrheit können wir alle hier versauern.«

Er stand auf.

»Kommen Sie, wir gehen. Wie heißen Sie eigentlich?«

»Anett.«

»Ein französischer Name.«

»Wenigstens etwas«, lachte sie.

In jener Nacht schlief sie mit Henryk in einem Hotel. Am nächsten Morgen erwachte sie mit dem Gefühl: Gewonnen, gewonnen!

Drei Tage später holte er sie von der »Moda« ab. Begeistert schloß er sie in seine Arme. »Mit wieviel Charme du den wenigen Stoff präsentierst, ist einfach wundervoll.«

Sie lachte dankbar.

»Hier macht man aus der Not eine Tugend und schneidert aus Stoffresten tragbare Fetzen. Uns hat es noch nie an Improvisation und Kreativität gefehlt. Wir sind im ganzen Land bekannt. Es gibt viele junge Nachwuchsdesigner. Wenn man sie bloß arbeiten lassen würde! Meine Mutter näht meine Sachen nach ihren Entwürfen. Es ist gar nicht so leicht, an die richtigen edlen Stoffe heranzukommen. Einer unserer Mitarbeiter ist Kubaner und ein Meister der Erotik. Seine Modelle sind die schärfsten«, schwärmte sie stolz.

»Und von ihm läßt du dich inspirieren?«

»Warum nicht? Ich liebe Erotik.«

In Gedanken fügte sie hinzu: Ich nehme mir das, wovon andere Frauen nur träumen. Sie wußte, daß sie durch ihre selbstbewußte erotische Ausstrahlung, die sich in der hauchdünnen Spitzenwäsche und durch ihre gekonnten Bewegungen noch verstärkte, immer als Lustobjekt betrachtet wurde und in das Klischee der leichten Mädchen hineinpaßte. Genau aus diesem Grund sprachen die Männer sie nach der Vorführung an, und das war nicht der einzige Pluspunkt ihres Berufes. Sie wollte sich die Freiheit nehmen, selbst zu entscheiden, welcher Mann ihr gefiel. Und Männer aller Konfektionsgrößen und Brieftaschen traf sie auf den Modegalas viel eher als sonstwo im Land.

Die Nächte mit Henryk waren die sinnlichsten, die sie jemals erlebt hatte. Es gab Morgenstunden, in denen sie sich vor Müdigkeit kaum auf den Beinen halten konnte. Henryk fand über seine Beziehungen eine kleine Wohnung für sie beide. Mit Grauen erwartete sie jedes Mal den Augenblick, in dem sie sich für den Rest des Tages trennen mußten. Sie brachte ihn stets zur Tür und kehrte dann allein in das leere Zimmer mit dem großen Bett zurück.

Drei Monate später fragte sie ihn unvermittelt: »Warum heiraten wir nicht? Wenn sie dich in ein anderes Land versetzen, bleibe ich für immer allein. Oder wenn du irgendwo in dieser Welt verunglückst, dann wird es nicht einmal jemanden geben, der um dich weint. Ich liebe dich!«

Henryk lächelte verlegen. Die Möbel im Raum wirkten schwarz gegen den weißen Hintergrund der Wände – wie ein Schattenspiel. Anett empfing ihn, sie lächelte und zog seine Hand zwischen ihre Schenkel. Er blieb die Antwort schuldig.

Henryk lebte mit der Illusion scheinbarer Ruhe in den innerdeutschen Beziehungen. Zwar sprachen einige seiner Kollegen offen über immer häufigere Unruhen und die zunehmende Zahl der Ausreiseanträge, doch eine »Revolution von unten« paßte nicht in ihr Vorstellungsvermögen.

Henryk hätte 1961, als die Mauer gebaut wurde, gern Korrekturen an der Realität vorgenommen, aber leider war er damals noch Student. Was lag also für ihn näher, als die Laufbahn des Diplomaten einzuschlagen.

Im Augenblick hatte er jedoch eine unangenehme Angelegenheit zu bewältigen. Ein paar Ostberliner hatten sich in die Ständige Vertretung geflüchtet, und es galt, ihnen eine straffreie Zeit bis zu ihrer Abschiebung auszuhandeln, ohne dem Ansehen beider Länder zu schaden. Dafür gab es Anwälte. Täglich zwang er sich in dieser heiklen Situation zur Arbeit. Abends kam dann die Stunde, die er sehnlich erwartete. Doch das Wort »Liebe« kam ihm nicht in den Sinn.

Ihm war, als kenne er Anett zu wenig und als hätten sie nichts Gemeinsames, außer dem Sex. Zwar war er durchaus zu tiefen, dauerhaften Gefühlen fähig, aber für Anett empfand er nur Sympathie, mehr nicht. Seine Wurzeln hatte er bereits vor sieben Jahren bei Christina geschlagen, die treu ergeben in Hamburg auf seine seltenen Besuche wartete. Seit er Anett kannte, schämte er sich immer ein wenig, wenn er Christina belog. Doch in Berlin stürzte er sofort wieder in Anetts Arme. Ihre jugendliche Offenheit, ihre Hingabe machten alle seine guten Vorsätze, ihr die Wahrheit über sich zu gestehen, zunichte.

Als er für vierzehn Tage nach Paris reisen mußte – eine Lüge, denn er flog mit Christina in den Urlaub –, weinte Anett bitterlich. Am Abend vor seiner Abreise schlenderten sie über einen Rummel. Sie liebte kleine Volksfeste. Jedoch die Einsamkeit überfiel sie schlagartig, als sie sich seine lange Abwesenheit ins Gedächtnis rief, vor allem, als er so unbeschwert lachte.

Kurz nach neun Uhr – Henryk schlürfte an einem Kiosk ein warmes Bier, wegen seiner Nieren, wie er scherzhaft sagte – schrie Anett plötzlich auf.

»Peter!«

Er befand sich in Begleitung eines Schauspielerkollegen. Sie freuten sich so sehr über das unerwartete Zusammentreffen, daß die allgemeine Vorstellung ziemlich befangen und steif ausfiel. Der kleine Imbißstand war gedrängt voll, sie stießen mit anderen Paaren zusammen. Anett spürte die anderen kaum, ihr war, als hätten sie und Peter sich irgendwohin geflüchtet, weit weg, auf einen einsamen Fleck, ins Birkenwäldchen ihrer Kindheit.

Henryk schlug einen gemeinsamen Bummel über den Festplatz vor. Peter hielt im Dunkeln heimlich ihre Hand, wie ein Kind. Begeistert erzählte er vom Theater. Die letzte Uraufführung hatte in allen Zeitungen eine gute Kritik bekommen.

»Ich lese keine Zeitung mehr«, gestand Anett. »Deshalb kann ich nicht mitreden.«

Peter lenkte ab. Er blickte auf Henryk, der sich angeregt mit seinem Kollegen unterhielt. »Und wie ist er, dein Freund?«

Sofort geriet Anett ins Schwärmen.

»Nach so einem Mann habe ich lange gesucht. Ich weiß zwar nicht, wohin uns der Weg noch führt, aber es ist unbegreiflich schön mit ihm.«

»Einen Vaterkomplex hast du aber nicht? Er ist ja wohl doppelt so alt wie du.«

»Mach dir keine Sorgen, ich bin kein kleines Mädchen mehr. Henryk ist ein erwachsener Mann, der weiß, was er will.«

»Das kann ich mir gut vorstellen! Hoffentlich wird er nicht die nächste Enttäuschung für dich. Männer in seinem Alter sind doch längst verheiratet oder geschieden. Was weißt du eigentlich von ihm?«

»Deine Eifersucht bringt mich noch ins Grab. Du hast dich überhaupt nicht geändert. Henryk hat keine Zeit für eine Familie, Diplomaten müssen mal hier, mal dort leben. Und überhaupt: Was soll die Ausfragerei?«

Erstaunt sagte Peter: »Du glaubst ja an die große Liebe, genauso wie ich! Wenn das kein Zeichen Gottes ist, daß wir beide an das gleiche glauben!«

»Oh, Mann, du hegst wohl immer noch Hoffnung?«

Er lächelte verschmitzt. »Man soll die Hoffnung nie aufgeben.«

Anett rief Henryk zu:

»Laß uns zum Abschluß mit der Geisterbahn fahren!«

»Ich habe keine Lust, fahrt ihr mal allein, ich warte hier.«

Er wandte sich seinem Gesprächspartner zu und sprach weiter.

»Wir treffen uns am Ausgang«, sagte Peter und stieg mit Anett in einen Wagen.

In der Dunkelheit krallte sie sich an ihm fest. Peter fürchtete sich, in diesem Augenblick ein Wort zu sagen, er scheute sich sogar, seinen Arm zu bewegen, als könne er sonst das Glück verlieren.

Anett erkannte zuerst, in welcher Stimmung sie sich befanden, sie wurde unruhig. Wenn wir uns nicht sofort trennen, geschieht ein Unglück, dachte sie. Das ist keine Leidenschaft für Minuten. Das ist etwas Tiefes, das uns vollkommen in seinen Bann ziehen wird. Aber mit ihm? Nein, das wäre ja wie Blutschande! Und noch ehe die Fahrt durch das schwarze Verlies endete, küßte sie ihn zart und entsagend, nicht wie eine Liebende, sondern als küsse sie ein kostbares Geschenk. Schüchtern umarmte er sie. Anett entwand sich seinen Armen.

»Nicht…«

»Warum?«

Schweigend stiegen sie aus dem Wagen und gingen zu den anderen.

Henryk neckte: »Ein heimlicher Verehrer, Anett?«

Sie gab keine Antwort.

Am Rummelausgang verabschiedeten sie sich. Auf der Rückfahrt zur Wohnung quälte Anett starker Durst. Doch zu einem Drink war keine Zeit mehr. Henryk mußte sich beeilen, sein Flugzeug stand in Tegel, dazwischen lag die Grenze.

»Hab keine Angst, die Zeit vergeht schneller, als du denkst. Paß gut auf dich auf.«

Er küßte sie flüchtig, wie ihr schien. Im Kühlschrank fand sie nur Wein, den sie hastig wie Wasser trank. Danach wurde ihr übel, es hämmerte in ihren Schläfen. Sie war allein.

Anett machte kein Licht, im Dunkeln legte sie sich auf die Liege und verfiel ins Grübeln. Wie lächerlich –, dachte sie, mein ganzes Leben habe ich mich wie unter der Erde gefühlt. Nicht wie im Bergwerk, viel tiefer. Tiefer als die Hölle. Dann kam er, Henryk! Er führte mich hinauf und sagte: Sieh dich um, das ist Leben! Lache, atme, sei frei! Doch wohin ich laufe, ich bin nicht frei. Ich darf nichts. Er fliegt nach Paris, nicht ich.

Erschöpft schlief sie ein.

In letzter Zeit fühlte sich Anett miserabel. Frau Hammer riet zu einem Arztbesuch. Die neue Kollektion war eingetroffen. Mit großem Kraftaufwand überstand Anett die abendliche Präsentation. Sie wollte keinen Arzt, sie wollte nach Hause zu ihren Eltern. Frau Hammer zeigte sich verständnisvoll und gab ihr frei. Von Henryk kam keine Post, nicht einmal eine Karte. Am Abend vor ihrer Heimfahrt kam der erste Anruf seit seiner Abreise. Er versprach, recht bald wieder in Berlin zu sein, allerdings sei er zur Zeit dienstlich verhindert.

Wahrscheinlich hatte ihm Anetts Schweigen signalisiert, daß etwas nicht in Ordnung war, denn er fragte plötzlich: »Warum läßt du den Kopf so hängen?«

»Mir ist nur sehr heiß. Außerdem ärgert mich, daß du da draußen in der Welt herumreist und mich hier allein sitzenläßt.«

Aufmerksam hörte er zu, er spürte, daß ihre Gedankengänge nicht einfach waren, daß sich hinter ihnen eine leidenschaftliche Natur mit viel Fähigkeit zum Schmerz verbarg.

»Kopf hoch, ich bin bald da.«

Anett fuhr am Morgen nach Hause. In ihrem Zimmer standen Blumen, es roch nach frisch gewaschenen Gardinen. Stolz erzählte sie ihren Eltern von Henryk und daß er bald nachkommen würde.

Drei Tage lang tat sie nichts. Sie lag auf dem Liegestuhl im Garten und beobachtete die Vögel im alten Nußbaum an der Straße. Euphorie erfaßte sie. Alles schien so harmonisch, die Natur, ihre Eltern und ihre Liebe zu Henryk.

Am vierten Tag begann ein Sturm. Er brach unerwartet los, während sie mit ihrer Mutter beim Säubern der Johannisbeeren saß. Der Wind wirbelte eine Sandsäule auf, so daß sie die Augen zukneifen mußte. Einige Minuten später tobte das Unwetter los. Der Nußbaum ächzte, und krachend fiel ein dicker Ast zu Boden. Sie hatten Mühe, gegen den Wind ins Haus zu kommen.

Anett stand am Fenster. Was hatte der Sturm zu bedeuten? War das ein Zeichen? Warum brach plötzlich der Ast vom Baum? Was war los?

Es dämmerte schon. Sie machte kein Licht. Herrlich sah der dunkelviolette Himmel aus. Sie schaltete das Radio ein. Die »Wassermusik« von Händel ertönte. Anett übergab sich. Der Arzt, den sie am nächsten Tag aufsuchte, sagte: »Sie sind gesund! Ich gratuliere!«

»Und weshalb fühle ich mich so matt?«

»Aber junge Frau, das ist keine Seltenheit bei einer Schwangerschaft.«

Anett glaubte, den Boden unter den Füßen zu verlieren.

»Sie meinen, ich kriege ein Kind?« Sie verfiel in Panik. »Ist das kein Irrtum?«

»Nein, melden Sie sich in vier Wochen zur Kontrolluntersuchung.«

Freude mischte sich mit Angst. Was würde Henryk dazu sagen?

Die Eltern gerieten außer sich vor Freude. Ihr Vater wollte sogleich eine Wiege bauen. Die Mutter setzte sich mit Strickzeug zurecht und sprach mit verstellter Stimme: »Ach, Großmutter, erzähl mir doch ein Märchen!«

Anett konnte kaum Henryks Rückkehr erwarten. Statt dessen kam ein Anruf.

Der Vater ging ans Telefon. Sie hörte ihn sagen: »Ja, ja, die Politik!« Dann blickte er verwundert zu Anett: »Ja, doch, sie ist hier. Sie sieht nur etwas blaß aus, in ihrem Zustand ist das ja auch kein Wunder.«

»Vater!«

Anett riß ihm den Hörer aus der Hand.

Henryk rief: »Was für ein Zustand?«

Seine besorgte Frage ermunterte sie: »Ich bekomme ein Kind, ist das nicht wunderbar?«

»Ist das wahr?«

»Ja, Henryk, ich war beim Arzt.«

Am anderen Ende wurde es still, beängstigend still.

»Henryk, bist du noch da?«

Er wurde auf einmal förmlich. »Anett, das geht auf keinen Fall. Verstehst du? Ein Kind ist das Aus für meine Karriere. So etwas bedeutet sofortige Versetzung. Mach jetzt keinen Fehler, ich bin spätestens am Sonnabend bei dir, dann reden wir in Ruhe über alles.«

In Ruhe über alles? Anett ließ die Hand mit dem Hörer sinken. Dann faßte sie sich.

»Ich hätte wissen müssen, daß man von dir nichts erwarten kann. Du bist ein Feigling! Das ist vielleicht eine Entschuldigung für dich. Ich bin natürlich an allem schuld, nicht wahr? Ich hätte besser aufpassen müssen, stimmt's? Für dich ist immer alles selbstverständlich, du machst keine Fehler, du hilfst nur und erntest Lob und Anerkennung deiner Vorgesetzten. Und jetzt beleidigst du ebenso selbstverständlich mich. Ich habe keine Lust mehr, darüber weiter zu reden!«

»Warte! Was willst du tun?«

»Ich habe Geld, was interessiert dich noch an meinem Leben? Am besten, du verschwindest, das war doch dein Wunsch!«

Sie warf den Hörer auf die Gabel.

Der Vater sah den Zorn seiner Tochter. Mitleid ergriff ihn.

»Das sind nur die Nerven«, versuchte er sie zu trösten.

Die Mutter mischte sich ein: »Sie werden heiraten…«

»Mutter, laß die Dummheiten! Er will nichts mehr von mir.«

»Anett, du mußt dich ausruhen, für heute hattest du genug Aufregung.«

Sie sah ihre Eltern an. »Versteht ihr, ich hatte mich gefreut. Ja, ehrlich gefreut. Ein eigenes Kind… Ich habe einen Beruf und Geld, etwas Besseres als das Baby hätte mir nicht passieren können. Und nun beginnt er plötzlich zu jammern…«

Sie ging in ihr Zimmer zurück, legte sich auf das Bett und begann heftig zu heulen. Ihr Tränenausbruch setzte sie selbst in Erstaunen. Habe ich jemals so geheult? Wie dumm von mir! Daran gehe ich nicht zugrunde. Ich werde das Kind abtreiben lassen. Männer haben mir bisher nur Pech gebracht. Und alles wegen der verfluchten Politik!

Eine unruhige Nacht lag hinter ihr, als sie zu ihren Eltern sagte: »Ich werde ausziehen und für immer in Berlin bleiben.«

»In deinem Zustand?« Mutters Stimme überschlug sich förmlich vor Entrüstung.

»Ja, ich will allein wohnen, und der Zustand ist kein Thema.«

Der Vater blickte seine Tochter an. »Hast du das auch gut überlegt? Bedenke Kind, hier ist dein Zuhause, wir sind immer für dich da.«

»Ach, Vater, bitte jetzt keine Gefühlsduselei. Ich kann einfach nicht anders.«

»Was sagen wir Henryk, wenn er nach dir fragt?«

Sie konnte Mutters besorgte Miene nicht länger ertragen. »Nichts, sagt ihm gar nichts. Ich fahre sofort los. Vielleicht kann mir Dorit bei der Wohnungssuche helfen. Sie kennt in Berlin ziemlich viele Leute.«

Als Anett das Haus verließ, verspürte sie auf einmal Erleichterung.

Dorit begrüßte sie mit einer Selbstverständlichkeit, die sie nicht erwartet hatte. Sie riß die Tür auf und trällerte: »Schnell, komm rein. Der Wasserkessel pfeift erbärmlich. Nimmst du ihn mal vom Herd?« Sie hielt ihr entschuldigend die farbverschmierten Hände entgegen. »Ich arbeite. Weißt du, ich nutze die Zeit zum Malen, wenn die Kinder aus dem Haus sind.«

Tatsächlich roch die ganze Wohnung nach Terpentin. Anett fragte nach Tee. Tassen fand sie in einem Regal. Sorgfältig brühte sie das Getränk auf.

»Dorit, ich brauche deine Hilfe.«

»Erzähl schon. Ich will nur das Zeug«, sie deutete auf die Leinwand, »noch fertig machen.«

Anett hielt beide Hände um die Tasse. Die Wärme beruhigte und ließ sie frei erzählen.

»Du hast Glück. Ein Freund zieht zu seiner Freundin an die See. Er will allerdings seine Wohnung hier in Berlin nicht aufgeben und sucht einen Untermieter. Ist keine besondere Wohnung, aber fürs erste würde es wohl gehen.«

Das Haus stand gegenüber der Museumsinsel. Verwahrlost, bildete es mit vier weiteren Häusern eine jämmerliche Einheit gegen die imposanten Bauten auf der Insel. Die Wohnung befand sich in einem düsteren Hinterhof. Sie sah gleich, daß hier Künstler wohnten, denn vor einer der Fassaden leuchteten übergroße Phantasieblumen. Auf der dunklen Wendeltreppe, die ohne Fenster in die Stockwerke führte, roch es muffig. Im schwachen Licht der Treppenhausbeleuchtung sah sie Schimmel in den schwarzfeuchten Ecken.

Nachdem sie die Wohnungstür geöffnet hatte, sah sie sich einer zweiten Tür gegenüber, die sie nach innen drücken mußte. Sie stand in der Küche. Kein Flur oder Vorraum ließ Platz für Schuhe oder Garderobe. Von hier aus ging es direkt in ein kleines Zimmer. Sie sah kaum Platz für Möbel. Ein Bett, ein Schrank, ein Tisch und zwei Stühle – mehr war wohl kaum unterzubringen. Doch dieses Zimmerchen erschien ihr wie ein herrlicher Zufluchtsort, und der alte, holzgerahmte Spiegel, den der Vormieter hatte hängen lassen, zeigte ihr ein zuversichtliches Gesicht.

Anetts Entschluß reifte allmählich. Die Telefongespräche mit den Eltern halfen ihr dabei. Henryk hatte den Eltern gestanden, daß er verheiratet war und daß seine berufliche Laufbahn gefährdet sei, wenn die Beziehung zu ihr bekannt würde. Die Eltern drängten sie nun zu einem Abbruch der Schwangerschaft. Anett selbst lag nachts lange wach und grübelte: Habe ich nicht schon viel eher geahnt, daß er verheiratet ist? Der Entschluß, das Kind abzutreiben, schien ihr unabänderlich. So kam der Morgen, an dem sie sich in der Frauenklinik einfand.

Auf den Stühlen im Wartezimmer saßen viele junge Mädchen. Ältere Frauen unterhielten sich zwanglos, die jüngeren sahen eher betreten zu Boden. Alle waren aus demselben Grund hier: um ihre ungewollte Schwangerschaft zu beenden.

Das Gespräch mit dem Arzt verlief sachlich. Er wies ohne langes Fragen nach dem Warum auf mögliche Komplikationen hin und bat dann um ihre Unterschrift. Mit dieser Unterschrift aber drängten sich plötzlich andere Gedanken in den Vordergrund: Und wenn ich das Kind doch behalte? Was ist auf einmal los mit mir?

In sich gekehrt ging sie durch das Klinikgelände. Nebel stieg von der Spree auf. Plötzlich sprach sie ein Mann im weißen Kittel an.

»Menschenskind, Anett!«

Sie erkannte Olaf, einen Freund aus der Schulzeit.

»Du? Wie lange haben wir uns nicht mehr gesehen?«

Er lachte und drückte ihre Hand. »Ich arbeite hier.«

»Da bist du also wirklich Arzt geworden? Ab und zu treffe ich ja noch Peter, aber sonst sehe ich niemanden mehr von früher.«

Seine Augen zwinkerten lustig. »Berlin hat so seine Vorteile. Und wie geht es dir? Ich habe dich oft im Fernsehen gesehen, bist ja ein richtiger Star geworden. Was macht die Liebe?«

Sie fand seine Frage anzüglich, sie erinnerte sie an die Nacht in der Scheune. »Ach, nichts«, log sie und hatte es plötzlich eilig.

Er hielt ihre Hand fest. »Komm mich doch mal besuchen. Ich wohne nicht weit. Am besten rufst du vorher an, wegen meines Dienstes.«

Er kritzelte rasch eine Telefonnummer auf einen Notizzettel und sah ihr eindringlich in die Augen. »Du kommst!«

»Ja«, versprach sie und machte sich frei.

Ihm muß es ja blendend gehen, wenn er sogar ein Telefon hat, dachte sie. Verstohlen drehte sie sich nach ihm um. Er war dick geworden!

Der Abbruch verlief ohne Komplikationen. Dorit holte sie vier Stunden später ab. Obwohl sie Anett anbot, ein paar Tage bei ihr zu bleiben, bis sie sich richtig erholt habe, lehnte Anett ab. Sie wollte allein sein. Doch in ihrem Zimmer flossen immerfort die Tränen. Sie konnte sich ihre Traurigkeit nicht erklären. Am Abend rief sie Olaf an. Er vereinbarte mit ihr ein Treffen für die kommende Woche. Anett unterließ es, ihre Niedergeschlagenheit zu erwähnen.

Die Eltern kündigten per Telegramm ihren Besuch an. Sie fanden Anetts Wohnung klein, aber gemütlich. Von den Ereignissen der letzten Tage erschöpft, legte sich Anett schlafen. In der Obhut ihrer Eltern fühlte sie sich wohl. Bis in den Schlaf hinein vernahm sie das Hantieren ihrer Mutter in der Küche.

Anett erwachte im Morgengrauen. Vom Fußboden her vernahm sie den ruhigen Atem ihrer Eltern, die sich mittels Dorits großer Luftmatratze auf dem Teppich ein Schlaflager hergerichtet hatten. Sie dachte an Henryk, seine verlogenen Worte über Glück, die Wärme seiner Haut, das Kind… Da war keine Trauer mehr, sondern eine große Leere.

Die Tage mit ihren Eltern verliefen harmonisch. Wie immer, wenn sie zu Besuch weilten, gönnten sie sich einen Abend im Theater. Beim anschließenden Essen diskutierten sie über die Inszenierung. Sie besuchten auch eine Ausstellung junger Landschaftsmaler, die ihren Vater sehr interessierte. Er betrachtete lange jedes Bild und knüpfte dann eine Bemerkung daran.

Anett sah sich unter den Besuchern um. Wenn ich Malerin wäre, dachte sie, welches Gesicht würde ich malen? Sie sahen alle so gleich aus, so verwischt… Während der Vater sich mit einem Fremden unterhielt, versuchte die Mutter das Gespräch auf Henryk zu bringen.

»Bist du darüber hinweggekommen?«

»Mutter, laß mich bitte mit diesem Fatzke in Ruhe.«

»Wie redest du denn?«

»Ich rede über ihn, wie ich denke. Ich bin eure Tochter. Warum habt ihr nicht zu mir gehalten? Statt dessen sollte ich für Henryk Verständnis aufbringen. Nur weil er ein verheiratetes Diplomatenschwein ist?«

Die Mutter schwieg betroffen.

»Ich habe ihm geglaubt, ihm vertraut. Verstehst du?«

Anett machte eine abfällige Handbewegung und ging zum Fenster. Sie wartete, bis ihre Eltern ihren Rundgang beendet hatten, und verließ dann mit ihnen die Ausstellung.

Olaf legte sich, als es dunkel war, auf seinen antiken Diwan und begann auf die Stunde zu warten, in der in dem totenstillen Haus die Klingel schrillen würde.

Lange bevor eine Frau eintraf, ließ er sie in seiner Phantasie immer Dinge tun, über die er niemals zu sprechen wagen würde. Das war wie eine Sucht für ihn. Er sah die nackte Anett vor sich, mit fraulich-üppigem Busen, und hörte in Gedanken ihr erregendes Flüstern.

Er blickte auf den Uhrzeiger, der ihm heute zu langsam vorwärtsschritt. Eine unbestimmte Angst, die Wirklichkeit käme zu spät, überfiel ihn. Davon erlöste ihn das Ding-Dong der Wohnungsglocke.

Anett stand lächelnd vor ihm, die geschminkten Lippen leuchteten kirschrot. Olaf haßte Lippenstift, besonders wenn er ihn später an seinen Sachen fand.

»Grüß dich«, sagte er und drückte sie überschwenglich an sich. Anett erwiderte seine übertriebene Begrüßung mit einem flüchtigen Kuß, der nicht mal seine Wange berührte.

»Da bin ich«, sagte sie unerwartet ernst.

Er nahm ihr die Jacke ab und schob sie ins Wohnzimmer. Perplex blieb sie stehen. Die Sterilität und Sauberkeit erinnerten sie an die eines Operationssaales. Die hellen Kiefernholzdielen glänzten wie eine Eisfläche. Blütenweiße Sessel standen vor einem Rauchtischchen, auf dem die Messingplatte wie pures Gold blinkte. Über dem Diwan lag eine schwere, rote Samtdecke, an der die Fransen wie gekämmt herabhingen. Die Glasscheibe des Gründerzeitschranks spiegelte ihr Ebenbild wider. Es roch nach Krankenhaus. Ein Gummibaum stand dekorativ vor dem Fenster und spreizte die sattgrünen Blätter. In ihre sprachlose Betrachtung hinein hörte sie Olafs Stimme.

»Geh erst mal ins Bad und wasch dir die Hände.«

»Aber...«

Sie betrachtete ihre gepflegten Hände, die nicht einen Hauch von Schmutz aufwiesen. Er ist eben Arzt, dachte sie und fügte sich. Im Badezimmer überkam sie das gleiche Erstaunen. Die Armaturen blitzten, als hätte sie jemand stundenlang mit einem Poliertuch blankgerieben. Kein Wasserfleck oder Tropfen hing im Becken. Sogar die Seife lag trocken auf der Schale. Ihre Mutter liebte Sauberkeit und Ordnung, aber etwas so Übertriebenes fand Anett nicht einmal daheim vor. Als das Wasser im Becken aufspritzte, wirkte dieser normale Vorgang so abartig, daß sie lachen mußte.

»Was ist?«

Olaf stand in der Tür.

»Ach nichts.« Sie legte die Seife zurück drehte sich vor dem Spiegel, zog die Lippen nach; all das tat sie schweigend; dann wollte sie nach dem Handtuch greifen, doch er hielt ihr ein anderes hin.

»Das ist sauber.«

»Das andere auch.«

»Ja, schon, aber ich mag es nicht, wenn jemand mein Handtuch benutzt.«

»Deine Überempfindlichkeit kommt wohl von deinem Beruf?«

»Möchtest du einen Drink?«

Sie schüttelte ihre rote Mähne. »Du weißt, daß ich nicht trinke. Ich mag nicht.«

»Hast du etwa Angst? Ich trage doch das Risiko«, lächelte er und reichte ihr ein Glas mit brauner Flüssigkeit.

»Was ist das?« fragte sie neugierig. Sie hielt es sich unter die Nase.

»Riecht nach Nuß!«

»Ein Kollege hat es aus Brasilien mitgebracht. Mußt du genießen. Trink es langsam, dann schmeckst du das wunderbare Aroma.«

»Was du für Kollegen hast! Ist der ein Hundertfünfzigprozentiger, oder wie kommt er sonst dorthin?«

»Das siehst du falsch. Er ist Brasilianer und studiert hier.«

»Ach so.«

Sie ließ sich in einen Sessel sinken.

»Vorsicht! Paß auf, daß du nichts verschüttest!«

Sie sah ihn herausfordernd an. »Du bist ja päpstlicher als der Papst. Welch große Überwindung muß es dich gekostet haben, es mit mir im Stroh zu treiben!« Sie lachte frech.

»Das ist lange her.«

Anett übte denselben Reiz wie früher auf ihn aus. Ihre schlanken Beine hatte sie lässig übereinandergeschlagen, die hohen Absätze unterstrichen ihre schmalen Fesseln. Er konnte die Augen nicht von ihr wenden. Vor Erregung mußte er husten.

»Weshalb hast du dein Studium aufgegeben? Ich meine, du hattest Talent. Ich dachte, aus dir wird mal was.«

Sie betrachtete versonnen den Likör im Glas.

»Fragt sich bloß, was.«

»Na, immerhin bist du ein bekanntes Model geworden.«

Anett verzog spöttisch das Gesicht. Sie argwöhnte, daß er sie nicht der Komplimente wegen eingeladen hatte. Er unterdrückte ein Gähnen. Wenn ich doch bloß schneller zum Ziele käme. Sie ist anders geworden. Nicht mehr so neugierig wie die kleine Jungfer im Birkenhain. Unruhig begann er im Zimmer auf und ab zu gehen.

»Warum lebst du allein?« wollte sie plötzlich wissen.

Übermäßig liebenswürdig goß er ihr Likör nach, jedoch einer Erklärung wich er aus. »Schmeckt es dir, oder möchtest du lieber etwas essen?«

Sie wehrte ab: »Nein, danke.«

Die Kerle und ihre Standardsätze, dachte sie.

Olaf ging in die Küche. Als er zurückkam, hielt er ihr eine weiße Tasse mit Goldrand hin.

»Was soll ich damit? Die ist ja leer.«

Eine sonderbare Wandlung ging mit ihm vor. Sie sah voll Entsetzen, wie er vor ihr niederkniete und flehend bat: »Tu es!«

»Ich verstehe nicht. Was soll ich tun?«

»Hab dich nicht so, du weißt genau, was ich meine. Tu es!«

Es klang unterwürfig. Anett begriff nicht recht. Der Mann, der da vor ihr kauerte, hatte mit dem arroganten Arzt nichts zu tun. In seinem Jammerzustand wagte sie kaum auf ihn hinunterzuschauen, so peinlich war ihr seine Erniedrigung. Hilflos schob sie sich im Sessel höher.

Er faßte nach ihrem Fuß und begann ihn zu küssen. Zwischendurch stammelte er immer wieder: »Bitte, bitte!«

Die Tasse in seiner Hand zitterte.

Unbeherrscht schrie sie ihn an: »Was willst du denn?«

»Bitte, piß in die Tasse!«

Sie hielt die Luft an, dann explodierte sie: »Du hast sie wohl nicht alle? Das ist doch nicht dein Ernst? Was soll ich? Das ist ja wohl das letzte.«

Wütend trat sie ihn mit dem Fuß vor die Brust, so daß er rücklings umfiel. Sie sprang auf, rannte in den Flur, riß ihre Jacke vom Kleiderbügel und schrie ihm beim Verlassen der Wohnung noch zu: »Piß dir doch selber in die Tasse!«

Sie zitterte am ganzen Körper, als sie durch die Straßen lief. Sie hatte geglaubt, er wäre ein Freund! Nein, alles, nur nicht das…

Zu Hause angekommen, kramte sie eilig alle Schubladen nach Medikamenten durch und schluckte alle Schlaftabletten, die sie fand. Danach setzte sie sich erleichtert ans Fenster. Schwermut überkam sie. Fern in der Dunkelheit der Nacht sah sie hoch über den Dächern einen Stern schimmern. Ihr Leben hatte sich schneller als eine Luftschaukel bewegt, zu schnell. Es überschlug sich, und sie blieb kopfunter hängen. Wie eine Blinde blickte sie in die schwarze, ihr unverständliche Welt.

Deutlich, quälend deutlich tauchte die schreckliche Verwechslung in jener Novembernacht vor neun Jahren, als sie auf Ronny wartete, aus ihrem Unterbewußtsein wieder auf. Ronny, ihre große Liebe, war nicht gekommen. Noch einmal sah sie die einzelnen Szenen wie in einem Film vor sich ablaufen.

Unruhig saß sie im Wohnzimmer ihrer Eltern und schaute zum Fenster hinaus. Im Sommer versperrte der große Nußbaum am Straßenrand die Sicht zum elterlichen Haus, doch jetzt, zur Winterzeit, konnte sie durch seine Zweige die Straße überblicken. Eigenartig, dachte sie, einen Nußbaum an die Straße anstatt in den Garten zu pflanzen. Langsam setzte grauer Nebel ein. Vor einem solchen Wetter kann man eigentlich nur fliehen. Wo blieb Ronny? Sie warf sich den Mantel über und rannte auf die Straße. Keine Menschenseele trieb sich bei dieser Witterung draußen herum. Immer wieder lief sie den Weg auf und ab.

Nach einer halben Stunde näherte sich schemenhaft

eine Gestalt. Die Person bog in die Gasse ein, die zum Sportplatz führte. Leicht gereizt durch das unendliche Warten, setzte Anett ihre Wanderung bis in die hereinbrechende Abenddämmerung fort.

Wie dumm von mir, bei diesem Sauwetter auf der Straße herumzulaufen, dachte sie, als sie die erleuchteten Fenster der Häuser sah. Ein Gedanke schoß ihr durch den Kopf. War die Gestalt, die ich vorhin sah, Ronny? Bestimmt wartet er in der alten Scheune auf mich. Glücklich rannte sie in Richtung Birkenwald. Sie merkte nicht einmal, daß es zu schneien begann.

In wenigen Minuten durchquerte sie die trostlose Kleinstadt. Am Sportplatz mußte sie verschnaufen. Die Schneeflocken wirbelten durch die Luft und bildeten eine weiße Schicht auf ihrem Haar. Getrieben von der Freude auf Ronnys überraschtes Gesicht, lief sie weiter. Leichtfüßig übersprang sie den Bach und stolperte über die hartgefrorenen Furchen des Ackers. In der Dunkelheit beschlich sie die Angst, von jemandem verfolgt zu werden. Ihr war, als lauerte in unmittelbarer Nähe Gefahr. Die Scheune zeichnete sich drohend schwarz gegen den Horizont ab. Das Schneetreiben zwang Anett zu immer schnellerem Lauf, dennoch drehte sie sich mehrmals um. Sofort blies ihr der kalte Wind die Flocken in Nase, Augen und Mund.

»Verdammt«, fluchte sie laut. »Ich bin doch kein Angsthase.«

Jeder Baum war ihr bekannt, wovor sollte sie sich fürchten? Erschöpft erreichte sie die Scheune. Froh drückte sie das Holztor auf.

»Ronny? Ronny, bist du hier?« Aus der unheimlichen Finsternis kam keine Antwort.

»Ronny, du verrückter Kerl, ich weiß, daß du da bist.«

Der Strahl einer Taschenlampe blendete sie.

»Jetzt entkommst du mir nicht mehr«, lachte sie und versuchte, auf die hochgetürmten Strohballen zu klettern. Der Mantel war ihr hinderlich, sie zog ihn aus.

»Jetzt hab' ich dich!« rief sie fröhlich und warf den Mantel über die kauernde Gestalt. Im gleichen Augenblick verlosch der Lichtstrahl. Ein kräftiger Stoß schleuderte sie gegen die Bretterwand. Der Aufprall kam so unerwartet, daß Anett keinen Schmerz fühlte, sondern alle Kräfte brauchte, um sich wieder aufzurappeln.

»Bist du verrückt?«

Eine Hand griff nach ihr. Sie fühlte die fleischigen Finger, die sie festhielten, gleichzeitig wurde sie wieder von der Taschenlampe geblendet.

»Na, du kleine Hexe, damit hast du wohl nicht gerechnet?« hörte Anett eine bekannte Stimme. Es war Olaf. Wütend stemmte sie ihre Hände gegen seinen Brustkorb.

»Spinnst du? Was tust du hier?«

»Was wohl? Du hast mich doch gesehen. Jedes Jahr schließe ich die Scheune für Josef ab. Warum bist du mir nachgelaufen?«

»Deshalb brauchst du mich nicht so in Angst zu versetzen«, sagte sie ärgerlich, »und dir laufe ich schon gar nicht hinterher.«

»Wen hattest du denn erwartet?«

»Ronny!«

»Ronny? Der amüsiert sich längst mit Frauen. Verstehst du? Mit Frauen.«

Anett kämpfte um ihre Beherrschung.

»Laß mich los!« schrie sie plötzlich auf.

»Nicht doch, Füchslein, du gehörst jetzt mir. Seit ich dich kenne, bin ich dir ständig auf den Fersen. Meinst du, ich weiß nicht, was du willst? Du willst es endlich wissen, hab' ich recht? Im Sommer hast du doch den Jungs gierig auf die Badehosen geschaut, das ist keinem verborgen geblieben. Also, zier dich nicht.«

Anett hielt sich die Ohren zu, sie hatte genug von seinen Unverschämtheiten.

»Die Wahrheit ist dir wohl zuwider?« fragte er hämisch.

Anett mühte sich, sich aus seinen Händen zu befreien. Abscheu überkam sie, als sie die behaarten Männerhände berührte.

»Hau ab!« zischte sie.

Olaf ließ nicht locker. Wie zwei Kampfhähne hockten sie sich gegenüber. Draußen vor dem Scheunentor waren plötzlich Geräusche zu hören. Anett nutzte die Gelegenheit, zum Ausgang zu fliehen. Unvermutet rutschte sie in einen Spalt zwischen den aufgeschichteten Strohballen und versank in der Tiefe.

»Hilfe!« schrie sie auf. Sie glaubte zu ersticken.

Olaf überlegte einen Augenblick, ob er ihr jetzt schon helfen sollte.

»Olaf!« kreischte sie in Panik.

Er genoß ihre Angst.

»Olaf, bitte, hol mich raus!« flehte sie.

Er schloß die Augen vor Vergnügen. Schließlich fragte er: »Was kriege ich, wenn ich dir helfe?«

»Du gemeiner Kerl!«

»Allein kommst du nie raus, es sollen schon Leute in der Wüste ertrunken sein.«

»Was muß ich denn tun?« keuchte sie in hilfloser Wut.

In diesem Augenblick wußte Olaf, daß sie sich in seine Arme werfen würde. Er half ihr herauf.

Sie aber klopfte das Stroh von den Kleidern, warf sich den Mantel über und trat nach draußen. Der

Schnee fiel in dichten Flocken. Mit einem Sprung war Olaf hinter ihr und umfaßte ihre Arme.

»Du darfst nicht gehen, bevor ich meinen Lohn nicht bekomme.«

Er riß ihr den Mantel von der Schulter, drängte sie in die Scheune zurück und legte das willenlos gewordene Mädchen nieder. Ermüdet von dem langen Marsch, dem Kampf im Stroh, enttäuscht von Ronny, ließ sie alles mit sich geschehen. Ohne Umstände zog er Anett über sich.

»Küß mich!« verlangte er.

Es gelang ihr, einen hingebungsvollen Kuß vorzutäuschen. Sie wollte den Eindruck vermeiden, als habe er es mit einer Naiven zu tun. Unverhofft mußte sie niesen.

»Zieh die Schnauze zusammen, Menschenskind! Du kannst einem aber auch alles versauen!«

Beleidigt drehte sie den Kopf zur Seite. Wäre ich doch zu Hause geblieben, dachte sie.

Er schob ihr den Pullover hoch und suchte ihre Brüste. Grob streiften seine Hände über ihren zarten Busen.

»Wo sind denn deine Titten?« höhnte er und drückte auf die eher knabenhaften Muskeln, als wollte er sie vernichten. »Na, wo sind sie denn?«

Sein Spott über ihre mangelhafte Oberweite ärgerte sie.

»Sind wir hier bei ›Wünsch dir was‹?« äffte sie seinen Tonfall nach. Ronnys zärtliche Worte kamen ihr in den Sinn. Dann trieb ein jäher Schmerz sie in die Wirklichkeit zurück.

»Du liegst auf mir wie eine Wasserleiche, beweg doch mal deinen Arsch!«

»Was soll ich? Wozu?«

Verbissen vollführte Olaf rhythmische Bewegungen unter ihr. Der Schmerz betäubte ihren Unterleib, aber nicht ihren Geist. Ronny hätte ich den Schmerz verziehen…

Sie wußte weder, warum sie ihren Hintern bewegen sollte, noch weshalb ihre Schenkel feucht wurden. Verzweifelt, daß sich ihr erstes Liebeserlebnis so grausig gestaltete, schrie sie ihn an: »Hör auf, du ackerst ja wie ein Tier mit mir!«

Zu ihrem Erstaunen ließ er tatsächlich von ihr ab. Schnaufend gab er sie frei.

»Du mußt wirklich noch allerhand lernen. Keine Angst, Olaf macht das schon.«

Angewidert versuchte sie, von ihm wegzukommen. Am Tor blieb sie stehen, allein traute sie sich den langen Weg durch die Finsternis doch nicht zu. Olaf steckte sich eine Zigarette an. Beim Anblick des Mädchens überkam ihn Reue.

Er wußte, keiner der Freunde würde je etwas erfahren. Jeder war mit seinen eigenen Angelegenheiten beschäftigt, der eine offen, wie Peter, der andere heimlich, wie er selbst.

»Komm, ich bring dich«, sagte er einlenkend und suchte ihre Hand.

Anett vergrub beide Hände tief in die Manteltaschen. Leider konnte sie die Niederlage der letzten Stunde nicht begraben, und der Gedanke, daß sie ihren Körper aus purer Neugierde verkauft hatte, fraß sich viel tiefer in ihre Seele, als sie sich eingestehen wollte. Wie im Halbschlaf hörte sie das Gartentor quietschen, da erwachte sie aus ihrer Abwesenheit. Der Hund begrüßte sie winselnd vor Freude.

»O du liebes, großes altes Ding!«

Anett streichelte ihn und schaute sich um. Sie stand

allein im Vorgarten. Der Hund sprang an ihr hoch und leckte mit seiner warmen Zunge über ihr Gesicht. Sie wandte den Kopf zur Seite und drückte ihn an sich. Schweigend stülpte sie den Mantel über den Garderobenhaken. Im Haus hing Bratkartoffelgeruch. Aus dem Wohnzimmer tönte Klavierspiel. Die Mutter trat aus der Küche. Fassungslos betrachtete sie ihre Tochter, die sofort ins Bad lief, um sich die blutverschmierten Beine zu waschen.

Sie ging ihr nach. »Was ist passiert? Wo warst du? Hast du deine Periode bekommen? So red doch, Kind!«

Anett starrte auf ihr Spiegelbild. Riesengroß, von grauen Schatten und verlaufener Wimperntusche umgeben, stachen ihre Augen aus dem weißen Gesicht. Die blaßroten Lippen formten sich zu einem aberwitzigen Lächeln. Das lange Haar hing zerzaust über Brust und Schultern.

»Vater!« rief die Mutter hysterisch.

Abrupt verstummten die Töne am Klavier, auf dem er allabendlich übte. Anett löschte das Badezimmerlicht. Sie ging in ihr Zimmer, legte sich aufs Bett und schloß die Augen.

Manuela! Nur dieses eine Wort stand unter einer Fotografie, auf dem ein junges schlankes Mädchen eine Zigarette vor den Mund hielt, als genieße es den Tabakgeruch wie eine Süchtige. Die dunklen Augen blickten trotzig in die Linse.

»Hallo, machen Sie die Augen auf! Hallo, Fräulein Seilmann!«

Anett bemühte sich, ihre Augen zu öffnen, aber es

gelang ihr nicht. Sie vernahm gedämpfte Stimmen wie durch einen Wattebausch. Sie fühlte, daß sie am Boden lag. Unwillkürlich suchten ihre Hände nach einem Halt. Die linke klatschte gegen eine kalte Wand, während die rechte in der Luft herumfuhr und dann schwer auf ihren Bauch niedersackte. Schreie wie »Schweine, Schweine!« drangen ihr ins Bewußtsein. Mühsam quälte sie sich durch den Schleier, der sie umnebelte, um etwas zu erkennen.

»Wein doch nicht!« flüsterte jemand an ihrem Ohr.

Sie verstand nicht, was um sie herum geschah, ihr fehlte die Orientierung. Daß sie weinte, merkte sie erst, als eine unbekannte, weißgekleidete Person versuchte, ihr das Gesicht mit einem Tuch abzutrocknen. Was wollen die alle von mir? Ich brauche keinen Trost. Warum heule ich?

Sie begann zu sprechen, doch ihre Zunge gehorchte ihr nicht. Jemand packte sie grob am Arm und zog sie in die Höhe. Willenlos ließ sie es geschehen, daß man sie auf einen Stuhl setzte.

Eine tiefe Stimme raunte ihr ins Ohr: »Bist wohl neu hier? Heulen nützt gar nichts.«

Von dem fauligen Mundgeruch der Stimme wurde ihr übel. Verdammt, warum kann ich nicht mit der Heulerei aufhören? Was ist mit mir los?

Unter großer Anstrengung nahm sie schließlich schemenhaft ihre Umgebung wahr. Sie sah geradewegs in einen langen Tunnel, dessen rechte Seite von großen Glasflächen unterbrochen wurde, an denen irgendwelche Gestalten standen.

»Fräulein Seilmann?«

Sie versuchte aufzustehen, schwankte und fiel auf den harten Sitz des Holzstuhls zurück. Plötzlich hörte sie: »Frau Doktor, warten Sie, ich helfe Ihnen.«

Von fremden Armen gestützt, lief sie automatisch mit. Eingekeilt in die Arme von Fremden, kam sie sich hilflos vor. Das Gemurmel der Menschen von der Fensterseite erschreckte sie.

»Schade um sie! Sehr schade!«

Sie brannte innerlich vor Durst. Gibt mir denn keiner etwas zu trinken? Hilfe! Niemand hörte sie. Sie schmeckte den salzigen Geschmack der Tränen im Mund. Daß ihre Sprache nicht funktionierte, bedeutete nichts Gutes. Nein, nein, ich lasse mich nicht unterkriegen! Ich bin ruhig. Im neonhellen Licht des Zimmers, in das man sie führte, hing der Geruch menschlichen Leidens. Sie roch die lebenden Toten.

»Weiß der Geier, was hier geschieht!« stöhnte sie auf. »Ich will hier raus!«

Die Angst hatte ihr die Stimme wiedergegeben. Sie stand inmitten einer hellen Dunstwolke, neue Gestalten schwebten vorüber. Sie dachte: Die Frau vor mir ist häßlich! Angestrengt versuchte sie sich zu orientieren.

»Ich bin Frau Doktor Huhn«, hörte sie die Häßliche sagen, »Ihre behandelnde Stationsärztin. Sie sind heute morgen mit einer Überdosis Schlaftabletten eingeliefert worden.«

Die Dunstwolke lichtete sich. Anett betrachtete das Gesicht. Schmal, kantiger Schädel, verhärmt, kalte, graugrüne Augen, Mittelscheitel, ungepflegtes Haar, am Hinterkopf achtlos mit einer Lederspange zusammengefaßt. Sie schloß die Augen.

»Fräulein Seilmann, warum? Hören Sie mich? Ich möchte herausfinden, weshalb Sie einen Suizidversuch unternommen haben. Weshalb haben Sie die Schlaftabletten genommen?«

»Ich war müde.«

»Das nehme ich Ihnen nicht ab. Wir sind alle mal müde und greifen nicht gleich zu Pillen.«

»Ich war aber müde.«

»Nur?«

In ihrer Stimme lag etwas Lauerndes.

»Verdammt, bin ich hier zu einem Verhör? Lassen Sie mich in Ruhe, ich möchte nach Hause.«

»Meine Liebe, wann Sie nach Hause können, entscheiden nicht Sie, sondern wir. Stehen Sie auf! Sehen Sie dort den weißen Strich auf dem Fußboden?«

Noch bevor die Ärztin die Aufforderung ausgesprochen hatte, stand Anett vor dem Schreibtisch. Sie blickte die Frau an, und ihre Augen wurden hart. Sie war entrüstet; es wurde ihr zu eng in diesem kleinen Zimmer; sie schrie förmlich:

»Jetzt hören Sie mir mal zu! Erstens: Wer ist wir? Sind Sie das? Und wer noch? Zweitens bin ich nicht Ihre Liebe, drittens können Sie mich hier nicht wie eine Gefangene gegen meinen Willen festhalten, und viertens...« Sie holte tief Luft. »Wann und wo ich auf den Strich gehe, bestimme ich immer noch selber.«

Die graugrünen Augen fixierten sie ungerührt.

»Regen Sie sich nicht auf, Sie bleiben! Und wenn nicht freiwillig, dann...«, die Ärztin lehnte sich bequem in ihren Stuhl zurück und dehnte die folgenden Worte in die Länge, »...dann bleiben Sie eben zwangsweise.«

Anett zuckte zusammen, ihr rutschte der Boden unter den Füßen weg. Ich bin gestorben, dachte sie. Ich bin tot.

»Sie können Menschen nicht gegen ihren Willen hier festhalten, das ist Freiheitsberaubung!«

Sie hoffte, das würde genügen, würde ihren Schmerz sichtbar machen. Doch Frau Doktor Huhn hatte diese

Worte schon viele Male von anderen Patienten gehört. Gleichgültig sagte sie:

»Fräulein Seilmann, Sie befinden sich in einer psychiatrischen Klinik, das heißt, wir behandeln hier Geistes- und Gemütskranke.«

»Das können Sie handhaben, wie Sie wollen, ich bin weder das eine noch das andere. Nur weil ich müde gewesen bin und ein paar Tabletten geschluckt habe, bin ich noch lange nicht verrückt.«

»Dann veranlasse ich durch den Amtsarzt eine sechswöchige Zwangseinweisung. Ihre Unbeherrschtheit zeigt mir nur allzu deutlich, daß Sie sich in einem sehr labilen Gemütszustand befinden.«

Als Anett die Drohung vernahm, begann sie am ganzen Körper zu zittern. Ihr Gesicht zuckte bis in die unterste Kinnspitze. Sie erkannte die Wirklichkeit. Deutlich sah sie hinter dem vergitterten Fenster langsam vorübergehende Gestalten. Ein alter Lieferwagen rasselte laut hupend an ihnen vorbei. Dann war es wieder still.

Sie schaute Frau Huhn fest in die Augen: »Ich bleibe keine Sekunde in dieser Verrücktenanstalt.«

Das blasse Gesicht der Ärztin verzerrte sich: »Wir sind keine Verrücktenanstalt«, sagte sie scharf. »Hier leben Kranke.«

»Leben? Auf immer und ewig?« Halb ohnmächtig spürte sie ein Gefühl von Ekel. »Sie sind alles andere als eine Ärztin. Sie wollen, daß ich mit ausgestreckten Armen über einen weißen Strich laufe, um mich als Irre hier festzuhalten. Das schaffen ja nicht mal Sie selbst.«

Sie hätte ihr am liebsten ihre Verachtung vor die Füße gespuckt, doch ihr Mund war wie ausgedörrt.

Unerwartet ging die Tür zum Behandlungszimmer auf. Ein Mann im weißen Kittel stellte sich Anett vor: »Guten Tag, Fräulein Seilmann. Ich bin Doktor Schiwako, nicht zu verwechseln mit Doktor Schiwago.«

Ein selbstgefälliges Grinsen machte sich in seinem Gesicht breit.

Er reichte Anett die Hand. »Kollegin, würden Sie uns bitte einen Augenblick allein lassen?« wandte er sich an die Ärztin.

Diese verließ mit einem selbstzufriedenen Gesichtsausdruck den Raum.

Doktor Schiwako war vierunddreißig Jahre alt und hatte die Hoffnung auf eine großartige Karriere in dieser Klinik längst begraben. Mit einem freundschaftlichen Händedruck, einem vertrauenerweckenden Blick und seiner Redegewandtheit hatte er bisher erfolgreich der Stationsärztin zugearbeitet, ohne davon zu profitieren. Wenn Frau Huhn nicht weiterkam, klingelte sie stets nach ihm. Die junge Frau, die jetzt vor ihm saß, sah ihn an, als wollte sie ihm den Kopf verdrehen. Er lächelte unsicher. Sie ist ungewöhnlich schön, dachte er.

»Möchten Sie mit mir sprechen?«

Dr. Schiwako gefiel Anett nicht. Er sah mit seinen langen Haaren und dem Vollbart, der bis zum Hemdkragen hing, eher nach einer verkrachten Existenz als nach einem Arzt aus.

»Verlangen Sie auch, daß ich auf dem Strich gehe?«

»Nein, bleiben Sie ruhig sitzen. Würden Sie mir die Frage beantworten, ob es schon öfter vorgekommen ist, daß Sie sich das Leben nehmen wollten?«

»Ich wollte nicht abkratzen!« antwortete Anett ungeduldig. »Ich war einfach nur müde. Warum will das niemand begreifen? Außerdem habe ich etwas dagegen, wenn man versucht, sich in mein Privatleben einzumischen.«

»Leiden Sie unter Suchtverhalten?«

»Was meinen Sie damit? Ich bin nicht süchtig. Weder nach Tabletten noch Alkohol noch sonst etwas.«

»Sie behaupten also, unter keiner Sucht zu leiden?«

Anett sah ihn feindselig an.

»Doch, einer Sucht unterliege ich.«

»Und welcher?«

»Der Sehnsucht.«

Das Wort kam einfach und spontan über ihre Lippen.

Er lachte. »Da haben Sie recht, darunter leiden wir wohl alle.«

»Sie verstehen mich nicht. Ich spreche von der Sehn-Sucht.« Und geradeheraus sagte sie: »Ich sehne mich ständig nach einem Mann.«

Ihr entging nicht, wie ihm die Röte aus dem Kragen in die Ohren stieg. Er blickte auf den Schreibtisch.

»Ich verstehe«, sagte er leise. Seine Stimme kam ihr verändert vor.

»So? Sie verstehen, wie es ist, wenn man die Sucht verspürt, es wenigstens dreimal am Tag mit einem Mann zu treiben?«

Er wurde dunkelrot, griff nach dem Krankenblatt und ging aus dem Zimmer.

Sofort erschien Frau Doktor Huhn wieder. Sie hielt Anett einen Bogen Papier unter die Nase und sagte kurz: »Unterschreiben Sie, daß Sie freiwillig hier sind, sonst gibt es eine Zwangseinweisung.«

Anett wußte nicht, was in dieser Situation besser war, deshalb setzte sie ihren Namen auf das Krankenblatt.

»Und wie lange muß ich bleiben?«

»Das kommt darauf an.«

»Worauf?«

»Was der Chef entscheidet.«

»Und wann trifft er Entscheidungen?«

»Das kann ich nicht sagen. Mittwochs ist immer Chefvisite.«

»Oh, mein Gott«, entfuhr es ihr.

»Für Sie machen wir keine Ausnahme. Sie können jetzt gehen.«

Das Sprechzimmer befand sich gegenüber der Raucherecke im Flur. Jetzt erkannte Anett auch den vermeintlichen Tunnel. Sie setzte sich in die Ecke und starrte durch das vergitterte Fenster. Lebendig eingesperrt, dachte sie. Verzweifelt fühlte sie die aussichtslose Situation. Niemand schien zu wissen, wo sie sich befand. Niemand würde ihr helfen können. Wie war sie nur hierher geraten? Noch immer fehlte ihr die Erinnerung.

Ein Arm legte sich um ihre Schultern. Eine Hand streichelte vorsichtig ihre Wange.

»Weine bloß nicht. Hör auf zu weinen. Solange du hier weinst, kommst du nicht raus.«

Sie schaute nach der Stimme aus dem Dämmerlicht und blickte in ein schmales Kindergesicht, aus dem große, rehbraune Augen lustig funkelten.

»Woher weißt du das?«

Das Mädchen lachte. »Ich bin hier groß geworden. Die Station ist sozusagen mein Zuhause. Übrigens nennen mich hier alle Manu. Aber richtig heiße ich Manuela.«

»Manuela«, wiederholte Anett. »Dein Name klingt wie eine Melodie.«

»Findest du? Mich rufen ja alle nur Manu, und das klingt irgendwie nach Elefant, oder?« Sie lachte herzlich. »Bin mit vier Jahren auf dieser Station gelandet. Epilepsie und manisch-depressiv.«

»Was heißt das?«

»Himmelhochjauchzend, zu Tode betrübt. Also immer in Gefahr! Entweder ich kippe aus den Latschen und kriege Krämpfe, oder ich lache mich kaputt, und wenn ich gar nicht mehr weiter weiß, springe ich mal zur Abwechslung aus dem Fenster. Hast Glück, zur Zeit geht es mir prächtig.«

»Das freut mich.« Anett wollte höflich sein. »Aber du bist so bleich wie eine Kalkwand.«

»Ist ja auch kein Wunder, wenn man nie herauskommt.«

»Was heißt nie? Du meinst, du darfst nicht mal an die frische Luft?«

Manuela lachte. »Na, du doch auch nicht. Hier bist du auf der Geschlossenen, da kommt kein Aas raus. Es sei denn, du hast eine Eisenfeile mit.«

»Was ist eine Geschlossene?«

Anett ahnte nichts Gutes. Manuela tätschelte ihre Hand.

»Man merkt, du bist das erste Mal hier. Was Schlimmeres als die geschlossene Abteilung konnte dir nun wirklich nicht passieren. Hier liegen beinahe nur Verrückte, vom Alkoholiker bis zum Idioten. Na, das wirst du ja alles noch erleben. Sämtliche Fenster sind vergittert, keine Klinken an den Türen, und wenn jemand raus oder rein will, muß er klingeln. Da vorne, sieh mal!« Sie deutete mit dem Finger zur Eingangstür. »Da vorn ist rechts ein Gang, da geht es in die Gummizelle. Manchmal bringen sie Leute aus dem Knast, richtig in Handschellen, mit Polizei und so weiter. Die kommen dann in die Gummizelle, dann hörst du sie nachts schreien. Ich frage mich bloß, was mit denen gemacht wird. Sind wahrscheinlich vom Knastleben durchgedreht. Die Tobsüchtigen auf der Station werden ans Bett gefesselt.«

Anett zog sich der Magen zusammen. »Und du, wie hältst du das nur aus?«

»Halb so schlimm. Ich lebe zwölf Jahre hier, hab' mich daran gewöhnt. Neben mir lag mal eine, die fluchte nicht nur fürchterlich, alles erschreckte sie: die Bürste, der Schieber, die Brille vom Chefarzt, sogar ihr eigener Busen. Man achtet gar nicht mehr drauf.«

Anett sah Manuela forschend an. Sie war ein ausgesprochen hübsches Mädchen.

»Wie alt bist du eigentlich?«

Manuela lachte stolz: »Werde bald siebzehn. Wenn ich achtzehn bin, darf ich in meine Wohnung ziehen. Ich habe schon eine, sie ist auch eingerichtet, aber...« sie überlegte, »wohnen..., allein..., für das Jugendamt ein Ding der Unmöglichkeit. Mir könnte ja was passieren.«

Der letzte Satz klang zweideutig.

»Ich glaube, ich werde hier verrückt«, sagte Anett betroffen.

»Quatsch, du wirst nicht verrückt. Ich passe auf dich auf. Wenn die Schwestern morgens und abends ›Tabletten!‹ schreien, dann mußt du die unter der Zunge verstecken. Das sind alles Drogen, die dich kaltstellen. Die wollen hier ihre Ruhe haben, verstehst du?«

Anett nickte, verstand jedoch nichts.

»Na, du wirst es ja am Abend erleben. Hast du schon ein Zimmer?«

Sie schüttelte den Kopf.

»Hm.« Manuela überlegte. »Das ist blöd. Sieh zu, daß du nicht bei den Weibern im Zimmer zwölf landest, da hast du echt keine Ruhe. Da dreht regelmäßig eine durch. Die kriegen dann Elektroschocks. Habe ich auch mal probieren wollen. Weißt du, wenn du so lange hier wärst wie ich, dann könntest du das verstehen. Mich packt oft die Langeweile, daß ich verrückt spiele, nur um herauszufinden, was die blöden Ärzte sich einfallen lassen. Und die Idioten merken es nicht mal. Na ja, auf diese Art habe ich dann Bekanntschaft mit den Elektroschocks gemacht. Da bist du erst mal für ein paar Tage aus dem Verkehr gezogen. Brauchst mich nicht so verdattert anzusehen, ich habe keinen Schiß vor dem Sterben. Bei jedem Anfall gehen sowieso zig Hirnzellen in den Eimer. Also, was soll's?«

»Aber Manuela, du bist jung, du bist schön, du mußt hier raus. Da draußen ist Leben. Verstehst du, Leben! Du kannst doch unmöglich mit allem abgeschlossen haben.«

»Wen interessiert das schon? Meine Eltern haben sich hier noch nie sehen lassen.«

»Du darfst dich nicht aufgeben. Nicht, bevor du geküßt oder die Liebe kennengelernt hast.«

Manuela lachte schallend. Eine Schwester kam wütend angerannt.

»Na, Sie scheinen sich ja schon prächtig mit Manu zu verstehen.«

»Was stört Sie daran? Außerdem heißt sie Manuela.«

»Ja, Schwester Karin, ab jetzt möchte ich Manuela genannt werden. Und dann können Sie gleich mal den Oberarzt fragen, wann ich Ausgang bekomme. Ich habe nämlich noch nie geküßt.«

Aufgebracht lief die Schwester davon. Anett lachte verhalten. »Ich bin genau zehn Jahre älter als du«, sagte sie, »aber mir ist, als kennten wir uns schon ewig.«

Manuela sah sie verlegen an. »Hör schon auf, sonst

heule ich noch.« Sie legte eine Packung Zigaretten auf den Tisch und fragte: »Rauchst du?«

»Selten.«

Manuela kicherte: »Das wird sich bei dir schneller ändern als meine Jungfräulichkeit.«

Über den Flur schlichen merkwürdige Frauen jeden Alters. Anett fiel auf, daß besonders die Älteren unter ihnen verwahrlost aussahen. Wenige achteten noch auf Frisur oder ordentliche Kleidung. Ein schriller Ton schallte über den Gang.

»Ein Zugang«, sagte Manuela lakonisch.

Schwester Karin ging, um die Tür zu öffnen. Neugierig sahen alle ihr nach.

»Vater!« schrie Anett befreit auf und stürzte weinend in seine Arme. »Vater, bitte, nimm mich mit! Bring mich hier raus! Ich bin unter Verrückten eingesperrt!«

Der Vater schaute in ihr verweintes Gesicht und begann sie zu trösten: »Ja, ja, beruhige dich, Kind. Ich werde dich auf keinen Fall hierlassen.«

»Herr Seilmann, bitte geben Sie mir die Tasche mit den Sachen für Ihre Tochter«, sagte Schwester Karin.

»Gib sie ihnen nicht, die wollen mich hier einsperren!« schrie Anett und preßte die Tasche an sich.

»Ich möchte den Arzt sprechen«, verlangte der Vater in autoritärem Ton.

»Wie Sie wünschen.«

Die Schwester ging.

»Weine nicht. Du darfst dich nicht aufregen. Ich werde mit dem Arzt sprechen, und du wirst sehen, es wird alles gut.«

»Herr Seilmann?«

Frau Doktor Huhn stand plötzlich neben ihnen. »Bitte folgen Sie mir. Ohne Ihre Tochter!«

»Bis gleich, mein Schatz.« Er strich Anett liebevoll übers Haar.

Als er Minuten später aus dem Sprechzimmer trat, erkannte sie in seinem Gesicht Spuren von Tränen.

»Was ist, Vater? Was hat sie dir erzählt?«

»Verzeih mir«, flüsterte er.

Ihr wurde ganz elend zumute. »Muß ich etwa hierbleiben? Kannst du mich nicht mit nach Hause nehmen?«

Er schüttelte stumm den Kopf, Tränen liefen ihm über die Wangen.

»Vater, das darfst du nicht! Du darfst mich nicht hierlassen! Bitte!«

»Es geht nicht anders, Anett. Die Ärztin behauptet, du bist stark selbstmordgefährdet, und sie könne nicht die Verantwortung für deine Entlassung übernehmen.«

»Sie kann nicht? Vater, sie will nicht! Ich habe ja noch nicht einmal ein Bett. Und was gibt ihr das Recht, mich in einer geschlossenen Station festzuhalten? Bin ich etwa eine gemeingefährliche Person?«

Die Hilflosigkeit ihres Vaters mitanzusehen kränkte sie mehr als alles andere. Außer sich schrie sie: »Ich bin nicht verrückt, Frau Huhn!«

Manuela kam angerannt.

»Reiß dich zusammen. Jede laute Äußerung wird dir zum Nachteil ausgelegt. Du willst doch hier wieder raus, oder?«

Anett schwieg.

»Na, siehst du, und wenn du dich an meine Ratschläge hältst, klappt das auch. Paragraph eins: Niemals heulen. Paragraph zwei: Nie laut werden, auch wenn du noch so sauer bist. Und Paragraph drei: Immer fröhlich an die Zukunft denken, wenn die Weißen vorbeigehen oder dich fragen.« Zum Vater gewandt sagte sie: »Machen Sie sich mal keine Sorgen, ich kümmere mich um sie. Aber bleiben Sie in Berlin und kommen Sie jeden Tag zur Besuchszeit.« Leise raunte sie: »Und bringen Sie viel schwarzen Tee in Aufgußbeuteln mit.«

Schnell verschwand sie in ihrem Zimmer. Anetts Vater konnte vor Erregung kaum sprechen. »Die Ärztin hat gesagt, daß du nur so lange hierbleiben mußt, bis auf einer offenen Station ein Bett frei wird. Zur Zeit sind noch alle Betten belegt. Nicht mal hier haben sie Platz für dich, deshalb mußt du noch eine Nacht im Gang auf der Trage schlafen.« Er brach ab. Die Stimme versagte ihm.

Anett schlang mitleidig ihre Arme um ihn und sagte tröstend: »Vater, mach dir keine Gedanken, ich schaffe das.«

Nun war er sicher: Um keinen Preis in der Welt würde seine Tochter sich aufgeben. Erschöpft verließ er die Klinik.

Das Abendessen fand in einer Art Speiseraum statt. Die Frauen saßen an Vierertischen. Die Brote wurden von den Schwesternschülerinnen zurechtgemacht, denn es gab weder Messer noch Gabeln.

»Aus Sicherheitsgründen«, raunte Manuela, als sie Anetts fragenden Blick sah.

»Ich habe keinen Hunger«, sagte Anett und erhob sich. »Ich warte in der Raucherecke auf dich.«

In der Ecke saßen bereits zwei Frauen, die gierig den Rauch ihrer Zigaretten inhalierten. Als sie Anett auf sich zukommen sahen, gaben sie durch abweisende Blicke und betontes Hüsteln deutlich ihren Unwillen über die Störung zu verstehen. Anett überlegte, wo sie sonst auf Manuela warten könnte. Es dauerte nicht lange, und sie stand mit dem gleichen verlorenen Blick am Fenster wie zuvor all die anderen Frauen, die wohl auch nicht wußten, weshalb sie hier waren. Ihr blieb nur die Hoffnung auf ein Wunder. Vielleicht glaubte ihr der Chefarzt, daß sie nicht hatte sterben wollen. Sie konnte ja nicht beweisen, daß es sich nur um einen Irrtum gehandelt hatte.

Sie legte sich auf die Trage. Ohne die Augen zu schließen, dachte sie an ihre mißlungenen Liebesgeschichten. Wie immer kehrten auch jetzt ihre Gedanken zu Ronny zurück. Sie beschloß, die Angelegenheit auf sich beruhen zu lassen. Zum ersten Mal überlegte sie auch: Was war Henryk für ein Mann? Er vertrat die Bundesregierung, plädierte für »berüchtigte« Politische, empfahl Ausreisewilligen Begründungen. Das war sein Beruf. Doch für Anett war er ein Lügner, ein Mensch mit miserablem Gewissen. Auch wenn sie seine Politik verstand – er spielte eine schwierige Doppelrolle, stand auf gutem Fuße mit dem Politbüro und war bei den Empfängen ein freundlicher Gast. Es war jedenfalls ein schmutziges Geschäft, wenn der eigene Charakter nicht sauber blieb.

Manuela setzte sich im blauen Pyjama zu ihr und wischte sich die Nase mit dem Ärmel.

»He, nicht grübeln! Das bringt dich nicht weiter. Steh auf, wir gehen eine quarzen.«[1]

»Wo sind die Toiletten? Ich muß mal.«

»Du meinst unsere zwei Luxusklos? Komm, ich zeige sie dir. Da ist es besser, du ziehst hoch und spuckst aus.«

Sie führte Anett in ein dunkles Kabuff.

»Gibt es hier kein Licht?«

1 quarzen: rauchen (Anm. d. Autorin)

»Nee, schon lange nicht. Ist für die Selbstmörder auch besser, da können sie sich im Dunkeln aufhängen und erschrecken uns nicht mit dem Anblick ihrer Leichen.«

Zwei Toilettenbecken standen, durch eine Holzwand getrennt, vierzig Frauen zur Verfügung. Überall lag Papier, und Kot klebte an den Fliesen. Auf den Becken fehlten die Brillen samt Deckel. Es stank erbärmlich.

»Wo soll ich denn hier machen? Ich kann ja gar nichts sehen!«

»In die Hocke gehen und ins schwarze Loch zielen!«

Anett mußte so dringend, daß sie sich überwand. Danach rannte sie ins Schwesternzimmer, um ihrer Empörung Luft zu machen.

»Das ist ja wirklich unglaublich, was sich hier abspielt! Nicht nur, daß ich gegen meinen Willen hier festgehalten werde, auf dem Fußboden im Gang schlafen muß und keine Frau zum Essen Besteck erhält, sondern man nimmt uns hier sogar noch auf dem Klo das letzte bißchen Würde. Brennt bis morgen früh kein Licht in den Toiletten, werde ich meinen Vater bitten, auf die Zustände, die hier herrschen, im Gesundheitsministerium aufmerksam zu machen.«

Die Schwestern sahen sie sprachlos an. Es dauerte eine Weile, bis sich eine gefaßt hatte und zum Gegenangriff überging. »Fräulein Seilmann – so heißen Sie doch?«

Anett wunderte sich, daß Manuela sie ständig am Ärmel zog.

»Laß mich, ich kann nicht mit ansehen, wie hier unsere Menschenwürde kaputt gemacht wird.«

»Das reicht«, sagte drohend eine bullig aussehende Schwester. »Sie bekommen gleich Ihre Beruhigungsmedikamente, dann wird es Ihnen viel besser gehen.«

»Ich will mich aber nicht beruhigen, ich will Licht auf dem Klo!« rief Anett aufgebracht.

»Komm schon, komm«, flüsterte Manuela und zog sie gewaltsam aus dem Schwesternzimmer. »Bist du verrückt geworden? Die werden dich kaltstellen, dann erreichst du gar nichts. Dann erkennst du nicht mal mehr deinen Vater. Die versetzen dich in Tiefschlaf, aus dem würde nicht mal Dornröschen aufwachen und wenn der Prinz sie noch so knutschen würde. Oder willst du ans Bett gefesselt werden?«

»Mit dem Bett, das ich zur Zeit habe, kann ich auch gefesselt gehen«, sagte Anett sarkastisch.

Eine Stimme brüllte durch den Flur: »Tabletteneinnahme!«

Schlagartig öffneten sich sämtliche Zimmertüren.

»Jetzt wird's ernst«, mahnte Manuela. »Denk daran, was ich dir gesagt habe: Nicht hinunterschlucken!«

Die Frauen sammelten sich zu einer Reihe vor dem Medikamentenwagen, der vor der Eingangstür stand.

»Wozu brauche ich Medikamente, ich bin nicht krank!« weigerte sich Anett, als sie an der Reihe war.

»Mund auf und schlucken!« befahl die Schwester.

In Anetts Hand lagen drei Pillen, zwei hellblaue und eine weiße. Hoffentlich kann ich die alle unter der Zunge behalten.

»Fertig?« fragte die Schwester. Anett nickte. »Mund aufmachen und die Zunge rausstrecken!«

Vor Schreck mußte Anett schlucken. Die Pillen steckten ihr im Hals, sie hustete. »Hier, trinken Sie nach.« Die Schwester hielt ihr einen Becher Wasser hin und rief: »Die nächste!«

Plötzlich erscholl aus der Tiefe des halbdunklen Ganges eine erzürnte Frauenstimme: »Wann werden endlich die Waschräume aufgeschlossen?«

Unruhig murrte es in der Menge.

»Wie immer, nach der Medikamentenausgabe!« donnerte es aus dem Schwesternzimmer. Sofort trat Schweigen ein. Eine halbe Stunde später saßen die Raucherinnen wie betäubt da. Manuela schickte sie fort.

»Ab in die Betten und heia machen!«

Widerspruchslos erhoben sich die Frauen und gingen.

»So, jetzt wird's gemütlich.« Manuela stand auf und rief in den Speiseraum, der gleichzeitig als Aufenthaltsraum diente: »He, Gabi! Hol die Kelle! Gabi ist okay«, sagte sie erklärend zu Anett. »Sie kommt jedes Jahr zur Herbstzeit, ist auch eine Manische. Wir sind befreundet. Sie hat Krankenschwester gelernt und weiß, daß ihr nicht zu helfen ist. Seitdem nimmt sie das Leben überhaupt nicht mehr ernst.«

Ein lockiger Wuschelkopf in Anetts Alter steckte seine Nase in den Gang: »Ist die Luft rein?«

»Ja, kannst kommen. Mach schnell«, drängte Manuela und hielt Wache an der Tür zum Küchenraum.

Gabi zog unter ihrem Wollpullover eine alte, graugesprenkelte Suppenkelle hervor.

»Tolles Ding«, lachte Manuela. »Stammt von deiner Oma, nicht?«

»Klar! Hat mir mein Vater durchs Gitter geschoben und gesagt: ›Paß mir gut auf Omas Erbstück auf!‹«

Sie kicherten leise. Anett fühlte, wie ihr die Arme und Beine schwer wurden. »Ich glaube, ich schlafe gleich ein.«

»Halt durch, gleich bekommst du einen starken Tee. Schwarz, so schwarz findest du nirgends einen Bimbo…«

Anett sah sich in der Küche um. »Hier ist doch kein

Wasserkessel, kein Topf, einfach nichts. Wie willst du denn das Wasser kochen?«

Gabi hielt triumphierend die Kelle hoch. »In Omas einzigem Erbstück«, strahlte sie.

»Und das funktioniert?«

»Oh, Mann, Baby, du bist echt das erste Mal hier«, seufzte sie ergriffen. »Aber Mama wird dir einen wunderbaren Trunk brauen, nach dem du dich jeden Abend sehnen wirst.«

Es war ein schwieriges Unterfangen, das Wasser in der Kelle über der Gasflamme zum Kochen zu bringen. Anett hockte stumpfsinnig vor dem Herd und sah zu, wie Gabi den Ärmel schützend über ihre Hand zog, mit der sie den heißen Stiel der Kelle hielt. Sie mußte die Prozedur sechsmal wiederholen, bis der kleine Keramiktopf mit Wasser gefüllt war, in dem zwölf Teebeutel hingen. Das Gebräu schmeckte furchtbar bitter, belebte jedoch Anetts Geist.

Eine Schwester lief über den Flur. Blitzschnell ließ Gabi den Teetopf unter ihrem Stuhl verschwinden. Manuela griff nach Anetts Tasse und versteckte sie hinter der Gardine auf dem Fensterbrett.

»Paßt mal auf, was ich jetzt mache«, flüsterte Manuela den beiden zu. »Hallo, Schwester Karin!«

»Was gibt's?«

»Würden Sie mit mir tauchen gehen?« fragte Manuela mit todernstem Gesicht.

»Manu, wo willst du denn hier tauchen?«

Dann tat sie, als müßte sie überlegen, und entschied sich: »Ja, gerne. Und wann?«

»Jetzt gleich, ich habe alles da. Taucheranzug, Schnorchel und Flossen.«

»Auch für mich?«

»Klar, Schwester Karin, auch für Sie.«

»Und wo tauchen wir?«

»Da, wo wir immer tauchen gehen, in der Ostsee.«

»Ach ja, das hatte ich vergessen.«

»Schwester Karin, aber diesmal tauchen wir bis nach Schweden, ja?«

»Natürlich, Manu, wir tauchen bis nach Schweden«, gab die Schwester brav zur Antwort.

»Aber ohne Brille und nur mit dem Schnorchel!«

»Abgemacht«, sagte die Schwester und lief schnell weiter.

Manuela brach in Lachen aus. »Seht ihr, für so blöde halten mich hier alle. Als wüßte ich nicht, daß man bis Schweden nicht tauchen kann.« Sie wandte sich an Anett: »Verstehst du nun, wie langweilig es hier ist? Da fallen einem dann solche Spielchen ein.«

»Ich an deiner Stelle würde ausrasten«, sagte Anett angesichts der Vorstellung, ihre ganze Jugend in einer Anstalt zubringen zu müssen.

»Wie würdest du ausrasten?«

»Ich weiß nicht.« Sie war zum Denken zu müde geworden. Gleichgültig setzte sie hinzu: »Vielleicht würde ich abhauen oder in der Küche einen Stapel Teller fallen lassen.«

»Großartig!«

Begeistert sprang Manuela auf, und ehe jemand in der Lage war, sie an ihrem Vorhaben zu hindern, krachte und schepperte es aus der Küche. Sie trug einen Abwaschkorb mit Geschirr in den Flur und kippte ihn den herbeilaufenden Schwestern vor die Füße.

»Mein Nachtgruß!« sagte sie zornig und verschwand in ihrem Zimmer.

In der Nacht erwachte Anett durch lautes Singen. Eine Frau, eine Kindergärtnerin, die am Abend gebracht worden war, riß sich die Kleider vom Leib und wanderte splitternackt, das Kinderlied singend »Wir gehen heute wandern, in den grünen Wald…«, den langen Flur auf und ab.

Warum ist die Frau durchgedreht? fragte sich Anett. Ihr war ungewöhnlich kalt unter der dünnen Decke. Sonst schlief sie bei offenem Fenster. Wenn sie mir nur nicht zu nahe kommt. Ich habe Angst. Soweit sie zurückdenken konnte, hatte sie sich nie so mutterseelenallein gefühlt.

»Hacke bum, hacke bum, fallen alle Bäume um…«

Der Gesang kam bedrohlich näher. Anett zog die Decke bis zur Nasenspitze hinauf. Die Frau schien auf alle Kinder böse zu sein, sie schrie los: »Glotzt mich nicht so an! Zieh die Decke über deinen Kopf! Na, wird's bald? Dalli, dalli!«

Instinktiv fühlte Anett, daß der Angriff ihr galt. Sie verkroch sich unter dem Bettzeug und hoffte, der dikke Frauenkörper würde sich nicht aus Versehen auf sie fallen lassen. Das Lied »Wir gehen heute wandern« verfolgte sie bis in den Morgen. Keine der Schwestern kümmerte sich um den Fall. Man ließ die Frau wandern.

»Na, wie geht es uns denn heute?« fragte Frau Doktor Huhn bei der Visite.

»Wie es Ihnen geht, weiß ich nicht. Mir geht es beschissen, ich will nach Hause. Übrigens ist auf der Toilette kein Licht.«

»Davon habe ich bereits gehört. Sie wollen sich beschweren?« fragte sie zynisch.

»Wenn Sie mir das zutrauen, müßten Sie mich ja eigentlich entlassen, oder?« fragte Anett schlagfertig im gleichen Ton zurück.

»Sie können nach der Visite in das Vierbettzimmer

umziehen«, antwortete die Ärztin und ging zur Trage, auf der die »Sängerin« der Nacht lag.

Nach dem Frühstück, das Anett ausließ, erklang der Ruf: »Arbeitstherapie!«

»Was ist das denn?« fragte sie eine der neuen Zimmergenossinnen, eine schlaflose Regisseurin.

»Ach, das Sozialprogramm für die Alkoholiker. Die sollen nach dem Entzug in den Arbeitsprozeß wieder eingegliedert werden.«

»Und was für Arbeit leisten sie dort?«

Anett war neugierig geworden.

»H0-Schienen für Modelleisenbahnen sortieren.«

»Mehr nicht? Beschäftigungstherapie für total Abgestumpfte.«

»Der Erfolg ist gleich Null. Die meisten Frauen trullern nach ihrer Entlassung bald wieder hier ein.«

Das waren die einzigen Worte, die Anett jemals mit dieser Frau wechselte. Danach schlief die »schlaflose« Regisseurin nur noch.

Manuela sah nach Anett.

»Die Weiber in deinem Zimmer sind harmlos.« Sie setzte sich zu ihr aufs Bett und tuschelte: »Hast Glück, daß du am Fenster liegst, dann brauchst du nicht den Mief der anderen einzuatmen.«

»Ich bin froh, daß ich überhaupt ein Bett habe. Die Nacht im Flur war schrecklich.«

Manuela lachte leise, um die drei schlafenden Frauen nicht zu wecken.

»Die durchgedrehte Kindergärtnerin? Hör bloß auf, die haben sie zu uns ins Zimmer geschoben. Mir ist alles vergangen, kaum zogen ihr die Schwestern ein Nachthemd über, schwupp, riß sie es sich wieder herunter. Für ihr Aussehen kann sie ja nichts, für ihre Krankheit erst recht nicht, aber sie ist entsetzlich fett.

Ich dachte, ich sehe nicht richtig, der hing der Bauch bis auf die Schenkel. Nee, da hört's bei mir auf. Wenn sie wenigstens ihre Klamotten anlassen würde!«

Manuela schüttelte sich vor Empörung.

»Kannst du dir meine Angst vorstellen, als sie mit ihrem Kinderlied an mir vorbeimarschierte?«

»Und ob«, flüsterte Manuela grinsend. »Komm, steh auf, wir stecken uns ein Piepchen an.«

»Welch köstlicher Genuß im eintönigen Leben hier«, lachte Anett nach der zweiten Zigarette.

»Na also – du wirst schneller eine richtige Raucherin, ehe man mir einen Freund gönnt!«

Manuela lachte laut auf, und um den plumpen Scherz zu mildern, schlug sie Anett freundschaftlich auf die Schulter.

Anett schoß eine Idee durch den Kopf.

»Sag mal, was passiert, wenn du abhaust? Mehr als dich zurückholen können die nicht. Ausgangssperre oder Besuchszeiten fallen für dich sowieso aus. Also, warum riskierst du das nicht? Hau ab und mach dir einen schönen Tag draußen.«

»Na, du bist ja witzig. Wie soll ich denn hier rauskommen? Etwa durchs Schlüsselloch? Selbst wenn ich mich zu einer Bohnenstange hungern würde, mein Kopf würde niemals durch das Gitter passen. Außerdem habe ich's schon versucht, vor zwei Jahren. Eine neue Schwester hatte am Abend nach der Besuchszeit vergessen, die Tür abzuschließen. Ich war schon im Schlafanzug. Rein zufällig lief ich über den Flur, als ich sah, daß die Tür einen Spalt offenstand. Ehe ich wußte, was ich tat, war ich in Hausschuhen und Pyjama an der Bushaltestelle. Mann, du glaubst gar nicht, wie die Leute mich anglotzten. Ich habe mir dann fest eingebildet: Sie denken, ich gehe zum Fasching. Sonst hätte ich das nicht überstanden. Denn peinlich war es mir schon, so im Nachtanzug dazustehen.

Zum Glück war es Februar, Karnevalszeit. Und genau als der Bus kam, sah ich von weitem das aufgeschreckte Huhn, unsere liebe Frau Doktor, auf mich zurennen. Im weißen Kittel. Was habe ich gezittert! Nicht vor Kälte, die spürte ich in dem Moment überhaupt nicht. Nein, vor Schiß, daß die Huhn schneller wäre als der Bus. Und dann«, sie lachte in sich hinein, »du glaubst es kaum, bremst er doch tatsächlich vor meiner Nase. So schnell, wie ich mich hineindrängelte, so schnell ging die Tür gar nicht auf. Der Busfahrer guckte überhaupt nicht komisch, na ja, es war eben Fasching. Tja, und dann stand ich drin, ohne Geld. Nun faß mal einem Nackten in die Taschen. Ich klopfte meinen Schlafanzug ab, der nicht mal Taschen besaß, und bildete mir ein, der Busfahrer glaubte, ich suche mein Geld. Plötzlich stand die Huhn vor mir. Sie sagte scheißfreundlich: ›Na, komm schon, Manuela, wir wollen doch nicht auffallen.‹ Da war für mich alles aus. Die Leute, die hier wohnen, wissen von der Klinik. Ich habe dann, weil es mir so peinlich war – sie behandelte mich ja wie eine Verrückte –, voll auf Macke gespielt und habe geschrien: ›Nein, Frau Doktor, nicht schlagen! Bitte, bitte nicht schlagen!‹ Die Huhn ist knallrot geworden. Im Bus traute sich keiner, ein Wort zu sagen. Seitdem passen die hier schärfer auf. Ich bin eben nicht auf der glücklichen Seite des Lebens geboren.«

Sie schwieg nachdenklich.

»Trotzdem solltest du das noch mal versuchen. Sieh mal, die Schwesternschülerinnen sind neu, die kennen wahrscheinlich deine erste Fluchtgeschichte gar nicht. Darin liegt deine Chance.«

»Und wie soll das funktionieren?« fragte Manuela immer noch ungläubig, doch ein wenig hoffnungsvoll.

»Also, ich habe etwas beobachtet. Die Stationsschwestern schicken zu allen unangenehmen Arbeiten die Schwesternschülerinnen, sie selbst bleiben im Schwesternzimmer hocken. Wenn die Kübel fürs Mittagessen gebracht werden, muß der Liefermann an der Haustür klingeln, dann wird ihm von innen aufgeschlossen. Nach dem Essen trägt dann eine von den beiden Schülerinnen die Kübel hinaus und hat den Schlüssel bei sich. Also gibt es kein Klingelzeichen.«

»Ja, und? Was hat das alles mit der Klingel zu tun?«

»Na, warte doch ab, jetzt komme ich zum Punkt. Morgen bietest du, während wir hier sitzen und so tun, als rauchten wir nur, einer der Schülerinnen deine Hilfe beim Hinaustragen an. Die grünen Kübel sind mit Essensresten bekleckert und außerdem sehr schwer. Ich habe gehört, wie eine Schülerin der andern zuflüsterte: ›Für die sind wir nur der Putzlappen. Die sitzen beim Kaffee, und wir können die Drecksarbeit machen. Vor allem die schweren Mistkübel schleppen, das stinkt mich an. Bin ich froh, wenn ich von dieser Station wegkomme.‹ Und darin liegt deine Chance. Die rechnen bestimmt nicht mit einer Flucht. Und wenn es klappt – bis die den Alarm auslösen, bist du längst über alle Berge.«

»Genial«, lachte Manuela. »Und am Abend komme ich durch die Vordertür wieder hereinspaziert.«

»Genau.«

Anett freute sich über Manuelas neuen Lebensmut. Bis zur Besuchszeit schmiedeten sie Pläne, wo Manuela ihre wenigen Stunden der Freiheit verbringen könnte.

»Nur einmal in eine richtige Disko gehen«, schwärmte sie.

»Und das Küssen nicht vergessen«, mahnte Anett.

Manuela lachte übermütig. »Versprochen, ungeküßt komme ich nicht zurück. Wer hat dir eigentlich die Unschuld geraubt? Na gut, mußt du mir ja nicht in allen Einzelheiten beichten, mich interessiert nur deine erste große Liebe, dein erster Kuß«, schränkte sie ihre Neugier ein.

»Mein erster Kuß? O Gott, das ist lange her, willst du es wirklich wissen?«

»Menschenskind, nun stell dich nicht so an, außerdem brauche ich die Aufklärungsstunde.«

Anett gab nach: »Okay.« Sie steckte sich eine Zigarette an und versuchte kleine Rauchkringel in die Luft zu blasen.

»Mach es nicht so spannend, du Märchentante, fang an, sonst komme ich hier nie weg.«

Anett begann leise zu sprechen: »Die einzige Abwechslung im tristen Dasein unseres sächsischen Provinznestes bestand aus Liebesspielen im kleinen Birkenhain.«

Manuela verdrehte genüßlich die Augen. Anett schwieg.

»Ich sag ja gar nichts mehr, erzähl weiter.«

»Ich war sechzehn Jahre alt, und wie alle Mädchen in dem Alter schwärmte ich für einen Jungen, Ronny, den Sohn unseres Biologielehrers.«

»Aha«, machte Manuela, dann schwieg sie wieder.

»Trafen wir uns im Wald, heckten die Jungen die verrücktesten Ideen aus. Eines der Mädchen mußte sich verstecken, und wer es zuerst fand, durfte es küssen.«

»Hattest du's gut«, seufzte Manuela.

»Denkste! Als ich im Gebüsch kauerte, betete ich zum lieben Gott um Ronny. Doch dieser ›göttliche Herr‹ muß wohl meinen Wunsch sehr eigennützig gefunden haben. Schlimm genug, daß mich Heike fand, ausgerechnet Heike mit ihrer Entenschnauze. Zu allem Überfluß kreischte sie danach: ›Du kannst ja gar nicht küssen!‹«

»Igitt, wie gemein! Und dein Ronny?«

»Dazu mußt du wissen, daß mich seine Augen am meisten faszinierten. Er beherrschte das Augenspiel perfekt, er konnte so liebevoll, bewundernd, abfällig, kalt, ja sogar zornig blicken, ohne jemals ein Wort darüber zu verlieren. Ich fand nie heraus, ob er je ernsthaft ein Mädchen wollte.«

»Was hatte er für eine Augenfarbe?«

»Braun, fast wie deine, nur ein klein wenig dunkler«.

»Vielleicht war er schwul?«

»Bestimmt nicht.«

»Aha, du verheimlichst mir was?«

»Nein, nein.«

In schwärmerischem Ton fuhr Anett fort: »Wenn ich ihn sah, überkam mich stets das unwiderstehliche Verlangen nach seiner Berührung. Ronnys durchtrainierte Figur – er machte Kraftsport – war die reinste Provokation, seinen Sex-Appeal zu ergründen. Allerdings war der Natur bei seinem wohlgeformten Körper ein Fehler unterlaufen, in dem wahrscheinlich die Ursache für die Distanz zur Frauenwelt lag. Er hinkte nämlich.«

»Hinkte?« Manuela sah Anett bestürzt an.

»Ja, das linke Bein endete in einem Klumpfuß, aber das störte mich nicht. Nur wenn er vor mir lief, brachte sein Gang meine Gefühle irgendwie durcheinander: einerseits die männliche Figur, die glutvollen Augen, andererseits das Hinkebein. Er schien mir oftmals wie die geniale Verkörperung des Leibhaftigen.«

»Niemand ist perfekt.«

»Stimmt! Ich mußte bei seinem Anblick immer an meine verstorbene Großmutter denken, die erzählte viele Schauergeschichten oder Märchen vom Beelzebub, dem Teufel, dem es gelang, die Macht aller Sinne in sich zu vereinen, den das Feuer der Leidenschaft durch tausend sprühende Funken am Hacken verriet. Als Großmutter starb, starben auch die Märchen.«

»Du hattest wenigstens eine Märchenwelt. Wer hier groß wird, der hat nichts. Hast du deinen Ronny noch bekommen?«

»Ja und nein. Bei einem Streifzug durch den Wald sah ich ihn allein am Bach, der sich durch die Birken schlängelte. Vorsichtig habe ich mich von hinten an ihn herangeschlichen, meine Arme einfach um ihn gelegt und seinen Hals geküßt.«

»Wie? Du hast ihn geküßt?«

Anett lachte: »Du brauchst nur diesem Beispiel zu folgen, manchmal muß man sich nehmen, was man will.«

»Hat er nicht komisch reagiert?«

»Ich glaube, er vergaß das Luftholen, dann warf er sich plötzlich ins Gras und riß mich mit. Bevor er sich über mich beugte, entdeckte ich einen Hauch von Spott in seinen Augen. Dann begann er mich sehr zärtlich zu küssen. Mir war, als sause ich in einer Achterbahn steil bergab.«

»So schön war es? Und dann, wie ging es weiter?«

»Nichts! Er ist nach Mecklenburg gegangen, er wollte Tierarzt werden. Wir schrieben uns regelmäßig, dann wurden seine Briefe immer spärlicher. Ich bin dann einfach zu ihm ins Internat gefahren...«

Anett brach ab.

»Und?«

»Manuela, frag nicht. Die Geschichte ist hier zu Ende.«

»Aber du liebst ihn noch, das spürt man.«

»Lieben? Ich weiß nicht, ich kann ihn einfach nur nicht vergessen. Doch nun zurück zu dir. Bist du bereit für deinen ersten Kuß?«

»Bereit? Lächerliche Frage. Ich bin eine überreife Pflaume; wenn ich mich nicht bald pflücken lasse, dörre ich aus wie Backobst. Mist, daß ich für diesen Monat mein Taschengeld bereits weghabe. Wenn ich jetzt unbegründet nach Geld frage, werden die womöglich mißtrauisch.«

Anett überlegte. »Stimmt. Aber so laß dir mal keine grauen Haare wachsen. Mein Vater wird uns bestimmt aus der Patsche helfen.«

»Schönes Stück Scheiße, nicht mal eigenes Geld zu haben«, fluchte Manuela.

»Das ist wahr. Darin unterscheiden wir uns von den ›normalen‹ Kranken. Doch so aussichtslos ist deine Lage nun auch wieder nicht«, beruhigte Anett sie.

Manuela schmiegte sich an ihre Schulter: »Ohne dich hätte ich keinen Mut zu verduften!«

Anett lächelte. »Es klingt gemein, aber bitte: Komm bloß wieder. Ohne dich halte ich das keinen Tag lang aus.«

»Wo soll ich denn sonst hin? Die Klappa[1] ist meine Heimat.«

Anetts Vater kam nicht allein, die Mutter klammerte sich an seinen Arm. Zaghaft sah sie um sich, beim An-

1 Klappa – Klapsmühle = Nervenheilanstalt (Anm. d. Autorin)

blick der Tochter verlor sie die Kontrolle und brach in Tränen aus. Obgleich Anett die warnenden Worte Manuelas in den Ohren hatte: ›Zeig niemals Verzweiflung‹, brach sie ebenfalls hemmungslos in Weinen aus.

»Bitte, Mutter, hör auf! Wenn ich hier so herumheule, darf ich nie nach Hause.« Sie versuchte ihre Beherrschung wiederzufinden. »Kannst du dich noch an Olaf erinnern?«

Die Mutter schneuzte sich. »Meinst du den aus deiner Schule?«

»Ja.«

»Wollte der nicht nach Berlin gehen und Arzt werden?« Sie blickte neugierig aus dem altmodischen Taschentuch auf.

»Ich traf ihn in der Klinik, er ist Arzt geworden. Das unverhoffte Wiedersehen hat mich alles andere vergessen lassen. Ich hätte wissen müssen, was er für ein Mensch ist.«

»Aber warum denn, Kind?«

Anett sprach leiser; sie wollte nicht, daß der Vater hörte, worüber sie redeten. Sein Kopf steckte hinter einer Zeitung, er tat, als lese er.

»Na, du weißt doch, die Geschichte damals in der Scheune.«

Die Mutter nickte verständnisvoll. »O ja, die habe ich nicht vergessen.«

»Seit damals sind Jahre vergangen. Vor mir stand ein erwachsener Mann, deshalb nahm ich ohne Argwohn eine Einladung zu ihm nach Hause an. Was dann passierte, hat mich dermaßen geschockt, daß ich die Schlaftabletten nahm. Ich konnte doch nicht ahnen…«

»Was, mein Kind?«

Die Mutter fühlte in diesem Augenblick innige Nähe zur Tochter. Sie verfiel in Nachdenken. Sie sah ihre eigenen Mädchenjahre vorüberziehen. Ohne großartige Höhen und Tiefen, bis sie ihrem Mann begegnete. Er war ihre erste große Liebe. Beide studierten Maschinenbau. Vierzehn Tage nach ihrer Hochzeit brach der Zweite Weltkrieg aus. Wertvolle Jahre ihres Frauseins gingen im Warten auf seine Rückkehr aus der Gefangenschaft dahin. Als er kam, hatte sie die Blütezeit ihres Lebens längst überschritten, auch für ein Kind schien sie zu alt. Doch beide liebten Kinder, sie machten sich nichts aus dem Gerede der Leute, die hinter ihnen her tuschelten: »Mit über vierzig noch ein Kind.« Stolz schob sie den Kinderwagen durch die holprigen Gassen der Kleinstadt und wünschte sich nichts sehnlicher, als ihrer Tochter nicht nur eine liebevolle Mutter, sondern auch eine gute Freundin zu werden. Das Letztere war ihr bisher nicht gelungen. Jetzt spürte sie das Band der Vertrautheit, wie es nur unter Freundinnen möglich ist.

»Wir saßen in seiner supersauberen Wohnung, und plötzlich verlangte er…«

Anett schwieg eine Sekunde. Die Mutter ließ ihr Zeit. »Da verlangt er doch, ich… ich soll ihm in eine Tasse pissen. Verstehst du? Ich ihm…« Sie sah ihre Mutter an. »Ist das normal?«

»Nein, Kind, natürlich ist das nicht normal, jemandem in eine Tasse…«, sie zögerte, dann rutschte ihr das ungewohnte Wort heraus: »zu pissen!«

»Mutter, wie redest du denn?« schrie Anett unwillkürlich auf und mußte lachen.

Die Mutter biß sich verschämt auf die Lippen, schielte zum Vater, der noch immer in die Zeitung vertieft schien, und lachte schließlich ebenfalls.

»Mutter, du bist wunderbar, ich liebe dich«, sagte Anett gerührt.

Der Vater lächelte kaum merklich. »Und, was kann ich für meine Tochter tun?«

»Es reicht, wenn du immer an den Tee denkst. Ach, da fällt mir ein: Kannst du mir zwanzig Mark borgen? Manuela versucht morgen, für einen Tag abzuhauen.«

Der Vater rieb sich die Stirn. »Ob das gut endet?«

»Schlimmer als jetzt kann es nicht kommen. Stellt euch vor, ihr würdet eure schönste Zeit hier verplempern.«

Mitfühlend nickten beide.

»Du hast vollkommen recht.« Der Vater schob ihr heimlich das Geld zu.

Sie haben Mitgefühl, sie verstehen, daß es für Manuela wichtig ist. Herzlich drückte und küßte sie beide zum Abschied.

Allein gelassen, saß Anett in der Raucherecke. Sie ertappte sich dabei, wie sie bereits die dritte Zigarette rauchte. Manuela kennt sich aus, dachte sie. Es ist herrlich. Sie zog unter dem Tisch die pelzgefütterten Stiefel aus und genoß es, in den warmen, karierten Pantoffeln ihrer Mutter auf Manuela zu warten. Daß das Mädchen seelisch nicht zugrunde ging, obwohl sie kaum Freude am Leben hatte, wunderte Anett. Ein rätselhaftes Mädchen.

Blödsinn, was denke ich da? Ich bin's, die verloren hat. Manuela kann nur gewinnen.

An diesem Abend gelang es ihr, die Pillen unter der Zunge zu halten. Anschließend spuckte sie sie ins Toilettenbecken, danach fühlte sie sich munter wie ein Fisch im Wasser. Dank Gabis Erbstück und Vaters Tee unterhielten sie sich bis zur Nachtruhe. Gabi wurde in den Fluchtplan eingeweiht. Sie versprach, Manuelas Jacke aus dem Fenster zu hängen, so daß sie draußen nicht frieren mußte. In den letzten Herbsttagen des Novembers wehte ein frostiger Wind. Glücklicherweise befand sich die Station im Erdgeschoß.

Die Nacht verlief ruhig. Keine der Zimmergenossinnen schrie oder weinte im Schlaf. Rechts an der Wand standen zwei Betten hintereinander. Direkt neben Anett schnarchte die Frau vom Film, die angeblich unter Schlaflosigkeit litt. Im anderen Bett lag eine Frau, die sich ständig verfolgt fühlte, mal von Westspionen, mal von Ostspionen. Anett kam sie völlig normal vor. Die Frau vertraute ihr an, daß sie einen Bruder in Bonn habe, der in der Regierung einen hohen Posten bekleidete. Seit einiger Zeit kämen häufig fremde Männer zu ihr, die versuchten, sie für ihre Dienste anzuwerben. Sie sollte ihren eigenen Bruder ausspionieren. Doch sie weigerte sich, ging wegen der ständigen Belästigungen zur Polizei und wurde von dort direkt in die Klinik gebracht. Anett glaubte ihr.

Hinter ihr lag eine junge Mutter, die seit der Geburt ihres Kindes unter Gedächtnislücken litt. Im ganz normalen Tagesablauf wußte sie plötzlich nicht mehr, wo sie sich befand, noch wie sie hieß. Man hatte sie als hilflose Person eingeliefert.

Nach dem Wecken stürzten alle Frauen in den einzigen Waschraum. Jede wollte die erste sein. Anett wusch sich immer zum Schluß, sie mochte es nicht, neugierig begafft oder an ihren langen Haaren befummelt zu werden. Ordentlich frisiert und schick angezogen, im grünen Overall, der das rote Haar besonders hervorhob, ging sie zur Toilette. Doktor Schiwako, der mit ihr das Aufnahmegespräch geführt hatte, kam ihr im Gang entgegen.

»Guten Morgen, Fräulein Seilmann, wie geht es Ihnen heute?«

»Das kann ich Ihnen erst sagen, wenn ich auf der Toilette war.«

Er lief puterrot weiter.

Anett beeilte sich, das Kabuff zu erreichen. Sofort stellte sie fest: Die Lampe war noch nicht ausgewechselt. Dunkler Gestank umgab sie. Jetzt reicht's! dachte sie wütend!

Sie lief ins Schwesternzimmer, in dem alle Schwestern, Frau Doktor Huhn und Doktor Schiwako beim Kaffee saßen.

»Eine Unverschämtheit! Jedes Schwein hat Licht im Stall! Sind wir weniger wert als Tiere?«

Frau Huhn, etwas aus der Fassung gebracht, stellte abrupt die Tasse auf den Tisch, so daß der Kaffee überschwappte. »Jetzt ist es genug, Fräulein Seilmann! Gehen Sie sofort in Ihr Zimmer und geben Sie Ruhe!«

Anett hörte deutlich die Drohung, die in dieser Anweisung mitschwang.

»Schreien Sie mich nicht an, ich bin nicht taub. Und daß ich Ruhe gebe, könnte Ihnen so passen, wie? Ich denke nicht daran! Die hygienischen Verhältnisse mögen den armen Patientinnen, die ständig unter Beruhigungsmitteln stehen, egal sein, aber mir nicht.«

Die Stationsschwester kam mit einem Notizbuch. »Tragen Sie für morgen früh Fräulein Seilmann zur Punktion ein. Wollen doch mal sehen, woher ihre konfuse Stimmung kommt.«

Anett trat einen Schritt zurück. »Sie werden gar nichts mit mir machen. Weder von mir noch von meinen Eltern bekommen Sie dazu die Einwilligung.«

Die Ärztin sah sie kalt an. »Die brauchen wir nicht. Weder von Ihnen noch von Ihren Eltern.«

»Wollen Sie damit etwa sagen, daß ich Ihnen hier ausgeliefert bin?«

»Ich will gar nichts damit sagen. Für mich sind Sie krank. Schwester Karin, bringen Sie Fräulein Seilmann in ihr Zimmer.«

Anett sah im Hinausgehen, daß alle wie hypnotisiert in ihre Kaffeetassen starrten.

»Schwester Karin, was geht hier vor? Was werden die mit mir machen?«

»Beruhigen Sie sich. Eine Punktion ist nichts Besonderes, das kommt häufig vor.«

»Soll das heißen, daß ich ein Versuchskaninchen bin?«

»Quatsch, das gehört zur üblichen Diagnostik. Außerdem darf ich Ihnen darüber keine Auskunft geben. Fragen Sie den Arzt in der Visite.«

»Danke, ich gehe nicht ins Zimmer, sondern eine rauchen.«

Anett ließ die Schwester stehen und erwartete ungeduldig Manuelas Rückkehr von der Beschäftigungstherapie.

Manuela erbleichte, als ihr Anett von der bevorstehenden Punktion erzählte.

»Sie sind Schweine, alles Schweine!« fauchte sie wütend. »Du ahnst ja nicht, was auf dich zukommt. Die stechen dir eine Kanüle, so dick wie ein Streichholz, in dein Rückenmark, daß du vor Schmerzen nur so schreist. Danach liegst du für Tage unbrauchbar im Bett. Mein Gott, wie konntest du nur die Huhn so auf die Palme bringen? Dich kann man ja wirklich nicht aus den Augen lassen.«

Anett lief ein eiskalter Schauer den Rücken hinunter. »Und ich kann mich nicht dagegen wehren?«

Manuela schüttelte den Kopf. »Du bist denen ausgeliefert. Sie werden für alles eine medizinische Notwendigkeit finden. Da blickt keine Sau durch. Aber vielleicht können deine Eltern…«

Manuela sah Anett nachdenklich an. »Nein, können sie nicht. Sie sind gestern abend nach Hause gefahren und werden morgen abend erst zurück sein.«

»Dann sitzt du in der Scheiße, verdammt!«

Anett konnte nicht verhindern, daß sie losheulte. Manuela zückte ein Taschentuch. »Hör auf! Sofort! Das fehlte noch, daß die dich heulen sehen. Warte, ich habe eine Idee. Bei der Medikamentenausgabe hebst du die zwei hellblauen Pillen auf. Ich und Gabi werden sie auch nicht ins Klo spucken. Die Dinger schluckst du morgen alle auf einmal, dann kriegst du die richtige Leck-mich-am-Arsch-Stimmung und überstehst die Schweinerei. Und ich muß heute daran denken, alle meine Pillen sorgfältig zu sortieren. Die gegen meine Krämpfe muß ich unbedingt einnehmen, sonst denkt der Typ, den ich küsse, ich gerate vor lauter Entzücken in krampfartige Verrenkungen.«

Dabei verdrehte sie so komisch die Augen, daß Anett trotz ihrer Angst lächeln mußte. »Du bist unmöglich.«

»Na, siehst du, jetzt lachst du wieder«, lobte Manuela. »Dafür gehe ich uns jetzt einen Tee kochen.«

Gabi lief über den Flur. Sie sah sofort Anetts verweintes Gesicht.

»He, nur keinen Abschiedsschmerz. Unsere Manuela ist vielleicht schneller wieder drin, als sie draußen ist.«

»Mensch, Gabi, wo bleibt Omas Erbstück?« schallte es aus der Küche.

»Kommt schon!« lachte sie und fragte Anett: »Na, sag schon, was ist los?«

»Frag Manuela, sonst höre ich mit der Heulerei nie auf.«

Gabi zog die Stirn in Falten. »Ich ahne nichts Gutes.«

Zehn Minuten später tranken sie den Tee und waren wieder lustig, sie sangen sogar ein Hawaii-Lied: »Bora bora heh, hiti hiti see...«

Keine von ihnen kannte den genauen Text. Das machte die Sangesstunde erst recht amüsant.

»Bloß nichts anmerken lassen«, sagte Manuela, »das ärgert die Huhn maßlos.«

Und so sangen sie Lied auf Lied. Schwester Karin gab sich alle Mühe, den nervtötenden Gesang zu stoppen, doch sie ließen sich nicht beirren.

Da verlangte sie plötzlich: »Haucht mich mal an!«

»Aber Schwester Karin, glauben Sie etwa, wir haben heimlich getrunken?« fragte Manuela vorwurfsvoll.

»Dir ist alles zuzutrauen!«

»Danke, aber Ihnen auch. Schließlich wollten Sie ja mit mir bis nach Schweden tauchen.«

Schwester Karin stöhnte: »Wenn ihr wenigstens richtig singen würdet!«

»Da, wo man singt, da laß dich ruhig nieder, böse Menschen haben keine Lieder!« sagte Gabi unschuldig.

Schwester Karin wurde ans Telefon gerufen; erleichtert rannte sie davon.

»Findet ihr mich schön?« fragte unvermittelt Manuela.

Anett und Gabi sahen sie überrascht an.

»Was hast du plötzlich?« fragte Gabi.

»Ich meine, die Stunde der Wahrheit rückt näher. Wenn ihr mich häßlich findet, bleibe ich lieber gleich hier.«

»Dummchen«, lachte Anett. »Dein Äußeres hat gleich großen Eindruck auf mich gemacht. An dir ist einfach alles perfekt. Dein feines braunes Haar, das du noch mal waschen mußt, glänzt dann wie der Rücken eines Rehs. Darum würden dich einige meiner Kolleginnen beneiden. Sieh mal deine langen, dünnen Hände, sie sind wunderschön, abgesehen von den Nikotinkuppen, die müßtest du mal kräftig schrubben.« Den Rest dachte sich Anett. Ich mag ihre leuchtenden Augen, das undefinierbare, kaum merkliche Lächeln, wenn ich über das Leben draußen spreche. Zweifellos ist sie eine beeindruckende Schönheit. Es wird Zeit, daß sie sich dessen bewußt wird.

Eine kleine, grauhaarige Frau lief in kurzen Schrittchen auf die Raucherecke zu.

»Die Raucherkönigin«, sagte Manuela ärgerlich. »Die hat uns gerade noch gefehlt.«

In den nächsten Minuten lernte Anett Manuela von einer ganz anderen Seite kennen. So, wie ein Wort sie in helle Begeisterung versetzen konnte, so versank sie grund- und wortlos in Traurigkeit, oder sie geriet in heftigen Zorn. Doch sie spielte oft nur, das hatte Anett schon gemerkt. Aber selbst im Spiel blieb sie dieselbe, sie verhöhnte sich, war grob, dann wieder zu Edelmut bereit und gleichzeitig zu jeder Gemeinheit fähig. Diese Art von Spiel bestimmte ihr Leben. Kam es durch das Eingesperrtsein in dieser Anstalt, durch das jahrelange tägliche Einerlei? Wehrte sie sich auf diese Weise gegen die menschenunwürdige Behandlung? Wurden in ihr Aggressionen aufgestaut, die sich von Zeit zu Zeit lösen mußten?

Anett ließ kein Auge von der Alten. Kaum stand sie am Tisch, grapschte sie mit ihren verknöcherten Fingern in den vollen Aschenbecher und versuchte eine Kippe herauszuklauben.

»Finger weg!«

Manuelas Stimme klang scharf und haßerfüllt.

»Bitte, bitte, eine Zigarette!« bettelte die Frau. Hinterlistig schielte sie Manuela von unten her an und versuchte erneut, eine Kippe aus dem Aschenberg zu angeln.

»Hast du nicht gehört, Alte? Pfoten weg!«

Wie ein kleines Kind klatschte die Frau bittend die Hände zusammen. Fasziniert beobachtete Anett das Schauspiel der beiden. Hätte die Alte nicht den arglistigen Blick gehabt, Mitleid wäre in ihr aufgekommen.

»Bitte, eine Zigarette!«

»Was tust du, wenn ich dir was zu rauchen gebe?«

»Alles, was du willst!«

»Alles?«

»Ja, alles«, versicherte die Alte unterwürfig.

»Auf die Knie!« befahl Manuela.

Das Weiblein kniete nieder.

»Küß mir die Füße!«

Die Alte überlegte nicht lange. Anett traute ihren Augen nicht. Wie eine große Kostbarkeit griff die Frau nach Manuelas Turnschuh und begann, ihn abzuküssen.

»Widerwärtiges Weibsstück!« schimpfte Manuela und versuchte ihren Fuß zurückzuziehen.

Doch die Alte hielt ihn fest. Eine solche Kraft in diesem ausgemergelten Körper hatte nicht einmal Manuela erwartet.

»Spinnst du, Oma? Wenn deine Schraubstöcke nicht sofort meinen Fuß loslassen, kannst du dir die Zigarette in den Hintern stecken.«

Augenblicklich gab die Alte den Fuß frei.

»Mach's Maul auf«, sagte Manuela.

Die Frau riß den zahnlosen Mund weit auf und schloß genüßlich in Erwartung einer Zigarette die Augen. Anett war sicher, daß Manuela ihr eine in den aufgesperrten Mund stecken würde. Statt dessen sog sie einen langen Zug in den Mund und blies, ohne zu inhalieren, den Rauch der Alten tief in den geöffneten Rachen. Die fuhr zurück, hustete und riß die Augen auf.

»Du hattest mir doch versprochen…«

»Nichts habe ich. Du hast deinen Qualm gehabt, nun verdufte.«

Die alte Frau trippelte jammernd davon. In einiger Entfernung drehte sie sich um und rief zurück: »Satansbrut!«

Zu ihrem Erstaunen entdeckte Anett, daß sie mit dem Ausgang der Bettelei zufrieden war. Sie empfand kein Mitleid.

Aufgeregt rauchten sie stumm vor sich hin. Jede sah verstohlen zur Uhr. Sie warteten auf das Essen.

Mit dem Herzen ahnte Manuela wohl die Gefahr des Abenteuers, auf das sie sich einließ, doch zum Trotz blieb sie lustig und lachte Gabi und Anett aus: »Macht euch nicht in die Hosen, wird schon schiefgehen. Übrigens fällt mir ein, mein Vater soll eine Kneipe haben.«

»Wo?« fragten die zwei wie aus einem Mund.

»Das verrate ich nicht, sonst könntet ihr in die Verlegenheit kommen, mich verpetzen zu müssen.«

Gabi zog ein beleidigtes Gesicht. »Ausgerechnet du traust uns nicht?«

»Doch. Aber ich will nicht, daß ihr mit hineingezogen werdet.«

Typisch, jetzt zeigt sie ihren Edelmut, dachte Anett. Gabi umarmte Manuela. »Ich habe Angst um dich.«

»Unsinn, ich treffe mich doch nicht mit Othello.«

»Nanu, Manuela, du bist ja richtig gebildet!« scherzte Anett.

Mitten in diese Fröhlichkeit schellte die Flurglocke.

»Das Essen kommt«, flüsterte Manuela ehrfürchtig,

als käme der langersehnte Märchenprinz durch die Tür.

Schwester Karin eilte mit den Schlüsseln herbei. Gemeinsam mit dem technischen Angestellten trug sie den grünen Kübel herein und sagte im Vorbeigehen: »Na, meine Damen, heute keinen Appetit?«

»Wie Sie das nur wieder herausgefunden haben!« lobte Manuela.

Anett hörte nicht mehr zu. Sie stellte eilig ihre Teetasse unter den Stuhl, dann sagte sie: »Geh, zieh deine Straßenschuhe an.«

Verdutzt sah Manuela auf ihre Turnschuhe. »Nein. Wenn, dann gehe ich so, sonst falle ich auf. Uh, mein Haar, jetzt habe ich mir die Haare nicht gewaschen.«

Anett zog sich das Band aus dem Zopf: »Nimm das.«

»Mir ist so bange...«

»Kopf hoch!« munterte Gabi ihre Freundin auf.

Anett merkte, daß Manuelas Bluse nicht richtig zugeknöpft war und erledigte das. Die Frauen drängten sich vor dem Speiseraum. Die Schwesternschülerinnen kamen mit dem leeren Kübel zurück.

»Toi, toi, toi«, flüsterte Anett, und Gabi gab Manuela einen kleinen Schubs.

»Los jetzt.«

Manuela sprang auf. »Soll ich Ihnen beim Tragen helfen?«

Die Schülerinnen lachten unsicher.

»Na, was ist? Ich habe das schon öfter gemacht. Die Dinger sind doch sauschwer.«

»Wenn du unbedingt willst«, sagte eine und überließ ihr großzügig den Henkel.

»Aber daß du mir nicht abhaust!« mahnte die andere.

Manuela lachte: »Wohin denn?«

Anett wagte nicht aufzustehen. Ihr Herz klopfte zum Zerspringen. Gabi zerquetschte fast ihre Finger, so drückte sie für Manuela den Daumen. Kaum waren die beiden zur Tür hinaus, da jagte Manuelas Begleiterin schon hysterisch schreiend über den Flur.

»Manuela ist abgehauen! Manuela ist weg!«

Gabi stand auf und ging ohne ein Wort in ihr Zimmer. Anett zog es vor, ebenfalls im Flur nicht gesehen zu werden. Sie legte sich auf ihr Bett und vernahm durch die geschlossene Tür das aufgeregte Treiben. Manuela wurde gesucht.

Es war sieben Uhr abends, als Anett im Aufenthaltsraum nach Gabi schaute. Außer einer Frau, die strikkend am Fernseher saß, befand sich niemand im Raum. Der Geruch des Essens, das dreimal täglich dort eingenommen werden mußte, hing in jedem Winkel des Zimmers. Obwohl ihr der Gestank Übelkeit verursachte, hatte sie sich vor einer guten Stunde zum Abendessen durchgerungen.

»Haben Sie Gabi gesehen?«

Die Frau reagierte nicht, emsig klapperten die Stricknadeln. Den Blick auf das einzige Bild an der Wand geheftet, *Sonnenuntergang in den Bergen,* nuschelte sie vor sich hin. Anett trat näher.

»Oh, Sie stricken ja ein Babyjäckchen. Werden Sie Großmutter?«

Sie erhielt keine Antwort. Die Tür vom Speisezimmer stand halb offen, sie sah Gabi in die Küche gehen. Rasch folgte sie ihr. Gabi stand, mit dem Rücken zur Tür, über die Gasflamme gebeugt und hielt Omas Erbstück übers Feuer.

»He, Gabi!«

Vor Schreck ließ sie die Kelle fallen. Das Feuer erlosch mit lautem Zischen. Sie machte ein finsteres Gesicht, als sie die aufgeregte Anett sah; sie liebte es nicht, wenn jemand ohne Warnung von hinten geschlichen kam. Und Anett entschuldigte sich nicht einmal. Sie war zu nervös.

»Hast du die Pillen für mich?«

»Ja, aber mußtest du mich so erschrecken?«

Gabi ging mit langen Schritten in der Küche auf und ab. Anett verfolgte sie mit ihren Blicken, sie glaubte in ihrem Benehmen Zorn, Erstaunen und Enttäuschung zu erkennen. Doch Gabis mumienhaftes Gesicht – es hatte trotz ihrer erst dreißig Jahre unzählige Fältchen – blieb unbewegt.

»Machst du dir Sorgen wegen Manuela?«

»Du nicht?« fragte sie scheinbar unberührt zurück.

»Ja, doch, deshalb finde ich keine Ruhe.«

»Hoffentlich gibt es keinen Ärger.«

»Den haben Sie bereits, meine Damen!«

Hinter ihnen stand Frau Doktor Huhn.

»Kelle her!« befahl sie laut.

Gabi wehrte sich: »Nein, die Kelle bekommen Sie nicht. Das ist ein Erbstück.«

»Geben Sie mir sofort die Kelle!«

»Niemals!« schrie Gabi aufgebracht.

»Für heute hatten wir genug Ärger. Das mit Manuela wird ein Nachspiel haben.«

Gabi blieb wie versteinert in der gleichen Haltung stehen und sagte wider Erwarten ruhig: »Ich habe mir seit zwei Jahren Ihre Bosheiten gefallen lassen. Sie sind keine Ärztin, Sie sind ein Monster.«

Anett erwartete, daß Frau Doktor Huhn anfing zu schreien, doch ihre Gesichtszüge veränderten sich nicht.

»Sie sind zu unbedeutend, als daß Sie mich beleidigen könnten. Geben Sie mir die Kelle.«

Anett ballte die Fäuste hinter ihrem Rücken, sie haßte in dem Moment diese Frau so sehr, daß sie am liebsten auf sie eingeschlagen hätte.

Schnell verließ sie die Küche. Erst in der Raucherecke dachte sie: Weshalb habe ich sie nicht verprügelt?

Aus der Küche ertönte ein mörderischer Schrei. Es war Gabis Stimme.

»Sie gemeine Erbschleicherin! Kaufen Sie sich doch selber eine Suppenkelle! Oma ihre kriegen Sie nicht!«

Mit hochrotem Kopf rannte Frau Doktor Huhn an Anett vorbei.

Kurz darauf ertönte der Ruf: »Nachtruhe!«

Das Licht im Flur ging aus.

»Schöne Scheiße, nun lassen sie uns im Dunkeln sitzen!« sagte Gabi. Sie brachte den aufgebrühten Tee und versteckte ihn sofort unter ihrem Stuhl.

»Wo ist Omas Kelle?« fragte Anett.

»Bei mir.«

»Gabi deutete auf ihren viel zu weiten Ärmel.

»Du läßt deine Pullover wohl als Übergröße in Sonderanfertigung stricken?« spöttelte Anett.

»Du glaubst es kaum, aber die Wolle ist auch von Oma. Bei jedem Waschen wird das Ding größer. Großmutter scheint von oben über mein Seelenheil zu wachen. Irgendwie irre ist das schon, oder?«

»Irre im wahrsten Sinne des Wortes.«

Gabi prustete los. Beide bekamen einen Lachanfall.

»Mein Gott, wenn Manuela uns so sehen könnte. Die knutscht vielleicht gerade ahnungslos einen Krankenpfleger.«

»Ja, einen von der Männerstation. Gibt es da eigentlich hübsche Burschen? Ich weiß bald selber nicht mehr, wie das ist«, sagte Anett und wischte sich die Lachtränen aus den Augen.

Gabi schnalzte bedeutungsvoll mit der Zunge.

»Zuckersüße Boys, aber fast alle schwul.«

»Schwul?« Anett riß die Augen auf. »Wie schade.«

»Jetzt siehst du aus wie Greta Garbo«, lachte Gabi begeistert. »Aber du mußt nicht traurig sein, Schätzchen. Zum Küssen reicht auch ein schwuler Mund.«

Sie überschütteten sich gegenseitig mit einem Schwall erotischer Ideen, die sie immer wieder zu Lachausbrüchen reizten.

Eine kleine Dunkelhaarige kam auf sie zu. Wie alle Frauen hier, die nicht an die Luft kamen, war auch ihr Gesicht von fahler Blässe.

»Hallo, Moni, du auch wieder da«, begrüßte Gabi sie.

Monika blieb bei ihnen stehen, drückte ihre halb aufgerauchte Zigarette im Aschenbecher aus und steckte sie wieder ein. »Für später, bin pleite«, sagte sie und ging.

»Woher kennst du sie?« fragte Anett.

»Sie macht die Bitternis eines Sturzes in allen Phasen durch. Nachdem sich ihr Mann zu Tode gesoffen hatte, fing sie ebenfalls an zu trinken. Daraufhin nahm man ihr die Kinder weg, worauf sie endgültig dem Alkohol verfiel. Sie probiert immer wieder einen Entzug und landet doch jedesmal hier. Sie ist frühzeitig um Jahre gealtert. Damals ist sie eine gutaussehende junge Frau gewesen.«

»Nun übertreibe mal nicht. Die Frau ist doch mindestens Ende Vierzig.«

»Irrtum, Ende Zwanzig.«

Anett durchfuhr ein heftiger Schauer. »So kaputt kann Alkohol einen Menschen machen?«

»Hier findest du die besten Beweise.«

»Was ist mit der Frau, die Babysachen strickt?«

»Hat auch viel Pech gehabt. War mal Krankenschwester in einer Rehaklinik, dort kümmerte sie sich rührend um einen... na, du weißt schon, Schwerverletzten aus Palästina.« Anett zuckte kaum merklich zusammen, sie dachte an Nasih. »Ihre ganze Liebe schenkte sie dem Kerl im Rollstuhl. Als er dann endlich nach drei Jahren wieder laufen konnte, hat er sich eine Jüngere angelacht. Die Ärmste ist dann aus purer Verzweiflung aus dem Fenster gesprungen. Hat leider überlebt. Seitdem trägt sie eine Metallplatte im Kopf und klaut Babys.«

»Das ist ja grausam.«

»Na ja, sie tut den Kindern nichts. Aber bis die Eltern ihre Säuglinge wiederhaben, muß die Polizei ganz schön suchen. Nach der dritten Babyentführung ist sie dann hierher gekommen.«

»Und was wird nun mit ihr?«

»Man wird sie wohl für immer hier behalten.«

»Furchtbar, diese Schicksale. Vor morgen graut es mir auch. Wenn die mich nun verpfuschen?«

»Die Punktion ist eine Gemeinheit von der Huhn. Du mußt nur aufpassen, daß du nicht zu früh aufstehst, sonst geht es dir dreckig. Du hast zum Glück die Pillen. Nimm sie lieber danach ein, dann kannst du wenigstens schlafen. Ich gehe jetzt ins Zimmer. Manuela muß bald da sein.«

Gabi erhob sich.

»Am besten legst du dich jetzt ein bißchen hin. Wenn Manuela zurückkommt, muß sie klingeln, dann treffen wir uns wieder hier.«

Gegen halb zehn Uhr schreckte Anett durch das eindringliche Klingelzeichen im Flur auf. Sie mußte eingeschlafen sein.

Manuela!

Leise, um keine der anderen Frauen zu wecken, ging sie zur Tür und öffnete sie einen Spalt breit. Auch Gabis Zimmertür bewegte sich ein wenig.

Die Nachtschwester hantierte ungeduldig mit dem Schlüsselbund, das Klingeln hörte nicht auf.

Nervös rief sie: »Ja, ja, ich mach ja schon!«

Gleich darauf marschierte Manuela an ihr vorbei.

»Komm zurück!« rief die Schwester ihr nach.

Manuela tat, als höre sie nicht. Vor Anetts Tür holte die Schwester Manuela ein. Energisch ergriff sie ihren Arm und zwang das Mädchen zum Stehenbleiben. »Taschen auspacken! Aber schnell! Pack sofort deine Taschen aus!«

Die Lage ist ernst, dachte Manuela. Sie wollte unnötigen Ärger vermeiden. Trotzdem versuchte sie zu bluffen. »Ich habe außer Apfelsinen nichts mitgebracht.«

»Auspacken! Auf der Stelle!« beharrte die Schwester.

Manuela kniete sich auf den Flur. Anett sah, wie sie eine Konservendose, vier Apfelsinen und eine Rolle Kekse auf dem Fußboden ausbreitete.

»Ist das alles?«

Manuela grinste. Das war ihr Pech. Die Schwester nahm ihr den Beutel ab und durchsuchte ihn. Sie förderte einen Tauchsieder zutage.

»Ach, was haben wir denn da?«

Manuela spielte die Ahnungslose. »Huch, wie kommt denn das Ding in meine Tasche?«

»Das weißt du ganz genau. Du kannst mir doch nichts vormachen.«

»Das will ich gar nicht, Schwester Gerlinde. Aber diese Spirale mit Kabelanschluß...«

Anett, die alles mit anhörte, verkniff sich das Lachen. Spirale mit Kabelanschluß – typisch Manuela. Schwester Gerlinde schnaufte vor Aufregung. Hektisch kramte sie in dem Beutel weiter. Triumphierend hielt sie ihr eine Tüte Kaffee unter die Nase.

»Und das hier? Kennst du wohl auch nicht?«

Voller Stolz, wie ein Kindergartenkind, sagte Manuela: »Das ist Kaffee, die ›schwarze Droge‹.«

»Du kannst gehen. Ich hole den diensthabenden Arzt.«

Ohne zu zögern schritt Manuela auf die Raucherecke zu. Obgleich längst Nachtruhe war, zündete sie sich seelenruhig eine Zigarette an. Sofort huschte Gabi im Nachthemd aus ihrem Zimmer. Anett rannte barfuß zu den Freundinnen.

»Schön, daß du wieder da bist«, lachte sie und nahm die ihr dargebotene Zigarette gern.

»Erzähl, wie war es?« drängte Gabi.

»Ach, Kinder, das war mein schönster Tag. Ihr hättet euch totgelacht. Vor allem über meine Rückfahrt.«

»Langsam, langsam, schön der Reihe nach«, bat Gabi.

Manuela verzog das Gesicht zu einer Fratze: »So blöd hat der Taxifahrer geguckt...«

»Warum?« fragte Anett verständnislos.

»Also hört zu. Als ich zu der Schülerin sagte ›Tschüs‹, blieb sie erstmal verdutzt stehen. Das nutzte ich aus und lief um die Hausecke. Ich hörte noch, wie sie mir nachrief: ›Das kannst du nicht machen! Komm zurück!‹ Ich bin wie um mein Leben gelaufen. Ich rechnete jede Sekunde damit, einen Anfall zu bekommen, davor hatte ich Angst. Mein einziger Gedanke war nur: Es muß klappen! Zum Glück hing die Jacke rechtzeitig am Gitter. Sonst – na ja, es war draußen sehr kalt.«

Sie drückte ihre Freundin dankbar an sich.

»Weiter!« drängte Anett.

»Ohne aufgehalten zu werden, kam ich zur S-Bahn. Während der Fahrt überlegte ich, wie ich meinen Vater finden sollte. Ich wußte nur, daß er in der Schönhauser eine Kneipe hat. Also machte ich mich auf die Suche. Den ganzen Nachmittag bummelte ich durch die Straßen von Prenzlauer Berg, immer in der Hoffnung, ihm zu begegnen. Ich ging von Geschäft zu Geschäft, kein Restaurant ließ ich aus. Nun haltet euch fest: Ich habe ihn gefunden! In einem Schusterladen…«

»Dein Vater ist Schuster?« unterbrach Gabi. »Ich lach' mich krumm, daher die schnellen Sohlen. Ich habe mich gewundert, als ich nach deiner Flucht ins Zimmer kam und aus dem Fenster sah. Weder deine Jacke noch du waren irgendwo zu sehen. Hattest du die Pantoffeln vom kleinen Muck an?«

Manuela griente. »So ähnlich dachte ich auch, als ich zum Bahnhof rannte. Aber mein Vater ist kein Schuster.«

»Nicht? Du machst es ja spannend. Erzähl weiter, wir wollen alles genau wissen.«

»Ihr laßt mich ja nicht ausreden.«

Plötzlich ging im Flur das helle Deckenlicht an. Verwundert schauten die drei in Richtung des Schwesternzimmers, aus dem ein Arzt auf sie zukam.

»Hallo, Manuela!« begrüßte er sie freundlich, ohne Groll in der Stimme. »Einen schönen Ausflug gehabt?«

»Na, logo, Herr Doktor. Allerdings wäre er mit Ihnen bestimmt amüsanter gewesen!«

Der Arzt lächelte. »Bleibt nicht zu lange auf. Gute Nacht.«

Kaum war er ihren Blicken entschwunden, fragte Anett verblüfft: »Wo kommt denn der her?«

»Von der Neurologie«, lachte Manuela. »Der ist in Ordnung. Wenn der Dienst hat, ist alles viel lockerer. Pech, daß er nicht auf unserer Station ist.«

Gabi schmatzte mit den Lippen. »Den hätte ich längst vernascht.«

»Zurück zum Schuster«, knüpfte Anett den Faden wieder an.

»Also, ich trat ziemlich erschöpft von der Lauferei in den Laden und beschrieb meinen Vater, so wie ich ihn von früher in Erinnerung hatte, als ich noch ein kleines Mädchen war. Groß gewachsen, runder Bierbauch und ein gewaltiger Schnurrbart. Den werde ich nie vergessen! Er zwirbelte die Spitzen immer so nach außen, das sah komisch aus, als wolle sein Bart davonfliegen. Na, jedenfalls konnte sich der Schuster an ihn erinnern. Er schickte mich zu der Frau eines Antiquitätenhändlers, die meinen Vater besonders gut kennen sollte.« Manuela verdrehte bedeutungsvoll die Augen. »Das angeblich so schöne Weib versteckte sich aber hinter einer grauhaarigen Dame. Sie wehklagte sogleich los: ›Sitzengelassen hat er mich, der Schuft! Meine Ehe kaputtgemacht und mich sitzengelassen. Von einem Kind hat er nie erzählt. Vorne an der Ecke ist sein Lokal, macht allerdings erst um sechs Uhr auf. Hat es wohl nicht nötig, früher zu arbeiten!‹ Ich dachte, die Schachtel läßt mich nie mehr los. Sie schwafelte und schwafelte. Endlich ließ sie mich gehen. Ahnungslos latsche ich nun auf das Lokal zu und denke, ich sehe nicht richtig: Vor der Tür sammeln sich Männer! Männer in allen Altersgruppen, schöne, häßliche, alte und junge.«

»Ich ahne was«, sagte Anett.

»Ich auch«, stimmte Gabi zu.

»Prima, ihr seid mir ja nette Freundinnen! Ich ahnte nämlich nichts, sondern wunderte mich bloß und dachte an mein Versprechen, nicht ungeküßt zurückzukommen. Ich stand also in der Männermeute und sah mich schon mal um. Mein Blick fiel auf einen Jungen in meinem Alter. In der Hand hielt er einen China- oder Japan-Götzen aus Holz, etwa einen halben Meter groß, der kerzengerade schamlos sein ›göttliches Wesen‹ präsentierte. Er hob ihn in die Höhe und rief: ›He, seht mal, der ist genau richtig für unseren Franky Boy!‹ Die Männer klatschten begeistert. Da erst sah ich, daß sie fast alle Blumensträuße in der Hand hielten, wie für eine Geburtstagsparty. Plötzlich entdeckte man mich. Einer aus der Menge rief: ›Seht mal, die Kleine hat sich wohl verlaufen!‹ Ich habe getan, als ginge es mich nichts an. Im selben Moment öffnete sich die Tür, und alle strömten in die Kneipe. Dem Türsteher bin ich in der Masse gar nicht aufgefallen. Zuerst bin ich schnell aufs Klo gegangen und habe meine Haare streng nach hinten gebunden, ich wollte ja nicht die Männerrunde stören. Dann stellte ich mich an den Tresen. Auf einmal sprach mich ein Typ um die Mitte zwanzig an. Er sah super aus, hellblaue Augen, so hell, daß sie aus seinem Gesicht richtig hervorstachen.«

»Wie Hans Albers?« fragte Gabi.

»Kenne ich nicht. Jedenfalls schien er mir zum Küssen der Richtige zu sein. Bei dem Gedanken machte ich mir vor Aufregung fast in die Hosen. Er sagte:

›Dich habe ich noch nie hier gesehen. Bist du allein da?‹ Mir verschlug es den Atem. So ein toller Mann, und er sprach ausgerechnet mich an. Versteht ihr? Mich, Manuela aus der Klappa! Er fing an, über die Weinflaschen im Regal zu reden: ›Sieh mal, die dort drüben, die mit den langen Hälsen, die sind eigentlich für Bordeaux: ruhige Familienweine.‹ Mich interessierte der Quatsch gar nicht. Aber die Litanei ging weiter. ›Schade, daß ihr im Osten die wirklichen Weine nicht kennt. Ich komme nämlich von drüben und bin Weinhändler. Zum Beispiel die bauchigen, die wie dicke Tannen aussehen, enthalten Burgunder, den Wein der Reife...‹ Ich hoffte, er würde trotz seiner blauen Augen bald verduften. Ob in China ein Reissack umfällt oder die Flaschen dick, dünn, grün oder braun sind, davon dreht sich die Erde auch nicht schneller, aber meine Zeit, die rannte mir davon. Und dann kam Franky Boy, mein Vater. Er stand mir genau gegenüber, und alles schrie und pfiff los. Der Weinhändler stimmte das Lied ›Happy birthday‹ an, ihr kennt das ja. Und dann begann die Knutscherei. Alle stürzten auf meinen Vater zu. Sie küßten ihn regelrecht zu Boden. Da erst merkte ich, was los war. Ich war in einer Schwulenbar gelandet. Mein Vater...? Ist ein Scheißgefühl. Da sucht man nach zwölf Jahren seinen Vater und findet«, Manuela lachte unsicher, »und findet einen Mann in Weiberklamotten, eine Tunte! Da hätt' ich ja gleich nach einer Mutter suchen können. Ich wußte nicht, was ich machen sollte. Dann dachte ich an euch und sagte mir: Versprochen ist versprochen, den Abend läßt du dir nicht vermiesen.«

»Was hast du gemacht?« fragte Anett.

»Ich bin hinter den Tresen gegangen, habe mich vor meinen Vater hingestellt und leise gesagt: ›Hallo,

Papa!‹ Der hat toll reagiert, nichts abgestritten. Er schob die Jünglinge, die an ihm klebten wie die Bienen am Honig, beiseite und nahm mich in seine Arme. Er weinte. Stellt euch vor: Mein Vater heulend im Weiberfummel. Igitt, igitt, und trotzdem habe ich mich in seiner Umarmung wohl gefühlt. Könnt ihr das begreifen?«

Anett und Gabi nickten gleichzeitig.

»Er ist dein Vater, egal, ob er auf Männer oder Frauen steht. Ein bißchen ›bi‹ schadet nie«, sagte Anett abgeklärt.

Manuela steckte sich verlegen eine neue Zigarette an. »Trotzdem habe ich mich geschämt. Na ja, er hat mich dann in sein Büro geführt, mir den Beutel vollgepackt und mir Geld geschenkt. Übrigens, den Tauchsieder habe ich ihm geklaut. Er hat dann versucht, mir die gescheiterte Ehe mit meiner Mutter zu erklären, er nannte sie nur Schlampe, sie soll sich kaum um mich gekümmert haben. Das hätte aber nichts mit seiner Homosexualität zu tun. Er hat erst später gemerkt, daß er Männer liebt.«

»Hast du ihm nichts von der Klinik gesagt?« fragte Gabi.

»Doch, aber ich glaube nicht, daß er kommen wird. Versprochen hat er's...«

Anett und Gabi wechselten stumme Blicke.

»Ist ja auch egal. Wenn er so lange nicht bei mir war, braucht er auch die nächsten Jahre nicht zu kommen.« Manuela lachte übertrieben auf. »Wenn er in diesen Weiberklamotten durch die Kliniktür tänzeln würde, dann kämen doch gleich die Pfleger mit der Zwangsjacke.«

»Sehr wahrscheinlich«, stimmte Gabi zu.

»Hast du nun geküßt oder nicht?« fragte Anett.

Manuela sah sie mit einem Augenzwinkern an. »Und ob!«

»Du hast es wirklich getan?« rief sie erfreut. »Und wie war's?«

»Geil, einfach geil. Meinem Vater habe ich erzählt, daß ich dir das Versprechen gegeben habe, nicht ungeküßt schlafen zu gehen. Der kennt mich ja nicht, von meinen Sorgen versteht er nichts. Für ihn verändert sich nichts. Ich, nur ich allein, bleibe in dieser verrückten Welt zurück. Ich sagte ihm, daß ich Angst habe, etwas zu verpassen. Er hat mir dann einen Tip gegeben, wo ich tanzen gehen könnte. Ich mußte zur U-Bahn, die Disko ist im Zentrum. Vor der Tür sah es nicht besser aus als bei meinem Vater. Ein Junge in meinem Alter nahm mich mit hinein, das Haar trug er kurz geschoren, ich dachte, er wäre ein Schwimmer. Vom Schwimmen verstand er aber absolut nichts, er befaßte sich mit Fischen. Ein leidenschaftlicher Angler. Wir haben ein paarmal getanzt. Zum Glück stellte er keine dußligen Fragen nach dem Woher und Wohin. Nach ein paar Bier über den Durst schwor er mir ewige Liebe.« Manuelas Augen strahlten. »Da war ich mir sicher, er wird auf mich losgehen. Das tat er dann auch. Sein Mund war so wunderbar feucht und warm. Ich war glücklich. Sagt doch selbst, ist das nicht Scheiße? Die Warterei auf den ersten Kuß ist vorbei. Und jetzt? Wenn schon unglücklich, dann richtig.«

Anett konnte sich kaum noch halten, ihre Augen waren von den schlaflosen Nächten gerötet. Nur ihr eiserner Wille, die Geschichte bis zum Schluß zu hören, hielt sie aufrecht.

»Und wie ging's weiter?« fragte sie und steckte sich die nächste Zigarette an.

Im Flur wurde es plötzlich dunkel.

Die Nachtschwester rief schroff: »Nachtruhe!«

Manuela lachte. »Nicht für uns, wir sind doch keine Kinder mehr. Es ist erst halb zehn.«

»Spann uns nicht auf die Folter, wie hast du den Rückweg gefunden?« drängelte Gabi.

Monika näherte sich im weißen Nachthemd der Raucherecke.

Manuela lachte auf. »Seht mal, das Gespenst!«

»Störe ich euch? Ich kann nicht schlafen.«

»Willst du eine rauchen?« Manuela bot ihr die Packung Zigaretten an. »Also ich schiele während des Küssens heimlich zur Uhr und denke, mich tritt ein Elch: halb neun! Ich mußte gehen. Oh, Mann, der saugte sich regelrecht an meinen Lippen fest, ich hätte nie gedacht, mal so sparsam mit meinem Sauerstoff umgehen zu müssen. Viel Federlesens hat der nicht gemacht, als ich ihm sagte, ich muß gehen. Gelacht hat der einfach und ›Na dann tschüs‹ gerufen. Am Bahnhof fuhr mir der Zug vor der Nase weg. Am Taxistand herrschte Chaos. Ununterbrochen kamen Fahrgäste, leider keine Taxen. Ich habe versucht, Leute zu finden, die in meine Richtung fuhren. Die brummten bloß finster, wozu ich das wissen wollte. Da habe ich aufgegeben. Ich bin einfach losgelaufen. Immer den Daumen in die Höhe! Siehe da, das Glück war mir hold, ein Taxi hielt.

Der Fahrer fragte: ›Wohin, junges Fräulein?‹ Ich nannte ihm die Straße unserer Klinik. Dann saß ich ganz still auf dem Rücksitz und mußte die letzten Stunden erst mal verdauen. Plötzlich merkte ich, daß er mich so eigenartig im Spiegel ansah. Es dauerte gar nicht lange, da fragte er mich doch: ›Sie sehen so bedrückt aus, was fehlt Ihnen denn?‹

›Ach, nichts‹, sagte ich. ›Ich habe Scheiße gebaut, bin abgehauen.‹

Er darauf ganz väterlich: ›Mach dir mal keine Sorgen, wir waren alle mal jung. Wer ist denn nicht mal von zu Hause weggelaufen!‹

Ich sagte: ›Na, ich.‹

Was denkt ihr, wie der mich angeglotzt hat. Dann überlegte ich, wie ich um das Bezahlen rumkäme und verhindern könnte, ihn vor der Klinik halten zu lassen. Es wär' mir doch peinlich gewesen. Mir fiel nichts Besseres ein, als wieder voll auf bekloppt zu spielen.

Ich sagte: ›Ich bin nicht von zu Hause ausgerissen.‹

›Nicht?‹ fragte er ehrlich erstaunt. ›Wohl aus 'nem Heim?‹

Blödmann, dachte ich und sagte: ›Nee, aus der Klinik.‹

Da fängt doch der Kerl an laut zu lachen und versucht, mich zu trösten: ›Das kann ich gut verstehen, sogar sehr gut. Den ganzen Tag nur im Bett liegen, nee, das wär auch nichts für mich.‹

Darüber bin ich stinksauer geworden und dachte: Jetzt jagst du dem Alten mal einen richtigen Schreck ein! Kinder, ihr hättet sein Gesicht sehen sollen, als ich sagte: ›Verstehen Sie denn nicht? Ich bin aus der Klapsmühle abgehauen! Aus der geschlossenen Anstalt!‹

Wie ein Wahnsinniger ist er aufs Gas getreten, in affenartiger Geschwindigkeit raste er mit mir durch die Stadt, daß ich glaubte, ihr seht mich nie wieder, höchstens in der Unfallchirurgie.

Dann muß ihm wohl die Idee gekommen sein, mich mit Worten zu beruhigen, und er faselte was von: ›Ach, das wird wieder‹, und ›Das kann jedem mal passieren.‹

Der hatte ja keine Ahnung. Ich nahm mir vor, ihm nun erst recht Angst einzujagen. Ich ließ meinen Blick nicht von seinem, eine Gruselgeschichte aus der Klinik folgte der nächsten. Manchmal sah es so aus, als ob uns nur ein Baum bremsen könnte. Seine Augen stierten ununterbrochen statt auf die Straße in den Rückspiegel.

Ich fragte ihn: ›Warum fliegen wir nicht gleich? Bisher habe ich keinem Menschen was zuleide getan. Oder haben Sie Angst vor mir?‹

Der arme Mann stotterte: ›Nein, nein, der Wagen ist neu, der muß mal richtig ausgefahren werden.‹

›Aber nicht mit mir. Oder denken Sie, ich bluffe? Ich bin tatsächlich aus der Psychiatrie ausgerissen.‹

›Ist ja gut, Mädchen, reg dich nicht auf.‹

›Ich will mich aber aufregen!‹

Da schrie er: ›Mach jetzt bloß keinen Quatsch! Wir sind gleich da!‹«

Manuela inhalierte gierig den Rauch.

»Seine Stimme hat gezittert. Ich rechnete damit, daß er jeden Augenblick anfangen würde zu heulen. Er parkte das Taxi direkt vor dem Eingang, sprang raus, riß mir die Wagentür auf und sagte: ›Bitte!‹ Vor Aufregung verlangte er nicht mal Geld. Ich dachte, vielleicht überlegt er es sich noch anders, deshalb habe ich Sturm geklingelt. Er gab Vollgas und war weg.«

Der Tageslauf begann wie gewöhnlich mit dem Wekken. An diesem Morgen liefen die Schwestern unruhig durch den Gang. Niemand durfte nach dem Frühstück in die Raucherecke. Es war Chefvisite.

Anett verdrängte so lange ihr natürliches Bedürfnis, wie es nur ging, zu sehr ekelte sie sich vor dem stinkenden Toilettenraum. Sie quälte sich mit Bauchschmerzen, bis sie es nicht länger aushielt. Zu ihrer Überraschung stieß sie mit der Tür gegen eine Leiter, auf der Doktor Schiwako stand und eigenhändig die Glühlampe auswechselte.

»Das darf doch nicht wahr sein! Der liebe Herr Doktor opfert sich. Wollen Sie uns vor anderen Krankheiten schützen?«

»Nicht so bissig, Fräulein Seilmann. Das Licht brennt ja wieder.«

»Jeder arbeitet sich nach seiner Fasson nach oben. Ihre Karriereleiter steht eben hier, und es stinkt gewaltig.«

Anett sah mit Genugtuung die aufsteigende Röte in seinem Gesicht. Nun verstand sie Manuela.

Sie genoß es, ihn zu ärgern. »Aber Herr Doktor, lassen Sie sich nicht Ihren wundervollen Arbeitstag verderben. Sie wissen doch, wo Sie arbeiten.«

Sie riegelte sich in einer Toilette ein und hörte, wie er die Leiter zusammenklappte. Hoffentlich komme ich bald raus hier. Sie fühlte die Veränderung, die in ihr vorging: Freude verwandelte sich in Spott, Haß und sinnlose Beleidigungen. Das zu erkennen, war für sie ein schwerer Schlag. Sie tröstete sich mit dem Gedanken, daß sie morgen frei von jedem Zwang die Klinik verlassen würde.

In der nächsten halben Stunde versuchte sie, Manuela, Gabi oder Monika zu treffen, doch es gelang ihr nicht. Zweifel plagten sie. Ohne die Verbündeten kehrte das Gefühl des Ausgeliefertseins zurück. Die Frauen in ihrem Zimmer saßen angezogen auf den Betten. In jedem Gesicht hing Erwartung: Der Chefarzt kommt! Alles wird anders, vielleicht sogar besser?

Als der Chefarzt das kleine Krankenzimmer betrat, mußte die Tür für sein Gefolge offen bleiben. Mit ernsten, andächtigen Gesichtern traten die Ärzte vor jedes Bett und lauschten den unverständlichen Worten ihres Chefs. Anett gewann den Eindruck, als versuche er herauszufinden, in welcher seelischen Verfassung die Patientin sich tatsächlich befand.

Die Frau mit dem »Verfolgungswahn« drohte: »Wenn mein Mann nachher kommt, bestätigt er Ihnen, daß ich nicht krank bin. Sie werden sich dafür zu verantworten haben.«

Er nickte beruhigend und wandte sich der Regisseurin zu, die sogleich loslamentierte:

»Ach, Herr Professor, ich kann überhaupt nicht schlafen, da helfen auch Ihre Tabletten nicht.«

Anett wußte es besser, sie dachte bei sich: Und dabei scharcht und grunzt sie wie eine friedliche Sau im Stroh.

»Hier handelt es sich um eine delikate Angelegenheit«, sagte die Stationsärztin zu ihrem Chef, als er vor Anett stehenblieb. »Suizidversuch!«

»Stimmt nicht. Ich wollte mich nur mal richtig ausschlafen«, wehrte sich Anett.

Die Ärztin lächelte spöttisch. »Vollkommen logisches Verhalten: wirklichkeitsfremd!«

Der Chefarzt schlug vor, keine kostbare Zeit zu verlieren. »Der Fall Seilmann kann nicht zurückgestellt werden. Bitte um genauere Untersuchung.«

Er begab sich zum Bett der Frau, die ihre Identität verloren zu haben glaubte. In Anett regte sich Widerstand.

»Herr Doktor, ich bin gesund!«

Ärgerlich über die Unterbrechung des gewohnten Ablaufs der Visite, trat der Chefarzt abermals an ihr

Bett. »Sind Sie nicht die junge Dame, die sich beschweren wollte?«

»Und ob! Welche unhygienischen Zustände auf dieser Station herrschen, müßte auch Sie interessieren. Ich bin nicht schwachsinnig genug, um das nicht zu sehen.«

Die Ärztin hatte alle Mühe, nicht dazwischenzureden, sie preßte ihre ohnehin schmalen, blassen Lippen fester zusammen, so daß ihr Mund einem tiefen Schnitt glich. Anett sah sowohl die entsetzten Gesichter der anderen als auch den drohenden Blick der Frau Doktor Huhn.

»Ich werde Ihren Hinweisen nachgehen«, versprach der Chefarzt.

Anett nickte zufrieden. Die Ärzte verließen das Zimmer.

Die Frau, der man den Verfolgungswahn nachsagte, trat zu Anett. »Ihre Haltung war bewundernswert. Dieses Geschwätz der Huhn ist eine Gemeinheit.« Sie wartete, bis die zwei anderen Frauen nach draußen gegangen waren, und sprach dann laut weiter: »Die Huhn wäre ein Einfaltspinsel, wenn sie wirklich glauben würde, wir wären geistesgestört. Ich bin überzeugt, daß sie uns nur für ihre medizinischen Zwecke benutzt. Wo sonst können die Ärzte medizinische Eingriffe unkontrolliert vornehmen lassen? Wer nicht verrückt ist, wird dazu gemacht oder dafür erklärt. Die einfachste Lösung für unbequeme Leute ist immer noch das Wegsperren, egal wohin.«

Anett zog sich der Magen zusammen. »Was sagen Sie da?« fragte sie entsetzt.

»Sehen Sie sich doch um! Sehen Sie, wie teilnahmslos manche Frauen über den Flur schleichen? Einige habe ich ganz anders hierherkommen sehen. Jetzt hängt ihnen der Kopf bis auf die Brust vor Schmerzen, als hätten sie einen Witwenbuckel. Das ist doch nicht normal!«

Sagte sie die Wahrheit? Die Huhn will mich schließlich auch gegen meinen Willen punktieren lassen. Eine nie gekannte Furcht ließ Anett innerlich fast zusammenbrechen.

»Bitte! Sie müssen mir helfen! Rufen Sie meine Eltern an, wenn Sie draußen sind, bitte!«

Die Frau schwieg, dann sagte sie: »Gut, außer mit Ihren Eltern werde ich mit niemandem darüber reden. Auch Sie sollten schnell vergessen, worüber wir gesprochen haben. Es würde uns ja doch kein Mensch glauben. Ich weiß, was mir passieren könnte. Dann soll man mich lieber für blöd halten.« Zynisch setzte sie hinzu: »Einen Jagdschein haben die ja alle seit 1961. Warum sonst schießen sie die Flüchtlinge an der Mauer wie Karnickel ab und gehen dafür straffrei aus? Du mußt mir nicht antworten, Mädel, sieh zu, daß du hier schleunigst rauskommst, sonst gehst du eher zugrunde, als deine biologische Uhr tickt.«

Im Laufe der nächsten Stunden überschlugen sich die Ereignisse. Der Ehemann der Frau erschien auf der Station und brüllte das ganze Pflegepersonal an, was ihnen einfiele, seine Frau gewaltsam in einer geschlossenen Abteilung festzuhalten. Sie leide weder unter Einbildung noch unter anderen seelischen Störungen. Frau Doktor Huhn, die ihn beruhigen wollte, fing sich eine heftige Abfuhr ein.

»Sie werden noch von mir hören! Gegen Ihre Methoden der gewaltsamen Unterbringung in der Psychiatrie leite ich gerichtliche Schritte ein!«

Bleich vor Angst stand Anett neben der Frau und

flüsterte: »Hoffentlich läßt man Sie jetzt noch nach Hause!«

»Keine Sorge, gegen meinen Mann kommen Menschen wie die Huhn nicht an, er ist Pastor. Mit der Kirche legen sie sich nicht gerne an. Ich verspreche Ihnen, heute abend werden Ihre Eltern an Ihrem Bett sitzen.«

Die Frau durfte ihren Mann nach Hause begleiten. Eine Viertelstunde später holten zwei Schwestern Anett ins Untersuchungszimmer.

Anett mußte sich ausziehen, bekam einen weißen, offenen Kittel übergestülpt, dann setzte man sie auf einen Hocker und hielt sie fest. Doktor Schiwako nahm den schmerzhaften Eingriff ohne Betäubung vor. Alles verlief so blitzschnell, daß Anett gar nicht dazu kam, aufzuschreien.

Im Rollstuhl karrte eine Schwester sie über den Gang zurück. Unheimliche Stille lastete in der Station. Rasch schoben zwei Schülerinnen ein Bett über den Gang. Anett erkannte darin Gabi. Ihre Augen blickten apathisch nach oben zur Decke, die Handgelenke hingen seitlich gefesselt in Lederriemen.

Himmelherrgott, was machen die hier? Anett umklammerte die Armlehnen. »Ich muß hier raus, ich muß...« Tränen rannen ihr übers Gesicht.

Manuelas Stimme brüllte hinter ihr: »Heute ist wieder mal der Scheißexperimentiertag! Ihr Frankensteinärzte, habt ihr noch nicht genug?«

Anett fühlte, daß ihr Stuhl schneller geschoben wurde.

»Aneeeeett!«

Die Schwester, ungeübt in der Handhabung des alten Stuhls, mühte sich vergeblich, Manuelas festem Griff zu entkommen.

»Du warst also auch dran! Gabi haben sie Elektroschocks gegeben!« Hysterisch kreischte Manuela auf: »Mörderbrut! Sadisten! Ich will auch einen Schock. Ich bin keine Ausnahme!«

»Mach keinen Blödsinn«, versuchte Anett Manuela zu beruhigen.

»Ach, scheiß was drauf! Was ich will, das kriege ich auch, du wirst sehen!«

Sie ließ ihren Rollstuhl los, sprang wie ein Frosch über den Flur und brüllte: »Gebt mir einen Schock! Ich will einen Schock!«

Es war für Anett grausam, mit anzusehen, wie sich das Mädchen aus purer Verzweiflung einer Behandlungsmethode unterwerfen wollte, die ihr noch mehr schaden würde. Eines ihrer gefährlichen Spiele...

Am Nachmittag bekam sie Besuch. Dorit brachte ihr verlegen einen Blumenstrauß.

»Nein, was bin ich froh, daß dich mein Kollege gefunden hat. Nicht vorzustellen, wenn es anders gekommen wäre...«

»Hör nur auf, ich hatte nicht die Absicht, diesen edlen Erdball gegen das köstliche Himmelreich zu vertauschen. Ich war nur unendlich müde. Viel schlimmer ist, was einem hier widerfährt. Hier ist man eine echte Luftnummer, anders als dort oben! Mich kann niemand mehr trösten. Was ich hier gesehen habe... ein nichtswürdiges Leben.«

Dorit lächelte verunsichert. »Dir fehlt nur der innere Schwung. Vielleicht siehst du alles viel zu schwarz.«

»Dann erklär mir mal bitte, wozu eine Lumbalpunktion gut sein soll! Sie entnehmen dir Hirnwasser und Rückenmarkflüssigkeit. Was für einen therapeutischen Zweck erfüllt dieser Eingriff, wenn man angeblich seelisch krank ist, außer, daß er teuflisch schmerzt?«

»Das weiß ich nicht. Wer hat dich denn so fachmännisch aufgeklärt?«

»Du glaubst mir nicht? Unter den Patientinnen ist eine Krankenschwester, die hat mich vorher gewarnt: Wer seinen Mund nicht hält, wird ruhiggestellt. Ich wollte nichts weiter als Licht im Klo. Übrigens wurde diese Patientin heute ans Bett gefesselt über den Flur geschoben. Ich habe es mit eigenen Augen gesehen.«

»Das klingt ja unglaublich. Das sind schreckliche Dinge, die du mir da erzählst. Du mußt hier raus, ich werde Peter anrufen.«

Anett sah Tränen in Dorits Augen. »Nein, laß es. Belaste ihn nicht. Meine Eltern kommen heute abend. Erzähl mir lieber was Lustiges.«

»Danach ist mir eigentlich nicht zumute. Aber wenn du wieder draußen bist, zeige ich dir meine neuen Bilder. Sie werden dir gefallen. Ich habe viel gemalt. Zuletzt einen röhrenden Hirsch, in Rosa. Du lachst dich kaputt.«

»Verkaufst du das denn?«

»Klar. Es gibt nichts, wofür es keinen Käufer gibt.«

Allmählich kam Dorit in Fahrt, doch nach einer Weile merkte sie, daß Anett sich nicht mehr konzentrieren konnte. Sie gähnte verstohlen. Dorit erhob sich und beugte sich über Anett. »Mach's gut. Ich halte dir den Daumen, daß du bald rauskommst.«

»Danke, daß du gekommen bist«, murmelte Anett.

Auf Zehenspitzen verließ Dorit ihre schlummernde Freundin.

An diesem Abend war der Himmel mit Wolken bedeckt. Man konnte nicht einmal ahnen, wo der Mond stand. Anett mußte dringend zur Toilette. Sie hatte weder einen Schieber noch eine Klingel, deshalb bat sie die »Schlaflose«, eine Helferin zu holen.

Es dauerte lange, bis eine Schwester das Zimmer betrat. »Was ist los?« fragte sie in barschem Ton.

»Ich muß auf die Toilette.«

»Ja, und? Warum gehen Sie nicht?«

»Weil ich nicht weiß, ob ich aufstehen darf.«

»Wieso sollen Sie nicht aufstehen dürfen? Tut Ihnen denn was weh?«

»Nein, das nicht. Aber ich bin heute morgen punktiert worden.«

»Deshalb müssen Sie nicht im Bett liegen. Stehen Sie auf und gehen Sie zur Toilette«, sagte die Schwester unwirsch und machte die Tür hinter sich zu.

Vorsichtig setzte sich Anett auf. Ein furchtbares Schwindelgefühl erfaßte sie. Erschrocken ließ sie sich wieder zurückfallen. In ihrem Kopf drehte sich alles, wie nach einer Karussellfahrt. Hoffentlich mache ich nicht ins Bett, dachte sie. Acht Stunden lag sie bereits, ohne einmal auf der Toilette gewesen zu sein.

Sich wie ein hilfloser Säugling zu fühlen, auf die Hilfe anderer angewiesen zu sein, war das Letzte, was sich Anett vorstellen konnte. Das paßte nicht zu ihrem Charakter, und sie dachte: Ich bin in ein Irrenhaus geraten, aber deshalb uriniere ich noch lange nicht ins Bett. Sie schob ihren Körper in verschiedene Lagen, dabei fand sie heraus, daß der Schmerz erträglich war, wenn sie den Kopf nach unten hängen ließ. Schließlich konnte sie aufstehen und lief eilig zur Toilette. Auf dem Gang herrschte gespenstische Ruhe, keine Patientin stand am Fenster oder saß in der Raucherecke. Der Weg ins Zimmer zurück erschien ihr doppelt so weit. Sie fürchtete umzufallen. Rechtzeitig erreichte sie das Bett. Unendlich erleichtert schloß sie die Augen und wartete, daß die Drehungen in ihrem Kopf aufhörten.

Wie es wohl Gabi und Manuela ging? Vor allem Manuela. Sie zerstört sich freiwillig, sie tut sich mit Absicht weh, ein Selbstmord auf Raten. Immer wieder fragte sie sich bedrückt: Wann werden die Ärzte oder Schwestern sehen, daß Manuela Hilfe braucht? Es klopfte, ihre Eltern betraten das Zimmer. Mit Mühe brachte Anett ein Lächeln zustande. Schüchtern standen sie vor ihrem Bett. So hatten sie ihre Tochter noch nie gesehen, so bleich und abgemagert. Die aufgeregten Stimmen anderer Besucher drangen durch die Tür.

Anett versuchte, ihre Eltern zu erheitern, und scherzte: »Nun guckt doch nicht wie auf einem Begräbnis, ich lebe ja!«

Die Mutter setzte sich zaghaft zu ihr. »Vater hat einen Anruf von einer Patientin erhalten. Danach telefonierte er gleich mit der Klinik. Sie sagten, es wäre nicht ratsam, sich in die Entscheidungen der Stationsärztin einzumischen. Vater ist aus der Haut gefahren. Ich habe ihn noch nie so schimpfen hören. Wie ich sehe, hat es nichts genützt.«

Geblendet von der hellen Deckenbeleuchtung kniff Anett die Augen zusammen. »Hör mal, Mutter, jetzt ist natürlich die ungünstigste Zeit, darüber zu sprechen, aber: Warum bleibt ihr hier? Ihr seid Rentner, die ganze Welt, die fernen Länder, alles könntet ihr sehen.«

Die Mutter antwortete nicht sofort. »Ich weiß nicht«, sagte sie schließlich. »So ist es meiner Ansicht nach ehrlicher.«

»Ich bin erwachsen, auf mich müßt ihr keine Rücksicht nehmen.«

»Und dein Beruf?« mischte sich der Vater ins Gespräch.

»Ich kenne deinen Spruch: Das Schicksal der kleinen Leute hängt vom Schicksal der Großen ab.«

»Richtig, mein Kind. Wir können im Augenblick einen Kampf nicht auf uns nehmen. Man muß verstehen zu warten. Als die Regierung uns 1961 die Freiheit nahm, griffen wir nicht ein. Jetzt ist fast ein Vierteljahrhundert vergangen, und sie wird, wie alles in der Geschichte, nicht ewig von Bestand sein. Man wird uns die Freiheit zurückgeben müssen.«

»Aber Vater, glaubst du denn an Diplomatie?«

»Ja.« Er beugte sich dicht zu ihr und sagte gedämpft: »Glaube mir, dein Kummer ist auch unser Kummer.«

Sie sah die geschwollenen Adern an seinen Schläfen, das zerfurchte Gesicht ihrer Mutter. Anett erkannte, daß ihr Vater genau wußte, daß sie weg wollte aus diesem Land und daß er sie verstand. Eine sinnlose, kindische Hoffnung erwachte in ihr: Vielleicht werden sie es doch wagen, vielleicht werden wir eines Tages gemeinsam das Land verlassen. Das Gespräch ermüdete sie.

Vom Flur erscholl der Ruf: »Medikamentenausgabe!«

Die Augen ihrer Mutter trübten sich, doch schnell beherrschte sie sich.

»Wir können nicht so oft kommen...«, sagte sie leise.

»Schon gut, Mutter, ich brauche keinen Trost.«

Die Tür wurde aufgerissen, eine Schwester stand zornig auf der Schwelle. »Fräulein Seilmann, die Aufforderung gilt auch für Sie.«

Empört stand der Vater auf. »Was erlauben Sie

sich? Sie werden sich einen freundlicheren Ton zulegen müssen! Außerdem – sehen Sie nicht, wie schlecht es unserer Tochter geht?«

»Dann soll sie wenigstens aufstehen und zur Tür kommen. Das wird sie wohl noch schaffen.«

»Jetzt reicht es aber! Meine Tochter ist krank! Geben Sie mir die Tabletten!«

»Dann sehe ich nicht, ob sie auch gleich geschluckt werden.«

»Stopfen Sie ihr die Dinger doch in den Mund!« ereiferte sich der Vater.

Widerwillig gab ihm die Schwester die Tabletten und blieb so lange in der Tür stehen, bis sie sich davon überzeugen konnte, daß Anett die Medikamente nahm.

Trotz der Pillen schlief Anett nicht ein, rasende Kopfschmerzen plagten sie. Sonnabend früh fand keine Visite statt. Sie wußte, daß sie vor Montag keinen Arzt sprechen konnte. Den Kopf weit zurücklehnend, preßte sie die Augen fest zusammen und flüsterte: »Lieber Gott, laß mich nicht sterben.«

Sie raufte sich vor Schmerzen die Haare. Niemand beachtete ihr Aufschluchzen. Heiser summte sie vor sich hin: Das kommt vom vielen Gingali, Ginganga, Gingali am Bodensee... Plötzlich mußte sie lachen. Wie kam ihr ausgerechnet dieser Text in den Kopf? Ja, ein Mann, das wäre die Rettung! Ich glaube, jetzt werde ich wirklich verrückt. Wie kann man in seiner größten Not an Sex denken?

Gegen Mittag schaute Monika zur Tür herein. »Du bist hier?«

»Wie du siehst.«

»Wir dachten, sie hätten dich entlassen.«

»Glaubst du an Wunder?« Anett krampfte sich ein

Lächeln ab. »Ich bin noch da! Fragt sich nur, wie lange. Bisher hat sich von dem Pflegepersonal niemand sehen lassen. Sogar zum Klo muß ich allein gehen, dabei zerplatzt mir fast der Kopf vor Schmerz.«

Monika machte ein finsteres Gesicht, und ihre Miene verdüsterte sich noch mehr, als Anett ihr erzählte, daß sie nach kurzer Zeit aufstehen sollte.

»Die nennen sich Ärzte und Schwestern! Weißt du, daß man nach einer Punktion mindestens vierundzwanzig Stunden streng liegen muß? So lange braucht der Körper, um die Flüssigkeit nachzubilden. Deine Kopfschmerzen werden dich eine lange Zeit unbrauchbar machen. Vielleicht war das ihre Absicht.«

»Um Himmels willen, sei still! Ich will gar nicht daran denken. Und eines laß dir gesagt sein: Mich kriegen die nicht klein.«

»Richtig, meine Liebe. Aber du mußt essen. Ich mach' das schon, bleib nur ruhig liegen.«

Wenige Minuten darauf brachte sie einen Teller mit belegten Broten.

»Das ist lieb von dir, aber ich mag nicht.«

Von den ständigen Kopfschmerzen war ihr übel.

»Du mußt essen«, beharrte Monika. »Manuela will auch wissen, wie es dir geht. Die schleicht schon wieder zur Raucherecke und unterhält die Neuen mit Witzen.«

Energisch schob ihr Monika die kleinen Happen in den Mund. Die Teewurst klebte Anett wie Fettcreme am Gaumen. Monika ahnte nicht, daß Anett Teewurst verabscheute. Zufrieden mit ihrer Mission, versprach sie, am Abend wiederzukommen, und verließ das Zimmer.

Anett erwachte durch einen Kuß auf die Wange.

Manuela beklagte sich scherzhaft: »Wo bleibt denn meine Mami?«

»Wieso Mami?« fragte Anett schlaftrunken.

Manuela lächelte. Anett hörte ihr zu, dabei betrachtete sie Manuela fasziniert: ein hübsches Gesicht! Mit ihren hellbraunen Augen, den samtbraunen, welligen Haaren, der scheinbar leblosen, maskenhaften Blässe schien ihr Manuela die Mona Lisa des 20. Jahrhunderts zu sein.

»Während du hier liegst, verpaßt du die lustigsten Geschichten. Eine Frau um die sechzig ist gekommen. Ein altes, hutzliges Weiblein. Sie tapst wie ein Baby über den Flur, sabbert, rudert mit den Armen in der Luft herum und schreit nach Mami. Ich habe hier schon vieles erlebt, aber daß eine Alte sich als Baby fühlt…« Sie klatschte sich lachend auf die Schenkel. »Das mußt du einfach gesehen haben. Sie läuft breitbeinig an der Flurwand entlang, dabei ruft sie mit piepsiger Stimme: ›Mami, Mami!‹ Eine komische Vorstellung, aber nicht von der Hand zu weisen: Menschen im Greisenalter nähern sich manchmal wirklich dem Kleinkindverhalten. Einige müssen gefüttert, andere gewindelt werden.«

»Wir sollten uns freuen«, erwiderte Anett, »abgesehen von meinem augenblicklichen Zustand haben wir bis dahin noch einige Jahre Zeit.«

»Was soll ich dazu sagen? Siehst du, ohne dich habe ich mich oft wie eine Alte gefühlt. Eine abgeschobene Alte. Mich wirklich jung zu erleben, wie jedes Mädchen, wird es für mich nicht so schnell wieder geben. Ohne dich wäre nichts gelaufen.«

»Ich wußte, du warst zu allem bereit. Doch vergiß nie, die Bedingungen für eine Flucht waren weitaus leichter, als du gedacht hast. Zweitens, und das ist das Wesentliche, ich hatte recht, daß sich niemand ernsthaft mit dir beschäftigt. Ich habe zu sehr recht behalten. Verstehst du, zu sehr! Manuela, du mußt alles daransetzen, die Klinik zu verlassen. Du bist ein junges, hübsches und intelligentes Mädchen. Gib dich nicht auf.«

»Du weißt, ich schaffe das nicht allein. Zuerst glaubte ich: Wenn ich zurückkomme, werden sie mich lynchen. Ein Glück, daß sie keine faulen Eier haben. Dann haben sie mich wie einen Star empfangen. Das gab es noch nie, nach dem Lichtlöschen in der Raucherecke!«

»Manuela, ihre faulen Eier sind die Pillen, die Schocks und Punktionen. Mach dir doch nichts vor!«

»Ich weiß selber nicht, was ich will. Mein Schicksal ist besiegelt. Wahrscheinlich ebenso wie das des Babys, der Kindergärtnerin und der Schlaflosen neben dir. Wenn ich könnte, wie ich wollte, würde ich nach Tahiti fahren. Ich würde auf alles pfeifen, um nur einmal unter Palmen zu liegen.« Sie sah schwärmerisch zur Decke.

»Du bist ein ehrliches Mädchen, aber leider eine unverbesserliche Pessimistin. Vielleicht wird eines Tages dein Traum wahr, dann solltest du dafür bereit sein. Geh schlafen, Manuela. Gute Nacht.«

Vor der Tür drehte sich Manuela noch einmal zu ihr um: »Was du an Optimismus zuviel hast, habe ich zu wenig. Zusammen sind wir unschlagbar.«

Fröhlich peifend ging sie davon. Anett dachte, Manuela darf ihr Leben nicht tropfenweise aufgeben, ich muß ihr helfen. Dann schlief sie ein.

Das Wochenende bereitete ihr unerträgliche Qualen. Obwohl sich Manuela, Gabi und Monika alle erdenkliche Mühe gaben, schmerzlindernde Tabletten aufzutreiben, ließen sich die Schwestern nicht erweichen. Mit Schrecken mußten die jungen Frauen mit ansehen, wie Anett unter den Kopfschmerzen litt. Sie weinte, krallte ihre schmalen Hände in die Decke, um nicht aufzuschreien. Zwischendurch jammerte sie so herzzerreißend um Erlösung, daß die drei, in hilfloser Wut auf das Personal, betreten schwiegen.

Plötzlich hatte Manuela eine Idee: »Kinder, wißt ihr was? Ab sofort leiden wir alle unter Schlafstörungen. Wir lassen uns noch mehr von den Nachtpillen geben und sammeln sie. Auf diese Weise versetzen wir Anett in einen Dauerschlaf.«

»Das kannst du nicht machen«, wehrte Gabi den Vorschlag ab, »es könnte ihr was passieren.«

»Natürlich nicht alle auf einmal! Immer wenn sie die Augen aufmacht, schieben wir ihr eine Pille in den Mund, das geht schon.«

Monika war skeptisch. »Und wenn das schiefgeht?«

Gabi beruhigte sie: »Dafür sind die Dinger zu harmlos.«

»Also abgemacht. Wir sammeln die hellblauen.«

Unerwartet heftig regte sich Manuela auf: »Was die Huhn mit Anett macht, ist eine riesengroße Sauerei, die wird sich noch wundern!«

»Manuela, bleib bloß ruhig, das würde uns jetzt auch nichts nützen, wenn du aus den Latschen kippst«, versuchte Gabi sie zu beschwichtigen.

»Ich weiß, da draußen spielen sie heile Welt, verfassen irgendwelche Werke über Moral, und wir müssen uns dem Willen einer sogenannten Ärztin unterwerfen.«

»So krank kann unser Hirn gar nicht sein, wenn uns für Anett eine Lösung eingefallen ist«, sagte Monika ironisch.

Gabi lächelte trübe. »Trotzdem, ich habe das Empfinden, daß wir nichts Wesentliches ändern können.

Wir pfuschen ihnen ins Handwerk, gut! Trotzdem wird die Huhn bleiben. Ein Jahr, vielleicht auch drei oder noch mehr, und dann?«

Bei sich dachte sie: Für solche Patienten wie wir ist das Leben lang, sehr lang.

Anett war eingeschlafen. Sie schlief friedlich. Ihr gleichmäßiges Atmen beruhigte die andern. Leise verließen sie das Zimmer.

Eine Woche später stand Anett verlegen in der Raucherecke. »Ohne euch wäre ich gestorben!«

Weiter brachte sie kein Wort über die Lippen.

»Jetzt hätte ich beinahe gesagt: Kopf hoch!« krähte Manuela.

Denn Anett lief nun ebenso mit gesenktem Kopf herum wie die meisten Frauen in der Station, da diese Haltung den Schmerz besser ertragen ließ.

»Wir haben gerade ein interessantes Thema: die Liebe und der Suff!« rief Gabi pathetisch. »Sollen die Ärzte unser Blut auffrischen – mit ihrem!«

Monika widersprach: »Bloß nicht! Daß aus uns solche Monster werden, wie die es sind? Nein, ich habe mit Alkohol mein Blut so oft verdünnt, daß ich gegen eine Auffrischung immun bin. Im Ernstfall könnte ich bei Entzug mein eigenes Blut trinken.«

»Pfui«, sagte Manuela.

»Nun spiel bloß nicht die Klosterschülerin«, neckte Gabi.

Plötzlich rief Manuela leise: »Guck mal, wer da kommt, das kann doch nicht wahr sein!«

Anett hob vorsichtig den Kopf. Sie gewahrte ein altes, verwachsenes Weib, das sich mühsam an Krükken auf sie zu bewegte. An beiden Füßen hingen schwere schwarze Schnürstiefel in verschiedenen

Größen. Am rechten Fuß klebte eine dicke Plateausohle von der Stärke dreier Briketts. Das schmutziggraue Haar krauste sich um das Gesicht wie eine Pelzmütze.

»Die Ärmste«, sagte Anett mitleidig. »Wäre es für sie nicht besser, im Rollstuhl zu sitzen? Ich gehe einen holen.«

»Untersteh dich«, warnte Manuela, »mit der wirst du gleich dein blaues Wunder erleben. Die kommt mindestens dreimal im Jahr, vor allem um die Weihnachtszeit, eine Alkoholikerin, die voll auf die Mitleidstour reist. Doch wehe dem, der ihr nicht hilft!«

»Wie meinst du das?«

»Das wirst du gleich sehen. Sobald sie einen mitleidigen Blick auffängt, wirft sie die Krücken beiseite und jammert los. Hilfst du ihr auf, ist es okay, aber wehe, wenn nicht!«

Auf ihre Krücken gestützt, arbeitete sich die Frau Schritt für Schritt vorwärts. Was für ein bedauernswertes Geschöpf. Anett gelang es nicht, den Blick von ihr zu lösen. Als sich ihre Blicke trafen, sah sie geradewegs in zwei eiskalte, wasserblaue Augen, die den lauernden Ausdruck eines Beutefängers hatten. Schauer rieselten ihr über den Körper, sie fühlte die Gänsehaut bis in den kleinsten Zeh.

Die Behinderte erreichte die Raucherecke. In diesem Augenblick feuerte sie die Krückstöcke beiseite und ließ sich zu Boden fallen. Verdattert blickte Anett auf das am Boden liegende Weib.

»Was glotzt ihr so blöde? Helft mir lieber!«

Selbst wenn Anett gewollt hätte, wäre sie gar nicht dazu imstande gewesen.

»Bleib sitzen!« warnte Manuela, als habe sie Anetts Absicht durchschaut.

»Ihr Fotzen! Drecksäue! Schlampen! Fickliesen! Ihr wollt mir nicht helfen?«

Die Frau spuckte ihren Speichel in hohem Bogen in den Gang. Unaufhörlich schrie sie die unflätigsten Schimpfwörter. Es war ein Moment, in dem alles Mitleid endet.

»Halt dein dreckiges Schandmaul!« schrie Manuela.

Anett erbleichte. Aus dem wutverzerrten Mund der Alten trat weißlicher Schaum. »Du Mistgöre, bist du noch nicht verreckt? Du Hurenweib!«

»Schnauze! Du riechst doch schon nach Sand! Dich hebt keiner mehr auf!«

»Manuela, bleib ruhig! Die Olle ist keinen Anfall wert!« Gabi schob ihr eine Zigarette zwischen die Lippen. »Komm, rauch lieber, das lenkt ab.«

»Verdammt, ich kann den Kotzbrocken nicht mehr sehen. Die zieht immer dieselbe Nummer ab. Du siehst doch, die Schwestern kümmern sich nicht mehr darum. Ich laß mich von so einer auch nicht fertigmachen! Nur, weil es denen zuviel wird, lassen sie die frei herumlaufen, dabei stinkt sie dermaßen übel, daß einem nicht nur von ihrem Anblick schlecht wird. Anett, sei bloß froh, daß in deinem Zimmer kein Bett frei war, sonst müßtest du mit einer Sauerstoffmaske pennen.«

Die Litanei der Beschimpfungen ging so lange weiter, bis der Alten klar wurde, daß sie vergeblich Aufmerksamkeit zu erregen suchte. Von ihrer eigenen Vorstellung erschöpft, doch nicht ungeschickt, hangelte sie sich endlich in ihre Krücken und humpelte zornig in den Aufenthaltsraum.

Anett war von dem Erlebten ganz durcheinander; noch niemals hatte sie eine Frau gesehen, in deren Gesicht so viel Gemeinheit lag, daß sie sich davor fürchten mußte. Monika strickte gelassen an einem grünen Schal weiter, Gabi häkelte an einem Topflappen, und Manuela besah sich eingehend ihre Fingernägel. Alles war unerträglich, wie in einem schlechten Traum.

Anett drückte ihre heiße Lippen in die Innenfläche ihrer rechten Hand und kämpfte mit den Tränen. Sie stand auf und ging den Korridor entlang bis zum letzten Fenster und sah hinaus. Draußen hatte der Regen aufgehört. Über den Asphalt schwammen Laternenlichter, alles glänzte schwarz-dunkel-silbrig. Der erste Advent stand vor der Tür. Ein Finger tippte auf ihre Schulter.

Frau Doktor Huhn fragte: »Geht es Ihnen gut?«

»Was fragen Sie so scheinheilig? Sie sehen doch, wie es mir geht. Ausgezeichnet! Nicht mal Kopfschmerztabletten habe ich bekommen. Abgesehen davon, daß ich aus Mangel an ärztlicher Fürsorge bereits nach acht Stunden aufstehen mußte. Und hätte mich eine Patientin nicht mit Essen und Trinken versorgt…«

»Aber«, wehrte sich die Ärztin, »ich habe eindeutige Anordnungen hinterlassen, ich…«

»Hören Sie auf, Mitgefühl vorzutäuschen. Es war töricht von mir, zu glauben, mir passiert nichts. Sehen Sie mich an, das haben Sie aus mir gemacht! Ein paar Schlaftabletten, und schon landet man im Irrenhaus. Wenn sich die Frauen hier nicht gegenseitig helfen würden, dann… Ach, lassen Sie mich doch in Ruhe.«

»Fräulein Seilmann, ich möchte Sie nur bitten, die Fragebögen auszufüllen.«

»Dachte ich es mir doch. Gewissensbisse sind Ihnen wohl fremd?«

Schweigend ging Anett ins Zimmer und setzte sich

auf das Bett. Sie begann zu lesen: Haben Sie öfter das Bedürfnis, die Handtaschen anderer Frauen zu berühren? – Sie finden einen offenen, adressierten Briefumschlag, würden Sie ihn ungelesen einstecken? – Würden Sie bei Nacht über einen Friedhof gehen? – Können Sie Ihr Sexualleben als zufriedenstellend bezeichnen? An dieser Stelle lachte Anett schrill auf. Mit den losen Blättern in der Hand kehrte sie in die Raucherecke zurück.

»Ist euer Sexualleben zufriedenstellend?«

Manuela, die heimlich mit dem Teetopf aus der Küche geschlichen kam, grinste anzüglich: »Na, mal los, beichtet. Wie treibt ihr es im Krankenhaus?«

Gabi nahm eine Tasse und goß sich Tee ein.

»Auf dein Wohl!« Sie lächelte Manuela zu. »Was heißt hier Sexualleben? Solche dummen Fragen stellen auch nur die Ärzte. Manchmal frage ich mich, wer von uns wohl mehr gelitten hat, die oder wir. Ich sag' dir was: Verteil die Blätter unter den Frauen von Zimmer zwölf. Für eine Schachtel Zigaretten beantworten sie alle Fragen. Jedes Mal, wenn ich hier bin, lasse ich die Bögen von ihnen ausfüllen. Bisher ist das keinem Arzt aufgefallen. Möchte zu gerne mal lesen, was in meinem Krankenbericht steht. Bestimmt ›infantiles Verhalten‹ oder ähnliches.«

»Gabi, du bist einfach genial!« freute sich Anett. »Leider sind meine Zigaretten alle.«

»Frag doch nach Ausgang. Schließlich gibt es auf dem Gelände eine Verkaufsstelle.«

»Stimmt, frag doch danach. Fragen kostet ja nichts. Und wenn du schon dabei bist, bitte darum, mich als deine Begleitperson mitnehmen zu dürfen«, drängte Manuela.

»Also, Mädchen, auf meinen Ausgang!«

Sie leerten noch einmal ihre Teetassen.

Bei der Visite nahm Anett allen Mut zusammen; freundlich, aber bestimmt fragte sie: »Wann werde ich auf die offene Station verlegt?«

Frau Doktor Huhn sah ihren Assistenzarzt an, der nickte betreten.

»Wir wissen, Fräulein Seilmann, daß Sie nicht hierher gehören. Ihr Vater hat das der Klinikleitung unmißverständlich klargemacht. Nur ist leider auf der von Ihnen beanspruchten Station kein Bett frei.«

»Und die Gänge sind auch alle belegt«, ergänzte Anett. »Da Sie zugeben, daß ich nicht in Ihr Ressort gehöre, habe ich ja wohl das Recht auf Ausgang.«

Überrumpelt sagte die Ärztin: »Wenn Sie davon Gebrauch machen wollen, bitte.«

In Anett jubelte alles. Ein Stück Freiheit! So glücklich hatte sie sich lange nicht gefühlt.

Die Ärztin schickte sich an, das Zimmer zu verlassen, da rief ihr Anett todesmutig hinterher: »Darf mich Manuela begleiten?«

»Manuela?« Sie sprach den Namen des Mädchens sehr abfällig aus. »Mit Manuela hatten wir genug Ärger. Nun beweisen Sie erst mal Ihre Ernsthaftigkeit.«

»Was heißt beweisen? Ich habe kein Verbrechen begangen und Manuela ebenfalls nicht. Sind wir hier Gefangene – oder was?«

»Regen Sie sich nicht auf, über Manuela können wir später immer noch reden.«

Anett wartete sehnsüchtig in der Raucherecke auf die anderen. Von weitem erkannte sie Manuelas erwartungsvollen Blick.

»Und?«

»Ich habe versucht, die Huhn zu überreden. Sie will

wahrscheinlich erst mit dem Chefarzt sprechen. Sie traut uns nicht.«

»Mir ist das gleich.« Manuela tat, als ginge sie das nichts an.

»Sag so was nicht. Ich hätte mich für dich gefreut. Diese Abhängigkeit von der Huhn macht mich richtig wütend.«

Anett sah, daß Manuela nicht mehr zuhörte. Ihr schien alles egal. Stumm rauchte sie vor sich hin. Selbst wenn sie sie jetzt riefe, Manuela würde es nicht hören. Anett fürchtete, sie könnte einen Anfall bekommen, und riß sie aus ihrer geistigen Abwesenheit.

»Manuela, willst du ein Lied hören?«

»Sing mir irgendwas Trauriges vor.«

»Herrgott, du bist traurig genug! Ich denke, etwas Lustiges erweckt dich eher zum Leben.

Es war ein Mädchen, weiß wie Schnee,
das einst spazieren ging am Bodensee.
Da kam ein Jäger von der Jagd
und gesellte sich zur schönen Magd.
Kaum wagte er den ersten Griff,
als schon das Mädchen voll Wonne rief:
Mir scheint, du bist das Gingali Ginganga Gingali
vom Bodensee!
Die Mutter sprach: Was ist denn das?
Du bist nervös, mein Kind, und auch so blaß?
Das Mädchen sprach von ungefähr:
Ach weißt, das kommt von was andrem her,
das kommt vom vielen Gingali Ginganga Gingali
am Bodensee!«

Manuela vergaß ihre Schwermut. Sie lebte auf.

»Das kommt vom vielen Gingali...«, fiel sie lachend in den Refrain ein.

Monika und Gabi steckten neugierig die Köpfe aus ihren Zimmern.

»Wer singt denn da so schön?« rief eine Schwesternschülerin aus dem Waschraum, in dem sie gerade das »Baby« vom Kot säuberte.

Anett sang laut. Sie hatte eine schöne Stimme. Zudem wußte sie um ihr musikalisches Talent. Schon in der Schule hatte sie die Solopartien im Chor gesungen.

»Und wenn ich einst gestorben bin,
dann schreibt getrost auf meinen Grabstein hin:
Hier liegt ein Mädchen, weiß wie Schnee,
das einst spazieren ging am Bodensee.
Sie starb vom vielen Gingali...«

Sie brach ab und seufzte tief auf: »Daran möchte ich auch einmal sterben.«

Manuela wälzte sich lachend über die Stühle. Tränen rannen ihr übers Gesicht. »Gingali...«

Sie konnte sich nicht beruhigen. Neugierig öffnete sich die Tür zum Sprechzimmer von Frau Doktor Huhn. Doktor Schiwako lugte neugierig um die Ecke. Als er Manuela so herzlich lachen sah, fragte er: »Was ist der Anlaß deiner Heiterkeit?«

Sie blickte auf den Doktor und rief begeistert: »Haben Sie auch ein Gingali? Hach, Doktorchen, Sie müssen nicht gleich rot werden, oder wissen Sie, wovon ich spreche?«

Wortlos zog er die Tür ins Schloß.

»Das ist einer ohne...«

»Gingali!« ergänzte Manuela die Feststellung der Freundin Gabi.

Monika ließ sich den Text von Anett vorsagen und schrieb mit.

»Wer hat dir denn das Lied beigebracht? Aus der Schulzeit kann das unmöglich stammen.«

Anett lachte. »Ein Freund aus dem Theater.«

»Hu, wie das klingt. Kennst du etwa einen Schauspieler?«

»Ja. Warst du mal in einer Theatervorstellung?«

Monika verneinte. »Hatte kaum Zeit. In der Schule war ich in einer Laienspielgruppe, das machte mir richtigen Spaß. Gerne wäre ich als Elevin zum Theater gegangen. Leider kamen mir nicht nur der Mann und die Kinder zuvor, sondern auch der Sprit dazwischen. Zeitweise war mein Alkoholpegel so hoch, daß ich jeder Schnapsbrennerei beim Nachfüllen der Flaschen Konkurrenz hätte machen können.«

Anett legte beruhigend ihre Hand auf Monikas Schulter.

»Du schaffst das schon, da bin ich mir ganz sicher. Du mußt nur immer an deine Kinder denken, die dich lieben und dich brauchen.«

Unerwartet brach Monika in Tränen aus. »Ich versuche es ja, immer und immer wieder, aber dann... Bei den geringsten Problemen greife ich zur Flasche.«

»Du mußt an dich selbst glauben. Ich weiß, du denkst jetzt: Die hat gut reden. Stimmt, ich habe keine Erfahrungen mit Alkoholsucht, aber ich habe festgestellt, daß mir einiges gelungen ist, woran mir wirklich lag. Wenn ich mich hier umsehe – wie kaputt und müde die Frauen geworden sind. Sie haben alle den Glauben an sich selber verloren. Du darfst dich davon nicht einschüchtern lassen. Eisenbahnschienen sortieren ist keine Therapie, sondern macht stumpfsinnig. Es ist eine bequeme Art, Leute zum Schweigen zu bringen. Niemand lehnt sich gegen die Mißstände in der Klinik auf. Kein Wunder, wenn du jedes Mal als stiller Patient entlassen wirst und wenige Wochen darauf erneut hier strandest. Nee du, die kümmert es einen Dreck, wer gesund entlassen wird oder nicht. Also wird dir nichts anderes übrigbleiben, als dir den Weg zu deinen Kindern allein freizukämpfen.«

Monika schneuzte sich. »Wenn du mir das so sagst, klingt das alles schön und einfach. Doch was mache ich ohne dich? Draußen habe ich keine Freundin. Ich ertappe mich immer wieder dabei, wie es mich in meiner Einsamkeit in die Kneipe zieht.«

Anett fühlte, daß sie darauf keine Antwort geben konnte, und schwieg.

Eine Schwesternschülerin kam lachend vorbei. »Na, nun mal nicht so traurig, meine Damen, wir feiern am Wochenende den ersten Advent und machen gleichzeitig die Weihnachtsfeier.«

»Prima«, sagte Manuela. »Und warum suchen wir nicht auch gleich die Ostereier? Dann hätten wir die Feiertage auf einmal abgeritten.«

Die junge Schülerin zuckte hilflos mit den Schultern. »Ich kann doch nichts dafür. Mich wundert es ja auch, daß die Weihnachtsfeier bereits jetzt stattfinden soll.«

»Mich wundert hier überhaupt nichts mehr«, stellte Manuela fest. »Ist doch jedes Jahr das gleiche. Die wollen zu Weihnachten ihre Ruhe.« Rasend vor Wut brach es aus ihr heraus: »Viehärzte! Scheißirrenhaus!«

Plötzlich wurde sie aschfahl im Gesicht, ihre Augen verdrehten sich nach oben. Wie vom Blitz getroffen fiel sie kerzengerade zu Boden. Der Körper zuckte ununterbrochen. Da sie auf den Bauch gefallen war, schlug ihr Kinn ruckartig auf den Fußboden auf. Blut vermischte sich mit weißem Speichel, der ihr aus dem Mund floß.

Anett hatte noch nie mit ansehen müssen, wie Manuela unter einem Anfall zu leiden hatte. Sie war aufgesprungen und hockte hilflos neben dem krampfverzerrten Körper des Mädchens. Angst um Manuela veranlaßte sie zu einer Reaktion. Sie zog in Windeseile ihre Jacke aus und schob sie unter das aufklatschende Kinn, dann schrie sie: »Hilfe!« Ihr Schrei löste wie ein Ruf in den Bergen ein vielfaches Echo aus, denn aus allen Zimmern schrien die Frauen um Hilfe. Die Schwestern eilten aufgeregt den Flur entlang. Frau Doktor Huhn beugte sich zu Anett hinunter.

»Gehen Sie in Ihre Zimmer. Es gibt keinen Grund, hysterisch herumzubrüllen.«

Anett stand auf und blickte der Ärztin fest in die Augen. »Sie sind mit Abstand der übelste Mensch, der mir je begegnet ist. Sie wollen diesen Frauen hier gar nicht helfen. Über Sie als Ärztin wird man eines Tages herfallen.«

Sie wandte sich ab und schritt ruhig in ihr Zimmer.

Wenige Minuten später huschte Gabi zur Tür herein. »Pst, sie schläft jetzt. Wie konntest du die Huhn nur so angehen? Reicht dir dein schiefer Kopf nicht?«

Anett lächelte. »An mich habe ich am allerwenigsten gedacht.«

»Das war schon richtig. Nur vergiß nicht, daß du so schnell wie möglich nach Hause willst.«

»Ach, laß nur, ich komme schon raus.«

»Sieh zu, daß du deine eigene Haut rettest.«

»Darüber machst du dir Gedanken?«

»Ja. Ich kann dir nur sagen: Rette deine Haut.«

»Hier?«

Gabi guckte entgeistert. »Wo denn sonst?«

Anett lachte. »Na ja, vor mir selbst. Ich habe ja auch so meine Laster. Ich sage immer zu laut, was ich denke. Und vor mir selbst kann ich sie doch nicht retten.«

»Das Kunststück vollbringt wohl kaum jemand. Übrigens, ich habe eine Schachtel Zigaretten mitgebracht. Gib mir deine Fragebögen, ich verteile das Zeug im Zimmer zwölf, die warten sehnsüchtig auf Arbeit und Lohn.«

Verschmitzt lächelnd verließ sie das Zimmer.

Der erste Advent versprach nicht die gewünschte weihnachtliche Stimmung in Weiß. Er war eher ein feuchter Herbstabend. Auf den Fensterbrettern im Flur standen grüne Tannenzweige in Vasen und Gläsern. Aus dem Schwesternzimmer war das Probesingen der musikalisch unbegabten Schülerinnen zu hören: »Vom Himmel hoch, da komm ich her…«

Es hob nicht die gedrückte Stimmung, in der sich Anett und einige der Frauen befanden. Angesichts des nahen Festes verfielen sie in Depressionen. Alle schienen sich besonders im Dezember nach einer Familie und Geborgenheit zu sehnen. Die Neuzugänge mit Suizidversuchen nahmen drastisch zu. Auch Anett befiel die Sehnsucht nach ihren Eltern und einer festlichen Adventsstunde. Sie stand am Fenster. In der Ferne näherte sich dem Haus ein Paar, das miteinander redete.

Sie erkannte ihre Eltern. »Vater, Mutter«, frohlockte sie. Sie hatten erreicht, daß ihre Tochter nächste Woche entlassen werden sollte. Die endgültige Entscheidung lag allerdings beim Chefarzt; zuvor wollten sie Anett keine verfrühten Hoffnungen machen. Im Moment freuten sie sich, daß Anett sich rührend um Manuela sorgte und nicht nach Henryk fragte, der sich seit dem letzten Telefonat verleugnen ließ. Nur einmal war es dem Vater gelungen, den »vielbeschäftigten« Mann zu erreichen. Er wollte damals keinen Streit, sondern nur, daß der Mann, dessen Verhalten die Ursache für das Unglück seiner Tochter war, Verantwortungsgefühl zeigte. Deshalb hatte er versucht, ihm Anetts blauäugige Sehnsucht nach Liebe und Freiheit und ihre Träume von der großen weiten Welt deutlich zu machen. Mit keinem Wort brachte er die Politik ins Spiel, und dennoch hörte er den gepreßten Atem der Angst durch die Muschel pfeifen.

Henryk sagte nur einen einzigen Satz: »Ich kann Ihrer Tochter nicht helfen, dazu müßte man mit dem Sozialismus Schluß machen.«

Dann legte er auf. Betroffen sah der Vater seine Frau an und sagte: »Kein Wunder, daß sich die innerdeutschen Beziehungen nicht verbessern, wenn solche Feiglinge in der Ständigen Vertretung der Bundesrepublik sitzen.«

Beide gaben sich das Versprechen, den Namen Henryk nie mehr in Anetts Gegenwart zu erwähnen.

»Mutter, Vater, ist das schön, daß ihr kommt! Habt ihr zufällig Kerzen mitgebracht?

»Kind, ihr werdet doch keine Weihnachtsfeier ohne Lichter haben?«

»Ach, Mutter, wenn du wüßtest! Eine Patientin hat kleine Kugeln aus Lauschaer Glas an Zweigen befestigt, was glaubst du, was die Huhn für einen Aufstand gemacht hat! Die Schwestern mußten sie alle entfernen.«

»Weshalb denn das?« fragte die Mutter verständnislos.

»Es könnte eine von uns versuchen, sich mit dem Glas die Pulsadern aufzuschneiden!«

Die Mutter schüttelte staunend den Kopf. »Und warum keine Kerzen?«

»Mutter, du bist vielleicht ein Schäfchen. Wir könnten ja das Haus anzünden.« Anett lachte. »Ich gäbe was drum, wenn ich eine Pyromanin wäre.« Dann wurde sie wieder ernst: »Was wäre mein Leben ohne euch?«

Die Mutter verbiß sich die Tränen. Der Vater blickte starr ins Leere.

Anett sah die Adern an seinen Schläfen anschwellen und erhob sich schnell. »Ihr müßt jetzt gehen. Macht's gut alle beide. Ich denke, ich bin bald wieder daheim.«

Manuela saß wartend in der Raucherecke, sie sah blaß und müde aus. Anett erkannte an dem vollen Aschenbecher ihre Unruhe. Sie drückte die gerade erst angezündete Zigarette aus. Manuela lachte gequält, als Anett sich zu ihr setzte.

»Hast wohl mächtig Schiß gekriegt, als du mich so verkrampft liegen sahst?«

»Nein, ich habe mich bloß über die Schwestern geärgert. Die haben sich mächtig viel Zeit gelassen.«

»Sah ich nicht zum Fürchten aus?«

»Du?«

»Ja, früher, als ich noch klein war, haben die Schwestern, die mich bei einem Anfall erlebten, gesagt, ich verändere mich dabei so, daß man vor mir Angst bekommen könnte. Ich sähe wie Frankensteins Tochter aus.«

Anett sah Manuela an und sagte schmunzelnd: »Frankenstein wäre stolz auf die Schönheit seiner Tochter.«

Manuela riß erstaunt die Augen auf. »Laß die Scherze. Das ist sehr ernst. Für mich ist das eine Lebensfrage. Du findest, ich bin schön?«

»Dir muß man wohl alles hundertmal sagen, wie?«

»Nicht alles, aber das!« Sie betrachtete ihre langen, dürren Beine in den engen Hosen. »Mir hat mal eine Frau gesagt, ich sei so dünn wie ein Brett. An mir würde sich jeder Mann einen Splitter reißen.«

»O mein Gott«, seufzte Anett. »Immer dieser Neid der Besitzlosen.«

Plötzlich holte Manuela aus ihrem Hemdärmel eine kleine weiße Kerze. »Toll, was? Habe ich aus dem Schwesternzimmer mitgehen lassen. Die machen es sich gemütlich, und wir sollen uns die Kerzen einbilden.«

Kichernd hielt sie ein Streichholz an den Docht. Mit dem glücklichen Gesicht eines Kindes, das an Weihnachten nicht enttäuscht wurde, steckte sie die brennende Kerze zwischen die Zweige einer Vase.

Die Schwestern gingen geschäftig hin und her. Sie hatten mit dem Umräumen des Aufenthaltsraumes zu tun. Emsig schoben sie die Tische über Eck zusammen und stellten die Stühle davor. Den Tisch aus der Raucherecke holten sie ebenfalls.

Manuela lachte. »Schöne Weihnachten heute, Schwester Gertrud?«

Die Schwester schwitzte unter der Last des schweren Holztisches, den sie allein hochhob. »Ja, schöne Weihnachten! Du solltest lieber mal mit zupacken!«

»Ich bin doch kein Engel. Oder wollen Sie, daß ich Sie enttäusche?«

»Schwester Hannelore!« krähte hilfesuchend Schwester Gertrud.

Die Gerufene ließ auf sich warten. Dafür erschien die Stationsschwester, die sogleich das Weihnachtslicht auf dem Fensterbrett entdeckte.

»Was ist denn hier los, meine Damen?«

Heftig riß sie die Kerze aus den Zweigen, so daß die Vase umfiel und das Wasser sich auf Manuelas Hose ergoß.

»Sind Sie verrückt? Zuerst klauen Sie mein Eigentum, und dann bekleckern Sie mich auch noch!«

Sie war aufgesprungen und stand wütend vor der Schwester. Erschrocken wich diese zurück.

»Reg dich nicht auf, du weißt, daß offenes Licht verboten ist.«

»Ich will mich aber aufregen!« schrie Manuela.

Zum Glück kam Gabi. Sie zog Manuela auf ihren Stuhl.

»Ach, laß sie. Die ärgert sich doch bloß, daß sie wegen der Weihnachtsfeier nicht pünktlich gehen darf.«

Mittlerweile schlichen alle Patientinnen ordentlich angezogen über den Flur. Einigen stand die Vorfreude in den Gesichtern. Alle kamen: das Baby, die Raucherkönigin, die singende Kindergärtnerin, die Alkoholikerinnen, die Depressiven, die Manischen, Doktor Schiwako und Frau Doktor Huhn.

»Jetzt beginnt die Vorstellung«, sagte Manuela mißgelaunt.

Anett sah sie fragend an: »Wo werden wir sitzen?«

»Wir warten, bis alle auf ihren Plätzen sind, dann bleiben für uns nur die Stühle neben der Tür. Wenn es uns zu langweilig wird, können wir unbemerkt verschwinden.«

Nachdem die letzte Schwester das Zimmer betreten hatte, folgten Manuela, Anett, Gabi und Monika.

Kaum hörte das Scharren der Stühle auf, brachte eine Schülerin den alten Plattenspieler in Gang; »Stille Nacht, heilige Nacht« erklang. Die Lernschwestern sangen dazu. Anett starrte in das helle Neonlicht der Deckenlampen, sie empfand nichts Weihnachtliches. Frau Doktor Huhn war die einzige, die mit verklärtem Gesicht über die langen Tischreihen, auf denen bis zum Rand gefüllte Keksteller standen, in die entrückten Gesichter der Frauen blickte.

Plötzlich flog ein Stuhl nach hinten, die dicke Kindergärtnerin war aufgesprungen. Sie lief nach vorn, beugte sich tief hinunter, als trage sie einen schweren Sack auf dem Rücken, und wanderte im Kreis, dazu sang sie: »Wir gehen heute wandern in den grünen Wald! Hacke bum, hacke bum, fallen alle Bäume um.«

Als habe das Baby nur auf dieses Stichwort gewartet, rutschte es dicht an Frau Doktor Huhn heran und greinte los: »Mami, Mama…«

Dabei lehnte die fast Siebzigjährige ihren Kopf an die Schulter der Ärztin, wie ein schutzsuchendes Kind. Die Ärztin, sichtlich unangenehm berührt, bemühte sich vergeblich, das »Baby« ein wenig zurückzuschieben, es drohte unter den Tisch zu rutschen. Die sabbernde, greinende alte Frau ekelte sie offensichtlich an.

Zu allem Überfluß bettelte nun auch die Raucherkönigin: »Eine Zigarette, eine Zigarette!«

Unbeeindruckt sang der Chor weiter. Anett sah Manuelas schadenfrohe Augen, schweigend saß sie vor dem Teller mit Keksen. Sie war noch blasser als gewöhnlich.

Eine etwa dreißigjährige Frau erhob sich von ihrem Stuhl, beugte sich weit über den Tisch, so daß ihre

Brüste fast die Kekse berührten, und schrie die Ärztin an: »Was sind Sie eigentlich für ein Mensch? Was für eine Ärztin? Nennen Sie das Humanmedizin, einem sechsjährigen Kind die Mutter wegzunehmen?«

Gabi, Monika, Anett und Manuela sahen sich an, die Frau war ihnen bisher nicht aufgefallen.

»Muß eine Neue sein«, stellte Monika fest.

»Du bist ja ein Blitzmerker«, sagte Manuela. »Laßt uns mal weiter zuhören.«

»Ich habe nichts verbrochen. Gut, ich habe einen Stein auf ein parkendes Auto geworfen, weil ich wütend war. Weil ich in einem Dreckloch wohne und verdammt lange auf eine neue Wohnung warte. Das gibt Ihnen nicht das Recht, mich hier wie eine Idiotin festzuhalten!«

Schutzsuchend drängte sich das Baby an die Ärztin.

»Hacke bum, hacke bum«, sang unermüdlich die wandernde Frau, und die Schülerinnen sangen »Sind die Lichter angezündet, Friede zieht in jeden Raum...«

Anett beobachtete gespannt Frau Dr. Huhn. Diese versuchte die empörte Mutter zu beruhigen. »Bitte, Frau Säckel, setzen Sie sich doch wieder hin. Sie bringen ja die Weihnachtsfeier durcheinander.«

»Weihnachtsfeier?« Die Frau lachte unnatürlich schrill. »Und wie wird meine kleine Tochter Weihnachten feiern? Ohne Mutter? Ich habe oft gehört, daß Eltern sich von ihren Kindern trennen, aber noch nie, daß man ein Kind gewaltsam von der Mutter trennt. Das ist ein Verbrecherstaat hier. Jawohl.«

Manuela flüsterte Anett zu. »Komm, wir gehen raus. Es kotzt mich an.«

Kaum saßen sie in der Raucherecke, gesellten sich Monika und Gabi zu ihnen. Da der Tisch fehlte, stellte Manuela einen Stuhl in die Mitte, auf dem sie die Vase mit den Tannenzweigen plazierte. Alle vier zündeten gleichzeitig ihre Zigaretten an. Plötzlich stieß die Unbekannte die Tür zum Flur auf und knallte sie heftig hinter sich zu. Sie war in drei Schritten bei den rauchenden Frauen. Ehe diese es sich versahen, nahm sie die Vase, stellte sie aufs Fensterbrett und setzte sich auf den nun frei gewordenen Platz. Allerdings hatte sie nicht mit Manuelas Reaktionsvermögen gerechnet. Genau in der Sekunde, als der Hintern die Sitzfläche berühren wollte, zog sie den Stuhl weg, so daß die Frau auf dem Boden landete. Ebenso schnell schoß sie wieder in die Höhe, und Manuela erhielt eine schallende Ohrfeige, worauf Manuela mit der Treffsicherheit eines Boxers ihre Faust im Gesicht der Angreiferin landete, die darauf noch einmal zu Boden ging.

»Das nächste Mal fragst du, bevor du dich wie ein Großgrundbesitzer benimmst, dem alles gehört!« rief Manuela aufgebracht.

Blut sickerte durch die Finger der Frau, die in Erwartung neuer Schläge ihr Gesicht bedeckt hielt. Sie machte jedoch keinen Versuch mehr, sich zu wehren.

Sprachlos sah Anett der Prügelszene zu. Das war die Wirklichkeit. Die Hoffnung, daß Manuela einen Weg nach draußen finden würde, gab es nicht mehr. Es gab keine gemütliche Ecke mehr, wo sie heimlich Tee tranken, über Schwestern schimpften, wo Schicksale in Vergessenheit gerieten, wo man über die Zukunft spekulierte und Scherze machte. Sie mußte tatsächlich an ihre eigene Haut denken, weniger rauchen, Probleme anderer von sich schieben, dann nichts wie weg hier. Weit weg – London schwebte ihr seit ihrer Jugend durch den Kopf.

Durch die Tür zum Aufenthaltsraum erklangen die unerträglichen Weihnachtslieder. Wie lange habe ich Weihnachten nicht mehr bewußt erlebt? Die Feiertage verbrachte Anett stets bei den Eltern. Sie erinnerte sich plötzlich, wie aufgeregt ihre Mutter immer wenige Tage vor dem Fest auf dem Dachboden in alten Kartons und Kisten nach der Weihnachtsdekoration zu suchen begann. Sie sammelte vorwiegend Engelfiguren, die sie sorgsam verpackte und jedes Jahr aufs neue bestaunte, als sähe sie sie zum ersten Mal. Die Engel mit ihren goldenen Löckchen und zarten Gewändern durfte Anett an den großen Tannenbaum hängen. Ansonsten präsentierte die Mutter ihre Sammlung stolz den Gästen.

»Seht nur, wie lieblich sich die Haare kräuseln! Ist es nicht eine Kunst, die zierlichen Füßchen und Händchen zu formen?«

Mit den Jahren langweilte Anett die immer wiederkehrende Zeremonie. Sie tat das Ganze als sentimentalen Quatsch ab, doch nun sehnte sie sich nach Mutters glänzenden Augen, nach Vaters verschmitztem Lächeln, nach einem Weihnachten mit der Familie.

Am Montag, während der Visite, begrüßte Frau Doktor Huhn Anett außerordentlich freundlich: »Fräulein Seilmann, Sie können morgen nach Hause.«

Diese Worte, die verstellte Stimme und die plötzliche Nachricht überraschten Annett. Sie schwieg. Vor ihr stand ein fremder Mensch. Die letzten Tage verschmolzen zur Vergangenheit.

Die Ärzte setzten ihren Rundgang fort. Sie holte ihre wenigen Sachen aus dem Schrank. Nachdem sie alles zusammengepackt hatte, legte sie sich mit einem Buch auf das Bett.

Manuela kam vorsichtig ins Zimmer. Sie lugte über Anetts Schulter und machte leise: »Hu!«

Erschreckt fuhr Anett auf. »Manuela! Ich werde morgen entlassen.«

»Lüge! Gemeine Lüge! Idiotin! Glaubst du alles, was die Huhn dir erzählt?«

Lange noch stieß sie zornig beleidigende Worte aus; dann wurde sie plötzlich still. Weinend brach sie an Anetts Schulter zusammen.

Zaghaft streichelte Anett das zuckende Mädchen. »Wir wollen uns in der letzten Stunde nicht streiten.«

Manuela hob ihr tränennasses Gesicht. Sie küßte Anett auf die Wange. »Du mußt mich verstehen. Es gibt Gefühle... Anett, ich flehe dich an, laß mich nicht allein.« Sie hielt es nicht länger aus und sagte leise: »Ist es denn schlimm, wenn ich mich zu dir hingezogen fühle?«

Anett waren Gefühlsäußerungen peinlich. »Ach, Manuela, laß das.«

»Verzeih, ich habe Angst vor dem Alleinsein. Du bist der einzige Mensch...«

Anett fühlte die Verzweiflung des Mädchens.

Doktor Schiwako stand plötzlich vor dem Bett. »Na, Sie verstehen sich ja ausgezeichnet«, sagte er mit einem nicht überhörbaren Unterton.

»Was ich selber tu, trau ich andern zu«, stellte Anett sachlich fest.

»Nun mal nicht so empfindlich, Fräulein Seilmann. Ich möchte Ihnen nur die Nachricht der Stationsärztin übermitteln, daß Sie sofort das Krankenhaus verlassen dürfen.«

»Danke.«

Anett ahnte nicht, wieviel Kraft es ihren Vater gekostet hatte, eine vorzeitige Entlassung zu erwirken.

»Schreibst du mir mal?« fragte Manuela zaghaft.

Anett sah in ihren Augen den Blick eines Mädchens, dem jeder alles verspricht, das jedoch schon ahnt, daß niemand ernsthaft sein Versprechen einlösen wird.

»Ich weiß nicht. Vielleicht. Vielleicht auch nicht.«

Stumm ging Manuela fort.

*Meine eigene Mode!* Junge Frauen, modisch gekleidet, lachten von einem Laufsteg hinunter ins Publikum. Das Farbfoto war unscharf und trotzdem Anetts ganzer Stolz.

Sobald Anett das Krankenhaus verlassen hatte, kündigte sie im Modeinstitut. Gemeinsam mit sechs Mädchen gründete sie eine kleine Truppe und präsentierte ausgefallene Modelle.

Ihre Mutter nähte emsig die Garderobe nach Modellen aus der Zeitschrift »Burda Moden«. Während Anett kostbare Stoffe organisierte, erkundete der Vater, welche Hotels, Betriebe oder Restaurants an Modevorführungen interessiert waren. Die Aufträge sprudelten nur so herein. Es gab immer irgendwo eine Feier, einen gesellschaftlichen Anlaß, bei dem sich Frauen für Mode begeisterten. Angesichts der enormen Nachfrage nach einzelnen Modellen blieb Anett nur eine Lüge: »Diese Kleidung gibt es überall zu kaufen.« Abgesehen davon, daß kaum eine Frau in Kleidergröße 34 bis 36 hineinpaßte, versprach sie alles mögliche, um das Interesse an ihren Vorführungen nicht abreißen zu lassen.

Sie wuchs rasch in die Aufgabe einer Geschäftsfrau hinein, das Etikett »Mode Grazil« wurde der Schlüssel zum Erfolg. Eine kleine Zeitung brachte einen langen Artikel, mit dem sie den Durchbruch erzielte; ihre Modelle waren nun auch in größeren Häusern gefragt.

Das Modeinstitut schickte ihr ein Angebot, als Mitarbeiterin in der Modewerkstatt eine leitende Funktion zu übernehmen. Anett war sich klar, daß sie keine fundierte Ausbildung besaß, weder als Schneiderin noch als Textilingenieurin. Sie lehnte ab. Sie fühlte sich wohl in ihrer Unabhängigkeit. Niemals wollte sie ihre Selbständigkeit aufgeben.

Da erhielt sie eines Tages einen Brief von Frau Hammer. Diese bat sie um ein kurzes Gespräch. Das Treffen fand auf der Terrasse eines großen Kaffeehauses Unter den Linden statt. Der späte Abend war ungewöhnlich warm für April. Die Gäste saßen lachend und schwatzend in der lauen Frühlingsluft. Bald waren alle Tische besetzt. Frau Hammer redete nicht um den heißen Brei herum.

»Anett, ich schätze deine Arbeit sehr, aber du bist nicht vom Fach. Glaube mir, wenn ich dir sage, du hältst das nicht lange durch. Jeder Selbständige wird in unserem Land mit Argusaugen überwacht. Komm wieder zu uns. Wir sind miteinander verbunden, nicht nur durch die Arbeit, durch die Vorurteile– du weißt schon, Bademoden und Dessous sind nun mal nicht jedermanns Sache. Aber dafür wärst du in einer staatlichen Einrichtung sicher aufgehoben. Bedeutet dir Sicherheit gar nichts?«

Anett dachte angestrengt nach. Was wollte Frau Hammer? War das eine Warnung? Sie wußte, daß es in der Branche Neider gab, sie war nicht die einzige, die sich mit einer kleinen Gruppe durch das Land bewegte.

»Du bist mein bestes Model gewesen, und doch muß ich dir sagen: Es stehen viele wie du draußen vor der Tür.«

Anett, die früher allzu vertrauensvoll gewesen war, hörte argwöhnisch und nüchtern zu. Frau Hammers Worte klangen geheuchelt. Warum macht sie sich meinetwegen solche Gedanken?

»Ich will dir helfen. Du träumst von der großen Karriere. Laß dir eines gesagt sein: Nur die Spitzbuben finden sich in jeder Situation zurecht und beeilen sich, gut dabei wegzukommen. Die ehrlichen Leute fallen auf die Nase.«

»Mit anderen Worten: Sie meinen, ich bin mit Blindheit geschlagen?«

»Wie du willst.«

»Es gibt auch andere...«

»Wo denkst du hin, meine Liebe, solche wie dich gibt es viele. In den Menschen leben viele Gedanken und Gefühle, die sie oft unüberlegt verstreuen. Bei dir, Anett, richtete sich alles auf eines, du bist zielstrebig. Frauen in deinem Alter gründen normalerweise Familien oder haben sie bereits gegründet.«

Anett sah ihre ehemalige Chefin ernst an. »Ich verstehe: Wer auf der Hälfte der Strecke schlappmacht, sich in Behaglichkeit verliert, dem bleibt meist nur der Eintritt in irgendeine Partei.«

»Willst du damit etwa andeuten, ich hätte nur mit Hilfe der Partei etwas erreicht?« Frau Hammer deutete zum Mond. »Siehst du ihn?«

»Ja, und?«

»Auch so eine Illusion. Er täuscht Wärme vor, nur weil er hell leuchtet! Übrigens friere ich. Also zum letzten Mal: Nimmst du mein Angebot an?«

»Nein.«

Anett erwartete Vorwürfe. Statt dessen zog Frau Hammer erstaunt die Augenbrauen hoch.

»Du hast recht.«

Sie wußte, daß sie sich mit Anett über Politik nie einigen würde. Doch sobald es sich um wirtschaftliche Unabhängigkeit handelte, beneidete sie das Mädchen. Zu früh hatte sie selbst ihren Lebensweg anderen überlassen. Sie reichte Anett die Hand.

»Paß gut auf dich auf.«

Es vergingen kaum drei Monate, und eine unbestimmte Angst, die Anett noch vor kurzem nicht für möglich gehalten hatte, krallte sich wie ein Gespenst in ihren Nacken. Das, was sie verdiente, ging für Miete, Hotel, Fahrtkosten, Stoffe drauf. Am Monatsende war sie stets ohne Geld. Früher hatte sie nie viel verdient, doch jetzt arbeitete sie doppelt so viel und besaß weitaus weniger Geld. Die Eltern unterstützten sie, wo sie konnten. Es kamen Stunden der Niedergeschlagenheit, in denen sie dachte: Warum habe ich mir das aufgeladen? Abstand zu ihren Sorgen fand sie nur, wenn sie einen Mann traf, der ihr gefiel. Wozu die düsteren Gedanken? Fröhlich stürzte sie sich in die Leidenschaft, die keine Leiden schafft. Beim Sex ließ sie alle Probleme hinter sich, da galt nur die Lust. Eines Morgens, als sie wieder einmal in einem Hotelzimmer erwachte, fand sie auf dem Nachtschrank zu ihrer Seite einen neuen Hundertmarkschein. Hundert deutsche Mark. Ihre Empörung dauerte nur so lange, wie sie dazu brauchte, den einen Satz zu denken: Das ist eine Gemeinheit! Gleich danach sagte sie sich: Wenn die Männer glauben, zu einer Hure zu gehen, dann sollen sie auch wie bei einer Hure zahlen. Am liebsten hätte sie gerufen: Kommt nur hereinspaziert, ihr Männer, meine Herren Engländer, Franzosen, Amerikaner und Westdeutsche, bringt harte Valuta ins Land. Auf euch warten alle Nachtbars, Hotels, Intershops und die wenigen Huren des Staates. Euch erwartet auch Anett.

Der Sommer, in dem viele Menschen das Land verließen, um über Ungarn nach Österreich zu fliehen, zog unbemerkt an ihr vorbei. Mit jedem Liebhaber stellte sie höhere Anforderungen an sich. Besondere Mühe verwandte sie darauf, sich den Direktor eines Interhotels geneigt zu machen. Zu genau wußte sie, daß es verboten war, die Gäste auf die Zimmer zu begleiten. Sie spielte ein gewagtes Spiel. Sachkundig unterschied sie die männlichen Gäste, die Devisen brachten, von den Einheimischen.

Der Schatten des Direktors wirkte auf Anett beunruhigend; er war überall, er lächelte, er flüsterte ihr zu: »Fräulein Seilmann, Ihre Vorführung war hinreißend!«

Und sie fragte sich: Vielleicht will er ja auch mich gewinnen? Stand er an der Rezeption, lächelte Anett kühl. Süffisant ließ er dann immer Schmeicheleien fallen. »Sie sind Ihr Geld wert.«

Anett durfte ihn nicht unterschätzen und mußte mit ihm vorsichtig sein. Deshalb nutzte sie die Modenschau stets sorgsam zur Auswahl ihrer Männer. Unter geschäftlichen Aspekten nahm sie die angebotenen Visitenkarten an, um sich später per Telefon ungestört mit ihrem Auserwählten für die Nacht in Verbindung zu setzen. Dieses komplizierte Arrangement heizte ihre Phantasie zu Höchstleistungen an.

Da ausländische Touristen vom Hotelpersonal wie Götter auf dem Olymp behandelt wurden und Anett sich nicht wie eine Schachfigur hin und her schieben ließ, kosteten sie die Eroberungskämpfe einzelner Herren oftmals eine Kleinigkeit.

Bereits auf dem Laufsteg erkannte sie, wenn sich zwei Geschäftsleute für sie interessierten. Dann arrangierte sie es so geschickt, daß sie im Laufe des Abends an der Bar zwischen ihnen stand und mit keiner Miene verriet, welcher von ihnen mit ihr die Nacht verbringen durfte. Nur mit dem Barkeeper wechselte sie Blicke des Einverständnisses. Ihr Standpunkt war: Die Männer wollen mich ausnutzen. Doch sie vermochte ihren Körper in zwei Teile zu spalten. Sie würde immer das Gegenteil anstreben: Ich werde die Männer ausnutzen und nicht sie mich. Wer mir das meiste Geld bietet, wird siegen. Und sie wußte auch, wie viele Gläser Sekt der Barkeeper an den Gast vorher ausschenken mußte.

Eines Abends im November saß sie wieder an der Hotelbar. Die Mädchen, die ausschließlich freiberuflich für sie arbeiteten, waren noch nicht eingetroffen. Die wenigsten von ihnen besaßen ein Auto. Meist verabredeten sie sich untereinander, um die Fahrtkosten gering zu halten. Anett freute sich, daß der kleine Trupp junger Mädchen so gut miteinander auskam. Stets erwartete sie die Models mit großer Sorge und Ungeduld. Es konnte immer sein, daß ein Unfall, eine Krankheit oder Panne die Modenschau gefährdete. Sie wurde unruhig, als sie zur Uhr sah. In einer Stunde begann die Vorführung, und bisher war keines der Mädchen erschienen.

Zwei Männer betraten die Bar. Am Dialekt erkannte sie sie als Bayern.

Einer der beiden, dem der riesige Schnauzbart den Mund völlig verdeckte, lachte dröhnend: »Ich habe denen die überraschende Öffnung der österreichischungarischen Grenze vorausgesagt. Jetzt brauchen sie nur noch die Mauer in Berlin kaputtzuschlagen, und der Kommunismus ist verloren.«

Anett lauschte ruhig.

»Da kannst du recht haben«, sagte der andere. »Wir haben seit Jahren das Scheitern der Ostpolitik vorausgesagt, aber auf die Bayern geben die in Bonn ja nichts.«

Die beiden schüttelten sich vor Lachen.

»Unser Jagdrevier wird sich um einiges vergrößern«, sagte der Bärtige.

Von der Heiterkeit der Männer angesteckt, lachte sie leise.

Der Schnauzbart wandte sich ihr zu: »Warum lachst du, du schöne Berlinerin?«

Sie antwortete sanft: »Das ist besser als zu weinen. Ich bin aus Sachsen.«

»Ah«, lachte der andere tief, »aus Sachsen, wo die hübschen Mädchen auf den Bäumen wachsen?«

»Ist der Spruch bis zu euch in die Berge gedrungen?«

»Nicht nur der Spruch. Du kannst dich freuen, den ›Osten‹ wird es bald nicht mehr geben, dann darfst du auch über die Alpen wandern.«

»Das glaubst auch nur du! Eher geht die Welt zugrunde, als daß ich mit roten Strümpfen, Spazierstock und Kilometerzähler das Wandergretel spiele.«

Für diese Nacht fiel ihre Wahl auf den schnauzbärtigen Münchner. Er zeichnete sich nicht nur durch dichten Bartwuchs aus, deshalb duldete sie ihn länger als gewöhnlich. Gegen Mitternacht bestellte er beim Zimmerservice eine Flasche Sekt. Anett war zufrieden, und das passierte nicht oft. Der Mann schien immer fröhlich, sein Witz und Humor steckten an.

»Weißt du, daß ich ein Genie bin?« fragte er.

»Weshalb?«

»Sieh mal.« Er drückte mit der Zehenspitze auf die Fernsehtaste.

»Toll«, sagte sie. »Ist das alles?«

»Warst du nicht zufrieden mit mir?«

Anett nahm sich aus der Obstschale einen Apfel und biß hinein. »Wußtest du eigentlich, daß Apfelgriebsche schlau machen?« fragte sie.

»Ach was? Das mußt du mir genauer erzählen.«

Er kitzelte sie.

»Also hör zu: Es gehen zwei Polizisten über die Straße. Sie sehen, wie ein kleiner Junge genüßlich einen Apfel verzehrt.

›Paß mal auf‹, sagt der eine, ›der Bengel wird gleich den Griebsch wegwerfen, dann schnappen wir ihn, und seine Eltern müssen fünf Mark Strafe zahlen.‹

Aber der Junge wirft den Griebsch nicht fort, sondern steckt ihn in seine Tasche.

Daraufhin geht der zweite Polizist zu ihm und fragt: ›Weshalb hast du denn den Griebsch nicht weggeworfen?‹

›Weil Apfelgriebsche schlau machen.‹

›Würdest du mir den Griebsch verkaufen?‹

›Klar, Herr Wachtmeister, geben Sie mir fünf Mark, und Sie haben ihn.‹

Als der Junge das Geld bekommt, rennt er auf und davon.

›Mensch, bist du verrückt?‹ sagt der erste Polizist. ›Für fünf Mark hätten wir ein ganzes Kilo bekommen.‹

Worauf der Kollege antwortet: ›Siehst du, es wirkt schon.‹«

Der Bayer schlug sich vor Lachen auf den Schenkel.

»Ein echter Ostwitz.«

»Haha«, äffte Anett und wurde plötzlich von der Stimme aus dem Fernseher gefesselt. Sie vernahm den Satz: »Die Mauer nach Westberlin ist offen.«

Der Münchner sprang aus dem Bett, um das Bild schärfer einzustellen. Der Empfang war miserabel; gespannt hockten beide nackt vor der Mattscheibe und versuchten, in dem grauen Gekriesel etwas zu erkennen. Anetts Herz klopfte wild vor Aufregung. Ich hab' es gewußt, ich habe es immer gewußt... Sie drehte am Knopf, das Bild zeichnete sich deutlich. Sie sah einen Grenzsoldaten, der rief: »Keine Panik!« Er versuchte mit seinen Armen die Menschenmassen, die sich auf ihn zu drängten, abzuwehren.

»Reinstes Chaos«, stellte der Bayer nüchtern fest.

»Still, ich kann nichts verstehen...«

Die Menschen hielten triumphierend ihre Personalausweise mit dem Einreisestempel in die Kameras. Einige weinten vor Glück, andere lachten. Nur ein paar der von der Kamera eingefangenen Gesichter der Grenzsoldaten verrieten die Bitterkeit der Niederlage.

»Jetzt feiern wir auch die deutsche Wiedervereinigung, aber richtig!« rief der Bayer ausgelassen.

Anett huschte an ihm vorbei ins Bad.

»Das passiert nur einmal in der Geschichte Deutschlands. Da muß ich dabeisein. Du hingegen mußt erstmal zahlen, aber in West!«

»Ja, so ist das, wir müssen zahlen. Hier!« Er hielt ihr dreihundert Mark hin. Sekundenlang zögerte sie, dann griff sie zu.

»Recht so, mein Mädel, im Westen wird dir nichts geschenkt!«

Anett fühlte sich ertappt. So einfach verdient sich die harte Mark?

Die Nacht des 9. November war kalt, als sie aus dem Hotel auf die Straße trat.

Ein lautes Krachen der Hoftür riß sie aus ihren Erinnerungen. Aufgeregte Stimmen drangen zu ihr. Norman? Sie ging zum Fenster. Ein elegant gekleidetes Paar stand im Hof, sie blickten sich aufmerksam um, und plötzlich umarmten sie sich, und er küßte sie auf den Mund. Anett hörte den Hausmeister wettern: »Meine Herrschaften, was soll denn das? Wir sind hier kein Puff. Überhaupt, was wollen Sie eigentlich hier? Mieter sind Sie jedenfalls nicht.«

Der Mann entgegnete verlegen: »Wir sind wegen der Wohnungsbesichtigung da.«

Erschrocken fuhr Anett vom Fenster zurück. Wohnungsbesichtigung? Hektisch schaute sie auf das verschnürte Bündel am Boden. Zum Glück donnerte Kaschunkes Stimme weiter: »Aber doch nicht vor der Zeit! Kommen Sie in zwei Stunden wieder, oder können Sie nicht lesen?«

Zum ersten Mal dankte Anett Kaschunke für seine Neugier. Erleichtert hörte sie das wohlbekannte Zuknallen des Tors und griff beruhigt wieder nach dem Album.

Ein großes Zeitungsbild, ordentlich von ihrer Mutter ausgeschnitten, füllte eine ganze Seite. Anett sah sich vor dem Brandenburger Tor auf der Westberliner Seite. Lachend hält sie einen Plastikbecher hoch über ihren Kopf, als proste sie der Freiheit zu. *Die Mauer ist offen* steht als Schlagzeile über dem Foto. Anett hatte darunter geschrieben: *Mein zweites Leben.*

Hals über Kopf war sie an jenem 9. November in ein Taxi gesprungen. Vor dem Hotel deutete nichts auf die unglaublichen Ereignisse dieser Nacht hin, die das gesamte Land und ihr eigenes Leben verändern sollten.

»Schnell, schnell, zum Brandenburger Tor!« rief sie dem Fahrer zu.

»Wat? Wo soll ik se hinkutschen? Zum Brandenburger? Se sind wohl aus Leipzich anjereist? Na, vadient habta't ja. Det janze Ding ham ja Ihre Landsleute in Bewejung jesetzt. Aba, kleenet Frollein, da is die Hölle los, weit komm wa nich.«

Anett lehnte sich selig in dem Sitz zurecht. »In der Hölle ist es bestimmt wärmer, da fühl' ich mich wohl«, zog sie den alten Mann auf.

»Na, mein Kindchen, wenn Se det nich mal bereujen.«

»Keine Angst, ich bin als Engel gekommen und werde...« Sie überlegte: Bestimmt nicht als Engel gehen. Sie sprach den Gedanken nicht aus.

»Tut ma leed, Frolleinchen, den Rest müssen Se loofen.«

Er hielt am Operncafé. Hunderte von Menschen standen vor dem Brandenburger Tor. Sie hatte Mühe, an den Grenzsoldaten vorbeizukommen; sie wollten keinen mehr durchlassen, da die Mauer dahinter einer menschlichen Festung glich. Eine Menge Jugendliche waren hinaufgeklettert, jubelten, stießen Sektflaschen gegeneinander und taumelten fröhlich. Es sah gefährlich aus, man konnte abstürzen.

Anett fragte einen abseits stehenden Soldaten: »Wie komme ich da rüber?«

Er lachte gutmütig. »Raufklettern oder hochziehen lassen!«

Keine Spur von Bedrohung, nicht das leiseste Anzeichen von Gewalt liegt auf seinem Gesicht, dachte sie. Dabei wäre er vor vierundzwanzig Stunden noch bereit gewesen, auf jeden, der sich der Grenze näherte, zu schießen. Ich kann die Wende der Geschichte nicht fassen, nicht begreifen, nicht glauben, nur sehen. In Anett wirbelten die Gedanken durcheinander. Wie oft habe ich darüber nachgedacht, wie es wäre, wenn sich über Nacht alles ändern würde. Heiterkeit stieg in ihr auf. Und ich meinte, es wäre nur ein dummer Spruch, eine Redewendung, und es ist Wirklichkeit!

Über Nacht hatte sich die Politik in Europa geändert. Könnte schon morgen alles wieder beim alten sein? Was ist, wenn die Grenze gar nicht offen bleibt? Das ist meine letzte Chance, wenn ich die nicht nutze…

Sie brüllte plötzlich: »He, Leute! Helft mir mal!«

Ehe sie wußte, wie ihr geschah, streckten sich ihr etliche helfende Hände entgegen. »O Mann, du bist vielleicht ein schwerer Brocken! Hast du Goldbarren unter deinem Mantel versteckt?«

Sie sah über sich das Gesicht eines höchstens dreizehnjährigen Jungen.

»Tut mir leid, eigentlich bin ich ein leichtes Mädchen!«

»Wohl im Sinne des Wortes?« griente er.

»Dieter, imma uff Weiberfang!« sagte ein Junge neben ihm.

Anett mußte sich an dem Jungen festhalten, in dem

Gedränge auf der Mauer sah sie erst jetzt die gefährliche Situation, in der sich alle bewegten.

»Willste 'n Bier?« fragte Dieter.

»Nein, ist lieb von euch. Ihr könnt mir einen andern Gefallen tun – würdet ihr mich da hinunterlassen?«

Sie zeigte unter sich auf die Westberliner Seite.

»He, Hotte, die Olle will rüba! Hat nu ooch lange jenuch uffn Westen jewartet! Pack mal mit an!«

»Ick vasteh da ja, mir macht det Warten nüscht aus, ick komm noch früh jenuch zum Bahnhof Zoo.«

Anett merkte, daß die Feststellung, sie habe lange genug gewartet, ihr einen kleinen Stich versetzte. So war das also mit dem Altwerden; da kommt keine Freundin, kein Bekannter, sondern ein wildfremder Jüngling, der einem unmißverständlich klarmacht: Du bist für die Jungen schon eine »Olle«.

»Warum ausgerechnet zum Bahnhof Zoo?« fragte sie.

»Mann, ick bin zwar aus 'm Osten, aba nich von jestern. Meine Mutta hat ma mal det Buch jeschenkt ›Wir Kinder vom Bahnhof Zoo‹. Det war echt 'n Knaller. Da will ick ooch mal hin, nur gucken!«

Er packte ihre Handgelenke und sagte: »He, Hotte, det jeht los, die Olle will abhauen. Komm, spieln wa mal Fluchthelfa!«

Die Menschen um sie herum lachten. Gestern noch wären sie dafür ins Gefängnis gekommen. Anett lächelte. Daß sie einmal wie der Erzengel Gabriel über die Mauer in den Westen niederschweben würde, hätte sie sich in ihren kühnsten Träumen nicht vorstellen können.

An der Mauer wimmelte es von Pressefotografen, Journalisten, Blitzlichtern und Kameras aus aller

Welt. Niemand ließ sich das Ereignis der Maueröffnung entgehen.

Eisiger Wind blies ihr ins Gesicht. Anett fand keine Möglichkeit, sich irgendwo unterzustellen.

»Sind Sie aus dem Osten?«

Die Frage kam so unerwartet, daß sie zusammenzuckte.

»Ja«, sagte sie schüchtern.

Vor ihr stand ein Fotograf. Seine Gesichtszüge hellten sich auf, als er ihr Gesicht sah.

»Ich heiße Joe, bin von der englischen Presse. Darf ich ein paar Fotos von Ihnen machen?«

Anett nickte überrumpelt. Er knipste munter drauflos.

»Wunderbar, einfach toll! Sie bewegen sich ja wie ein Profi! Warten Sie einen Moment, ich hole uns was Heißes zu trinken.«

Anett schaute ihm hinterher. Nicht schlecht, ein echter Engländer, mit Manieren; mal sehen, wie die Sache weitergeht! Ein unbekannter Mann schenkte ihr plötzlich eine Rose. »Ich gratuliere zum Sieg!«

Sie lächelte gnädig. Was für ein Sieg? Was habe ich damit zu tun? Wenn der wüßte! Joe kehrte mit zwei Plastikbechern voll Glühwein zurück.

»Danke! Mein erster Westglühwein!« lachte sie und stieß ihren Becher gegen seinen.

»Ich war nie im Ostteil Ihrer Stadt. Es ist das erste Mal, daß ich einem Menschen und dazu einer so schönen Frau von drüben begegne!«

Bla, bla, bla, und ich bin nicht dein Beichtstuhl, dachte sie. Du hattest die Reisefreiheit, nicht ich.

»Waren Sie sehr unglücklich im Osten?«

»Ich? Wieso?«

Der erwartet doch wohl nicht, daß ich mich bei ihm

ausheule. Oder braucht er eine rührselige Geschichte, um den Tröster zu spielen? Von mir erfährt er jedenfalls nichts. Anett sah ihn an. Dir bin ich doch scheißegal, von mir bekommst du nur das zu hören, was du willst. Er konnte ihrem Blick nicht wiederstehen.

»Das größte Elend ist doch erst nach dem Mauerbau über euer Land hereingebrochen. Sind viele Menschen ins Gefängnis gewandert, nur weil sie den Kommunismus ablehnten oder fliehen wollten?«

Was fragt der mich? Sehe ich aus wie eine Mumie? 1961 habe ich noch gar nicht gelebt. Überhaupt, was der für Vorstellungen hat.

»Ich bin mit der Mauer groß geworden«, antwortete sie. »Bei uns leben die Menschen normal, wie wahrscheinlich überall auf der Welt. Sie essen gut, die Männer sind nicht häßlicher als anderswo. Wir haben Berge, Seen, Wälder, Wiesen, es ist nicht zu kalt, nicht zu warm, wir sind damit zufrieden.«

Joe merkte, daß sie nicht frei sprechen wollte. Er versuchte es noch einmal: »Und die Reisefreiheit? Die Russen?«

»Die Russen? Mein Vater sagte mal: ›Die wollen die ganze Welt umgestalten, dabei haben sie selbst genügend Probleme. Eines Tages wird es vorbei sein mit Friede, Freundschaft und Treue. Vater Lenin, der große Revolutionär, wollte nie, daß sein Volk auf Knien rutschen muß, aber die Würde ist dahin, wenn das Brot fehlt. Du wirst sehen, eines Tages werden sie noch bei uns um Zuflucht bitten.‹ Das war seine Philosophie, und jetzt? Schauen Sie sich um, Joe, die Gefühle der deutsch-sowjetischen Freundschaft gehen dahin.«

»Und Sie, was haben Sie beruflich gemacht?«

»Ich bin Model.«

»Model? Aha.«

»Möchten Sie ein paar Fotos sehen?«

Sie trug immer Bilder bei sich, man konnte ja nie wissen. Erfreut nahm er die Fotografien, ein Schmunzeln breitete sich über sein Gesicht, als er Anett in einem durchsichtigen Plastikkostüm mit angenähtem Spielzeughammer und einer Laubsäge sah. Das transparente Material ließ alle fraulichen Reize durchschimmern. Über dem Kopf trug sie eine Gasmaske, das Gesicht darin wirkte wie ein Schweinerüssel. Anett fand das Bild witzig. Peter hatte im letzten Sommer zu einem privaten Kostümfest eingeladen, unter dem Motto: Wie schütze ich die nackte Haut? Dorits rundlicher Körper steckte in einem leuchtend orangefarbenen Kleid. Das großzügige Dekolleté gewährte jedem Betrachter einen tiefen Blick. Zweifellos war sie damals der Star des Abends.

»Würden Sie mir das Bild für meine Zeitung leihen?«

»Für umsonst?«

Einen Augenblick sah er sie irritiert an. Dann schlug er vor: »Ich lade Sie übers Wochenende nach London ein.«

»London?«

Anett blieb die Luft weg. Vor einem Jahr hatte sie noch davon geträumt. Weit weg wollte sie. Sehr weit. Nun, über Nacht, lag London nicht mehr auf einem anderen Stern, es war plötzlich so nah wie der Bäcker an der Ecke.

»London!« Sie fiel Joe um den Hals.

»Nehmen Sie mein Angebot an?«

»Ja, verdammt noch mal! Ja!«

»Gut, dann begleiten Sie mich in mein Hotel, damit wir alles in Ruhe besprechen können. Ich möchte mit

Ihnen eine Fotoserie machen. Dazu erzählen Sie mir von Ihrem Leben, das interessiert meine Leser sehr. Jetzt schaut die ganze Welt auf Berlin.«

Anett schluckte ihre Aufregung hinunter. Hotel, dachte sie. Hotel geht heute auf keinen Fall mehr. »Können wir nicht gleich eine feste Verabredung treffen? Ich muß meine Eltern anrufen, sonst machen sie sich Sorgen um mich.«

»Einverstanden. Wir treffen uns morgen abend um neun Uhr auf dem Flughafen Tegel.«

»Bestimmt«, erwiderte sie lachend und verschwand in der Menschenmenge.

Joe sah ihr nach. Seine Geschäfte gingen ausgezeichnet. Er bekam von seinen Auftraggebern große Summen für eine gute Story und fütterte eine ganze Meute Schmarotzer: arbeitslose Journalisten, Provinzblätter und große Verlage. Joe war kein sentimentaler Schwindler. Prompt und pünktlich lieferte er alles, was gefragt war. Jeder mühte sich um seine Gunst. Wenn er mit Botschaftern oder mit anderen Diplomaten an einem Tisch saß, sagte er seine Meinung frei heraus, zum Beispiel, daß er die Ungarn sympathischer fände als die Rumänen, weil sie großzügiger seien. Nie ergriff er Partei für die eine oder die andere Seite.

In Joe kam plötzlich Leben. Er kniff ein Auge zusammen und sagte zu seinem Freund: »Mit dieser schönen Frau liefere ich die perfekte Lebensgeschichte einer Ostdeutschen. Die Hauptsache ist, sie gut zu bringen. Das Wort ›Freiheit‹ muß in Fettdruck stehen, und unter dem Artikel das Foto mit ihr und dazu viele andere aus London.« Dann fuhr er in sein Hotel.

Joe frühstückte mit dem Redakteur einer großen

Tageszeitung. Dieser aß Rühreier mit Speck und sagte mit vollem Mund:

»Eine aufregende Nacht! Die Mauer soll ja wieder zu sein für die Westberliner. Nur die Ostdeutschen dürfen einreisen. Mein Kollege hat mich vorhin angerufen und gebrüllt: ›Vor den Bordells bilden sich Schlangen von Männern!‹ So etwas habe er noch nie gesehen. Morgen bringen wir einen Leitartikel über den Mauerbau.« Er lachte verhalten. »Schlangen vor den Bordells. Da warten die achtundzwanzig Jahre, um sich vor einem Puff anzustellen!«

Der Redakteur hatte es eilig. Joe ging zu Fuß. Er wollte frische Luft schöpfen, Anett ging ihm nicht aus dem Kopf. Er lief über den Kurfürstendamm. Immer noch fegte ein kalter Wind über die Straße, und ab und zu nieselte es winterlich düster.

In der notdürftig eingerichteten Redaktion herrschte die übliche Aufregung, in der Joe untertauchen konnte. Er war froh darüber – er wurde den Gedanken an Anett nicht los.

Anett wachte sehr früh auf. Plötzlich kamen ihr die Erlebnisse der letzten Nacht in Erinnerung. Ein heißer Schreck durchfuhr sie: Wenn die Mauer nun wieder zu war? Sie langte nach einer Zigarette und schaltete den Fernseher ein. Die Bilder der Nacht wurden ununterbrochen über alle Kanäle gesendet. Es ist wahr, ich fliege heute noch nach London...

Unerwartet sah sie Manuelas fragende Augen vor sich: Und ich? Manuela – ich muß sie da rausholen. Monatelang war ihr das Mädchen nicht in den Sinn gekommen. Jetzt stand sie wie eine Mahnung zwischen ihr und London.

Anett hastete durch die Wohnung, eilig packte sie

die besten Stücke ihrer Kleidung in die Reisetasche. Vom Postamt rief sie ihre Eltern an, danach die Mädchen ihrer Truppe und sagte alle Termine für das Wochenende ab. Sie schwang sich hinter das Lenkrad des alten Trabant und fuhr zur Klinik.

Beim Anblick des roten Backsteinhauses durchzuckte sie der Impuls, sofort umzukehren. Es dauerte allerdings nur eine Sekunde. Sie erinnerte sich, wie ihr Manuela im Waschraum auf einem Kamm die Melodie des Waisenliedes »Ein Kind von viereinhalb Jahr« vorspielte. Das klang so komisch, daß sie trotz des traurigen Textes lachen mußten. Angst überkam sie: Hoffentlich ist sie nicht gestorben! Nun war knapp ein Jahr vergangen, viel Zeit... Schon von weitem erkannte sie Frauengestalten am Fenster. Für wenige Sekunden glaubte sie Manuelas weißes Gesicht zu erkennen. Unsinn, schalt sie sich. Manuela sah niemals aus dem Fenster, weil sie niemals einen Menschen erwartete.

Der Pförtner ließ sie ungehindert durch. Sie drückte ohne Zögern die Stationsklingel. Eine unbekannte Schwester öffnete, Anett fragte nach Manuela.

»Manuela?« Die Schwester schien den Namen zum ersten Mal zu hören. Sie schüttelte den Kopf: »Manuela, nein, kenne ich nicht.«

»Arbeitet eine Frau Doktor Huhn hier?«

»Ja, kommen Sie herein. Nehmen Sie Platz, ich hole sie.«

Als hätte sie nur auf dieses Stichwort gewartet, trat Frau Dr. Huhn aus einem Patientenzimmer.

Die Schwester rief: »Frau Doktor, hallo, Frau Doktor! Es möchte Sie jemand sprechen.«

Die Ärztin sah sich um. Ein Erkennen huschte über ihr Gesicht.

»Fräulein Seilmann?«

»Ich wollte zu Manuela.«

»Manuela?« Sie tat, als müsse sie überlegen, dann sagte sie: »Ja, richtig, sie wurde vor einem halben Jahr von ihrem Vater abgeholt und soll seitdem in ihrer eigenen Wohnung leben. Den Ausflug damals hatte sie wohl Ihnen zu verdanken?«

Anett überhörte die Spitze, ihr war froh ums Herz.

»Danke.«

Unterwegs dachte sie angestrengt nach: Wo war doch gleich Manuelas Wohnung? Sie erinnerte sich, daß ihr der Straßenname damals bekannt vorkam. Irgendwo in der Nähe des Modeinstituts mußte es sein. Sie fuhr langsam jede Straße ab. Endlich entdeckte sie die kleine Einbahnstraße, die recht verwinkelt zwischen den Häuserzeilen lag. Anett parkte auf dem Bürgersteig; daß sich in diesen entlegenen Winkel eine Polizeistreife verirren würde, schien ihr unwahrscheinlich.

Manuelas Namensschild übertraf alle, die sie bisher gesehen hatte. Riesengroße bunte Blumen, gefertigt aus Ton, umsäumten die Buchstaben: MANUELA; der Zuname fehlte gänzlich.

Sie griente. Typisch, dachte sie und zog an der Messingglocke, die über der Tür hing. Ein angenehmer Ton ging durch die Wohnung dahinter. Anett lauschte. Es war kein Geräusch zu hören, im ganzen Haus nicht. Sind sie alle im Westen? Sie setzte sich auf eine Stufe und wartete. Nach der zweiten Zigarette entschloß sie sich, wieder zu gehen. Als sie ihre Taschen nach einem Stift durchsuchte, um eine Nachricht zu hinterlassen, vernahm sie Schritte im Treppenhaus. Jemand stieg langsam die Stufen nach oben. Neugierig hielt sie in der Sucherei inne. War das Manuela?

Ein schwarzgekleidetes Mädchen kam herauf. Der von einem schwarzen Hut bedeckte Kopf war gesenkt. Vor Anett blieb sie stehen, hob das Gesicht.

»Manuela!«

»Du?«

Manuela lächelte unter Tränen.

»Bitte verzeih mir, bitte! Ich war in der Klinik, ich wollte dich...« Sie umarmte die alte Freundin. »Du hast Kummer?«

Manuela schneuzte sich. Dann schloß sie die Wohnungstür auf.

»Ach laß mal, das wird schon, ich kann mich selbst nicht leiden, wenn ich heule.« Trotzig lachte sie. »Ich habe eben meinen Vater beerdigt. Außer seinem Freund hat sich keiner blicken lassen, war eine verdammt einsame Scheiße. Da weiß man gleich, wie es einem selbst mal ergeht, am Ende ist man ganz allein. Ist vielleicht auch gar nicht so verkehrt, mitkommen kann ja doch keiner, und das letzte Hemd hat leider keine Taschen. Willst du einen Kaffee?«

Anett legte ihren Mantel auf die Liege. »Setz dich hin, ich übernehme das Kaffeekochen«, bestimmte sie.

Die Wohnung war sehr ordentlich. Im hellen Kiefernregal standen Schallplatten, Bücher und Nippes. Blütenweiße Stores verhindern die Sicht vom Gegenüber. Auf einem kleinen Holztisch standen Kerzen, dicke Wachstropfen bildeten eine feste Kruste. Manuela schien Kerzenlicht zu mögen.

Anett fand in der Küche rasch die Kaffedose und setzte Wasser auf.

»Ich hatte meinen Vater zwar nicht lange, aber dafür richtig. Er hat mir vieles gezeigt, was ich draußen zum Leben brauche. Die einfachsten Dinge...«

Manuela verstummte.

»Erzähl ruhig weiter, ich höre zu!« rief Anett.

»Sein größter Traum war eine weite Reise, nur mit mir allein, ohne Freund…« Sie holte tief Atem. »Nun macht er sie, ohne mich.«

Anett trug die blau gemusterten Kaffeetassen herein. »Zwiebelmuster aus Kahla, wer hat das nicht«, sagte sie mehr zu sich als zu Manuela.

»Glaubst du, daß er ein guter Vater war und mich geliebt hat?« Die Tränen rannen Manuela wieder über die Wangen. »Er hatte keine Zeit mehr, mir das zu sagen, aber ich fühle es.«

Anett streichelte ihren Rücken. »Manuela, wer dich kennt, muß dich einfach lieben.«

»Was wolltest du eigentlich in der Klinik?«

»Dich holen.«

»Mich?«

»Ja. Warum schaust du so entgeistert?«

»Jetzt verstehe ich gar nichts mehr. Du wolltest mich ernsthaft mitnehmen?«

»Ich dachte…« Anett überlegte: Weiß sie von der Maueröffnung? »Ich wollte mit dir nach Westberlin fahren.«

»Westberlin? Hast du einen Tunnel gegraben? Zu verlieren hätte ich ja nichts mehr. Und das ist kein Spiel?«

»Nein, es ist kein Spiel.«

Hemmungslos brach Manuela vollends in Tränen aus. »Und ich dachte, du bist wie alle andern und hast mich längst vergessen.«

»Ehrlich gesagt, wollte ich das auch. Aber irgendwie bin ich dich nie ganz losgeworden.«

Manuela blinzelte aus ihren braunen Augen. »Und das mit dem Westen ist keine Tauchaktion wie nach Schweden?«

»Nein, das stimmt. Nur eines mußt du mir versprechen...«

»Was?«

»Deine Augen während der Fahrt nicht zu öffnen.«

»Alles, was du willst. Ich kann es kaum erwarten.«

Beim Verlassen des Hauses überraschte sie ein heftiger Regenschauer.

»Igitt, was für ein Wetter zur Flucht«, sagte Manuela mit einem bitteren Lachen.

Anett mußte sich beeilen, wenn sie bis zum Abend zurück sein wollte. Zu spät erkannte sie die Radarfalle.

»Verflixt noch mal, das hat uns gerade noch gefehlt«, fluchte sie, als sie die Handkelle des winkenden Polizisten sah.

Sie fuhr rechts in die Reihe der Temposünder. Gemächlich steckte sie sich eine Zigarette an. »Willst du eine?«

»Geteiltes Leid ist halbes Leid. Daß unsere Flucht so schnell endet...«

Manuela nahm die dargebotene Zigarette und inhalierte tief. Ein weiteres Wort konnten die beiden nicht wechseln, da der Polizist bereits vor dem heruntergekurbelten Fenster stand.

»Verkehrskontrolle.«

»Was denn, auf der Straße?« fragte Manuela keck.

»Würden Sie bitte aussteigen.«

»Oh, heute so freundlich?«

Ärger hin, Ärger her. Anett lächelte, schließlich war sie sich ihrer Wirkung auf Männer bewußt. Gelassen überprüfte sie im Rückspiegel ihr Aussehen, entnahm dem Handschuhfach die Papiere und bat: »Wenn Sie einen Schritt zur Seite treten würden, könnte ich aussteigen.«

Der tiefsitzende Schirm der Mütze verbarg nicht seine Verlegenheit. Anett registrierte mit Bedauern, daß ihr keine Zeit zum Flirt blieb. Dennoch zupfte sie sorgsam ihren Mantel zurecht, öffnete die Autotür, um ihm, wie in einem Werbefilm, ihr langes, schlankes Bein zu präsentieren. Der hochhackige Stiefel platschte in eine Regenpfütze, deren Dreckspritzer sich ausgerechnet an die Uniformhosen des Polizisten hefteten. Fassungslos rang dieser nach Worten. Bevor er sich äußern konnte, landete ihr zweiter Fuß ebenfalls in der grauen Brühe.

»Mist«, entfuhr es ihr.

»Können Sie nicht aufpassen?« fragte der beschmutzte Polizist vorwurfsvoll.

»Doch, kann ich schon. Kommt drauf an, wie Sie es wünschen.«

Sie hörte Manuela hinter sich im Auto kichern. Er schien die Zweideutigkeit nicht zu verstehen, und sie fügte ein »Entschuldigung« hinzu.

»Keine Ursache.«

»Kommen Sie, ich gebe Ihnen ein Taschentuch.«

Sie hielt ihm eines entgegen.

»Ach, lassen Sie mal, das macht meine Mutter«, winkte er ab.

Anett verkniff sich mühsam das aufkommende Lachen. »Jetzt stehen wir beide im wahrsten Sinne des Wortes im Dreck.«

Zerstreut blätterte er die Papiere durch. Eigentlich ging er Frauen nicht auf den Leim. Doch diese hier gefiel ihm. In ihrem ganzen Wesen lag das geheimnisvolle Weibliche, in so natürlicher Art, daß er davon wie berauscht war. Nie zuvor hatte er eine Frau gesucht, gebraucht oder gar vermißt.

Selbstbewußt warf Anett das lange rote Haar zurück, lachte aus fröhlichen Augen und schmollte: »Ich komme zu spät!«

Er sah ihre weißen Zähne blinken. Eine bisher unbekannte Erregung überkam ihn. Er spürte plötzlich, daß in ihm etwas Seltsames geschah. In seiner Verwirrung rutschte ihm der Personalausweis aus der Hand. Anett gelang es, ihn noch aufzufangen.

»Ist Ihnen nicht gut?«

»Doch, durchaus. Nein, ganz im Gegenteil... Besser, Sie fahren jetzt weiter.«

»Aber gerne. Tut mir aufrichtig leid, das mit Ihrer Hose. Verzeihen Sie mir nochmals das Mißgeschick.«

Selten hatte sie einen so gut aussehenden Polizisten gesehen. Schön, aber nicht gockelhaft eitel. Mandelbraune Augen – sie stand auf braune Augen. Sein charmantes Lächeln machte nicht den Eindruck eines Machos. Ein Mann, der ihr gefiel. Einer, von dem sie sich vorstellen konnte, verwöhnt zu werden. Einer, mit dem sie gerne mal ausgehen würde und danach zu sich.

»Was muß ich zahlen?« fragte sie beim Einsteigen.

Er drehte sich weg, als habe er nicht richtig verstanden. Sie hörte das Wort »Verkehrskontrolle« am nächsten Fahrzeug.

Manuela flüsterte: »Der hat auf deinen Busen geschielt wie auf einen Eisberg in Grönland.«

»Bei mir muß man lange hinsehen, bis man was entdeckt.«

»Hab dich nicht so, so schlimm ist es ja nun auch nicht.«

»Mach die Augen wieder zu. Ich wecke dich dann.«

»Wenn uns die Huhn hier so durch die Gegend kutschieren sähe, wären wir reif für einen Jagdschein.«

Im Slalom lenkte Anett den Trabant auf die Grenze zu.

»Nicht die Augen öffnen.«

»Keine Angst. Wo sind wir hier? Hier stinkt es gewaltig! An einer Tankstelle? Ich höre die Autos hupen, sind wir im Stau?«

»So könnte man auch sagen«, lachte Anett.

Etliche Autos schoben sich aus allen Richtungen im Schneckentempo durch das Nadelöhr auf Westberlin zu. Niemand verlangte ihre Ausweise. Ohne Aufenthalt passierten sie die Grenzkontrolle.

»Gemeinheit, ich halte es nicht länger aus. Laß mich sehen. Wenn ich weiter wie eine Schlafende hier herumhänge, penne ich ein.«

»Einen klitzekleinen Moment mußt du dich noch gedulden.«

»O je, nicht auszudenken, wenn ich im Knast aufwache. Republikflucht.« Manuela lachte in sich hinein.

Anett gab sich geschlagen. »Okay, aber nicht deine Augen aufreißen, ehe ich bis fünf gezählt habe.«

Nach etwa einer Viertelstunde begann sie zu zählen. Manuela reagierte nicht.

Vorsichtig stupste Anett sie in die Seite. »He, aufwachen!«

Ahnungslos blinzelte Manuela. Sie erkannte nicht, wo sie sich befand. »Was ist das für ein Menschenauflauf? Etwa eine Demo?«

Anett kurbelte das Fenster herunter. »Willst du aussteigen? Wir sind am Ku'damm.«

»Am Ku'damm? Du spinnst ja, verarschen kann ich mich allein.«

»Wir sind wirklich in Westberlin«, beteuerte Anett.

Im Handumdrehen sammelten sich ein paar Jungen in Manuelas Alter um das Auto.

Ein Rotblonder rief: »Echt Pappe! Daß diese Dinger überhaupt fahren! Und dann zwei so hübsche Mädels drin. Wollt ihr nicht aussteigen? Hier gibt es Bananen!«

Die Jugendlichen grölten.

Manuela wurde wütend. »Sehen wir aus wie Affen? Verzieh dich mit deiner Affenknacker!«

Eine mollige Frau drängte sich an das Auto, sie warf mit den Worten »Herzlich willkommen in der Freiheit!« eine gefüllte Plastiktüte ins Wageninnere. Schokolade und ein Päckchen Kaffee fielen heraus.

»Das hätten sie uns vor einem Jahr durchs Fenster schmeißen müssen, da haben wir fast nur gepennt. Jetzt sind wir wach!«

»Komm, laß uns aussteigen.« Manuela drückte die Tür nach außen. Auf der Straße schien sie erst zu begreifen, was in der vergangenen Nacht geschehen war. Sie drehte sich im Kreis und schrie: »Geil! Einfach geil! Menschenskinder, ich glaub' es einfach nicht! Am Morgen schütteten sie den Sand der ewigen Finsternis über meinen Vater, und ein paar Stunden später öffnet sich das Tor der Freiheit, für mich, für dich, für uns alle!«

Glücklich umarmte sie Anett. »Ich muß an die Huhn denken. Die kriegen jetzt alle Schiß, die ganzen roten Socken. Paß mal auf, wenn die erst beichten müssen, dann geht das endlose Jammern los, nicht zum Aushalten.«

Freudentränen kullerten aus ihren braunen Augen.

»Komm schon, nur nicht sentimental werden. Wir

machen uns ein paar schöne Stunden«, sagte Anett. »Ich fliege heute abend noch nach London.«

»London? Geht denn das?«

»Ich habe da so einen Typen von der Presse kennengelernt, der regelt alles für mich. Er hofft, sich irgendein trauriges Lebensschicksal zu ergattern für eine englische Zeitung.«

»Der müßte mir mal begegnen«, schwärmte Manuela mit verklärtem Gesicht. »Dem würde ich meine Geschichte erzählen. Da brauchte ich nicht mal zu lügen. Kann ich dich zum Flughafen begleiten?«

Nachdenklich sah Anett Manuela an. Sie mochte dieses unberechenbare große Kind sehr. »Ich halte es für besser, dich nach Hause zu fahren. In dem Durcheinander gehst du mir sonst verloren.«

Ziellos fuhren sie durch Westberlin und sahen verwundert den Glanz, der auf diesem Stadtteil ruhte. Völlig benommen, mit einem irrsinnigen Glücksgefühl, kehrten sie heim.

Nach den Stunden, die sie mit Manuela verbracht hatte, fühlte Anett sich einsamer als zuvor. Das kann nicht alles sein, dachte sie, als sie Manuela vor ihrer Haustür absetzte. Was sie wirklich wollte, wußte sie im Augenblick nicht. Nur London blieb als einziges sichtbares Ziel. Mit dieser Stadt hoffte sie, sich zu betäuben.

Joe lief ungeduldig vor dem Abflugschalter auf und ab. Wo blieb sie nur? Er war sicher, sie würde kommen. Nach Anett Ausschau haltend, bemerkte er nicht, wie sich ein Bekannter von hinten näherte. Er klopfte ihm auf die Schulter.

»Hinter wem bist du denn her?« fragte er Joe. »Wie ich dich kenne, wird es wohl wegen einer Frau sein.«

In diesem Augenblick sah Joe Anett durch die Drehtür kommen. Ohne etwas zu erwidern, ging er ihr entgegen.

»Bei den vielen Abfertigungsschaltern hatte ich bereits die Hoffnung aufgegeben, Sie jemals zu finden«, begrüßte sie ihn strahlend.

»Warten Sie ab, bis Sie unseren Flughafen Heathrow sehen, der ist noch viel größer.« Joe rief seinem Bekannten zu: »Wir sehen uns noch!«

Der lachte zurück. »Und ich hatte recht!«

»Beeilen Sie sich, der Flug wurde schon aufgerufen.«

»Meine Papiere... Ich habe keinen Reisepaß oder so etwas.«

»Macht nichts, ich brauche nur Ihren Ausweis. Ich erledige das. Geben Sie in der Zwischenzeit Ihr Gepäck auf.«

Die junge Frau hinter dem Schalter lächelte freundlich, als Anett die schwere Tasche aufs Band hievte. Sie wünschte ihr »Guten Flug«.

»Wir sind die letzten, wir müssen uns beeilen!« rief Joe.

Während sie gelassen in der Business-Class an ihrem Sekt nippte, registrierte Anett seine verstohlenen Blicke. In seinem Alter sollte er nicht mehr nach einer so jungen Frau schielen, dachte sie. Ich habe ihn längst durchschaut. Bestimmt verheiratet, hat eine Frau, die ihn nicht versteht... Würde sich aus purer Eitelkeit für mich verausgaben. Väterlicher Liebhaber, keiner versteht mich, warum du? Sieht ziemlich fertig aus, macht bestimmt nicht mehr lange mit, muß mal gut ausgesehen haben. Etwas aufgedunsenes Gesicht. Ob er trinkt? Raucht jedenfalls Kette, zeigt Streß. Küssen kommt nicht in Frage, seine Zunge schmeckt bestimmt nach Aschenbecher. Erstaunlich, wie weiß seine Zähne noch sind, oder sind es schon die dritten? Etwas gepflegter könnte er aussehen. Geheimratsecken, na, wenigstens steht er dazu, versucht nichts zu kaschieren. Ein sympathischer Mann – leider alt.

Joe beobachtete sie unablässig. Sie sieht nicht nur hinreißend gut aus, sie besitzt auch das gewisse Etwas. Woher hat sie bloß die originelle Kleidung? Ein verdammt erotisches Weib... Er schloß die Augen. Sobald sie sich bewegte, umgab ihn der herbe Duft eines Parfüms, das ihm bekannt vorkam. Ist das Ostparfüm? Bestimmt nicht. Als er die Augen aufschlug, sah er direkt in die ihren. Die Frau hat einen Satansblick...

Den hat es mächtig erwischt, hoffentlich übergibt er sich nicht. Er wird mir doch nicht auf den Schoß kotzen, dachte Anett.

»Brauchen Sie die Tüte?«

Joe lächelte. Sie weiß, wie mir zumute ist. Ich muß mich vorsehen.

»Danke, es geht mir ausgezeichnet. Wo sind Sie eigentlich aufgewachsen?«

Himmelherrgott, jetzt geht die Ausfragerei los.

»In Sachsen habe ich Abitur gemacht. Wissen Sie überhaupt, wo Sachsen liegt?«

Er verneinte.

»Dachte ich mir. Das zu erklären, wäre so, als versuchten Sie, mir die Krone Ihres Landes aufzusetzen. Später ging ich nach Berlin.«

Der Steward unterbrach: »Darf ich noch etwas bringen?«

Ärgerlich über die Unterbrechung, brummte Joe: »Nein, danke.«

»Meine Dame, Sie haben auch keinen Wunsch?«

Anett sah den schlanken jungen Mann an. Warum

sitzt der nicht an meiner Seite? Ein hübscher Bursche, versteht sich zu benehmen. Hat sich Joe gegenüber durchgesetzt und mich gefragt.

»Nein, danke.«

»Wenn Sie etwas brauchen, drücken Sie den Knopf über Ihnen.«

Er nahm ihr das leere Glas ab. Sie steckt ihn in die Tasche, dachte der Steward, sie ist eine Raffinierte. Er lächelte höflich und ging zum nächsten Fluggast.

Die vergangenen Ereignisse kamen Anett jetzt auf einmal so selbstverständlich vor, als müsse alles so sein. Nichts von Überwältigung. Die Spottlust erwachte wieder in ihr. Sie erfand eine Episode nach der anderen; seine stumme Aufmerksamkeit, sein ergriffenes Gesicht spornte ihre Phantasie noch mehr an. Schließlich wußte sie kaum, was sie ihm alles vorgelogen hatte. Niemals im Leben hätte sie gedacht, so eine Flunkerei durchstehen zu können. Warum eigentlich nicht, beruhigte sie ihr Gewissen. Er will seine Ammenmärchen, und ich will London.

Joe hingegen dachte: Alle Politiker ohne Ausnahme wußten, worum es ging, doch keiner war auf den katastrophalen Umschwung vorbereitet. Sicher ist nur, die Wiedervereinigung Deutschlands bleibt der einzige Ausweg. Man muß sich einigen, koste es, was es wolle. Aber wie? Wie ich die Deutschen einschätze, werden sie gründlich vorgehen und in Windeseile. Wir werden uns noch wundern.

Das Flugzeug sackte ab, plötzlich überkam ihn Angst. Bis zu seinem siebenunddreißigsten Jahr war er nie krank gewesen. Er trank viel, war Kettenraucher, schlief nie lange genug. Die Warnungen seiner Frau, kürzer zu treten, schlug er in den Wind. Er lebte gern lasterhaft und anstrengend. In letzter Zeit trank er sogar mehr als früher, er fürchtete den Tod. War er zu Hause, raste er nachts oft mit seinem Rennwagen einige Kilometer an der Küste entlang, hielt vor unbekannten Pubs und trank mit den Männern Guinness. Stets hatte er sich mit Politik befaßt, zwei kleinere Verlage gegründet, um seine Gedanken für die Nachwelt zu erhalten, doch er tat es ohne Leidenschaft. Auf diese Art war es für ihn leichter, nicht an den Zerfall seiner Ehe denken zu müssen oder an die Einsamkeit.

Der Pilot sprach über den Bordfunk: »Meine Damen und Herren, unverhofft zu sinken, ist halb so schlimm wie der tiefe Fall!« Die Fluggäste lachten. »Dafür schiebt uns der Rückenwind schneller ans Ziel. Wir landen in einer halben Stunde. Ich hoffe, Sie haben einen guten Flug gehabt.«

Joe sah zu Anett, sie las. Die Ruhe in Person!

»Wir sind gleich da«, bemerkte er.

Sie klappte das Modejournal zusammen.

»Haben Sie einen interessanten Text gelesen?«

Sie sah ihn erstaunt an. In einer Modezeitung? Wofür hält er mich? Dann lächelte sie etwas spöttisch. »Ja, die Reklame für Wimperntusche.«

Der Flughafen in Heathrow übertraf an Größe tatsächlich die wenigen Flughäfen, die sie bisher gesehen hatte. Unbeirrt führte Joe sie durch das Labyrinth an den vielen Reisenden vorbei zum Taxistand. Neben ihnen ging eine junge Frau in einem altmodischen, zerrissenen Cape, sie trug eine Menge bunter Halsketten aus Glasperlen und sprach mit sich selbst: »Ich steckte ihm eine Nadel ins Ohr, das fand er gar nicht lustig.«

»Eine Verrückte«, sagte Joe.

»Wer ist heute noch normal?«

Es goß in Strömen, und sie beeilten sich, die Taxis

zu erreichen. Anett kam es komisch vor, den Fahrer auf der rechten Seite sitzen zu sehen. Joe nannte die Adresse des »Hilton«. Durch die Scheiben sah man grüne und rote Lichter vorbeihuschen. Die Scheinwerfer durchdrangen die Finsternis und entrissen der Nacht die auf der »falschen« Straßenseite dahinrasenden Londoner.

Er stieg mit ihr vor dem Hotel aus. Schweigend trug er ihre Tasche die regennassen Stufen zum Portal hinauf. Sie blieb vor der Eingangstür stehen. Gierig atmete sie die feuchte Luft ein.

»Sie werden sich erkälten.«

Anett gab keine Antwort. Für einige Sekunden war sie glücklich. Ihr Traum hatte sich in Wirklichkeit verwandelt. So lange habe ich meine Wünsche, meine Sehnsucht daran gehängt – und jetzt: London, nach so vielen Umwegen...

Joe meinte, Tränen in ihren Augen zu sehen.

Sie aber lächelte. »Ich fühle mich lebendiger denn je.«

Er brachte sie in ihr Zimmer. Sie blickte ihn an mit ihren staunenden Augen. »Ich bin glücklich, Joe, einfach glücklich.«

Sie küßte ihn hastig und wußte selbst nicht, warum. Er spürte ihre feuchten Lippen.

Am nächsten Morgen wachte sie allein auf. Sie hatte sich ihm hingegeben wie vielen anderen zuvor. Sie wollte das Glück bis in den letzten Winkel ihres Körpers fühlen. Er erwartete sie zum Frühstück in der Hotelbar. Anett begrüßte ihn in einem engen, stahlblauen Kleid. Der lange Seitenschlitz gab bei jedem Schritt die Beine frei. Ihr kupferrotes Haar leuchtete, und an den Ohren hingen große, schwere Silbermuscheln. Joe sah sie bewundernd an. Sie ist zweifellos die ungekrönte Königin der Hotelgäste, dachte er.

»Guten Morgen«, begrüßte sie ihn reserviert, als hätte es die vergangene Nacht nie gegeben.

Joe fühlte einen kleinen Stich. Ihretwegen war er in der Nacht nicht zu seiner Frau gefahren. Die wenigen Stunden bis zum Morgengrauen verträumte er in einem Pub weit außerhalb der Stadt, ohne etwas zu trinken. War es lächerlich, bei ihr Rettung zu suchen? Sie spielte die kühle, beherrschte Anett, dabei wußte er, wie sinnlich, wie leidenschaftlich sie in der Dunkelheit ihrer Phantasie freien Lauf ließ.

»Schau nicht wie ein verliebter Schuljunge«, rügte sie.

»Ich könnte mich scheiden lassen...«

Sie schüttelte ihre rote Mähne. »Nicht nötig.«

»Warum?«

»Nimm es hin, es hat mir Spaß gemacht.«

»Mir auch.« Er deutete einen Handkuß an. »Ich meine es ernst. Du könntest in London bleiben!«

»Nicht wegen einer Nacht!«

Er fing plötzlich an zu lachen, laut und lange; er geriet außer Atem. Dann bestellte er Whisky. Wozu sollte er jetzt verzichten? In wenigen Stunden würde ohnehin alles vorbei sein.

Und Anett? Nun, sie liebte womöglich einen anderen, würde zurückkehren in das kalte Berlin. Alles wurde auf einmal klar, sogar alltäglich: Es war ein kurzes Verhältnis, weiter nichts. Der Spott in ihrer Stimme war unverkennbar: »Deswegen trinkt man nicht. Laß uns lieber gemütlich frühstücken.«

Anschließend fuhr er mit ihr ins Studio. Das Interview lag fertig ausgedruckt auf seinem Schreibtisch. Trotz ihres begrenzten Schulenglischs verstand sie mühelos den Text. Eine rührselige Geschichte über eine junge ostdeutsche Liebe, die unter der Diktatur des roten Systems zerbrach. Anett lächelte in sich hinein. Niemand würde damit ihr wirkliches Leben in Zusammenhang bringen. Nein, darin stand wirklich nichts Authentisches. Sie erkannte in sich die perfekte Lügnerin. Und wenn schon, sagte sie sich, wen wird morgen interessieren, was heute in der Zeitung steht.

»Zufrieden?«

Sie nickte.

»Okay, dann fahren wir jetzt in ein Kaufhaus und machen dort die Fotoserie von dir.«

»Als Reklame für Wimperntusche?«

Er lachte über ihren Sarkasmus. Ein leichter Regen fiel.

»Regnet es immer in London?«

»Oft.«

Zärtlich legte er den Arm um ihre Schultern. Er ist besitzergreifend, bestimmt neigt er zur Eifersucht, könnte bis zur Selbstaufgabe lieben. Leider, leider ist er zu alt für mich. Es ging bergauf mit Anetts Stimmung.

Das Kaufhaus quoll über von Angeboten. Anett nahm die neugierigen Blicke, die ihr und dem Fotoreporter galten, nicht wahr. Profimäßig lächelte sie in die aufblitzende Kamera, drehte sich in die gewünschte Haltung, versprach Erotik im Abendkleid, fröhliche Ausgelassenheit in Jeans und sportliche Eleganz im Adidas-Dress. Nach zwei Stunden zitterte sie vor Kälte – die Klimaanlage war auf winterlich angezogene Käufer eingestellt –, doch sie lächelte. Endlich verdiente sie richtiges Geld, vielleicht fünfhundert Mark. Sie stand auf einer Rolltreppe, die

Joe eigens für sie hatte halten und absperren lassen. Ein riesiger Kristallüster beleuchtete eine große Menschenansammlung unter ihr. Anett sah in neugierige, blasse Gesichter. Wie zu Hause, dachte sie.

Endlich rief Joe: »Schluß!«

Anett fühlte sich vor Hunger ganz schwach, ihr war weich in den Knien, und alles verschwamm ihr vor den Augen. Joe bemerkte es. »Möchtest du, daß wir essen gehen?«

Sie nickte stumm. Er führte sie zu einer Markthalle. Hier herrschte reges Treiben: Fleischer, Gemüsehändler, Lebensmittelverkäufer drängten sich dicht an dicht. In dem alten, hellgetünchten Gewölbe verging ihr der Appetit beim Anblick der Berge von Geflügel. Sie kam sich in all dem Überfluß wie ein ausgehungerter Flüchtling vor. An Haken schwankten ausgeweidete Rinder, blutrot, bis ins unerträgliche Rosa. Wie viele Ochsen und Kälber braucht so eine Stadt? Wie viele gesprenkelte Eier und Wachteln? Am Fischstand lagen riesige Tintenfische, Steinbutte, Makrelen, Austern und anderes Seegetier. Der Geruch war ihr unerträglich. Die Hände der Verkäufer waren blauviolett. Im Becken schnappten Karpfen nach Luft. Joe zog sie am Gemüsestand vorbei. Gleichgroße Karotten lagen neben Treibhausspargel. In kleinen Körbchen häuften sich Champignons. Daneben Berge feiner Jaffa-Apfelsinen, Äpfel, ganze Bündel Bananen, frische Feigen und Ananas. Zwei Marktfrauen aßen Suppe und wärmten sich die kalten Finger an der Schüssel. Fachkundige begutachteten den Käse, erkundigten sich nach den Preisen.

Blumen standen zusammengepreßt in großen Behältern. Zentner von Rosen, Nelken und fremdartigen Gebilden. London kannte keine Jahreszeit für Maiglöckchen, Azaleen, Primeln, Mimosen oder Hyazinthen.

Anett ging neben Joe wie aufgezogen; sie spürte nicht einmal den Hunger; das Überangebot erdrückte sie, von den Gerüchen war ihr übel. Das war kein Essen, von dem man träumen konnte, sondern eine Herausforderung an das Verkaufstalent der Markthändler, an die Waagen, an die Kunden, an die Brieftaschen. Joe bot Anett an, sie zum Hotel zu fahren.

»Gut, wir holen meine Sachen. Ich möchte doch lieber heute abend zurückfliegen.«

»Du hast doch noch Zeit«, versuchte er sie zum Bleiben zu überreden.

»Wir könnten ja noch zu Madame Tussaud fahren«, gab sie nach.

Nachdem sie ihre Koffer sicher im Auto wußte, schloß sie die Augen und schlief ein. In einer Seitenstraße stoppte plötzlich der Wagen: Demonstranten.

Anett öffnete die Augen und verzog das Gesicht. »Wie in Leipzig. Fahr doch einen anderen Weg, mir bleibt nicht mehr viel Zeit. Du hast mich auf die Verruchten, Berühmten in Wachs richtig neugierig gemacht.«

Im Kabinett der stummen, wächsernen Gestalten brach Anetts alte Fröhlichkeit wieder auf. Albern umarmte sie Michael Jackson, stellte sich vor Charlie Chaplin, als wollte sie ihn küssen, und verharrte selbst in der Position einer Tussaud-Figur. Kaum saß sie jedoch im Auto, schlummerte sie wieder ein. Joe dachte an Mary, warum blieb er bei ihr? Er liebte seine Frau nicht und hatte ihr das auch nie gesagt. Für ihn war sie damals nur eine weitere Eroberung in seinem täglichen Wechselspiel mit den Frauen gewesen; eine hübsche, dazu als unnahbar geltende Frau. Erst jetzt merkte er, wie stark seine Gefühle für ein Mädchen wie Anett waren. Er verging fast vor Eifersucht, wenn er sich vorstellte, daß sie in knapp zwei Stunden zurückfliegen würde. Mit ihr hatte er sich wirklich amüsiert. Marys Umarmungen, deren er schon lange überdrüssig war, traten in den Hintergrund. Anett belebte ihn. Es kam ihm wie ein Lottogewinn vor, daß sich ausgerechnet im kalten Berlin ihre Wege gekreuzt hatten.

Er fluchte leise. Was bringt mich an der Seite dieser Frau so durcheinander? Er hatte sich sofort in sie verliebt. Marys Schönheit war kalt wie die einer Kunstpuppe. An Anett war alles aufregend: die feurigen Haare, die leuchtenden Augen, die schmalen Hände, das undefinierbare Lächeln, wenn sie an Ledergeschäften vorbei gingen, in denen Kleider oder raffiniert geschnittene Kostüme hingen. Bereits in der letzten Nacht mußte er sich eingestehen, daß er nie zuvor einer solchen Frau begegnet war. Sie hatte sich ihm hingegeben, nicht mit den Hemmungen eines jungen Mädchens, sondern mit Wonne und dem Aufschrei der Lust. Eine sinnlose, kindische Freude erwachte in ihm. Vielleicht blieb sie doch?

Anett erwachte. »Sind wir am Flughafen?«

»Möchtest du wirklich nach Hause fliegen?«

»Ich denke, es wäre besser. In Berlin passiert zur Zeit so viel Neues, das ich sehen muß.«

Sie sagte das ohne Bedauern. Joe ärgerte sich; er hatte etwas anderes erwartet. Ihm wurde klar, daß es zwecklos war, sie zum Bleiben überreden zu wollen. Er verliebte sich immer in die Falsche... Für sie hätte er alles aufs Spiel gesetzt.

»Wir sehen uns bestimmt wieder, wenn nicht hier, dann irgendwo anders auf dieser Welt.«

»Was gefällt dir nicht an London?«

Verdammt, er fing an zu nerven.

»Wie soll ich das erklären? Zwischen uns ist eine Kluft, und ich weiß nicht, wie man sie überbrücken könnte.« Anett dachte ungeduldig: Ich kann doch nicht sagen, du bist mir einfach zu alt, dich haben sie vor meiner Zeit geprägt, ich sammle keine Antiquitäten. Laut sagte sie: »Wir passen aus vielerlei Gründen nicht zusammen.«

»Du verläßt mich wirklich?«

»Eine Lüge wäre viel leichter. Du wirst es nie verstehen. Meine und deine Vergangenheit stehen zwischen uns. Du hättest mir viel früher über den Weg laufen sollen.«

»Anett, ich bin allein, genau wie du.«

»Ja, aber zusammen sind wir nicht zwei, zusammen sind wir eine Null. Mach es gut.«

Sie drehte sich nicht einmal mehr nach ihm um.

Anett triumphierte innerlich. Ich bin reich. Sie hatte knapp zweitausend Mark im Portemonnaie. Eine Modelkarriere kam nicht mehr in Frage, aber für jeden anderen Beruf standen die Türen offen. Sie ahnte, daß sich nun auch eine Wende in ihrem persönlichen Leben ereignen würde.

Manuela hatte Anetts Besuch nicht so bald erwartet, deshalb öffnete sie mißgelaunt die Tür, als Anett läutete.

»Was ist dir denn über die Leber gelaufen? Du siehst ja aus, als hätte dich die Huhn zu einem Rendezvous im Schatten der alten Eiche bestellt.«

»Sehr witzig. So komme ich mir auch vor. Plötzlich

traut man sich gar nicht mehr unter die Leute. Ich fühle mich von jedem begafft.«

»Wie kommst du denn darauf?«

»Ist doch wahr! Will man sich ein paar schöne Stunden im Westen gönnen, heißt es gleich: Sieh mal, die Ossibraut.«

»Was ist denn das für ein Quatsch – Ossibraut?«

»Na, sieh dich doch mal an. Du läufst in den schärfsten Klamotten herum und ich? In mir erkennen alle gleich das Zonenkind.«

»Du spinnst ja«, widersprach Anett. »Außerdem habe ich dir was Hübsches mitgebracht.«

»Aus London?«

Anett reichte ihr eine braune Papiertüte.

»Da, nimm, ist für dich.«

»Für mich?«

»Ja, nun schau schon nach.«

Manuela zog ein mit Teddybären bedrucktes T-Shirt hervor. Begeistert lachte sie auf. »Danke!«

Während sie das T-Shirt überzog, fragte sie: »Weshalb bist du nicht gleich in England geblieben? Ich meine, so eine Möglichkeit bietet sich nicht alle Tage.«

»Sieh mal einer an, die Bären haben ja richtige Köpfe.«

Manuela sah verdutzt an sich herunter. Ihre Brüste wölbten die Bärenhäupter genau an den richtigen Stellen.

»Das ist ja komisch. Sonst sind sie nie zu sehen.«

»Ach, hör schon auf, du hast eine gute Figur.« Anett gähnte. »Müde bin ich!«

»Wie war es überhaupt in London?«

»Toll, einfach irre. Nur der Zeitungsfritze ging mir auf die Nerven. Auf dem Hinflug ließ er kein Auge von mir. Dann sah er weiß wie das Sandwich aus, das er zuvor verspeist hatte, so daß es mich nicht gewundert hätte, wenn es auf natürliche Weise wieder zum Vorschein gekommen wäre. Ansonsten spielte er den Verliebten und faselte was von Scheidung.«

Manuela riß neugierig ihre Augen auf. »Hast du etwa mit ihm Sex gehabt?«

»Ja, der Körper braucht das.«

Manuela prustete los. »Der Körper braucht das! Du redest darüber wie vom Essen.«

»Mehr ist es auch nicht. Andere nehmen nach dem Hauptgang ein Dessert, ich einen Mann. Du weißt, Süßes kann ich mir nicht leisten.«

»Deiner Figur wegen?«

»Ja.«

Manuela grinste.

»Es soll ja Frauen geben, die werden nicht von Schokolade dick, sondern vom...« Sie lachten.

Dorit besuchte Anett. Sie beklagte sich über die letzte Diät: »Wie sehr ich mich auch abplage, ich bin nie schlanker geworden. Jetzt habe ich fünf Kilo abgenommen, die sind nächste Woche wieder drauf. Wir machen nämlich eine kleine Party. Kommst du auch?«

»Was gibt es zu feiern?«

»Meinen Geburtstag und den Mauerfall.«

»Wo feierst du denn? Deine Wohnung ist doch viel zu klein.«

»Im Anwaltsbüro von Hannes. Er ist ein Verflossener. Hat sowieso eine Jubiläumsfeier. Wir teilen uns die Kosten. Wird interessant.«

»Sind wenigstens ein paar fremde Gesichter darunter?«

Dorit nickte spitzbübisch. Anett sagte zu.

Unter all den fröhlichen Gestalten fiel ihr der lachende junge Mann am kalten Büfett auf, der seinen beladenen Teller gekonnt balancierte, während er darauf türmte, was die silberglänzenden Metalltabletts anboten. Gerade hatte er ein ruhiges Plätzchen gefunden und den ersten Bissen auf der Gabel, als sich über seinem Tellerrand Anetts und seine Blicke trafen.

»Guten Appetit!« sagte sie.

Er hatte sich eben etwas vom Räucherfischsalat »Rostocker Art« in den Mund geschoben und bekam einen Hustenreiz. Schnell drehte er sich um, quälte die köstliche Masse hinunter und wendete sich keuchend, mit geröteten Augen und verklärtem Blick wieder in Anetts Richtung.

»Danke«, sagte er schluckend, »den Salat müssen Sie unbedingt probieren, der ist einfach Wahnsinn.«

»Das sah aber eben gar nicht so aus«, erwiderte sie.

Dorit kniff sie in die Seite und flüsterte: »Viel zu jung!«

Aber Anett stand schon neben ihm, nahm mit ihrer Gabel von seinem Salat und aß ungeniert mit ihm »aus einem Napf.«

Eine dunkelhaarige schöne Dame, sie trug eine intellektuell anmutende Brille, griff ihn besitzergreifend um die Hüften. Sie stellte »ihren« Rüdiger vor. »Wir waren zwei Jahre zusammen, bis...« Die Schöne sah ihn vertrauensvoll an.

Er half ihr: »Bis ich schwul wurde.«

Anett blinzelte. »Was, zwei Jahre? Das hätte ich doch gemerkt!« Nach kurzem Zögern setzte sie hinzu: »Bei dir würde ich gar nicht auf die Idee kommen, daß du nicht homosexuell bist, so wie du aussiehst!«

Rüdiger blickte sie interessiert an. Im weiteren Verlauf des Abends saßen die drei zusammen und tauschten sich über die Konsequenzen ihrer Beziehungskrisen aus und erörterten Ursachen. Die Dunkelhaarige hatte seit dem 9. November einen »Neuen«, einen Spanier.

Die Grenzöffnung hat offensichtlich auch der internationalen Liebe gut getan, dachte Anett belustigt. Rüdiger lebte mit einem Mann zusammen. Das schien nach seinem Eingeständnis das einzige zu sein, was die beiden verband. Ansonsten sei es sehr eng und bedrückend für ihn, klagte er, genauso wie damals. Er blickte seine Exfreundin an, sie nickte.

»Ja, immer wieder dasselbe.«

Rüdigers Offenheit verblüffte Anett. Er sprach ohne Hemmungen. Er wisse nicht, ob er für immer schwul sein wolle. Er wünschte sich Kinder. Ob man sich Homosexualität aussuchen könne?

Anett verkündete: »Für mich kommt nur eine Beziehung in Frage, bei der man sich nicht gegenseitig im Weg ist.«

Das fand Rüdiger toll und neigte sich ihr zu.

»Mein Traum von einem alten Haus, an dem alles halbwild herumwächst, das ist es, was ich mir wünsche.«

Anett hatte andere Vorstellungen vom Leben; Häuschen und Garten, so ein Quatsch. Jetzt, wo ihr die Welt grenzenlos offenstand. Sie schmiedete ganz andere Pläne. Sie wollte in den Westen ziehen, sich einen Job suchen, Geld verdienen, und dann... Vorsichtshalber sagte sie nichts. Sie vernahm während des Abends noch oft genug Spekulationen, was nun plötzlich alles möglich sei und was man machen wolle, jetzt, da man könne.

Rüdiger fragte unerwartet nach ihrer Adresse.

Silke konnte sich die Bemerkung nicht verkneifen: »Früher, als er noch auf Frauen stand, interessierten ihn Männer, heute, seit er schwul ist, interessiert er sich für Frauen.«

»C'est la vie, so ist das Leben, liebe Silke, voller Überraschungen«, sagte er.

»Ich muß mich nun leider verabschieden, der Tag morgen wird anstrengend.«

Er gab den Frauen ein Abschiedsküßchen – so wie er es unter Männern »vom andern Ufer« gewöhnt war.

Jetzt wurde es langweilig für Anett. Sie verließ die Party.

Rüdigers aufmerksame blaue Augen bescherten ihr eine unruhige Nacht. Sie hoffte, er würde sich melden. Vielleicht war Rüdiger der Mann, dem sie nicht nur ihren Körper anbieten, sondern dem sie auch ihre Seele anvertrauen konnte. Sie wünschte sich, er würde sich in sie verlieben und bei ihr bleiben. Einfach so.

Wenige Tage später stand er vor ihrer Tür. Sie hatte sich in der Zwischenzeit so in den Wunsch gesteigert, daß sie nur ein verlegenes »Guten Abend« herausbrachte. Ihm ging es ähnlich, er hatte lange nichts mit einer Frau gehabt, und alles war wieder neu für ihn.

»Hallo, guten Abend, Anett«, stotterte er. »Ich hab' uns Hähnchen mitgebracht, das können wir zusammen essen.«

»Wie den Räucherfischsalat auf Rostocker Art?«

»Ja, vielleicht so. Hast du Zeit?«

Anett freute sich über seinen Besuch. »Ja, natürlich, außerdem mag ich Geflügel für mein Leben gern. Komm rein.«

Er überspielte seine Verlegenheit, indem er den Stoffaffen auf dem Sofa süß fand und unter seine Achsel klemmte.

Anett holte einen Teller und wickelte den tropfenden, fettigen Gockel aus der Folie. Während sie aßen, fragte sie: »Und, wie geht's deinem Freund?«

Rüdiger hätte sich fast verschluckt. »Der würde ausrasten, wenn er wüßte, daß ich bei einer schönen Frau sitze. Er ist fürchterlich eifersüchtig.«

»Grundlos natürlich«, beruhigte ihn Anett und strich ihm mit der noch sauberen Hand durchs Haar.

Das verwirrte ihn und holte die Verlegenheit wieder auf das Sofa. Sie bot ihm Apfelsaft an, auch diesen tranken sie aus einem Glas.

»Freu dich doch, daß er eifersüchtig ist«, nahm Anett das Gespräch wieder auf.

Rüdiger blickte sie wie ein Schuljunge an. »Du hast doch sicher auch jemanden, der auf dich aufpaßt?«

»Auf mich?« Anett warf den Kopf in den Nacken. »Das kann ich selbst.«

Er nahm ihre fettfreie Hand an sein Gesicht und sagte: »Du lügst.«

Anett fühlte sich bis ins Innerste ertappt. Ihre ganze Hilflosigkeit, die sie sonst geschickt verbarg, überfiel sie.

»Heul dich aus«, sagte er voller Mitgefühl und drückte sie an seine muskulöse Brust. Sein Pullover roch nach Weichspüler und erinnerte Anett an Mutters Waschtag.

Seit Jahren schlief sie wieder einmal neben einem Mann, ohne an Sex zu denken. Als sie am nächsten Morgen das Fenster öffnete, voller Freude über den ersten Schnee, der an diesem Dezembertag gefallen war, und erneut zu Rüdiger ins Bett stieg, wußte sie, daß er wiederkommen würde.

Rüdiger blieb ein Freund, dem sie ihre Geheimnisse anvertrauen konnte, bis er sich einen Franzosen schnappte und mit ihm in der Bretagne verschwand. Das war das auslösende Moment, das Anett signalisierte, daß sie ihr Leben umkrempeln mußte. Sie gab heimlich ihre Wohnung auf, schenkte Manuela die Garderobe, die sie höchstens ein- bis zweimal zu einem Theaterabend getragen hatte, und ließ Fragen nach ihrem neuen Wohnort unbeantwortet. Da man in Deutschland zwar von der Wiedervereinigung sprach, diese aber bislang nicht stattfand, gab sie die jahrelang geübte Vorsicht nicht preis. Noch gab es Ost und West. Ihre Zukunft sah sie im Westen, doch auch wenn der Weg dorthin jetzt kurz und ungefährlich war, wollte sie keine Rechtfertigungen ihren Freunden gegenüber abliefern müssen.

Ungehindert verließ sie das Land, das es bald nicht einmal mehr auf der Landkarte geben sollte, die DDR. Nie mehr wollte sie zurückkehren. Außer dem Stoffaffen nahm sie nur das Fotoalbum aus der Vergangenheit mit.

Durch ein Inserat in einer Tageszeitung fand sie bald eine kleine, sanierte Hinterhofwohnung in einem Berliner Stadtviertel, in dem sehr viele Ausländer wohnten. Hier genoß sie die Ruhe vor unbequemen Landsleuten, die gerne in die Kochtöpfe anderer schielten. Sie bemühte sich, einen Job in einem der großen Kaufhäuser zu finden. Von Kleidung verstand sie etwas, nur wußte sie nicht recht, wie sie diese an die Kunden bringen sollte. In einem Vorstellungsgespräch fiel ihr Manuelas lachendes Gesicht ein, wenn sie sich ein neues Spiel ausdachte, und ihr war, als spiele sie auch. Verkäuferin zu werden, war ihr bisher nie in den Sinn gekommen. Sie lächelte kaum merklich.

Da fragte der Personalleiter unerwartet: »Welche Sprache beherrschen Sie?«

»Meine Muttersprache und Englisch.«

Sofort sprach sie in der Fremdsprache weiter. Aus seinen Blicken konnte sie schließen, daß er kein Wort verstand; angespannt lauschte er ihren Ausführungen über Modemessen im Ostblock. Offenbar wurde es ihm ungemütlich, er spielte nervös mit seinem edlen Waterman-Füller.

»Gut, gut, ich werde Sie für vier Wochen zur Probe einstellen«, unterbrach er sie und klopfte auf Holz.

Als ob Holz vor Unglück bewahre; sie konnte sich ein ironisches Lächeln nicht verkneifen. Eine Sekretärin trat ein. Sie trug das Haar männlich kurz geschnitten und war stark gepudert. Der Chef griff nach der Post, schien sich dann wieder auf Anetts Anwesenheit zu besinnen und verabschiedete sie kühl: »Seien Sie pünktlich am Montag.«

Das große Kaufhaus mit seinem Glanz, seiner Fülle von Waren wirkte auf Anett wie eine überquellende Schmuckschatulle. Gleich neben dem Eingang hingen an Ständern Halsketten aus schweren, bunten Steinen, ähnlich, wie sie Anett in London gesehen hatte. Daneben befanden sich Theken mit den verschiedenen Parfüms, deren Duft jeder Kunde sofort testen durfte und die in ihrer Mischung einen unerträglichen Geruch verbreiteten. Auf Spiegelregalen leuchteten Glasgegenstände in Blau – der Modefarbe des Jahres – in allen erdenklichen Formen. Gipsengel neben Wachsrosen – ein überdimensionales Angebot schrie nach Käufern. Anett stellte sich gar nicht erst die Frage, wieviel Mühe wohl für die Dekoration all dieser Dinge aufgewendet wurde. Sie wartete an ihrem Stand und sah nur den großen, schlanken Mann, der allein die Rolltreppe herunterkam und sie dabei unverwandt anstarrte. Anett wußte genau: Gleich wird er mich ansprechen. Hinter dem Tisch mit den teuren Dessous fühlte sie sich den Blikken ausgesetzt, besonders denen der Männer. So gesehen ist es nicht anders als an der Hotelbar, dachte sie und lächelte gewinnend.

Der Mann änderte plötzlich die Richtung, als wolle er zum Uhrenstand. Anett dachte: Wenn er jetzt nicht zu mir kommt, werde ich verrückt. Neidvoll sah sie zu der Kollegin hinüber, die etliche Jahre mehr unter ihrem Make-up versteckte. Schweiß brach ihr aus, sie zitterte. Die körperliche Anspannung irritierte sie; schnell suchte sie nach einem Tuch, um sich die feuchte Stirn abzutupfen. Was sie seit langem ahnte, nahm nun gnadenlos Besitz von ihr: die Sucht nach einem Mann. Länger als drei Tage hielt sie es ohne Sex nicht aus.

Wird er kommen? Gereizt mußte sie mit ansehen, wie auch die anderen Kolleginnen ihm hinterherschauten. Der Mann schlenderte gemächlich um die Verkaufsstände. Anett schätzte sein Alter um die vierzig Jahre. Er trug schlichte, elegante Kleidung, was ihn sportlich aussehen ließ. Für einige Sekunden sah er Anett in die Augen, dann steuerte er auf sie zu. Ungeniert begann er die Spitzenunterwäsche in der Vitrine zu mustern. Gebannt fixierte sie ihn.

Gleich schnappe ich zu! Schade, er ist kein Kaninchen, und ich bin keine Kobra. Komm, noch näher, noch ein bißchen, dann kann ich dich ansprechen.

Sie öffnete gerade den Mund, da hörte sie hinter sich: »Hat dich jemand hypnotisiert?« Entgeistert fuhr sie herum.

»Peter…?«

Vollkommen überrascht vergaß sie den Kunden. Peter lachte.

»So schrecklich verändert habe ich mich doch wohl nicht! Alles, was du siehst, ist echt. Zuerst dachte ich, ich sehe nicht richtig, ich mußte zweimal hinschauen, um dich zu erkennen. Du verkaufst jetzt?«

Anett faßte sich schnell. »Warum auch nicht? Ich verdiene hier mehr Geld als ich jemals drüben in Aluminiumchips[1] auftreiben konnte. Und Geld stinkt bekanntlich nicht.«

Sie sah über seine Schulter hinweg nach dem Mann. Peter erkannte, daß sie keine Zeit für ihn hatte.

»Aha, der Herr mit den Kupferpfennigen will bedient werden!«

»Mach dir nicht ins Hemd, mit Aluchips kannst auch du hier nichts anfangen. Also, was ist los?«

Peter überlegte: Sollte er Anett mit seinen Problemen behelligen? Sie hatte wohl längst die Entscheidung über ihre berufliche Laufbahn getroffen. Trotzdem, aus alter Freundschaft könnte sie sich für seine Sorgen interessieren.

»Weißt du«, begann er das Gespräch, »im Theater werden ziemlich viele entlassen, da geht es jetzt

---

1 Kleine DDR-Münze aus Aluminium (Anm. d. Autorin)

mächtig drunter und drüber. Die Ereignisse der letzten Wochen...«

Der Mann vor Anett nahm sein Recht, als Kunde bedient zu werden, in Anspruch und unterbrach: »Entschuldigen Sie, würden Sie mir den lachsfarbenen Slip in Größe 38 zeigen?«

Anetts strahlendes Lächeln hätte sich jede Verkäuferin zum Vorbild nehmen können.

»Ja, gern«, sagte sie liebenswürdig. Zu Peter gewandt, flüsterte sie: »Warte, bis ich fertig bedient habe.«

Peter redete weiter, aber sie beachtete ihn nicht mehr. Mitten im Satz brach er ab und hörte zu, wie Anett sich bemühte, den Seidenslip an den Mann zu bringen.

»Herrlich, die sanften Pastelltöne.« Ihre Stimme schmolz dahin. Sie drückte dem Kunden das dreieckige Stückchen Stoff in die Hand. »Fühlen Sie mal, einfach himmlisch!«

Der Kunde entschied sich für das Höschen, und während sie ihn zur Kasse begleitete, lud er sie zum Abendessen ein.

Peter stand noch am selben Fleck, als sie zurückkam, und setzte das Gespräch fort, als hätte es keine Unterbrechung gegeben.

»Alles hat seine Grenzen, jetzt bilden sie einen runden Tisch, um alle Kollegen, die sie jahrelang als Freunde bezeichnet haben, zu entlassen. Ich war bestimmt keine rote Socke[1], aber einfach zusehen, wie sie sich gegenseitig in den Abgrund stürzen, kann ich

---

1 Mitglied der SED (Anm. d. Autorin)

auch nicht. Ich habe Angst! Plötzlich reißen alle das jahrelang stumme Maul auf. Niemand will der Schwarze Peter sein. Du wirst sehen, die Dummen werden wieder die Arbeiter bleiben!«

Anett war in Gedanken noch bei dem Höschenkäufer. »Beruhige dich, du Phantast. Ich verstehe deine Aufregung nicht. Du kannst doch nun auch in der Politik mitmischen, das machen doch jetzt viele, scheint geradezu ›in‹ zu sein. Bleib mir aber damit vom Leibe, mit Politik will ich nichts mehr zu tun haben.«

Peter blickte sie verblüfft an: »Was ist mit dir, Anett? Willst du, daß unser Land den Bach runtergeht?«

»Unser Land?« Sie lachte herablassend. »Soll ich dir mal was sagen? Ich fand es Scheiße! Sieh dir die Gemälde im Palast der Republik an, darauf findest du die gesamte Geschichte ›deines Landes‹. Arbeiterhelden, rote Fahnen, Wolken, schicke Häuser, pausbäckige Kinder, aber tatsächlich bedeutete es Dreck, nicht bloß in Leuna. Ich weiß wirklich nicht, was du von mir hören willst. Ich weiß nur eines: Dort will ich nie mehr leben. Und du? Worüber beklagst du dich überhaupt? Dir ging es doch gut, du hattest deine Kunst. Seit wann interessiert dich das arbeitende Volk?«

»Kunst? Anett, das ist Geschwätz. Die Texte sind uns oftmals bis zur letzten Zeile zensiert worden.«

»Ach, hör bloß auf! Auf einmal haben alle etwas Wichtiges zu sagen.«

Sie wandte sich ab. Peter begriff, daß für Anett die Vergangenheit vom ersten gemeinsamen Schultag bis zum 9. November 1989 nur eine lange Pause in ihrem Leben war. Sich an nichts mehr erinnern, nichts wissen wollen, nicht mehr daran denken, hieß ihre Devise. Eine Sekunde lang preßte sich sein Herz zusammen: Was wird aus ihr werden? Alles stürzte, alles wirbelte und schwand dahin. Seine Sehnsucht verlor die Kraft.

»Ich muß zur U-Bahn. Ich darf mich nicht verspäten. Auf Wiedersehen, Anett!«

Sie lachte. »Ja, ja: Wer zu spät kommt, den bestraft das Leben!«

Er schaute sie eigenartig an, sein Blick verwirrte sie. Da stand kein Schauspieler, kein Zweifler an Gott und der Welt. Vor ihr stand der Nachbarsjunge, der Schulfreund, der Traumwandler, der einmal der siebenjährigen Anett »den pinkelnden Hund« vorgespielt hatte und der von Hollywood träumte. Er rührte sie.

»Weißt du noch, du wolltest nach Amerika! Um berühmt zu werden. Damals haben wir darüber gelacht. Ich dachte, bis dahin sind wir längst tot. Das Warten hat jetzt ein Ende. Weißt du, was das Lächerlichste ist? Daß es kaum einer wagt, aus seinen Träumen aufzuwachen. Statt dessen gehen sie alle aufeinander los. Sag doch selbst, ist das nicht beschissen? Ich habe einen Anfang gefunden. Auch wenn es das Ende bedeutet, ich will es wenigstens versucht haben.«

Sie verabschiedeten sich.

Als Anett am Abend das Kaufhaus verließ, brannten ihr nicht nur die Füße vom langen Stehen, auch der Rücken tat ihr weh. Außerdem sprachen die Kolleginnen kaum ein Wort miteinander, so daß ihr der Arbeitstag endlos vorgekommen war.

Am Abend, auf der Straße, spielte sich das aufregende Leben und Treiben ab wie am Tage. Man riß gende Leben und Treiben ab wie am Tage. Man riß den Zeitungshändlern die neuesten Ausgaben aus der Hand, es bildeten sich kleine Gruppen Jugendlicher, die gemeinsam sangen oder den Straßenkünstlern zusahen.

Bloß nicht stehen bleiben, bloß nicht anquatschen lassen. Anett hatte nur den einen Wunsch, so schnell wie möglich ein heißes Bad zu nehmen und dann den Höschenkäufer zu treffen.

Der Mann erwartete Anett an der Cocktailbar des vereinbarten Hotels.

»Man sagt, daß sie hier ein gutes Bier haben«, begrüßte er sie.

Ich bin nicht zum Trinken gekommen, dachte sie und erwiderte: »Ich mag Bier nicht.«

»Was möchtest du trinken?«

Er duzt mich, nun gut, dann sind wenigstens die Fronten geklärt. Er weiß, was ich will.

»Ich nehme einen Kaffee.«

Noch hatte sie das Interesse an diesem Mann nicht verloren, obgleich es sie ärgerte, daß er sich nicht mit seinem Namen vorstellte. Derart plumpes Verhalten hatte sie nicht erwartet. Sie betrachtete ihn, und seine Muskeln versprachen eine zufriedenstellende Nacht. Ihre Phantasie galt nur seinem Körper. Ob er Ausdauer hat? Die schnelle Nummer mochte sie gar nicht. Ahnungslos wischte er sich den Bierschaum von den Lippen. Wenn du wüßtest, daß du zu den wenigen Auserwählten gehörst, von denen ich kein Geld will, würdest du deinen Blick nicht so selbstsicher an mir spazieren führen. Ich bin diejenige, die verführt, die erobert, nicht du. Es war kurz vor Mitternacht, als sie das Hotel verließen.

»Wie heißt du eigentlich?« fragte er sie unterwegs im Auto, als sie zu ihm fuhren.

Ganz spontan log sie: »Antonia.«

Im selben Augenblick wunderte sie sich darüber; bisher hatte es noch nie einen Grund gegeben, ihre wahre Identität zu verleugnen. Lag es daran, daß er sich offensichtlich nicht wirklich für sie interessierte? Gleichzeitig fand sie Gefallen an dem Namen; er klang fraulich, aber auch streng.

Er hielt in einer Villengegend. Durch ein geöffnetes Fenster drangen mitten in der Nacht die Töne einer Bratsche aus einem der Häuser. Sie blieb stehen und schloß die Augen vor Behagen.

»Wundervoll.«

»Das Wunder schwindet, wenn du das jede Nacht hörst. Ein Philharmoniker, der seinen Ehefrust an diesem Instrument ausläßt.«

»Immer noch besser als an seiner Frau«, sagte sie schnippisch.

»Ach, du müßtest sie sehen«, erwiderte er abfällig.

Ungeduldig schloß er die Haustür seiner weißen Villa auf. Noch bevor sie ins Haus trat, verlangte er: »Zieh die Schuhe aus.«

Die Fußbodenfliesen waren kalt, es war, als ginge sie über Eis.

»Das ist aber gar nicht gemütlich.«

Er überhörte ihre Feststellung, schlüpfte in weiße Tennisschuhe und ging voraus.

Anett sah sich in einem chromblitzenden Wohnzimmer, die Möbel standen akkurat, so wie der Innenarchitekt sie angeordnet haben mochte. Selbst die blauroten Seidenkissen auf den dunkelblauen Sitzmöbeln standen kerzengerade hintereinander. Ein ovales Schwimmbecken nahm die Hälfte des Zimmers ein. Üppige Palmen säumten den Beckenrand, die den Besucher ins private Paradies einluden.

»Oh, wie phantastisch! Darf ich schwimmen?«

»Ja, aber geh bitte zuvor unter die Dusche.«

»Denkst du, ich bin schmutzig?«

»Ich kenne dich nicht, wer weiß...«

»Stopp! Kein Wort weiter, es könnte dir leid tun«, fuhr sie ihn heftig an. »Ich bade bestimmt öfter als jede andere Frau!«

»Das ist mir egal, jeder Gast muß sich bei mir zuerst unter die Brause stellen.«

Er ging ins Nebenzimmer, sie sah, wie er sich auszog.

»Du wärst ein super Bademeister«, rief sie ihm nach.

Sie sah seinen stämmigen Nacken, als er das Hemd über den Kopf zog. Ohne Anzug wirkte er schwerfällig, wie ein Bauer. Grinsend verschwand Anett unter der Dusche. Wenig später stand sie verblüfft, dampfend vom heißen Wasser, am Pool; sie war allein. Ungeniert sprang sie nackt in das erfrischende, kühle Naß. Ausgiebig schwamm sie einige Runden, dann tauchte sie. Anett liebte Wasser, sie hatte keine Angst vor seiner Tiefe. Sofort brannten ihr die Augen vom reichlichen Chlor. Der desinfiziert wohl sogar die Luft zum Atmen, dachte sie und schwamm an die Oberfläche. Sie rieb sich die Augen, es dauerte einige Sekunden, bis sie die Umgebung erkannte; ihr Blick fiel geradewegs auf seine entblößte Gestalt. Vorsichtig, als scheue er das Wasser, stieg er in das Schwimmbecken. Ihr blieb genügend Zeit, die Winzigkeit seines Penis zu betrachten. Schlaff hing er herunter, bei jeder Berührung mit dem Wasser schrumpfte das Ding immer mehr, schließlich verkleinerte es sich fast bis auf die Größe seines Bauchnabels. Seine männliche Lächerlichkeit machte sie zornig. Gewöhnlich verlor sie nicht die Beherrschung, doch nun fühlte sie sich um die Investition des Abends betrogen. Ein Mann mit einem Männchen, das mir nichts bieten kann! Sie sah ihn auf sich zuschwimmen, mit einem Satz sprang sie aus dem Becken.

»Was ist?« rief er.

»Ein Mann ist immer nur so groß wie der Schwanz in seiner Hos'!«

Spöttisch sah sie auf ihn hinab.

»Verschwinde, du Schlampe!« schrie er wütend.

Anett kleidete sich an und verließ ohne ein weiteres Wort das Haus.

Gelangweilt stand sie nun Woche um Woche im Kaufhaus. Ihr Umsatz war mäßig, die meisten der Kundinnen bevorzugten die Wühltische mit den Sonderangeboten, ein Schlüpferpack zu sieben Mark fünfundneunzig. Mit den Kolleginnen hatte sie so gut wie keinen Kontakt; jede verrichtete ihre Arbeit und kümmerte sich nicht um die anderen. Die Arbeitsstunden zogen sich endlos hin.

Einmal ging sie zu einer älteren Verkäuferin, um sie zu bitten, ihr mit einer Schere auszuhelfen. Sie nutzte die Gelegenheit, um sie zu fragen: »Weshalb werden die Frauen, die sich das Schlüpferpack aus Baumwolle kaufen, geheiratet, und wir mit den teuren Dessous bleiben sitzen?«

Die Kollegin schaute Anett pikiert an: »Was meinen Sie? Ich trage auch die Baumwolldinger, und kein Kerl bleibt bei mir.«

Das ständige Lächeln, das ewige Werben für die

Büstenhalter aus verschiedenen Materialien, das Ausbreiten der Damenslips vor fast immer älteren Herren, die mißtrauischen Blicke der Kolleginnen hatte Anett bald satt. Das sollte alles sein? Nein, sagte sie sich, meine Freiheit besteht nicht darin, abzuschätzen, welcher Hintern in welche Unterhose paßt. Sie nahm sich vor, nach Dienstschluß Manuela anzurufen. Sie vermißte ihre Unbeschwertheit, ihre einfache Art, über Dinge zu reden, über die Anett nächtelang grübelte.

Anett liebte die Ruhe ihrer Hinterhofwohnung nach der Arbeit. Zuerst genoß sie immer ein heißes Bad, dann legte sie sich für zwei Stunden schlafen, um noch einmal auszugehen. Meistens jedoch erwachte sie, wenn der Wecker zum Arbeitsbeginn klingelte.

Diesmal wurde sie durch laute Musik aus der Nachbarwohnung aus dem Schlaf gerissen. Ihr erster Gedanke galt Manuela. Sie griff nach dem Telefon, es läutete ein paarmal, dann meldete sich die verschlafene Freundin.

»Hier ist Anett, kann ich kommen? Meine Stimmung ist miserabel.«

»Anett? Wo bist du überhaupt? Seit einem halben Jahr habe ich nichts mehr von dir gehört. Klar kannst du kommen, aber...«

Manuela stockte.

»Was ist? Sprich doch weiter!«

»Ich wohne nicht allein.«

»Wie, nicht allein? Hast du einen Freund?«

»Ja!« klang es leise, stolz durch die Leitung.

Anett klopfte das Herz. Sie hat einen Freund, und ich...?

»Störe ich da nicht?« fragte sie.

Manuela kicherte. »Ehrlich gesagt, ja. Klar würde ich dich gerne sehen, aber geht das nicht morgen? Ich meine, nicht so um Mitternacht?«

»Ich habe schon verstanden. Macht nichts, ich rufe noch mal an.«

»Nun warte doch einen Moment, jetzt bin ich sowieso wach«, versuchte Manuela das Gespräch zu retten. »Bist du noch dran?«

»Ja, ja, ich bin noch da.«

»Hör mal, Anett, jetzt ist bestimmt die blödeste Zeit, dich das zu fragen. Aber warum bist du ohne ein Wort verduftet?«

»Darüber reden wir, wenn wir uns sehen. Mach's gut, Manuela.«

Anett legte auf.

Am nächsten Tag kündigte sie im Kaufhaus. Sie ging in die Hotels. Dort fand sie Männer, die gerne ihr Tauschangebot annahmen. Zu kaufen war ihr Körper nicht. Sie vertrat den Standpunkt und gab das auch deutlich zu verstehen, daß sie nur einen Vertrag schloß. Sie bot Spaß an der Lust, und er hatte zu ihrem Lebensunterhalt beizutragen.

Ein Gast fragte sie einmal: »Was kostest du?«

»Kosten? Ich koste nichts, ich bin kein Gegenstand. Und mein Körper bleibt mein Eigentum.«

Oftmals wunderte sich Anett, mit welcher Emsigkeit sie das Ersparte zur Bank trug. Dabei bedeutete ihr Geld nicht viel. Na ja, hin und wieder leistete sie sich auch ein wenig Glanz. Nach drei Monaten buchte sie einen Flug nach Frankreich.

Das ermüdende Nachtleben strengte sie auf die Dauer an. Sie sehnte sich nach Urlaub, in einem Land, dessen Sprache sie nicht sprach, wo sie ungestört durch die Straßen flanieren konnte. Das glaubte sie jedenfalls, bevor sie in Paris landete.

Gleich nach ihrer Ankunft zog es sie zum Triumphbogen; sie wollte das Glücksgefühl der inneren Zufriedenheit völlig auskosten. Sie sah einen alten, zahnlosen Mann geröstete Kastanien verkaufen. Er bot ihr welche an, doch sie ging eilig weiter. Sie mochte es nicht, auf der Straße zu essen. Auf den Champs Élysées herrschte reges Leben. Besonders die vielen Frauen in auffälliger Kleidung zogen ihre Blicke an. Unweit der Promenade setzte sie sich in ein Restaurant. Gerade hatte sie Kaffee bestellt, als ein Mann zur Tür hereinkam, der sofort ihre Aufmerksamkeit fesselte. Nach einem freien Platz Ausschau haltend, drehte er sich im Kreis herum. Er trug einen hellgrauen Wollmantel, um den Hals hatte er einen dicken, braunroten Schal geschlungen. Das Haar zeigte erste silbergraue Strähnen, zwischen den Augenbrauen klebte ein winziges Heftpflaster. Das blasse Gesicht wirkte dadurch verwegen. Im selben Augenblick, als er Anett entdeckte, erkannte auch sie ihn: es war Joe. Freudig kam er auf sie zu. Sie sah, daß er mindestens zehn Kilo an Gewicht verloren hatte. Die weiblichen Gäste des Lokals blickten ihm nach.

»Gegen welche Mauer bist du denn gestoßen?« begrüßte sie ihn.

Er umschloß ihre kalte Hand mit beiden Händen.

Seine Miene hellte sich auf, als Anett weitersprach: »Du siehst gut aus, vielleicht etwas zu hager, aber gut.«

Sie freute sich, ihn hier zu treffen; in Berlin oder zu einer anderen Zeit hätte sie sich wahrscheinlich geärgert. Freundschaftlich zwanglos, ohne jede Verstellung plauderten sie.

»Das Interesse der Welt«, beklagte sich Joe, »beschränkt sich im Augenblick leider nur auf Deutschland; was in den Ostblockländern geschieht, interessiert niemanden. Die Russen und die Balkanländer werden den Kommunismus nicht so einfach los.«

»Was hast du eigentlich am Auge?«

Verlegen tippte er sich gegen das Pflaster. »Eine Entzündung.«

Sanft drückte sie seinen Arm hinunter. »Nicht anfassen.«

Die ungewohnt vertrauliche Geste erstaunte ihn.

In Anett stieg Begehren auf; dieser Mann, der ihr in London nichts bedeutet hatte, strahlte plötzlich eine unerklärliche Anziehungskraft aus. Sie sah ihn forschend an: Was hatte sich im vergangenen halben Jahr an ihm verändert?

»Es wird Krieg geben in Jugoslawien, du wirst sehen. Die kroatische Ustascha hat im Zweiten Weltkrieg zu den Deutschen gehalten, davor haben die Serben Angst. Sie werden versuchen, eine Neuauflage zu verhindern.«

Anett bewunderte seine Kenntnisse und Begeisterungsfähigkeit in Sachen Politik. Er rauchte in hastigen Zügen. »Was macht deine Frau?« fragte sie unvermittelt.

Er hustete, dann sagte er scherzend: »Ich habe eine Natter samt Terrarium geheiratet.« Ablenkend fragte er: »Warum trinkst du keinen Champagner?« Er zeigte auf ihren Kaffee. »Du solltest dich über unser Wiedersehen freuen, und außerdem ist es bis zu einem gewissen Grad ja auch dein Sieg, hier zu sitzen.«

Sie winkte ab. »Ich habe dazu nichts beigetragen.«

Er nahm erneut ihre Hand. Anett unterdrückte ein Lächeln. Sie wußte, daß es schwer war, einer Unterhaltung mit ihm zu entrinnen. Dann sah sie ihn ernst an und sagte: »Wenn es in Jugoslawien Krieg gibt, wirst du hingehen?« Sie wartete seine Antwort nicht ab. »Ich weiß, du wirst gehen.«

Ohne den Blick von ihr zu wenden, steckte er sich eine Pfeife an. »Du kennst mich ja besser als meine Frau.«

Anett lächelte hintergründig. Wenn du wüßtest, wie viele Männer ich besser kenne…

»Seit wann rauchst du Pfeife?«

»Ist gesünder, doch reden wir lieber von dir. Was treibt dich an die Ufer der Seine? Mode?«

Anett schüttelte heftig den Kopf. »Nein, damit ist es vorbei. Paris war immer einer meiner Träume.«

Joe nickte. »Und welche Träume sind da noch?«

Auf ihrem Gesicht lag ein geheimnisvolles Lächeln, das sie noch verführerischer aussehen ließ, als sie es ohnehin schon war. Joe gestand sich ein, daß seine Gefühle sich nicht geändert hatten. Er liebte ihre Aufrichtigkeit, ihre scheinbare Unnahbarkeit. Vorsichtig strich er ihr über die Fingerspitzen, am liebsten hätte er sie an sich gezogen. Anett fühlte, daß sie ihm nachgeben würde, jetzt sofort, falls er es wollte. Sie unterdrückte das Bedürfnis, ihm zu gestehen, wie unglücklich sie eigentlich war, daß die Reise nach Paris für sie eher einer Flucht gleichkam. Sie brachte es nicht fertig, zu sagen: Ich habe im Trubel der Ereignisse mein Gleichgewicht verloren. Sie wollte stark sein, deshalb seufzte sie nur: »Am liebsten wäre mir im Augenblick eine einsame Insel.«

»Ohne Mann?« fragte er verblüfft.

Sie lachte auf. »Richtig, daran habe ich nicht gedacht. Das wäre eine zu grausame Knute, der ich mich da unterwerfen würde.«

»Wollen wir ein Stück gehen? Ich könnte dir den Reiz dieser Stadt zeigen.«

Anett stimmte begeistert zu. »Ich dachte, als Fremde in der Fremde würde ich keinen Menschen kennen, und da läufst du mir über den Weg. Ein seltsamer Zufall.«

Am nächsten Tag regnete es von morgens an unaufhörlich: der Stadtregen eines langen, milden Winters. Paris wirkte trostlos. Anett betrachtete ihre durchnäßten Lederstiefel. Sie dachte an Joe, der leider keine Zeit für einen gemeinsamen Abend hatte aufbringen können, da er dringend einen Artikel schreiben mußte.

Es war alles so verworren. Wieder hatte sich ein Traum verwirklicht: Sie, das einfache Sachsenmädel, Anett aus Ostdeutschland, war in Paris! Sie hätte jubeln müssen, sich zwicken, um zu prüfen, ob sie träume. Und was geschah? Sie wurde vom Regen durchnäßt, weiter nichts. Darin lag so viel Normales, daß es sie erschreckte. Womöglich ist daheim dasselbe Wetter, die Winterkakteen blühen, und Mutter wird auf Post warten. Bevor sie in die westliche Welt hinaus durfte, hatte sie geglaubt, Paris sei eine glitzernde Stadt, eine Metropole der Mode und der Liebe.

Anett sah zum Himmel hinauf: den ganzen Tag würde es regnen, auch morgen und übermorgen. Dabei dachte sie an ihre Vorfreude auf die Reisen durch die weite Welt. Doch nun dämmerte ihr die Erkenntnis, wie allein sie eigentlich war und daß Einsamkeit ein lästiger Begleiter ist, wohin man auch zu fliehen sucht. Sie fühlte sich als unbedeutendes Teilchen einer großen Maschine, dessen Ausfall nicht einmal den Gang verlangsamte.

Erst jetzt konnte sie begreifen, wie sehr ihr ein Freund fehlte. Die letzte Meinungsverschiedenheit mit Peter kam ihr in den Sinn. Er ist nicht belastbar, dachte sie, man kann ihn brechen. Manuela läßt sich biegen, sie lacht und setzt sich durch, sie ist ein starker Charakter. Wo sie jetzt wohl sein mochte? Ob sie genau wie ich im Regen steht? Anett hätte sie gern, zu gern an ihrer Seite gehabt. Sie hörte ihr Lachen: Du mußt alles als ein Spiel betrachten..., und sie gab ihr recht. Die Einsamkeit einer Hure ist genauso unromantisch wie die Armut für Arme. Frauen wie sie verachtete man, nicht nur, weil sie nicht französisch sprachen. Vor einer Frau wie Anett warnten die Eltern ihre Söhne. Wer wußte schon, daß sie Abitur hatte, ins Theater ging, Gedichte las und Sehnsucht im Herzen trug?

Ein junger Mann rempelte sie an. »Oh, pardon«, entschuldigte er sich, als er seinen Regenschirm hob und sie ansah.

Anett gefiel die lustige Art, wie er sich verbeugte. Der einzige Pariser, den sie bei diesem Wetter fröhlich sah. Er strahlte übers ganze Gesicht, als er in Anett eine deutsche Touristin erkannte.

»Machen Sie nicht so ein trauriges Gesicht, Paris ist auch bei Regen schön. Seien Sie mein Gast. Hier riecht es nach Hühnern – ich habe lang kein Omelett mehr gegessen.«

Er brachte sie zum Lachen. Ich sollte wirklich nicht wegen ein paar Regentropfen den Kopf hängen lassen. Es hat schon Schlimmeres gegeben, gab sie ihm in Gedanken recht.

Anett fand schnell heraus, daß er Xavier hieß und

nicht nur Frankreich gut kannte. Das kleine Restaurant lag versteckt in einer der engen Gassen, durch die er sie führte. Sie hatten einander viel zu erzählen. Er kam aus einer armen Familie, die in einem Vorort von Paris lebte. Sein Vater haßte die Deutschen, da ihn der Zweite Weltkrieg ein Bein gekostet hatte. Xavier konnte es sich nicht leisten zu studieren, frühzeitig mußte er für den Lebensunterhalt seiner vier jüngeren Geschwister sorgen. Eine stehende Redensart seines Vaters war seitdem: »Die Deutschen sind wie nasses Hundefell, sie stinken erst, wenn sie mit Wasser in Berührung gekommen sind; man muß sich vor ihnen hüten, sie lecken einem nur so lange die Hand, bis das Fell trocken ist.«

Trotzdem fuhr Xavier mit drei Freunden in das fremde Land. Sie wollten Geld verdienen, viel Geld. Ostdeutschland blieb ihm jedoch unbekannt.

Anett sprach über sich und das Leben dort, sie sah dabei zum Fenster hinaus. Unvermittelt sagte sie: »Der Regen wird wohl niemals aufhören.«

Xavier schob den leeren Teller von sich, seine Finger streichelten flüchtig ihre Hand. Anett war die Berührung mehr als angenehm, sie fühlte die aufsteigende Wärme in ihrem Körper. Er stand auf und nahm seine Jacke.

»Komm.«

Sie sah, daß aus einer Tasche ein Buch hervorragte. »Was liest du da?«

Xavier nahm es heraus. »Gedichte.«

»Darf ich mal sehen?«

Er zog sie in einen Torbogen. Das vorspringende Dach bot genügend Schutz. Xavier schlug das dünne Buch auf. Sie konnte den Text nicht lesen. Plötzlich klappte er es zusammen und umarmte sie. Anett fühlte seinen heißen Atem an ihrer Wange.

»Ich habe keine Angst, dich im Regen zu berühren«, flüsterte er.

Von einer undichten Stelle tropfte der Regen auf sein Gesicht. Auch sie fühlte Wasser im Mund; hastig wischte sie mit ihren Händen über seine Wangen.

Er lächelte. »Wir werden der Welt zeigen, was französische Ausdauer bedeutet...«

Anett nickte, sie wehrte sich nicht, leidenschaftlich erwiderte sie sein Verlangen.

In Jugoslawien gab es Krieg. Anett sah im Fernsehen die Nachrichten, sie dachte an Joe, der noch oft angerufen hatte. Während er von Liebe sprach, saß sie allein in ihrem Zimmer. Wenn niemand anrief, fühlte sie sich niedergeschlagen. In diesen Momenten telefonierte sie oft mit Manuela. So ließ sie sich in einem schwachen Augenblick dazu hinreißen, ihr die Wahrheit über ihr geheimes Leben zu verraten.

Manuela nahm Anetts Offenbarung, daß sie nun endgültig eine Hure sei, gelassen auf. »Menschenskinder, kauf dir eine Couch und werd' Profi!« riet sie ihr und lachte.

Anett setzte Manuelas Idee in die Tat um. Täglich inserierte sie in allen möglichen Tageszeitungen. Es kamen die unterschiedlichsten Anrufe. Ein Mann wollte wissen, wie alt sie sei, der nächste, ob sie blondes, langes Haar hätte, wieder ein anderer, wie groß ihr Busen sei und dergleichen. Anett verriet nie, wie sie aussah. Sollten die Männer doch selbst sehen, wer ihnen die Tür öffnete; abhauen konnten sie dann immer noch. Bisher war sie damit nie schlecht gefahren, die meisten Männer waren geblieben. Doch oftmals saß sie stundenlang vergeblich vor dem Telefon, dann begann das zermürbende Warten auf Freier. Die Langeweile veranlaßte sie, endlose Telefongespräche mit Manuela oder ihren Eltern zu führen.

Als sie wieder einmal den Hörer nach einem »Frisörgespräch« mit Manuela aus der Hand legte und über ein Geburtstagsgeschenk für sie nachdachte, klingelte es an der Tür. Ein rascher Blick in den Flurspiegel – ihre Kleidung saß perfekt, erst danach riß sie die Wohnungstür auf. Draußen stand ein großer, schlanker junger Mann, dessen schulterlange Locken Anett zuerst auffielen. Vor sich hielt er einen riesigen Pralinenkasten »Merci« mit der leuchtenden Aufschrift »Herzlichen Dank«.

»Hast du dich in der Tür geirrt, oder willst du wirklich zu mir?« fragte sie verdutzt. Denn er sah mehr nach einem verliebten Studenten als nach einem Freier aus.

»Bist du Antonia?« Seine Stimme klang etwas verunsichert.

»Ja.«

Augenzwinkernd sah er sie an. »Ich habe leider nicht viel Geld, aber hier…« Er hielt ihr den Schokoladenkasten entgegen: »Das ist für dich.«

Anett schaute pikiert auf das Präsent: »Ich esse keine Schokolade.«

»Nicht?« fragte er lächelnd.

Er gefiel ihr. Ein winziger Seitenblick auf seine Jeans ließ erkennen, daß sich in seiner Hose mehr verbarg, als sein gutgebauter Körper ohnehin schon zeigte.

»Okay.« Sie gab die Tür frei. »Aber komm mir nicht öfter mit dieser Nummer.«

»Du machst es auch für Schokolade?«

»Sag mal, wo kommst du denn her? Du bist doch ein Sachse!«

»Ja, ein waschechter Sachse, aus Leipzig.«

Sie prustete los. »Ach, guck an, die sächsische Hure und der sächsische Freier. Zwei Sachsen in Sachen Liebe unterwegs.«

»Du auch?« Lachend hob er sie mühelos in die Höhe. »Jetzt wird mir alles klar – deine Großzügigkeit...!«

Sie legte ihm den Finger auf den Mund.

»Ganz so ist es nicht. Ich will auch meinen Spaß. Hundert Mark müssen es schon sein.«

Sie zeigte ins Zimmer. »Kostet eben alles Geld.«

Er legte sofort einen Hundertmarkschein auf den Tisch.

»Na, dann zieh dich mal aus und geh ins Bad.«

»Ins Bad?«

»Ja, sicher, wieso nicht?«

»Nun, im Bad, geht denn das?«

Anett sah ihn verwundert an. Dann lachte sie amüsiert auf. »Ach so, du meinst... Das kommt noch. Zuerst einmal wird geduscht. Du bist wohl das erste Mal bei einer Frau wie ich es bin?«

Er nickte verlegen.

»Macht nichts. Bei mir müssen alle vorher baden, man weiß ja nie, was für ein Kerl in den Klamotten steckt. Nun mach, zieh dich aus. Zeit kostet Geld, und Geld hast du nicht. Das verspricht eine schöne Stunde zu werden«, sagte sie beim Anblick seines nackten Körpers.

»Nur eine Stunde?«

»Nun, Schätzchen, wenn es dir gefällt, kannst du wiederkommen, aber ohne Schokolade.« Sie schob ihn ins Badezimmer. »Und hier, nimm den Gummi gleich mit.« Sie reichte ihm ein Kondom.

»Was denn? Damit? Das habe ich nie gebraucht«, wehrte er sich.

»Ich gebe Aids keine Chance, aber dir. Nimm ihn, oder du kannst dir dein Merci sonstwohin stecken.«

Anett war nicht bei der Sache, sie mußte dauernd über sich und den Schokoladentyp kichern. Es gibt Dinge im Leben, die glaubt man einfach nicht, dachte sie. Seine Einladung zum Essen lehnte sie dankend ab.

Manuelas Geburtstag war auch der Jahrestag der Wiedervereinigung beider deutscher Staaten. Anett ließ das Auto stehen und nahm die U-Bahn. In der Friedrichstraße mußte sie aussteigen. Der Bahnhof quoll über von Menschen, die sich das Spektakel am Reichstag nicht entgehen lassen wollten. Lautsprecher übertrugen die Ansprache des Bundeskanzlers. Anett ärgerte sich über das Gedränge auf dem Bahnsteig, da sie befürchtete, den Blumentopf für Manuela zu zerdrücken. Eingeengt zwischen den Fahrgästen schob sie sich mühsam vorwärts.

Ein entsetzlich schriller Ton zischte plötzlich durch die gläserne Halle. Erschrocken ließ sie den Topf fallen, um sich die Ohren zuzuhalten.

Ein älterer Mann in der Uniform eines Eisenbahners sprach sie an: »Na, junges Fräulein, nun mal nicht so schreckhaft, das ist doch bloß der letzte Ton, aus dem der Osten pfeift. Unsere alte Dampflok verabschiedet die DDR und begrüßt das neue Deutschland.« Ergriffen nahm er die Mütze vom Kopf, Tränen standen in seinen Augen.

Anett lächelte mitleidig. »Schön und gut, aber meine Blumen sind dahin.«

Ruhig erwiderte er: »Macht doch nichts, das war

eben Ihr Beitrag zur deutschen Einheit. Zur Hochzeit bringt man eben Blumen.«

»Oder zur Beerdigung«, sagte ein finster aussehender Mann hinter ihnen.

Einige in der Menschenmenge um sie herum murrten.

»Nu man langsam, ja? Wir sind ja alle froh, daß wir den Kommunismus überstanden haben! An der Mauer sind genügend junge Burschen erschossen worden!« regte sich eine verhärmt aussehende Frau auf.

Anett fühlte sich in dieser hitzigen Stimmung nicht wohl, sie drängte sich zum Ausgang durch.

Einige Tage nach diesem denkwürdigen Tag, dem 3. Oktober, rief Manuela aufgeregt bei Anett an. »Hast du gerade jemanden bei dir?«

»Nein, wieso?« fragte Anett ahnungslos.

»Dann schalte mal schnell deinen Fernseher ein, sie bringen einen Bericht aus Bosnien. Irgend so ein englisches Kamerateam dreht da. Ich glaube, ein Journalist heißt ähnlich wie der Engländer, von dem du mir erzählt hast.«

»Du meinst Joe?«

»Ja, ja!«

»Gut, ich lege auf. Ich rufe später zurück.«

Anett fand den Sender nicht auf Anhieb. Ungeduldig drückte sie auf die Knöpfe der Fernbedienung. Dann erkannte sie plötzlich Joe. Er rannte in geduckter Haltung mit seiner Kamera auf eine tannenbedeckte Laube zu. Aufgeregte Stimmen und lautes Weinen drangen zu ihr ins Zimmer. Aus zerstörten Häusern stieg blauer Rauch, graubraune Weinberge erhoben sich im Hintergrund.

Joe sagte gerade: »Das ist ein seltsamer Krieg. Man könnte den Ernst vergessen und alles für ein

Manöver halten, wenn es die Verwundeten nicht gäbe.«

Er kletterte über einen Holzstapel im aufgeweichten Weg. Es mußte zuvor stark geregnet haben. Die trübe Herbstsonne brach aus dem Qualm hervor. Ein ohrenbetäubender Lärm ertönte, die Kamera wakkelte. Eine junge Frau sank leblos zusammen. Eine ältere rannte jammernd auf sie zu. Schüsse knallten. Alles, was Beine hatte, versuchte in Deckung zu rennen, man hörte Schreie.

Dann sah Anett den Nachrichtensprecher, der kommentierte: »Das waren die letzten Bilder unseres englischen Kollegen Joe…, er starb an den Verletzungen durch die Granaten.«

Anetts Finger wurden eisig kalt, sie fühlte die Kälte den gesamten Körper hinaufkriechen.

Warum Joe? Sie mußte an seine zärtlichen Worte, an die Offenbarung seiner geheimsten Wünsche denken. Welcher Mann hatte ihr bisher uneingeschränkt seine Liebe gestanden? Eine nie gekannte Leere breitete sich in ihrem Inneren aus.

»Joe!« schrie sie vor Entsetzen und biß in ein Kissen. Ich hätte ihm wenigstens sagen müssen, daß ich ihn mochte, dachte sie verzweifelt. In hilflosem Zorn riß sie den Netzstecker aus der Wand, lief zu der türkischen Familie ins Erdgeschoß hinunter und trommelte mit den Fäusten gegen die Tür. Verängstigt über den ungewöhnlichen Krach an ihrer Wohnungstür, steckte die Frau vorsichtig den Kopf heraus.

»Möchten Sie einen Fernseher?«

»Fernseher?« Sie schien nichts zu verstehen.

Anett nickte heftig: »Ja, Fernseher. Ich schenke Ihnen einen.«

Die Frau rief nach ihrem Mann, der gebrochen

Deutsch sprach. Anett erklärte noch einmal ihre Absicht und demonstrierte mit den Händen, was sie meinte.

»Oh, Allah, einen Fernseher? Ich verstehe.«

Freudestrahlend schleppte er das Gerät aus Anetts Wohnung.

Die Stille lastete schwer. Besser wäre, das Radio spielte. Doch Anett wußte, auch da würden Nachrichten kommen. Mit Manuela mochte sie in ihrer augenblicklichen Stimmung auch nicht sprechen, sie mußte mit sich allein sein. Vergeblich versuchte sie sich abzulenken, zu sehr quälte sie die Frage, ob nicht auch sie einen Teil Schuld an Joes Tod trug.

An diesem Tag nahm sie keine Anrufe mehr entgegen.

Am Abend hielt sie es in der Wohnung nicht mehr aus, sie ging spazieren. Sie tat, als ob sie in Eile wäre, obwohl sie kein Ziel hatte. Sie fror und verlangsamte ihren Schritt, kehrte um, ging sinnlos in einer verglasten Verkaufspassage im Kreis und kehrte wieder zu der Straßenkreuzung zurück, wo dichtgedrängt die Passanten an der Haltestelle auf den Bus warteten. Im Unterstand der Haltestelle sah sie auf einem der freien Plätze eine aktuelle Tageszeitung liegen. »Unruhe in Europa ... Die Vereinten Nationen ... Friedensverhandlungen für Bosnien geplatzt...« Elende Politik!

Anett streckte das verknitterte Papier einem Bettler hin, der vor einem Juweliergeschäft saß. Er blickte sie verdutzt an, legte sich die Zeitung unter den Hintern und fragte: »Haste mal 'ne Mark?«

Sie setzte sich in den Unterstand und verfiel ins Grübeln; wie aus weiter Ferne vernahm sie das Hupen der Autos. Ein Pärchen ging vorüber; der junge Mann sah Anett lächelnd an und flüsterte seiner Begleiterin etwas zu. Dann kam eine alte Frau, sie führte einen Dackel an der Leine. Er beroch Anetts Schuhe, kniff den Schwanz ein und tippelte weiter. Sie war so unglücklich, daß es jeder Hund spüren konnte.

Als sie zurückkam, spielten die Kinder der türkischen Familie vor der Haustür. Eins von ihnen rief ihr zu: »Vor deiner Tür wartet ein Mann!«

Sie sah ihren Vater.

»Du?«

Sie umarmte ihn stürmisch.

»Wie geht es dir, mein Kind?« Er war davon überzeugt, daß seine Tochter als Verkäuferin gut verdiente, da sie ein eigenes Auto fuhr und oft aus dem Ausland Postkarten schickte.

Der Vater sah sich genau in der Wohnung um, ging in die kleine Küche. »Sauber!« lobte er. Jedoch unterließ er es nicht, zu fragen, weshalb sie schwarze Möbel bevorzugte, sie sähen aus wie in einem Bestattungsinstitut.

»Papa, das ist modern, davon verstehst du nichts. Setz dich und laß dich verwöhnen.«

»Ich bin wohl etwas zurückgeblieben? Aber ich wohne nicht hinterm Mond«, sagte er verschmitzt.

Ihr Vater wurde sentimental. Er erinnerte sich an die Wanderungen während seiner Studentenzeit im Harz, die man nun Gott sei Dank wieder machen könne.

Anett kannte alle seine Geschichten, dennoch hörte sie geduldig zu. »Wie geht es Mutter?«

»Du weißt, ihr Herz. Sie verträgt keine Aufregung mehr.«

Sie sahen sich schweigend an.

Anett lebte in einer anderen Welt; sie hatte sich keinen »anständigen« Job gesucht. Unter dem Blick des Vaters wurde ihr unbehaglich.

»Du hast doch was?« Er kannte seine Tochter. Anett wußte, wenn sie ihm die Wahrheit jetzt vorenthielt, blieb sie ihr Leben lang allein, ohne den Schutz der Familie. Sollte sie sagen: Vater, ich verdiene mein Geld mit Männern? Er wäre entsetzt. Sie überlegte, dann fing sie einfach an, von ihrem Alltag zu erzählen. Erschreckt blickte sie der Vater an, als höre er zum ersten Mal von dem Beruf einer Hure. Anett wurde unruhig, sie sah Tränen in seinen Augen.

»Nicht, Vater! Bitte nicht!«

»Du bist charakterlos. Jawohl, eine charakterlose Frau.«

Seine Schultern zuckten, er schneuzte sich.

»Sag das nicht, Vater. Ich habe Charakter. Ich habe mich nicht geändert, ich bin kein anderer Mensch geworden, nur weil ich mein Geld auf diese Art verdiene. Es macht mir Spaß.«

»Spaß?« schrie der Vater aufgebracht. »Es macht dir Spaß, mit jedem X-beliebigen ins Bett zu steigen? Warum mußte es ausgerechnet mit dir so weit kommen? Du hattest doch alles. Warum hast du nicht studiert, deine Zensuren waren sehr gut! Damals gab es Schwierigkeiten, aber heute ist doch alles möglich. Du bist jung genug, von vorne anzufangen, wenn ich...«

Sie stand auf, legte ihre Arme um seinen Hals und flüsterte: »Auch dann wäre ich eine Hure geworden. Es steckt in mir. Verstehst du, ich brauche das.«

Nun begriff er: die Flucht ins Anonyme, ihr langes Schweigen. Es war ihm klar: Er würde seine Tochter nicht davon abbringen können.

Der Vater schwieg, sie saßen eine geraume Zeit still nebeneinander.

»Anett! Ich habe schon oft mit dem Tod Auge in Auge gestanden und bin alt genug, mich nicht vor ihm zu fürchten. Aber wie soll ich jetzt ruhig sterben? Wer wird für dich da sein? Eine Hure findet niemals Trost, bei keinem Menschen...«

»Vater!« rief Anett und griff betroffen nach seiner Hand.

»Was kann ich jetzt noch sagen? Wirf dein Leben nicht weg.«

»Es gefällt mir, wie ich lebe.«

»Ich muß an die frische Luft«, sagte er. »Ich muß nachdenken.«

Nach einer Viertelstunde kehrte er mit einer vollbepackten Einkaufstüte zurück: Käse, Kuchen, Äpfel, Kaffee, Wein; sogar Anetts Mineralwasser hatte er nicht vergessen. Einlenkend brummte er: »Du bist meine Tochter!«

Er fragte sie nicht weiter aus.

Vom Essen und vom Wein überkam Anett eine gewisse Müdigkeit, sie fühlte sich beschützt wie seit langem nicht mehr. Doch warum wollte die traurige Stimmung nicht weichen? Sie legte sich auf ihre Liege und schlief sofort ein.

Der Vater sah sie an und flüsterte beschwörend: »Du wirst wieder zu dir finden. Alles wird gut.« Er nahm seine Brille ab, putzte die Gläser mit einem Taschentuch. »Ich verstehe dich, auch ich war sehr einsam.«

Nach zehn Minuten Schlaf war Anett wieder die alte. Wozu die düsteren Gedanken? Fröhlich rief sie: »Wollen wir ins Theater gehen? Im Schiller-Theater läuft ein tolles Musical. Natürlich mußt du gnädig sein mit der Choreographie.« Ihr Vater war ein Ballettliebhaber. »Du wirst keine Pawlowa finden, aber so gut wie die Palucca tanzen sie alle.«

Die Männer, die über Annonce zu ihr fanden, waren Anett zu direkt. Geradewegs stürmten sie auf ihr Ziel los, schließlich zahlten sie, aber keiner von ihnen wollte durch Konversation stimuliert werden. Es war ein nüchterner Sex, den sie täglich praktizieren mußte. Sie begann, sich nach Männern in den Hotelbars zu sehnen. Da knisterte es beim ersten Blickkontakt, da wußte sie, wie sie ihre weiblichen Reize einsetzen mußte, um ans Ziel zu gelangen. Das erregte sie, Sex war lebensnotwendig. Für sie bedeutete das Abenteuer eine innere Befriedigung, und zudem war es leicht verdientes Geld. Systematisch durchsuchte sie Boutiquen nach ausgefallenen Dessous, Schuhen und Strümpfen. Sie versuchte, jeden Mann, der ihr gefiel, für sich zu gewinnen. Dazu bedurfte es keiner raffinierten Tricks, alberner Augenaufschläge oder sonst dergleichen mehr.

Anett wollte nicht schön, sondern begehrenswert sein. Sie kleidete sich stets klassisch. Vorzugsweise trug sie Kostüme mit sehr kurzen Röcken. Sie vermied allen Schmuck an Handgelenken, Hals und Fingern. Nur ausgewählte Ohrringe schmückten sie hin und wieder. Da hochhackige Schuhe die erotische Eleganz unterstrichen, trug sie niemals flache Schuhe. Ihre wundervollen schlanken Beine, die sie gekonnt vor ihren Opfern Revue passieren ließ, waren und blieben ihr bestes Kapital. Das lange, rote Haar ließ sie kurz schneiden und platinblond färben. Anett verwandelte sich mehr und mehr in Antonia.

An so manchem Morgen allerdings wünschte sie, der jeweilige Besucher wäre nicht die Nacht über geblieben, denn Kaschunke, der Hausmeister, steckte seine neugierige Nase zu den unchristlichsten Zeiten aus dem Fenster. Bemerkte Anett seinen Spießerblick, grüßte sie dennoch freundlich.

Eines Nachts, als sie allein im Bett vergeblich den Schlaf herbeisehnte, vernahm sie im Hof das alberne Lachen eines Pärchens. Nervös zuckte sie zusammen, unruhig suchten ihre Hände in der Dunkelheit nach der Zigarettenschachtel. Fröstelnd rauchte sie, aber es war nicht die Kühle der mitternächtlichen Finsternis, die aus dem Hinterhof emporstieg. Neid und Eifersucht auf die beiden ergriffen von ihr Besitz. Sei nicht dumm und lieg hier herum, dachte sie, es gibt genügend Männer in der Stadt.

Als sie sich eilig ankleidete, lachte sie in sich hinein. Ich bin wie eine rollige Katze. Heute nacht such' ich mir einen Schwarzen, den sieht Kaschunke wenigstens nicht.

Aufgekratzt von dem bevorstehenden Abenteuer, fuhr sie in eine Tanzbar, von der sie gehört hatte, daß dort viele Farbige verkehrten. Das Gefühl von Spannung und Erregung steigerte sich, als die Klänge der Salsamusik zu ihr bis auf den Parkplatz drangen. Den Gerüchten zufolge sollten Dunkelhäutige im Bett unübertreffbar sein...

Neugierig ging sie auf den Eingang zu. An der Tür standen junge Männer, die in einer fremden Sprache eine fröhliche Unterhaltung führten. Anett fiel sofort der jüngste von ihnen auf. Seine schwarzbraune Haut hob sich besonders vom weißen Hemd ab, das lose über die Jeans fiel. Sie alle folgten ihr durch die Tür. Anett ging zur Bar, holte sich ein Wasser und kehrte zurück in die Nähe der Eingangstür, an der die Männer stehengeblieben waren. Der schöne Ausländer lachte unentwegt, dabei ließ er interessiert seine Blicke über die Mädchen- und Frauenkörper gleiten. Da Anett unbedingt seine Aufmerksamkeit erregen wollte, blieb sie in seiner Nähe stehen. Dabei vergaß sie, daß sich die Tür nach innen öffnete. Der nächste eintretende Gast drückte schwungvoll die eisenbeschlagene Tür, so daß sie unerwartet heftig gegen Anetts Knöchel stieß. Sie stöhnte schmerzerfüllt auf. Der Farbige neben ihr sah sie schuldbewußt an, faßte rasch nach der Klinke und verhinderte so ein zweites Unglück.

Haltsuchend lehnte sich Anett gegen die Wand und rieb die schmerzende Stelle.

»Sorry«, hörte sie. Anett sah auf, über ihr funkelten die schwarzen Augen des jungen Mannes. Er konnte nicht viel älter als zwanzig Jahre sein. Er beugte sich zu ihr hinunter und griff nach ihrem Bein. Viele Männer hatten bereits ihren Körper liebkost, doch keine Berührung kam ihr so liebevoll vor wie die unverhoffte Geste seiner Hilfsbereitschaft. Sie ergriff seine Hand.

»Schon gut«, meinte sie lächelnd.

Er drückte sie fest, ohne den Blick von ihr zu lassen. Sie kam sich wie auf einem Schiff vor, das jeden Augenblick zu sinken drohte. Ihre Finger krallten sich um sein Handgelenk. Nichts in seinen dunklen Augen verriet etwas über seinen Charakter. Die Musik spielte einen Tango. Er zog sie wortlos zur Tanzfläche. Geschmeidig bog er sie zu seinem Rhythmus. Sein Unterkörper schob sich enger und enger gegen den ihren. In seiner Bewegung lag so viel Begehrendes, daß Anett Angst überkam, sich fallen zu lassen. Sie schloß die Augen und atmete stoßweise in seinem Takt. Erst als ihnen die Zuschauer applaudierten, kam sie wieder zu sich. Nach diesem Tanz gab es keinen Zweifel, daß er sie nach Hause begleiten würde.

Sie hatte nun genügend Zeit, die Tänze zu genießen. Unter den Frauen an der Bar sah sie viele nicht mehr ganz junge, die gelangweilt den Rest ihrer Jugend zu konservieren suchten, indem sie sich gräßlich schminkten und hofften, von hübschen jungen Ausländern eingeladen zu werden. Die Frauen verfügten anscheinend über etwas, von dem Ausländer seit jeher träumen: deutsche Staatsbürgerschaft, Aufenthaltsrecht, Arbeit, soziale Absicherung und Freude am Sex. Die Frauen ihrerseits betrachteten die Fremden als genußreiches Abenteuer; sofern man nicht zu oft hierher ging, um dem Überdruß auszuweichen.

Gegen drei Uhr zog Anett ihren Tänzer einfach zum Ausgang. Widerstandslos ließ er sich in den Wagen schieben.

Kaum waren sie in Anetts Wohnung angelangt, forderte sie: »Zieh dich aus!«

Er lachte.

Sie ging ins Bad. Als sie wenige Minuten darauf das nachtschwarze Zimmer betrat, konnte sie ihn nirgends entdecken. Bis sie plötzlich sein weiß schimmerndes Gebiß aus ihrer schwarzen Bettwäsche leuchten sah. Seine hellen Handflächen bewegten sich auf sie zu; die bleichen Fußsohlen geisterten genauso umher wie die rollenden weißen Augäpfel. Schaurig wirkte der Mann in ihrem schwarzen Bett.

Amüsiert lachte sie auf. Irgendwo auf der Mitte des schwarzen Körpers ließ sie sich endgültig fallen. Sie keuchte, das Blut hämmerte in ihrem Kopf, ihr Gesicht glühte; das Ziel war erreicht. Sie erlebte das Gefühl vollkommender Zufriedenheit. Als er längst neben ihr schlief, lag sie immer noch wach.

Leise erhob sie sich und ging ins Bad, um in ihrer Hausapotheke nach einer Schlaftablette zu suchen. Plötzlich stand er hinter ihr. Seine unverhoffte Umarmung störte sie.

»Du mußt gehen«, sagte sie müde.

»Ich jetzt dein Mann, ich nicht gehen.«

Anett meinte, sie habe sich verhört. »Du bist nicht mein Mann, du mußt nach Hause! Verstanden?«

»Warum? Du mit mir Liebe machen, ich dein Mann«, beharrte er, willens, die Nacht in ihrem Bett zu beenden.

Anett überlegte fieberhaft. Das hatte ihr gerade noch gefehlt; wenn Kaschunke ihn am Morgen über den Hof gehen sah, war der Skandal perfekt. »Du kannst nicht hierbleiben, du mußt gehen«, drängte sie.

»Wohin? Ich keine Wohnung, kein Geld.«

Anett drehte sich aus seiner Umarmung. »Ich bin nicht deine Frau. Du nimmst jetzt deine Sachen und gehst.« Sie war mit ihrer Geduld am Ende.

»Warum du das machen?«

»Warum, warum?« sagte sie ungeduldig. »Laß mich in Ruhe, sei ein braver Junge und verschwinde.« Sie zog aus ihrer Geldbörse einen Fünfzigmarkschein. »Hier, nimm, und geh bitte.«

Es war das erste Mal, daß sie einen Mann bezahlte.

Zögernd nahm er das Geld. Während er sich ankleidete, hörte sie seine erbosten Worte: »Du eine Hure.«

»Du auch«, flüsterte sie ironisch und schloß die Tür hinter ihm. Sie war nicht wütend, nur unendlich erleichtert, die Einsamkeit, die ihr vorher so große Angst eingeflößt hatte, wieder zu genießen.

Am anderen Morgen hing im Treppenhaus ein anonymes Schreiben:

Werte Mieterin:
Ihre Lustschreie gehen uns auf die Nerven!
Wir dulden solchen Schweinkram nicht! Hier wohnen anständige Leute!

Es war klar, der Aushang galt ihr. Nichtsdestotrotz ließ sie das Papier hängen.

Wenige Tage danach erhielt sie von der Hausverwaltung eine Abmahnung wegen gewerblicher Nutzung ihrer Wohnung. Schlagartig kam ihr zum Bewußtsein, daß der ihr feindlich gesinnte Mieter nicht nur ein sexuell verkorkster Typ sein mußte, sondern auch ihren Rausschmiß aus der Wohnung betrieb. Ihr blieb nichts weiter übrig, als sich von ihrem »Beruf« zu verabschieden oder sich nach geeigneten Gewerberäumen umzusehen.

Sie schob die Entscheidung vor sich her, bis ihr eine Mieterhöhung ins Haus flatterte; der Vermieter verlangte sechshundert Mark mehr Miete. Das war zuviel. Sie mochte vielleicht leichtsinnig gewesen sein, aber deshalb ließ sie sich noch lange nicht ausnehmen.

Manuela, die gerade vorbeikam, bemerkte Anetts Unruhe. »Wer ist dir denn über die Bettkante gerutscht?«

»Irgend jemand will mich hier rausekeln.«

»Und weißt du, wer dieser Scheißtyp ist?« Manuela setzte ihre Tasche ab. »Ich schleppe die halbe Schule mit mir herum.«

»Schule? Davon hast du mir gar nichts erzählt.«

»Wann sehen wir uns denn schon? Ja, ich hole meinen Schulabschluß nach. Du weißt doch, ich will Krankenschwester werden oder irgendwas Soziales tun. Aber reden wir lieber von dir.«

Anett brachte zwei Säfte aus der Küche. »Setz dich, du machst mich ganz nervös.«

Manuela warf sich in den Sessel. Ihr Haar war jetzt viel länger, als Anett es in Erinnerung hatte. Sie fand Manuela schöner denn je, und Manuela freute sich offensichtlich, Anett wiederzusehen. »Wie kann ich dir helfen?«

»Du? Gar nicht! Ich überlege hin und her, es muß eine Lösung geben.«

»Ach du lieber Himmel, bisher ist einer von uns beiden immer etwas eingefallen.«

»Ich habe ja eine Idee, aber...«

»Was aber? Komm, spuck es aus!«

Anett zögerte. »Das muß unter uns bleiben.«

»Hältst du mich für dumm?« Manuela zog ein beleidigtes Gesicht.

»Nein, aber...« Anett holte tief Luft. »Ich habe die Nase voll davon, mit jedem zweiten impotenten Kerl ins Nest zu steigen, und jünger wird man davon auch nicht.«

»Du meinst, die meisten Kerle können gar nicht?« Manuela zog erstaunt die Augenbrauen in die Höhe.

»Sie wollen, daß man unheimlich sexy ist, und Zärtlichkeiten erwarten sie obendrein. Aber die sind bei mir nicht drin. Die meisten kommen doch bloß zu mir, weil sie zu Hause von ihren Frauen nichts mehr bekommen. Ich meine richtigen Sex. Hier entpuppen sie sich natürlich auch nicht als übermäßig potente Liebhaber. Du verstehst: Die schnelle Nummer ist nicht mein Ding.«

»Dafür schnelles Geld?«

»Ja, aber es nervt trotzdem. So banal wie es klingt; man liebte nie mich, sondern nur den Sex. Und ich...? Ich nehme die Kohle.«

»Warum?« bohrte Manuela weiter.

»Was soll ich tun? Verheimlichen, wer ich bin? Mir eine Tarnkappe aufsetzen?«

Anett sog an ihrer Zigarette. Wahrscheinlich, weil Geld Macht ist, dachte sie. Nicht bloß Absicherung, sondern richtige Macht, die Möglichkeit, alles für sich zu entscheiden.

»Stell dir vor, da kommen ständig neue Männer, die wenigsten gefallen dir, der größte Teil ist verheiratet, sie reden über sich, über ihre Frauen, über ihre Ehe, die Arbeit, lassen einfach ihren Frust bei mir. Ich komme mir vor wie ihr seelischer Mülleimer. Glaub bloß nicht, daß mich einer mal gefragt hat: Wie geht es dir? Denkste! Für die bin ich bloß eine Hure, was ja auch stimmt.«

»Dann hör doch auf damit.«

»Aufhören? Du bist gut, Manuela, aufhören! Nein, das kommt überhaupt nicht in Frage. Da mache ich lieber ein Dominastudio auf«, rutschte es ihr heraus.

»Dominastudio? Du meinst, einen Laden, wo sich die Kerle auspeitschen lassen?«

»Nicht nur.«

»Was denn noch?«

»Verrate ich nicht. Eben Brutales. Allerdings jemanden schlagen, niedermachen, da steh' ich eigentlich nicht drauf.«

»Andererseits mußt du nicht mit ihnen vögeln«, meinte Manuela lachend.

»Wenn es weiter nichts wäre.« Anett sah aus, als hätte sie keine Lust mehr darüber zu reden, dann fuhr sie jedoch fort: »Ich habe mal eine Kollegin getroffen, die hat mir ganz schön die Augen geöffnet, was die Typen so wollen.«

»Bitte erzähl's mir«, bettelte Manuela. »Ich verrate es auch keinem.«

»Auch nicht deinem Freund?«

»Nein, ganz bestimmt nicht. Für den bist du sowieso meine geheimnisvolle Freundin. Ich habe so viel von dir erzählt, daß er ganz neugierig auf dich ist. Aber Vorsicht ist die Mutter der Porzellankiste...«

»Manuela! Du denkst doch nicht im Ernst, daß ich...«

»Nein, nein, aber man kann nie wissen. Nun erzähl schon.«

»Also gut«, gab Anett nach. »Die Kollegin hatte mal einen Gast, der verlangte, in eine Mülltonne gesteckt zu werden.«

Manuela riß die Augen auf. »In eine Mülltonne? Nein, das glaube ich nicht. Hat sie es denn getan?«

»Natürlich nicht, sie war darüber schrecklich empört.«

»Also für hundert Mark hätte ich dem armen Kerl den Gefallen getan«, gestand Manuela.

»Ich auch.«

»Und wo lag die Schwierigkeit?«

Anett trank einen Schluck Saft. »Der wollte in ein richtiges, mistgefülltes Ding, nicht in eine blitzsaubere Dose.«

Mit Manuelas Beherrschung war es vorbei, sie lachte los. »Das glaube ich einfach nicht. Das wäre doch die einfachste Sache von der Welt gewesen. Deckel hoch und rein mit ihm!«

»Meine Kollegin war vielleicht sauer. ›Meinst du‹, sagte sie, ›ich stelle mir seinetwegen eine ekelhaft stinkende Tonne ins Studio? Nee, da hört es bei mir auf.‹

›Und auf dem Hof?‹ fragte ich sie. ›Du hättest doch mit ihm auf den Hof hinausgehen können.‹«

»Genau«, pflichtete Manuela ihr bei. »Hat sie es getan?«

Anett verdrehte die Augen. »›Um Himmel willen!‹ fuhr sie mich an. ›Ausgerechnet im Hof! Stell dir mal vor, ein Mieter will seinen Müll auskippen, hebt den Deckel an, und ein nackter Mann glotzt ihm aus der Tonne entgegen!‹«

»Hör auf!« Manuela warf sich in ihrem Sessel vor Lachen von einer Seite auf die andere. »Ein Nackter in der Tonne!«

»Und was hat meine Kollegin daraufhin gemacht? Das errätst du nie! Sie hat sich von ihrem Bruder eine nagelneue Tonne besorgen lassen. Und meinst du, sie kriegt jetzt einen einzigen Gast dazu, hineinzuhüpfen? Denkste!«

»Oh, Mann, das sind ja wirklich extreme Typen. Glaubst du, daß du so was könntest?«

»Vielleicht, allerdings will ich mich bei einer richtigen Domina ausbilden lassen. Im Moment habe ich keine Lust mehr zum...« Anett stockte plötzlich.

Peinliche Stille zwang beide, einander anzusehen. Plötzlich brachen sie in schallendes Gelächter aus. Manuela wurde als erste wieder ernst.

»Ich sag' dir was«, sie blickte Anett tief in die Augen, »es ist wirklich nicht verwunderlich, daß in dieser kranken Gesellschaft so viele Kaputte herumlaufen. Und dabei ist es ganz einfach, diesen Kerl zufriedenzustellen! Um seine seelischen Fäkalien loszuwerden, braucht der bloß eine Mülltonne. Das war bestimmt so ein Boß, der mit seiner Macht alle bis zum Gehtnichtmehr knechtet. Und wenn er dann Gelüste bekommt, begreift er plötzlich, was für ein mieses

Schwein er eigentlich ist. Die Huhn würde ihm dafür mehrere Jahre Therapie verordnen. Zwangsweise, versteht sich!«

Anett nickte zustimmend. »Ich merke auch, wie weit ich mich von dem entferne, was ich Liebe nannte. Liebe kann man nicht mit Geld kaufen, geschweige denn mit Tränen. Mit jedem Gast gibst du ein Stückchen von dir auf. Millimeter für Millimeter überschreitest du deine eigenen Grenzen.«

Manuela schwieg einen Augenblick, dann sagte sie: »Auf mich kannst du dich verlassen. Wenn du mal meine Hilfe brauchst, ich meine, wenn ein paar Kerle auszupeitschen sind, das würde ich gerne tun.«

»Nein. Bleib dur nur meine Freundin.«

Am ersten Mai eröffnete Anett ihr eigenes Studio. Für viel Geld hatte sie sich in die geheimen Rituale einer Domina einweihen lassen. Dennoch schreckten sie einige Praktiken ab. Es galt Wünsche von Männern zu erfüllen, die ihre Vorstellungskraft bei weitem übertrafen. Da zählte am Ende immer nur das Geld.

Rollenspiele in Lack und Leder bestimmten von nun an ihren Arbeitstag. Sie wurde eine bessere Schauspielerin, als sie es jemals für möglich gehalten hatte.

Ihre gesamten Ersparnisse waren in das Studio geflossen. Dafür glänzte es prächtig schwarz. Eine verspiegelte Wand, eine schwarze Lederliege, Stahlregale, auf denen ordentlich sortiert Baby-Pampers, Puder, Cremes, Nuckel und andere »Spielzeuge« lagen – alles bewies dem Gast, daß er in kompetenten Händen war. Reitgerten und Peitschen steckten in schwarzen Körben. An der Garderobe hingen Ledermasken und Fesseln aus Metall. Ein großes, hölzernes Regal beanspruchte die Hälfte des Raumes. Daran konnte sie jedem Gefesselten seine Wünsche erfüllen.

Manuela kam, sie brachte rote Nelken. »Oh, mein Gott, wie düster!« rief sie erschrocken aus. Sie ließ sich auf einen Holzschemel fallen. »Weißt du, welchen bedeutungsvollen Tag wir haben? Den ersten Mai. Niemand denkt heute mehr daran. Und weißt du noch, wie sie uns als Kinder und Jugendliche, ja sogar noch bis vor zwei Jahren das haben spüren lassen? Rote Nelken, rote Fahnen, Demonstrationen – und heute? Ein gewöhnlicher Tag. Das heißt, für dich ein schwarzer.« Sie lachte. »Verwechsle das bitte nicht mit Ostalgie.[1] Die Blumen sind nur eine Erinnerung. Ein kleiner Spott. Die meisten der ehemaligen Ostler wühlen ja plötzlich in ihrer Vergangenheit wie in einem riesigen Schuttberg nach Kostbarkeiten. Plötzlich leuchten die Augen nostalgisch, wenn sie mit ihren neuen West-Autos auf einen Spinner wie Mucky treffen, der sich aus Sparsamkeitsgründen einen Trabi gekauft hat. Du kannst froh sein, daß dich hier ein anderes Gestöhne umgibt als das, was ich mir jeden Tag anhören muß.«

Anett sah auf die Nelken. »Und wohin damit? Ich habe außer einer Urinflasche keine Blumenvase.«

»Na, dann stell sie doch in das Pißglas.« Unbeirrt fuhr Manuela fort: »Seit ein paar Wessis in unsere Straße gezogen sind, entpuppen sich einige Bewohner plötzlich als ›Rote‹. Sie meinen, bloß weil wir

1 Sehnsucht nach der alten DDR (Anm. d. Autorin)

neue Bäder bekommen haben und die Kinder einen richtigen Spielplatz auf dem Hof, müßten die Mieten noch lange nicht steigen. Ich sage dir, ich bin froh, daß ich jetzt meinen Hintern im warmen Badezimmer übers Toilettenbecken hängen darf. Früher wußte ich im Winter oft nach dem Pinkeln nicht mehr, ob ich Männchen oder Weibchen war. Die können mich mal mit ihren Ost-Märchen.«

Gleichgültig antwortete Anett: »Ja, und hier liegen die roten Ärsche dann auf meiner schwarzen Couch.« Sie rieb sich die Hände.

Manuela hob vorsichtig die schwarzen Rollos an. »Hier scheint ja nicht mal die Sonne herein.«

»Macht es dir Angst?«

»Irgendwie schon.«

»Vertraust du mir?«

»Ja, warum fragst du?«

»Dann zieh dir die Maske übers Gesicht.« Anett hielt ihr eine lederne Gesichtsmaske ohne Augenschlitze hin.

»Das ist ja irrsinnig spannend.« Gutmütig streifte sich Manuela die Maske über den Kopf.

»Du siehst aus, als führe man dich zur Hinrichtung«, stellte Anett fest. Die Opferbereitschaft ihrer Freundin bewog sie, das Spiel auszudehnen. Sie langte nach einer aufgespleißten Reitgerte und knöpfte ihr das T-Shirt bis zum Busenansatz auf.

»Was machst du?« fragte Manuela ruhig.

»Wie fühlst du dich?«

»Ausgezeichnet.«

»Die Gesundheit ist das Wichtigste, gerade in der heutigen Zeit...« Anett gab ihrer Stimme einen tiefen Klang. Langsam fuhr sie mit der Reitgerte an Manuelas Innenschenkeln entlang über den Schoß bis hinauf zu den Brüsten. Obwohl sie darauf bedacht war, sie kaum zu berühren, veränderte sich Manuelas Haltung. Sie drückte ihren Rücken durch, so daß sie kerzengerade saß.

»Nun, wie ist dir?« fragte Anett leise.

Verkrampft knetete Manuela ihre Finger. Deutlich ließ sie ihre Unsicherheit erkennen. »Angst und Spannung«, gab sie offen zu.

Die Reitgerte berührte Manuelas Lippen. Sofort biß sie hinein.

Mit einem Ruck riß ihr Anett die Maske vom Gesicht. »Verstehst du nun?«

»Nicht ganz, du hast zu früh aufgehört.«

»Gib es zu, du hattest so ein Kribbeln im Bauch.«

»Ehrlich gesagt, es war schon irgendwie ein geiles Gefühl.«

»Dann ist es gut.«

»Trotzdem, mit offenen Augen macht mir der Raum mehr Angst.«

»Ja, weil du siehst, was wirklich passieren könnte. Deine Phantasie bietet dir aber viel mehr. Mit seiner Neugier ist man wie ein Wanderer, der so lange geht, bis er ans Ziel kommt. Man muß höllisch aufpassen, sich nicht zu verlaufen. Deshalb habe ich dir die Maske heruntergerissen.«

»Ach, du willst dich wohl allein verirren? Na, du bist mir ja eine tolle Freundin. Danke! Aber den Spaß hättest du mir nun wirklich gönnen können.«

»Du hast erst angefangen zu leben. Du mußt nicht gleich alles wissen.«

Anett legte sich auf die lederne Liege. »Meine Zigaretten sind alle, kannst du mir aushelfen?«

Manuela griff in ihre Jackentasche. »Da, behalt sie.« Sie hielt Anett eine neue Packung hin.

»Weißt du noch, ich wollte immer sterben. Jetzt habe ich Angst vor dem Tod. Das heißt, ich kann mir gar nicht vorstellen, wie es ist, wenn man stirbt.« Nachdenklich zog Manuela die Stirn in Falten.

Anett grübelte. »Ich fürchte den Tod auch.«

»Ehrlich?«

»Ja.«

»Wir haben vielleicht ein blödes Thema! Das liegt bestimmt an deiner schwarzen Grotte hier.« Manuela drehte am Radiosender. »Bißchen Musik könnte nicht schaden.«

»Es ist jetzt genau siebzehn Uhr und sieben Minuten. Es folgt ein Interview«, hörten sie den Rundfunkmoderator.

Anett sprang auf und lief zur Tür.

»Du mußt verschwinden. In acht Minuten erwarte ich meinen ersten Gast.«

»Und ich hatte schon geglaubt, daß ich der erste wäre!«

Manuela ließ sich sanft aus der Tür schieben.

»Wir telefonieren!« versprach Anett.

Verwirrt lief Manuela durch die sonnenüberflutete Straße. Nach Anetts pechschwarzem Kabuff schien ihr die Welt um vieles heller. Mitleid überkam sie. Warum suchte Anett diesen Weg? Sie war doch so attraktiv, fand sie keinen Freund? Oder wollte sie keinen?

Ich würde zu gern mit Mucky darüber sprechen. Aber ich kann ihm doch nicht sagen: Hör mal, ich war heute bei meiner Freundin im Puff. Der würde ja sonstwas von mir denken. Verdammt, jetzt muß ich das Geheimnis allein mit mir herumschleppen. Oder soll ich...? Sie lachte in sich hinein. Ich könnte ja eine Annonce in der Zeitung aufgeben: ›Meine hübsche Freundin nimmt nicht jeden Mann, verfügst du aber über genügend Potenz, Humor und Knete, dann ruf an!‹ Nein, das geht nicht, dann denkt sie womöglich, das wären alles Freier. Ich muß mir was Besseres einfallen lassen. Erst mal eine Zeitung kaufen. Wäre doch gelacht, wenn ich für meine Freundin keinen Mann fände!

Obwohl Anett den Anruf des unbekannten Gastes vor mehr als einer Stunde entgegengenommen hatte, blieb die Wohnungsklingel ruhig. Sie wollte lesen, doch fiel ihr die Konzentration schwer. Energisch klappte sie das Buch zu. Bestimmt wieder so ein verklemmter Spinner, dachte sie, der sich nicht traut. Es kam oft vor, daß Männer anriefen und dann nicht kamen.

In diesem Augenblick läutete es an der Tür. Ein kleiner Mann stand draußen. Ein kurzer Augenkontakt genügte: ein Devoter. Sie wußte, daß sie leicht mit ihm fertigwerden würde. »Komm rein«, sagte sie kalt.

Der Mann setzte ein verlegenes Gesicht auf und stotterte: »Ich... ich komme zum Unterricht, ein Diktat schreiben.«

»Und da kommst du zu spät? Weißt du nicht, wie kleine Jungen dafür bestraft werden?«

Er wurde weiß im Gesicht und zitterte vor Erregung.

»Mutti hat...«, begann er zu jammern, doch Anett stand heute nicht der Sinn danach, eine Kleinkindstimme anzuhören.

»Halt den Mund«, befahl sie streng. »Hol mir den Rohrstock!« Sie deutete auf einen langen Bambusstock.

Brav ging er ihrer Anweisung nach.

»Strafe muß sein, laß die Hose herunter.« str. Willig folgte er. »Bück dich!«

Blitzschnell sauste der Stock über das entblößte Gesäß. Der Mann trat einen Schritt nach hinten. In ihrer Verblüffung reagierte Anett zu langsam, der Stock glitt ihr aus der Hand. Sie fühlte Angst. Habe ich etwa zu hart zugeschlagen? Ich darf mir meine Unsicherheit nicht anmerken lassen. Wenn er nicht zufrieden ist, wird er nicht wiederkommen, oder es spricht sich herum, und dann bin ich erledigt. Wie er vor mir steht – wirklich ein Schuljunge. Alle haben eine Macke! Ich auch?

Der Striemen auf der Haut begann sich zu röten.

Sie herrschte ihn an: »Kommst du noch mal zu spät?«

Vor Aufregung verhaspelte er sich: »Ja, nein, ich meine, Gnade, Herrin!«

»Gut, dann beginnen wir mit dem Diktat. Setz dich auf deinen Platz und schreib: Das Wetter ist naß, die Schule macht Spaß, das sagt auch die Mutti.«

Sie beobachtete ihn, wie er eifrig auf die alte Schiefertafel kritzelte; der Griffel zitterte in seiner Hand.

»Was bist du doch für ein dummer Junge! Wie schreibt man ›das‹? Hände her!« Sie schlug auf die Finger. »›Das‹ schreibt man mit s, wenn man ›dieses, jenes oder welches‹ einsetzen kann, kapiert?«

Er nickte. Sie fühlte den inneren Druck von sich weichen. Der Mann schrieb emsig.

Eine halbe Stunde dauerte das Spiel; sie diktierte, zwischendurch verabreichte sie kleine Züchtigungen. Zufrieden wollte er sich am Ende förmlich von ihr verabschieden, aber Anett nahm ihm nur gleichgültig das Geld ab. Sie war nicht imstande, ein einziges Wort über die Lippen zu bringen.

Manuela lehnte die Einladung zum Frühstück mit Muckys Freunden ab.

»Warum willst du meine Freunde nicht mal kennenlernen?« fragte er. »Hast du Angst, sie mögen dich vielleicht nicht?«

Das war es nicht. Manuela beharrte darauf, bereits mit Anett verabredet zu sein.

»Gut, wie du meinst«, sagte ihr Freund, klemmte sich die Weinflasche unter den Arm, nahm die frischen Brötchen und machte sich grußlos auf den Weg. Zu gerne wäre sie ihm nachgelaufen, aber es ging nicht. Sie mußte unbedingt den Mann treffen, der sich auf ihre Annonce gemeldet hatte. Heute finde ich den richtigen Mann für Anett, dachte sie. Am Telefon hatte seine Stimme jedenfalls sympathisch geklungen. Manuela erklärte ihm ohne Umschweife, daß er eigentlich für ihre Freundin bestimmt sei. Darauf lachte er und traf eine Verabredung um zehn Uhr.

Pünktlich war sie im Café und bestellte sich einen Kaffee. An den Nachbartischen bewarfen sich junge Mädchen mit Papierkügelchen. In Erwartung einer fröhlichen Jungenbekanntschaft gaben sie sich den kleinen Albernheiten hin.

Ungeduldig sah Manuela zum Eingang; sie ging nicht gern allein in Restaurants. Eigenartigerweise erkannte sie ihn sofort, als er durch die Tür trat. Er hatte als Beruf Immobilienmakler angegeben, und genauso sah er aus. Das mit Gel behandelte kurze Haar klebte Strähne für Strähne am Kopf.

Manuela atmete tief durch. Mann, was für eine scheußliche Krawatte.

»Guten Tag, ich bin Alfred.«

Arme Anett, dachte Manuela, als er eine steife Verbeugung andeutete. Auch das noch, na Hilfe, da habe ich mir ja was Schönes aufgeladen.

»Darf ich?« Er zeigte auf den freien Stuhl.

»Bitte«, gestattete sie widerwillig. Sie verkniff sich das Grinsen, indem sie an ihrer Tasse nippte.

»Was darf es sein, mein Herr?« fragte der herbeigeeilte Ober.

»Kaffee«, antwortete Alfred desinteressiert.

Kaum entfernte sich jedoch der Kellner, starrte er sofort Manuela ungeniert an. Unter den aufdringlichen Blicken wurde ihr unbehaglich.

»Was schauen Sie denn so? Sehe ich etwa aus wie ein Haus, das Sie kaufen wollen?«

»Ich habe nicht erwartet, daß Sie so hübsch sind.« Schuldbewußt richtete er sein Augenmerk auf seine Fingernägel.

Der will was von mir, das rieche ich auf hundert Meter Entfernung, dachte Manuela. »Ich glaube nicht, daß Sie der Richtige für meine Freundin sind.«

»Das freut mich!« Erleichtert wollte er nach ihrer Hand greifen.

Der ist wohl nicht ganz klar im Kopf! Sie rief den Kellner. »Bezahlen!«

Der Kellner brachte den Kaffee und fragte ohne Erstaunen: »Zusammen?«

Alfred beeilte sich zu sagen: »Nein, getrennt.«

Geizig ist er auch noch, schoß es Manuela durch den Kopf.

»Na, dann, mein Herr, leben Sie wohl.«

Sie sah, wie es in seinem Gesicht arbeitete. Eilig bot er sich an, ihr in die Jacke zu helfen.

»Ich brauche keinen Garderobenständer«, wehrte sie ab.

Hinter ihrem Rücken kicherte jemand. »Geben Sie ihn doch in die ›Zweite Hand‹[1]!«

Manuela überlegte: Zu dieser frühen Morgenstunde wird Anett wohl noch zu Hause sein. Am besten fahre ich gleich zu ihr. Ihre Augen möchte ich sehen, wenn ich ihr die Geschichte erzähle. Sie verließ das Café ohne einen Gedanken des Bedauerns.

»Geh schon mal rein, ich wasche mir nur schnell die Haare, danach machen wir es uns gemütlich«, begrüßte Anett sie.

Sie schob Manuela zu einem Sessel und drückte ihr eine Zigarette in die Hand. »Da, rauch! Nicht, daß du mir wieder abhaust!« Barfuß lief sie ins Bad zurück.

»Ich muß dir unbedingt erzählen, was ich heute morgen erlebt habe«, rief Manuela ihr nach.

Anett kam drei Schritte zurück. »Warte, ich bin gleich soweit.«

Fünf Minuten später erschien sie mit einem Handtuch um den Kopf, huschte in die Küche, kochte Kaffee und präsentierte Manuela ein kleines Frühstück.

»Ich kenne dich doch, du hast bestimmt noch nichts im Magen. Also, dann leg mal los.«

Manuela schilderte die Begegnung in allen Einzelheiten.

»Unglaublich!« Anett sah Manuela bewundernd an. »Du wolltest für mich einen Freund suchen?

---

1 Berliner Zeitung für Kleinanzeigen (Anm. d. Autorin)

Danke, das war sehr lieb von dir, aber du siehst, das Pech bei Männern scheint mich auf auf diesem Weg zu verfolgen.«

»Und da sagte mal eine Krankenschwester zu mir: ›Es gibt kein Unglück, das nicht auch etwas Gutes brächte.‹« Manuela stöhnte auf.

Anett versuchte sie zu trösten. »Mach dir nichts draus, es geht mir ja nicht schlecht.«

»Und sonst?«

Anett sah Manuelas neugierigen Blick. »Du meinst, wie ich mit den Lüsten zurechtkomme, die Männer in mir hervorrufen? Ich gebe ihnen einfach nach. Von Liebesstrategien halte ich nichts, das wäre mir zu aufwendig. Ich weiß, was ich zu tun habe, um zu gefallen. Aber im Einzelfall – frag mich lieber nicht.«

»Typisch, würde mein Vater dazu sagen«, lachte Manuela. »Der schwärmte nämlich von der Französin, ihren hemmungslosen emotionalen Ausbrüchen. Schade, daß er so früh gestorben ist, er wäre ein guter Gesprächspartner für dich gewesen.«

»Ach, laß man. Meine Eltern haben lange gebraucht, damit fertig zu werden, als ich ihnen erzählte, daß ich mich prostituiere. Jetzt können wir über alles reden. Es ist ein verdammt harter Job, da braucht man jemanden, dem man sich anvertrauen kann. Leider lege ich zuviel Wert auf Gefühle. Wenn ich das eines Tages abstellen könnte und nur meinen Kopf arbeiten ließe… Es würde bedeuten: keine emotionale Anteilnahme mehr, an nichts und niemandem, aber dann fände ich mich selbst zum Erbrechen.«

»Um Himmel willen, bleib bloß so, wie du bist.«

»Das verliert sich langsam, leider.«

»Seit wann weißt du, daß du anders bist?« Manuela schaute Anett verlegen an.

»Anders? Das weiß ich schon lange. Ich war etwa acht Jahre alt, hatte Fieber, und meine Mutter holte den Arzt. Er wollte mir ein Thermometer in den Po stecken.«

»Na und?« fragte Manuela.

»Für mich war es das tollste Erlebnis. Nie wäre ich auf die Idee gekommen, daß man in meinen Po etwas hineinstecken kann.«

Manuela lachte los.

»Von da an ließ ich nichts unversucht.«

»Ja«, Manuela lachte noch mehr. »Und heute kannst du nicht genug kriegen.«

Im hellen Licht der Tischlampe waren in Anetts Gesicht Krähenfüße zu sehen, die zarte Haut war voller Fältchen, wie eine Blume, die zu welken beginnt. Manuela wurde sich bewußt, daß zwischen ihr und Anett zehn Jahre klafften. Angst packte sie, Angst, diese Frau, die ihr gesamtes Leben verändert hatte, zu verlieren.

»Würdest du dich liften lassen?« fragte sie unvermittelt.

»Ich weiß es nicht. Kennst du Coco Chanel?«

»Nee, muß ich?«

Anett lächelte gerührt über Manuelas Unwissenheit. »Sie war die berühmteste Modeschöpferin unserer Zeit, eine Französin. Die meisten Frauen kennen nur ihr Parfüm, Chanel Nr. 5.«

Manuela unterbrach: »Ach so, danach stinkt fast jede zweite in meiner Klasse. Soll wohl irrsinnig geil riechen. Aber mir wird davon übel. Hauptsache teuer. Ich mag mehr die frischen Düfte.«

»Ich auch. Die wenigsten Frauen setzen Düfte

richtig ein. Die Chanel sagte zum Beispiel: ›Mit zwanzig trägt die Frau das Gesicht, das ihr die Natur gegeben hat. Bis zum dreißigsten Jahr formt das Leben ihr Gesicht. Mit vierzig muß sie sich entscheiden zwischen Gesicht und Gesäß, und das Gesicht, das sie mit fünfzig hat, muß sie sich selber verdienen.‹«

»Das sind ja schöne Aussichten. Hoffentlich muß ich mit vierzig nicht meinen Hintern schminken.«

»Ich stehe zu meinem Image«, antwortete Anett. »Die Männer verehren mich, solange sie nichts ahnen. Sie mögen meine raffinierte Eleganz. Das Unnahbare zieht sie an. Ich habe in der Zeit als Model viel gelernt. Dessous, Schminken und das Frisieren waren das A und O. Make-up blieb immer das gewisse Etwas, das deinen Typ ändert. Mein persönliches Motto lautet: Rauche niemals eine Zigarette, bevor du den Mann, der dir gefällt, zum erstenmal geküßt hast. Konzentriere dich nie auf den Drink, der vor dir steht, sondern sieh den Mann, der vorübergeht, mit offenem, festem Blick an. Schau niemals weg, Manuela, wenn dir ein Mann gefällt.«

»Danke für deine Ratschläge, aber viel war mir bisher nicht vergönnt. Ich arbeite gerade an meinem zweiten Versuch.«

»Es werden mehr werden. Bleibst du treu, fügst dich brav, wird manche Lust zum Trauerspiel.«

»Ist das wirklich so?«

»Fast immer. Die meisten stranden jedenfalls im Hafen der Ehe, bekommen Kinder und werden einmal in der Woche von ihrem Mann beglückt. Jedenfalls denkt er das. Doch viele Frauen vermissen die Zärtlichkeit. Es scheint normal zu sein. Befriedigende Sexualität nenne ich das nicht. Na ja, zum Vorteil der Ehefrau kann der Mann in den Puff gehen. Dort jammert wenigstens keine herum: Ich sehne mich nach mehr Liebe, nach Zärtlichkeiten, nach Wärme… Die Männer zahlen lieber für ihre Lust und Abwechslung, kriegen ihren Orgasmus und dann ist Ruhe, Schluß, aus.«

»Du bringst mich total durcheinander. So sind doch nicht alle Männer, oder?«

»Nicht alle, aber die meisten. Sieh dich um, die Menschen verarmen und verrohen. Nur noch das Geld zählt. Achte darauf, daß du für deinen Freund begehrenswert bleibst. Kauf dir schöne Dessous. Trag Accessoires, aber niemals zuviel Gold. Und was machen wir nun? Hast du Lust zu einem Einkaufsbummel?«

Manuela stimmte zu.

Das Telefon klingelte. Eine zurückhaltende Männerstimme unterbreitete Anett ein dubioses Anliegen. Er wollte nicht zu ihr ins Studio kommen, sondern sich mit Antonia im Wald treffen. Sie sagte zu. Allerdings erfaßte sie nach dem Gespräch eine gewisse Unruhe.

Sie rief Manuela an. Ihr blieb nicht viel Zeit für Erklärungen: »Manuela, du mußt mir helfen! Schreib dir eine Autonummer auf, roter Sportwagen, ein Alfa Romeo. Wenn ich mich nicht in einer Stunde bei dir melde, rufst du die Polizei.«

»Die Polizei? Mensch, mach kein Mist! Wenn der Kerl dich umbringt, nützt dir die Polizei auch nichts mehr.«

»Der ist bestimmt harmlos, reine Vorsichtsmaßnahme.«

»Du machst mich fertig, ich habe eine Scheißangst um dich. Laß ihn doch sausen.«

»Das geht nicht. Ich habe zugesagt.«

»Was nützt es denn, wenn ich die Polizei nach einer Stunde anrufe! Bis die den Wald durchgekämmt haben, bist du längst eine Leiche.«

»Machst du's oder nicht?« drängte Anett.

Ihr blieb keine Zeit mehr, wenn sie pünktlich sein wollte.

»Ja, natürlich. Ich warte hier am Telefon auf den Anruf einer Toten«, sagte Manuela zerknirscht.

»Du kannst einem aber auch richtigen Mut machen!« lachte Anett befreit auf.

»Und du bist eine Meisterin in Angst und Schrekken. Also bis dann!«

Anett kleidete sich rasch um. Sie zog ein schwarzes Minikleid über. Aus vielen Schuhen wählte sie die neuen hohen Stilettos, die sie erst gestern gekauft hatte. Draußen schien die Sonne. Es war ein warmer Maitag.

Sie fuhr in Richtung Stadtrand. Hinter einem großen Park erkannte sie den beschriebenen Zeitungskiosk, an dem sie links abbiegen sollte. Vor dem kleinen Kiosk drängten sich Leute. Erleichtert atmete Anett auf. Solange Menschen in der Nähe sind, wird mir nichts geschehen, oder er wird sich nicht trauen zu kommen, dachte sie.

Auf einem Parkplatz, der ziemlich versteckt zwischen dichten Sträuchern lag, hielt sie an. Anett kurbelte das Fenster herunter, sie war allein. Das warme Frühlingswetter hatte alle Bäume und Büsche zum Blühen gebracht. Unruhig beobachtete sie im Rückspiegel die Auffahrt zum Parkplatz. Nach etwa fünf Minuten rollte leise der rote Wagen durch die Einfahrt und parkte in ihrer Nähe. Anett setzte die Sonnenbrille, das Zeichen ihrer Diskretion, auf.

Ein dunkelblonder Mann im weißen Tennisdreß stieg aus. In seiner linken Hand baumelte eine Hundeleine. Wo ist der Köter? fragte sich Anett.

Mit federndem Gang schritt der Mann auf sie zu. Ihr Herzschlag verdoppelte sich. Er hatte die beachtliche Größe von mindestens eins neunzig.

»Haben Sie keine Angst?« fragte er sie statt einer Begrüßung.

»Nein!« sagte sie betont scharf.

Dabei wäre sie am liebsten umgekehrt, doch dazu war es zu spät.

»Folgen Sie mir«, bestimmte er.

Im Dickicht der Büsche, gut geschützt vor unliebsamen Blicken, begann er sich zu entkleiden. Sein Atem ging schwer.

»Hören Sie zu! Hören Sie mir aufmerksam zu. Niemand darf uns sehen, verstanden? Kein einziger Mensch.«

Anett nickte stumm. In seiner Stimme lag eine Spur Angst, stellte sie erleichtert fest. Sie war gespannt, was nun folgen würde.

»Legen Sie mir das Halsband um.«

Anett tat, was er verlangte. Die lange Leine knüpfte er ihr ums Handgelenk. Er zog die Unterhose aus und rannte auf allen vieren, laut »wau wau« kläffend, quer durch das Unterholz davon.

Sprachlos blickte Anett dem nackten »Hund« hinterher. Die Wirklichkeit ist einfach – und verrückt, dachte sie. Da verspürte sie auch schon einen schmerzhaften Ruck am Arm; die Leine zog. Während sie ihm stolpernd über Wurzeln und Grashügel folgte, versuchte sie, die Waldwege im Auge zu behalten.

Ziellos hetzte das »Tier« umher. In den hohen

Schuhen fiel ihr das Laufen schwer, zudem sammelte sich an den Absätzen vertrocknetes Laub. Nach einer Weile rief sie aufgebracht: »Pfui, Hasso, hierher!«

Hechelnd, die Zunge hing ihm aus dem »Maul«, sprang er ihr aus dem Busch entgegen.

»Platz!« Böse sah sie ihn an. Sie rechnete mit einem Angriff. »Ruhig! Ganz brav!«

Die Ekstase des Mannes, das vollkommene Sichlösen von der Wirklichkeit, hielt sie fest.

»Hallo, junges Fräuleinchen!« vernahm sie plötzlich eine Männerstimme ganz aus der Nähe. Zutiefst erschreckt sah sie sich um. Nicht weit, auf einem von dichtem Blattwuchs verdeckten Pfad stand ein älteres Ehepaar, das freundlich herübersah.

»Ja, was ist?«

Der Mann kam einige Schritte näher, seine Gattin zog er wie im Schlepptau hinter sich her. Anett fand, sie hatte Ähnlichkeit mit ihrer Mutter! Sie ließ den Hund Hund sein, zog die lange Leine nach und ging dem Ehepaar entgegen.

»Können Sie uns vielleicht sagen, wie spät es ist?«

Anett schaute auf ihr linkes Handgelenk. »Tut mir leid, ich trage keine Uhr.«

Der Mann, der offensichtlich ein Gespräch suchte, trat noch einen Schritt näher und fragte interessiert: »Oh, wie ich sehe, führen Sie Ihren Hund aus?«

Anett schwang leicht die Leine in ihrer Hand, sie ärgerte sich über sich selbst. »Ja«, gab sie unwillig zur Antwort.

Denn nun begeisterte er sich lebhaft dafür, herauszufinden, welcher Rasse sie diesen herrlichen Spaziergang verdankte.

»Es ist kein besonderer Hund, eher ein Straßenköter, irgend so eine Mischung aus allem, ein echter Dokö.«

»Dokö? Die Rasse kenne ich nicht.«

»Ein Dorfköter.«

Der neugierige Herr wandte sich lachend seiner Frau zu:

»Erinnerst du dich, als unser Waldi noch lebte, wußte ihn auch niemand einzuordnen. Na, seien Sie mal froh, daß Sie keinen reinrassigen Hund besitzen. So etwas Überzüchtetes hat doch ständig allerhand Zipperlein.«

»Es tut mir wirklich leid...«, begann sie den nun hoffentlich folgenden Abschied im voraus zu begründen.

Der Mann unterbrach sie: »Nein, nein, Sie brauchen sich doch nicht zu entschuldigen, es ist ja nicht so schlimm, daß Sie keine Uhr dabei haben. Wir werden schon noch einen ›zeitbewußten‹ Spaziergänger finden!«

Das Ehepaar wünschte einen schönen Tag und ging davon.

Anett hoffte, dieser Spaziergänger möge nicht gerade ihr Köter sein...

Kaum war das Paar ihren Blicken entschwunden, sprang der »Hund« ihr entgegen.

»Wo warst du? Ein braver Hund läuft seiner Herrin nicht fort!« rügte sie streng.

Obgleich ihr jede Art von Gewalt zuwider war, zog sie ihm eins mit der Leine über. Winselnd legte er sich ein paar Schritte vor ihr nieder.

»Sieh dir bloß meine neuen Schuhe an, wie schmutzig sie deinetwegen geworden sind. Mach sie sauber!«

Vorsichtig robbte er näher.

Sie sah die Unterwürfigkeit in seinen Augen und fühlte Macht. »Leck die Schuhe blank! Sonst...« Sie hob drohend den Lederriemen.

Anett fürchtete, die Kontrolle über sich zu verlieren, als sie seine Zunge über das Schuhleder hin und her lecken sah. Dann hörte er auf und kläffte heftig los.

»Kusch, Hasso!«

Anett war sich ihrer Aufgabe bewußt. Er schien geradezu nach einer Bestrafung zu lechzen, denn sein Hundegebell nahm unerträgliche Ausmaße an. Sie zitterte, ängstlich sah sie sich nach allen Seiten um. Schwungvoll knallte die Leine auf seinen Rücken; schmerzerfüllt jaulte er auf.

»Das hast du nun davon«, schimpfte sie und band ihn an einen Baum.

Das Bellen wurde leiser, sie mußte sich wegdrehen... Bald knurrte es drohend hinter ihr.

Sie band ihn los, schlug ihm aufs Gesäß und rief: »Such das Häschen! Wo ist das Häschen?«

Freudig »wau wau« machend, stob er durch die hohen Brennesseln davon.

Auf der Rückfahrt überlegte Anett, was sie Manuela sagen sollte. Zu sehr hinterließ das Geschehen einen bitteren Nachgeschmack. Sie entschied sich, Manuela nicht schutzlos ihren Eskapaden auszuliefern. Sogar sie selbst konnte kaum glauben, was sie soeben erlebt hatte. Mit einem Gefühl von Ohnmacht, Unsicherheit und eiskalten Händen rief sie Manuela an.

»Du lebst noch?« erklang Manuelas fröhliche Stimme, in der sie ihre Neugier kaum zu bändigen wußte. »Erzähl, mach es nicht so spannend. Ich hatte ernsthafte Sorgen. Wenn der Kerl dich nun gekillt hätte.«

»Da gibt es nicht viel zu erzählen. Eben das Übliche.«

»Was denn, im Wald? Das glaube ich nicht. Du verheimlichst mir etwas, ich kenne dich doch. Los, sag mir alles.«

»Nein, es war wirklich nichts Aufregendes, er hörte nur so gern dabei die Vögel zwitschern.«

Manuela brach in Lachen aus. »Das ist unmöglich..., der Vogelsang beteiligt sich am Untergang!«

Anett wurde ernst. »Ach, Manuela, es sind alles bloß Menschen. Wer kennt sich schon, wer weiß, was für schräge Veranlagungen in einem stecken?«

»Aber sind das nicht ziemlich komische Geschichten? Mir würde ständig das Lachen kommen.«

»Oder vergehen«, sagte Anett. »Männer, die ihre Phantasie bei mir ausleben, zahlen teuer. Niemals darf man die Würde des Menschen verletzen, erst recht nicht in seinen schwächsten Momenten.«

»Du bist zu bewundern, ich könnte das nicht. Weshalb wird deine Arbeit nicht als Beruf anerkannt? Immerhin verstehst du diese Männer besser im Zaum zu halten als manch ein Seelenklempner.«

»Ja, weil ich sie nicht therapiere, sondern lieber ihre Wünsche erfülle, die oft gar nicht so abartig sind, wie es auf den ersten Blick aussieht. Tja, so ist eben unsere Gesellschaft, voller Vorurteile. Hure als anerkannter Beruf? Ein Ding der Unmöglichkeit. Womöglich noch rentenberechtigt? Nein, wir dürfen nur Steuern zahlen. Der Staat ist ein Abzocker, er ist mein Zuhälter.«

»Mir macht es nichts aus, daß meine beste Freundin eine Hure ist.«

»Das glaube ich dir, aber denk doch mal an meine Eltern. Die würden sich in Grund und Boden schämen, wenn ich überall als Beruf ›Hure‹ angeben würde. Da fängt es doch an! Und dazu eine richtige Altersversorgung, eine Rente? Einige meiner Kolleginnen heiraten rechtzeitig einen reichen Alten, der von der Gesellschaft keine Anerkennung mehr braucht, das erledigen meist seine Bankkonten, aber das könnte ich nicht. Ich träume immer noch von dem jungen…«

»Reichen Märchenprinz«, platzte Manuela dazwischen.

»Nicht unbedingt, ich meine richtig was fürs Herz. Hört sich vielleicht sentimental an, ist aber so. Von mir aus könnt' er von sonstwo sein. Ich würde meine Koffer packen und mit ihm verschwinden.«

Manuela wurde hellhörig: »Du würdest alles hinter dir lassen?«

»Ja. Wenn der Richtige im richtigen Moment am richtigen Ort aufkreuzt, dann wäre ich zu allem imstande. Was hält mich denn hier? Du und meine Eltern! Freunde?«

»Aber…«, wandte Manuela ein.

»Nicht aber, verstehst du nun? Mit einer Hure geht man nicht ins Konzert, Theater oder so, und seinen Eltern stellt man sie erst recht nicht vor und schon gar nicht seinen Freunden. Du siehst doch, selbst für Freundschaften bleibt mir kaum Zeit. Und ein Mann für mich? Kaum habe ich mal einen, der mir gefällt, und ich sage ihm die Wahrheit, dann bewundert er mich angeblich, aber in Wirklichkeit will er nur meine erotischen Möglichkeiten ergründen. Danach ist es aus. Und dabei liebe ich Erotik. Seit meiner Kindheit fühle ich mich in meinem Körper wohl, deshalb machte ich alles in der Liebe, was ich wollte, es war immer schön. Nur schade, daß die meisten Sex mit Liebe verwechseln.«

Manuela hörte die Bitterkeit, die aus Anetts Worten sprach. »Du bist verdammt einsam«, stellte sie fest.

»Oft, das gebe ich zu. Hin und wieder habe ich Depressionen, aber davon lasse ich mich nicht unterkriegen, ich bin stark.«

Manuela platzte heraus: »Und wenn du in einen Fitneßclub gehst?«

»Was soll das denn heißen?«

»Nicht deiner Figur wegen, nein, du würdest bestimmt auf nette Leute treffen.«

»Ja, und auf die Hälfte meiner Kolleginnen. Die rennen fast alle ins Fitneß-Center, um einen gutgebauten Körper aufzureißen. Ist mir auch passiert; innerhalb weniger Minuten hatte ich zwei Visitenkarten in der Hand. Ich konnte wählen: Doktor oder Trainer.«

»Schade. Ich dachte, es wäre ein guter Einfall.«

»Ich fahre lieber Rad. Ein paar Sonnenstrahlen schaden meinem Nachtteint nicht.«

Dann kam der 15. Juli, der Tag, der Anetts gesamtes Leben verändern sollte. Sie benutzte, wie meistens, die S-Bahn, wenn sie zum Schwimmen hinaus ins Grüne fuhr, um nicht allzuviel Zeit im Stau auf der Stadtautobahn zu verlieren. Außerdem beobachtete sie gern die unterschiedlichen Fahrgäste. Sie versuchte herauszufinden, welcher Beruf oder welches Alter wohl zu ihnen paßte. Heute fiel ihr die Konzentration schwer, die Hitze war unerträglich, und die S-Bahn war überfüllt. Wenigstens habe ich einen Sitzplatz, dachte sie zufrieden.

Vom Klang einer Männerstimme wurde sie aufgeschreckt.

»Hallo!«

Ein junger Mann schaute auf sie herunter. Die Lederjacke, die locker über seine linke Schulter baumelte, gab unter dem offenen Hemd seinen braungebrannten Oberkörper preis. Ungeniert betrachtete sie ihn. Er sah verdammt gut aus! Die lebhaften, graugrünen Augen blickten sie freundlich an. Unzählige Sommersprossen zierten das sonnengebräunte Gesicht.

»Was ist?« fragte sie.

»Wo muß ich aussteigen?«

Er zeigte ihr den Stadtplan von Berlin. Sie hörte den englischen Akzent.

»Es kommt darauf an, wohin Sie wollen.«

»Zum Wannsee«, erwiderte er mit einem Lächeln. Das dichte, rote Haar fiel ihm über die Stirn. Ruckartig warf er den Kopf zurück.

»Sie können mit mir aussteigen«, sagte Anett, »dort will ich auch hin.«

Er antwortete nicht, sondern konzentrierte sich auf den Stadtplan in seiner Hand. Nach der halben Strecke klappte er endlich die Karte zusammen und sah Anett schweigend an. Sie leistete seinen forschenden Augen Widerstand. Sein unrasiertes Gesicht verriet, daß er seit Tagen unterwegs sein mußte. Er wirkte in seiner Kleidung irgendwie außergewöhnlich. Die Lederjacke roch nach Mann. Sie fühlte, daß dies keine alltägliche Begegnung war.

»Wannsee!«

Anett zog ihn einfach am Ärmel mit nach draußen. Sie führte ihn durch ein kleines Waldstück. Die Luft war so rein, daß Anett wie berauscht stehenblieb, um tief einzuatmen. Ihr Herz pochte heftig, es hämmerte in ihrem Hals; die Ohren waren von dumpfen Schlägen erfüllt. Sie ahnte, daß dieser Mann anders war als alle bisherigen.

»Gehen wir zusammen? Wir haben den gleichen Weg.«

»Ich heiße Norman«, antwortete er.

Es war Hochsommer, doch die Wiese hinter dem Strand war hellgrün wie im Mai. Die wenigen Badegäste an diesem Nachmittag lagen flach hingestreckt.

Anett deutete auf eine Stelle unter einer Silberpappel. »Da ist es schön!«

Ihr Begleiter legte seine Jacke nieder, Anett rollte eine Decke aus.

»Bitte!« bot sie ihm Platz an. »Ich heiße übrigens Anett.« Sie setzte sich und bemerkte sein Zögern. »Ich beiße nicht.«

Ihre Feststellung ließ ihn auflachen. Er gab sich geschlagen, legte sich zu ihr und rollte die Jacke unter seinem Nacken als Kissen zusammen.

»Woher kommst du?«

»Aus Neuseeland. Warst du mal dort?«

»Nein, nie. Neuseeland stelle ich mir wie eine übergroße, grüne Oase vor. Ich würde dieses Land gern einmal sehen, von dem alle schwärmen.«

»Komm mich besuchen! Ich habe über neunhundert Schafe, die hüten wir zusammen.«

»Du machst Witze! Sag bloß, du bist Schäfer?«

»Ja.«

Mit großen Augen sah Anett ihn ungläubig an.

»Ist das dein Ernst?«

»Ja! Meine Eltern liegen mir seit Monaten in den Ohren: ›Such dir ein anständiges Mädchen!‹« Er lächelte verschmitzt.

Anett schluckte. Anständig! Wer ist schon anständig? Sie behielt den Gedanken für sich, klemmte sich einen Pulli unter den Kopf und schloß die Augen. Ausgerechnet ein Schafzüchter…

Der Abend senkte sich langsam über das Wasser. Von weitem hörte sie Kinder greinen, die nicht heim wollten, Hunde jagten hinter Stöckchen her, die ihre Besitzer ihnen zum Apportieren warfen, aufquietschend fuhren Autos davon. Innerhalb weniger Minuten war der Strand wie ausgestorben.

Norman beobachtete, wie ein leichter Nebel über der Wiese aufstieg und sich auf sie zubewegte. Anett empfand eine innere Heiterkeit, Norman war ihr wie Wein in den Kopf gestiegen. Ihr blieb nur der Gedanke: nicht weichen, sich verkrallen in diesen offenen, natürlich gebliebenen Burschen, mit ihm verwachsen, ihn in sich aufnehmen, davonfliegen – aber nicht weichen. Es hat mich erwischt! Egal, nicht loslassen! Das alles jagte durch ihr Gehirn.

Sie fühlte einen schneidenden Schmerz im Rücken. Er wollte nachsehen, was passiert war, ob sie auf etwas Gefährlichem lag.

»Macht nichts«, stöhnte sie.

Nicht weglassen! Sie zog ihn fest an sich.

Die Nacht war kurz; um vier Uhr wurde es hell. Und zusammen mit den ersten Sonnenstrahlen erschienen die Schwäne.

»Wenn sie Angst haben, fliegen sie fort«, sagte Norman.

»Sie haben nie Angst«, antwortete Anett glücklich.

»Es sind die ersten Schwäne, die ich sehe, seit ich aus Neuseeland weg bin.«

Er warf einen Kiesel über die Wasseroberfläche, der nach drei Sprüngen im See versank. Seine Finger fuhren ihr durchs Haar. »Du solltest sie nicht blondieren, ich liebe rotes Haar.«

Norman veränderte tatsächlich ihr Leben. Tag für Tag beschlich Anett ein schlechtes Gewissen, wenn sie ihn traf. Nichts, aber auch gar nichts hatte sie von ihrer Arbeit im Studio ausgeplaudert. Sie war fest entschlossen, sich nicht zu offenbaren. Sie liebte ihn und wollte kein Risiko eingehen, ihn zu verletzen, zu enttäuschen oder gar für immer zu verlieren.

Anett kaufte sich Henna und färbte sich das Haar. Erstaunt betrachtete sie danach ihr Spiegelbild. Ja, das bin ich... Wie im Film zog ihr kurzes, aber doch bewegtes Leben vor ihrem inneren Auge vorbei. Alles floß in eines zusammen: Peter, Ronny, Olaf, Nasih, Henryk, der Schwangerschaftsabbruch, Manuelas Flucht aus der Klinik, ihre Eltern, das Meer, an dem sie die Freiheit suchte, und die Maueröffnung. Das Leben kam ihr wie halb beendet vor. Norman erbot ihr die Möglichkeit der anderen Hälfte. Sie erschauerte – vor Freude oder vor Furcht? Sie schrie plötzlich auf: »Frei!« Nun ja, heute erfüllte sich dieser Wunschtraum noch nicht, aber die Suche danach hatte ein Ende.

Am späten Vormittag trommelte Norman an die Tür. »Frische Brötchen!«

Anett streckte fröhlich den Kopf zur Tür hinaus; im Treppenhaus roch es nach Kohl und Zwiebeln.

»Oh, mit dem roten Haar siehst du wie meine kleine Schwester aus.«

»Du hast eine Schwester?«

»Leider nicht, aber ich hätte gerne Geschwister gehabt.«

Anett deckte den Frühstückstisch.

»Und weshalb bist du allein geblieben?«

Norman sah sie aus großen Augen an: »Du bist doch auch allein.«

»Jetzt nicht mehr.«

Norman schwieg. Ihm war, als fiele ihm ein Schleier von den Augen. Wie weit war er gegangen? Er hatte versucht, Anett für sich zu gewinnen, ohne über sein Land zu erzählen, ohne darüber nachzudenken, daß sie es ja wäre, die alles aufgeben müßte. Behutsam zog er sie an sich.

»Anett, überlege es dir gut! Wenn du mich begleitest, gibt es kaum ein Zurück. Ich wohne 100 Kilometer südlich von Auckland, in der Maori-Sprache heißt es ›Tamaki makau rau‹, das bedeutet ›die Braut mit den hundert Liebhabern‹.«

Sie zuckte leicht zusammen.

»Das stammt von den rivalisierenden Maori-Stämmen, die sich wegen Aucklands Buchten und der wichtigsten Landwege ständig in den Haaren liegen. Heute ist es eine kosmopolitische Stadt, alles etwas kleiner als hier, aber schöner. Mein Vater ist Arzt, meine Mutter Biologin. Sie gibt Seminare an der Universität. Meine Eltern leben in der Stadt und engagieren sich genauso wie ich und fast alle Menschen in Neuseeland aktiv für die Anti-Atompolitik und besonders gegen die französischen Atomversuche auf dem Mururoa-Atoll.«

Anett sah ihn bewundernd an. Sie fühlte sich auf einmal so unbeschwert, als wäre sie erst siebzehn und voller Neugier auf das Leben. Verträumt schaute sie aus dem Fenster in den Hinterhof hinunter. So weit hat mich noch keine Reise geführt...

»Für mich gibt es kein schöneres Land. Wenn du erst Neuseelands Weiden sehen kannst und die Schafe auf den Wiesen in der Ebene, wirst du es auch lieben.«

Er küßte ihren Nacken. Sie schloß die Augen.

»Ich sehe bereits alles vor mir.«

»Meine Eltern reagierten schockiert, als ich ihnen mitteilte, daß ich nicht studieren wolle. Ich wollte lieber Schäfer werden. Draußen in der Natur, da fühle ich mich wohl. Neuseeland ist durch seine Schafherden reich geworden. In den fünfziger Jahren galt es als drittreichste Nation, jetzt liegen wir unter Platz zwanzig, und alles nur wegen des EG-Beitrittes. Seitdem kaufen die Briten alles bei den europäischen Nachbarn. Deshalb bin ich nach England geflogen und anschließend in die Türkei. Dort züchten sie eine neue Rasse mit kleineren Schafen. Deutschland sollte für mich nur ein privater Ausflug sein.«

Er küßte sie.

Anett wußte, sie würde ihr Studio aufgeben. Sie konnte sich nicht vorstellen, Norman zu verlieren. Sie würde ihm folgen, egal wohin.

Seine Umarmung wurde heftiger.

»Du solltest dir die Lippen nicht so stark schminken.«

Hatte sie sich verraten? Sie wand sich aus Normans Armen.

Ich werde alles verheimlichen, alles verbergen müssen, dachte sie. Und wenn ich das Studio verkauft habe, werde ich nie mehr lügen.

»Du siehst so bedrückt aus.«

Anett starrte auf einen Punkt an der Wand. Sie wußte nicht, wie sie beginnen sollte. Sie fühlte sich hin und her gerissen. Gerne, zu gerne hätte sie ihm gestanden, wie ihr bisheriges Leben verlaufen war, doch das Risiko, ihn zu erschrecken, wollte sie nicht eingehen.

Endlich begann sie zögernd: »Mach dir keine Sorgen. Ich denke nur manchmal darüber nach, wie ich alles hier in die Reihe kriege, um meine Zelte abzubrechen.«

»Du würdest wirklich mitkommen?«

»Ja.«

Norman schloß sie begeistert wieder in die Arme.

»Weißt du, was du sagst?«

»Nie im Leben war ich mir so sicher wie jetzt«, antwortete sie. »Meine Eltern werden verzweifelt sein, aber ich bin ja nicht aus der Welt.« Sie sah ihn von oben an. »Und dir macht es gar nichts aus, daß ich sechs Jahre älter bin als du?«

»Wo die Liebe hinfällt, und wenn es auf den Misthaufen ist, da brennt's, pflegte meine deutsche Großmutter zu sagen.«

Er küßte sie innig. In Anett drehte sich alles: Ich bin bereit, mein Geld zu opfern, mein bisheriges Leben; solche wie mich gibt es viele. Sie schluckte die restlichen Gedanken hinunter.

Anett liebte die wenigen Nächte mit Norman sehr. Er war unvorstellbar gut im Bett. Leider mußten sie ihre Verabredungen häufig verschieben, denn nach wie vor bediente sie nachts fremde Männer, des Geldes wegen. Norman ahnte nichts, sie ließ sich die verrücktesten Ausreden einfallen: Einmal fuhr sie für zwei Tage zu ihren Eltern, ein andermal brauchte eine Freundin einen Babysitter.

Um so mehr sehnte sie die gemeinsamen Spaziergänge in den Abendstunden herbei. Stolz wie jede andere Frau in ihrem Alter ging sie neben Norman her. In einer Buchhandlung lagen Bücher über Neuseeland im Fenster.

»Sieh mal, das Buch brauche ich jetzt dringend.«

Norman zog sie weiter. »Wozu? Du wirst ja bald Gelegenheit haben, dieses Land in seiner natürlichen Schönheit zu erleben. Es ist genau auf der anderen Seite des Globus, dort, wo die Sonne von Norden her wärmt. Die Insel ist vom nächsten Nachbarn, Australien, fast zweitausend Kilometer entfernt.« Er lächelte. »Du wirst mir nicht mehr entrinnen können.«

Anett blieb stehen. »Du führst mich also in die Verbannung?«

Lachend schloß er sie in seine Arme. »Wenn du es so willst, ja.«

In einer Seitenstraße entdeckte sie ein Fachgeschäft für Leder-, Lack- und Latexbekleidung. Neugierig, für einen Moment ihre Liebe vergessend, trat sie näher. Sie verfiel in Bewunderung für die einzelnen Stücke.

Er sah ihre Begeisterung und fragte ohne Argwohn: »Du wirst doch nicht eine kleine Domina sein?«

Sie lächelte. »Nun ja«, sagte sie mit Pathos, »wer möchte nicht mal in die Rolle eines andern schlüpfen?«

Norman kaufte an einem Kiosk eine Zeitung und schlug den Anzeigenteil auf.

»Was ist los? Suchst du einen Job?«

»Deine Einwanderungsbescheinigung wird nicht nur eine kleine Weile dauern, sondern auch eine große Kleinigkeit kosten.«

Sie nahm ihm die Zeitung weg. »Das laß mal meine Sorge sein, ich mach' das schon.«

Ein Verwandter Normans arbeitete in der Neuseeländischen Botschaft in Bonn. Norman bat ihn, bei der Beschaffung der Papiere behilflich zu sein. Dieser versuchte, ihm klarzumachen, daß es sehr leichtsinnig sei, aus einer Gefühlsregung heraus einen solchen Schritt zu wagen, abgesehen davon, was das Unternehmen kosten würde.

Norman ärgerte sich. »Ich liebe sie, kannst du das nicht verstehen?«

»Und ob, mein Junge. Nur: Hast du es dir reiflich überlegt? Deine Eltern werden nicht begeistert sein.«

»Wie kommst du denn darauf? Sie kennen Anett ja gar nicht. Sie werden sie schon deshalb mögen, weil sie wie meine kleine Schwester aussieht.«

Der Onkel lachte dröhnend. »Ja, ja, dein Vater war früher oft in Deutschland!«

»Aber doch wohl nicht im Osten?«

»Gott bewahre! Also, mein Junge, dann buche einen Flug, alles weitere besprechen wir hier.«

Dorit lud zu ihrer ersten Fotoausstellung nach der Wende ein. Anett freute sich, als die verlorengeglaubte Freundin anrief.

»Du mußt unbedingt kommen. Einige Zeitungen haben mich bereits interviewt. Ich erwarte natürlich viele Leute und Käufer. Ich weiß auch schon, wie ich das Geld ausgeben werde. Ich fahre nach Marseille.«

»Nach Marseille?« fragte Anett verwundert. »Warum gerade dahin?«

Dorit lachte vor Vergnügen. »Wer kennt seine Pläne im voraus?«

Dorit besaß nicht nur die Begabung, zweideutige Bilder zu malen, sondern verfügte auch über eine angenehme Stimme, so daß sie gerne Schlager vor sich hin trällerte. Im täglichen Leben liebte sie keine Zweideutigkeiten. Sie war gutmütig und für die Gemütlichkeit wie geschaffen; sie vergötterte ihre Kinder, liebte ihren kleinen Garten und kunstvolle Handarbeiten. Dorit bedauerte Anett – aus einem erfolgreichen Model war eine Hure mit Herz geworden.

Anett beglückwünschte Dorit zu ihrer Vernissage. »Ich komme allerdings nicht allein.«

»Oh, das ist um so besser, ich freue mich über jeden Gast. Wer ist es denn?«

»Mein Freund.«

»Du hast einen Freund? Eine richtige feste Beziehung? Und wie sieht er aus? Was macht er?«

»Nicht alles auf einmal, laß dich überraschen. Er ist aus Neuseeland.«

»Sag bloß, ein Schäfer?« fragte Dorit lachend.

»Was hast du gegen Schäfer? Ja, er ist einer.«

»Mußtest du ausgerechnet an einen Schäfer geraten? Konnte es nicht ein Koch oder etwas anderes Normales sein?«

Anett schwieg. Dorit merkte sofort, daß sie eine Taktlosigkeit begangen hatte; sie erwartete eine beleidigte Antwort. Aber Anett sagte ruhig: »Ich werde mit ihm Deutschland verlassen.«

Die Verständigung wurde schlechter, Dorits Stimme klang kaum zu ihr durch. Sie rief: »Ich kann nichts verstehen, ist ja fast wie zu Ostzeiten. Ob die Stasi noch ein paar Leitungen heimlich in Besitz hat?«

Geräusche übertönten die Worte, auf einmal wurde es still, und Dorits Stimme klang so laut, als käme sie aus dem Nebenzimmer.

»Feind hört mit«, witzelte sie.

Anett geriet außer sich. »Komisch ist das nicht! Vielleicht belauscht uns jetzt der Verfassungsschutz? Oder haben wir nach all den Jahren der Spitzelei Wahnvorstellungen?«

Norman kehrte aus Bonn mit guten Nachrichten zurück. Sein Onkel wollte sich um alles kümmern. Er sah Anett an: »Jetzt wird es ernst; nur Narren spielen mit dem Schicksal.«

Die letzten Stunden vor der Ausstellung lebte Anett wie im Fieber; aus der Sorglosigkeit verfiel sie bisweilen in tiefste Verzweiflung, es könnte jemand ihr Geheimnis an Norman verraten.

»Was hast du?« Besorgt nahm er Anetts Unruhe wahr.

Sie lächelte kokett.

»Willst du mich verführen?« fragte er.

»Setz dich zu mir. Solange wir allein sind, möchte ich in dein Gesicht schauen, es regt mich an.«

»Du hast doch nicht etwa Angst, ich könnte...?«

»Wer weiß? Es sind bestimmt viele hübsche Mädchen in deinem Alter auf der Vernissage.«

Das Telefon klingelte, sie hatte vergessen, den Apparat umzustellen. Jetzt liefen die Kundenanrufe über ihr privates Telefon. Der Anrufbeantworter schaltete sich ein. Eisige Kälte kroch in Anett hoch, sie saß wie versteinert. Ehe sie ihn hindern konnte, hob Norman den Hörer ab. Eine Weile lauschte er, dann warf er ihn wütend auf die Gabel.

»So ein Schwein wollte wissen, ob eine Antonia bald wieder im Studio wäre, sie hätte es am besten gemacht.«

Er sah Anetts entsetzten Gesichtsausdruck.

»Du siehst ja aus, als säße dir der Teufel im Nakken. Mit so einem Gesicht kann man nur zu einer Beerdigung gehen. Komm, wir gehen in den Künstlerzirkus, da wirst du wieder fröhlicher. Und das Telefon stellen wir ab.«

Anett atmete auf. Offenbar hatte er keinen Verdacht geschöpft.

Dorit empfing sie überschwenglich aufgekratzt. Besonders Norman machte anscheinend einen großen Eindruck auf sie, denn sie ließ keinen Blick von ihm. Aufgeregt zog sie ihn am Arm durch die Räume an den Besuchern vorbei.

Anett folgte ihnen. Ihr Herz pochte rasend, als sie die ausgestellten Arbeiten erkannte: der Hurenstrich auf der Oranienburger Straße in Berlin Mitte. Sie zischte Dorit ins Ohr: »Halt bloß den Mund, er weiß nichts und ahnt nichts.«

»Dachte ich mir, so wie der aussieht. Ein irrer Typ, könnte mir auch gefallen. Wo hast du den nur her?«

Anett verdrehte die Augen. »Bestimmt nicht von da.« Sie zeigte auf eines der Bilder.

Ein Mann, der sein spärliches Haar zu einem Zopf gebunden trug, sprach sie an: »Hallo, Anett!«

Unsicher schaute sie ihn an, dann erkannte sie ihn. »Peter!« rief sie lauter als beabsichtigt.

Nach anderthalb Jahren standen sie sich wieder gegenüber. Anetts Begrüßungskuß fiel eher kühl als herzlich aus. »Wie geht es dir?« fragte sie höflich.

Dorit mischte sich strahlend ein: »Peter verändert jetzt die Welt. Die Bretter, die die Welt bedeuten, sind jetzt bei der PDS.«

»Du? Ausgerechnet du?« Anett schaute verblüfft. »Das zieht mir glatt die Schuhe aus.« Sie atmete tief durch, dann sagte sie: »Zum Glück geht mich die Politik nichts an. Ich wandere aus.«

Wie zur Bekräftigung ihres Entschlusses küßte sie Norman.

Dorit tat entrüstet. »Mußt du ihn denn unbedingt gleich bis vor seine Haustür begleiten?«

»Wir kennen uns lange genug, und ich glaube nun mal an Wunder.«

Norman sah sich nach der kleinen Bar um. »Soll ich uns was zu trinken holen?« Anett nickte dankbar.

Dorit sah ihm nach.

»Er gefällt dir?« fragte Anett.

»Und ob! Willst du ihn wirklich ganz für dich behalten?« scherzte Dorit.

»So etwas passiert mir nur einmal im Leben; ich halte ihn fest, so gut ich kann.«

»Hoffentlich gibt es kein böses Erwachen für dich.« Dorit zog ihre Freundin beiseite. »Hast du keine Angst, daß er herausfindet, daß du eine Hure bist?«

»Pst, sei still!« fuhr Anett sie aufgebracht an. »Oder hast du deinen Gästen schon erzählt, daß es auch ein Original zu bewundern gibt? Bestimmt! Deshalb brauche ich mich nicht zu wundern, daß ein Teil der Männer mehr mich als deine Bilder taxiert. Außerdem hast du keinen Grund, mich als Hure zu bezeichnen, du nicht!«

»Nun spiel nicht gleich die Beleidigte.«

»Ich spiele nicht die Beleidigte, weil man mich damit nicht beleidigen kann. Ich bin eine Hure.«

Dorit sah, daß einige Gäste zu ihnen herüberschauten. Wahllos packte sie Werbeprospekte übereinander, um ihre Aufregung zu kaschieren.

»Anett, wir kennen uns jetzt einige Jahre...«

»Du meinst, du kennst mich?«

»Ja, ich...«

»Arme Dorit, du weißt fast gar nichts von mir.« Sie ließ die Freundin stehen und ging zu Peter, der sich angeregt mit Norman unterhielt. »Wir haben uns ja seit unserer Begegnung im Kaufhaus nicht mehr gesehen«, sagte sie. »Gehörst du jetzt auch zu den Leuten, für die das untergegangene Teilchen Deutschlands wie eine goldene Sternschnuppe ist, an die sie ihre Wünsche und Hoffnungen gehängt hatten? Und sie kommen immer noch nicht los davon.«

Peter sprang in die Rolle des Diplomaten. »Da irrst du dich gewaltig, deshalb bin ich ja in die Politik gegangen. Nicht alles war schlecht bei uns.«

»Wo ist denn jetzt ›bei uns‹? Mir kommen die Tränen. Die Menschen sind eben verschieden, und viele klammern sich an das Vergangene. Ihr wollt nicht verstehen, daß die Zeiten anders geworden sind, du und diese Altkommunisten. Schielst du nicht bloß nach einem hochdotierten, krisensicheren Abgeordnetenplatz in Bonn? Politik hat dich doch all die Jahre nicht interessiert. Was weißt du denn überhaupt? Als Politiker, dazu in der Nachfolgepartei der alten SED, müßtest du erst mal die Politur verändern. Es fehlt denen nicht an Glätte, auch nicht am äußeren Anstrich, dafür an Glanz.«

»Man kann sich ändern«, verteidigte Dorit, die sich dazugesellt hatte, den alten Freund.

»Mit Smalltalk allein wirst du ihm nicht helfen, Dorit, du bist eine ehrliche Haut, aber er ist ein Phantast.«

Anett sah Peter ins Gesicht. »Du willst mich nicht verstehen. Als ihr damals aus dem Theater geflogen seid, war ich empört. Aber ich beschwöre dich: Vergiß die Politik! Die DDR ist tot! Werde kein Mensch der Vergangenheit, sonst bist du bald wie ein Fossil, das alle bestaunen, aber keiner will es haben, es sei denn, du findest einen Sammler wie deine Partei.«

»Nun reicht es aber, Anett«, mischte sich Dorit erneut ein. »So verflucht mies ging es uns wirklich nicht, man kann's auch übertreiben.«

Ergeben zuckte Anett die Schultern. »Das ist auch ein Grund, weshalb ich liebend gerne dieses Land verlasse. Ich habe keine Lust, die nächsten Jahre wie ein Rennpferd mit Scheuklappen von einer Bahn auf die andere gesetzt zu werden. Wie soll ich mich mit euch unterhalten? Ihr lebt in der Vergangenheit.«

Sie verabschiedete sich von Peter. »Verzeih, wenn ich dich beleidigt habe. Mir ist es schwer ums Herz, sehr schwer.«

Sie verließ mit Norman das Studio.

Auf dem Heimweg fragte er: »Wer ist Peter?«

»Ein Jugendfreund. Ihn hat das Schicksal verwöhnt, zunächst. Er ist ein Mensch mit großem Talent, ein guter Mensch. Was ist nur aus ihm geworden?«

Früher waren solche Worte Anett nicht in den Kopf gekommen. Sie hatte die Männer nach ihrem Talent im Bett beurteilt. Plötzlich wurde sie traurig; sie mußte an seine vergebliche Liebesmühe denken, an den Nußbaum und die Jugendspiele im Birkenhain... Zum Glück saßen sie im Auto, als zehn Minuten später ein Platzregen niederging – lärmend, ohrenbetäubend. Norman starrte angespannt auf die Fahrbahn; um etwas zu erkennen, mußte er Schritt fahren. Sie kamen durch Manuelas Wohngegend.

»Laß uns hier halten«, bat sie.

»Wo willst du denn hin?«

Anett lachte. »Hier wohnt meine beste Freundin, ich möchte, daß du sie kennenlernst.«

Norman parkte geschickt Anetts Wagen. Auf ihr Klingeln öffnete der Freund die Tür. Erstaunt schaute er auf die zwei regennassen Abendbesucher.

»Manuela liegt im Bett, sie ist krank.«

»Krank?«

Anett ließ sich verstört auf einem Stuhl nieder.

»Ja, sie hatte gestern einen schweren Anfall. Aber sie hat sich geweigert, sich in ein Krankenhaus bringen zu lassen.«

»Bitte, laß mich zu ihr, ich muß sie sehen. Was hat sie denn so aufgeregt?«

»Es ist wohl das verdammte Wetter. Sie mag die trübe Jahreszeit nicht. Dazu kam die Angst, in der Schule eine Prüfung zu verhageln. Du weißt doch, daß sie ihren Abschluß nachholen will?«

Anett nickte schuldbewußt. Ich hätte mich öfter um sie kümmern sollen, dachte sie. »Bitte, darf ich sie sehen?«

»Von mir aus, geh nur. Sieh dir das Häufchen Unglück an, vielleicht schläft sie auch.«

»Hast du ihr denn was zum Schlafen gegeben?«

»Ja.«

Anett lächelte. Sie kannte Manuelas Abneigung gegen Schlaf- oder Beruhigungspillen.

»Ach, das ist übrigens Norman, er kommt aus Neuseeland«, machte sie die beiden Männer bekannt.

»Neuseeland? Das ist ja ein Ding, dort habe ich ein Schuljahr verbracht«, hörte sie Mucky begeistert ausrufen, als sie die Tür zu Manuelas Zimmer öffnete.

Vor ihr lag ein Häufchen Unglück, die Augen geschlossen. Wie mager sie geworden ist, dachte Anett. Man sieht, daß es ihr schlechtgeht. Wahrscheinlich ißt sie kaum oder trinkt nichts, aus Angst, man könnte sie mit Medikamenten vollpumpen. Zärtlich sagte sie: »Meine arme Manuela.«

Wie auf ein Stichwort schlug Manuela die Augen auf. Verwundert blickte sie Anett an. Anett strich ihr über das verschwitzte Haar.

»Du Dummchen, was machst du bloß? Ich bin in großer Sorge um dich. Glaub bloß nicht, ich hätte jemals aufgehört, deine Freundin zu sein.«

Tränen schnürten ihr den Hals zusammen. Sie fürchtete, Manuela könnte ihre Schwäche bemerken.

Doch Manuela versuchte zu lachen. »Fang bloß nicht an zu heulen, ich bin noch nicht dem Tod von der Schippe gehüpft. Mucky übertreibt. Der hat ja keine Ahnung, was ich alles überstehe und überstanden habe.« Sie legte ihre matte, dünne Hand auf Anetts Unterarm. »Was macht dein Puff?«

»Du bist wirklich unverwüstlich«, stellte Anett kopfschüttelnd fest.

»Na, komm schon, erzähl mir eine Episode aus deinem Laden. Das hellt meine wenigen Lebensgeister eher auf als der ganze Schrott da auf meinem Tisch.« Sie deutete auf die Medikamente.

Anett überlegte. Kannte sie eine heitere Geschichte? Es gab viele komische Erlebnisse im Studio. Welche davon durfte sie Manuela anvertrauen?

»Wir sind zwar der letzte Abschaum der Gesellschaft, doch fürs Fernsehen immer noch geeignet. In den letzten Monaten liefen in fast allen Sendern Sex- oder Pornofilme. Vor kurzem haben sich ganz Schlaue gedacht, wenn sie die Zuschauer nun auch noch hinter die Kulissen eines Dominastudios blinzeln lassen, treibt es die Einschaltquoten in die Höhe. Plötzlich war es salonfähig, zu einer Domina zu gehen. Es hob das Selbstbewußtsein der Herren, sich in schwarzen Latex zu pressen und Intimschmuck zu tragen. Sogar ein Weihnachtsfest übertrug man aus einem Salon. An den Armen, Bäuchen, Hüften und Brüsten der Gäste klammerten Kerzenhalter, und das heiße Wachs tropfte auf die Haut. Die Leute fanden das anscheinend geil.«

»Geil? Heißes Wachs? Oh, wie pervers.« Ein abfälliges Lächeln huschte über Manuelas Gesicht.

»Ja, die Erotik hört erst da auf, wo die Gewalt beginnt. Aber jetzt was anderes. Willst du die Geschichte von meinem Hausklaven hören?«

»Haussklave? Was ist das denn?« Neugierig richtete sich Manuela im Bett auf.

»Oh, das würde dir auch gefallen. Der wäscht ab, geht einkaufen.«

»Wie praktisch! Und weiter?«

Anett legte den Finger an ihre Lippen. »Berufsgeheimnis.«

»Du bist ja gemein! Immer, wenn es spannend wird, hörst du auf.«

»Es war der letzte Gast, in den ich mich verliebt habe, ehe ich Norman kennenlernte.«

»Ja, ich weiß, du hast dich öfter mal in einen deiner Kunden verknallt. Waren das nicht alles Arschlöcher? Mit Männern, die du mochtest, hast du auch ohne Geld geschlafen, stimmt's?«

»Ja, ich war immer auf der Suche nach dem ganz großen Glück. Dummheit muß eben bestraft werden. Der Typ kam häufiger, brachte kleine, teure Geschenke, redete vom Verliebtsein, was ja auch ungewöhnlich ist, bis ich mit ihm im Bett landete.«

Manuelas Augen leuchteten. »Und? Wie war er?«

»Eine Pusteblume.«

»Pusteblume? Du meinst, er hat das Ding gar nicht hochgekriegt?«

»Jedenfalls nicht bei mir.«

»Du Ärmste, ausgerechnet bei dir!« Manuela lachte schwach.

»Dabei ist er angeblich Fallschirmspringer gewesen.«

»Siehst du, das sind dann unsere Helden. Sie fallen wie ein nasser Sack vom Himmel. Und wie ging es weiter?«

»Irgendwann ist er weggeblieben. Später rief er

nur noch an und verlangte Telefonsex. Ich warte heute noch auf mein Geld.«

»Der hat deine Gutmütigkeit ausgenutzt.«

»Jetzt halt dich fest! Neulich liegen Norman und ich vor dem Fernseher und schauen eine der blödsinnigen Talkshows an. Ich denke, ich sehe nicht richtig. Mein Fallschirmspringer ist ein ganz bekannter Mann.«

»Kenn' ich den auch?«

Anett nickte. »Du kennst ihn auch.«

»Bitte, verrat mir den Namen! Beim nächsten Anfall nehme ich das Geheimnis mit in die Gruft.«

»Spinnst du?« empörte sich Anett.

»Du mußt, sonst sterbe ich vor Neugier.«

Anett gab sich geschlagen. »Nur, wenn du mir versprichst, mich in Neuseeland zu besuchen.«

»Du wanderst aus?«

Sie beugte sich dicht zu ihrer Freundin hinunter und flüsterte ihr den Namen zu.

»So ein Schwein!« entfuhr es Manuela. »Klar kenne ich den, wer kennt den nicht? Da kann man mal wieder sehen. Der hat doch genügend Kohle, dem hätte ich ja Licht ans Knie gemacht. Zeig ihn doch an!«

»Das bringt nichts. Es sind schon Mädchen wegen viel weniger Geld tot aufgefunden worden. Nein, da düse ich lieber mit Norman davon.«

»Was macht dein Freund beruflich?«

»Er ist Schafzüchter.«

»Oh, wie niedlich. Ausgerechnet ein frommes Lamm wie du mußte an einen Schafzüchter geraten. Wenn das nicht Gottes Fügung ist.« Sie lachte hüstelnd auf. Dann wandte sie sich erschöpft zum Fenster. »Immer ist es schon dunkel draußen, wenn ich aufwache. Gefällt dir Mucky?« fragte sie nach einer kurzen Pause.

»Ich denke, er ist genau der Richtige für dich, und damit es dich stolz macht: Es ist gut, daß du ihn mir nicht früher vorgestellt hast.«

»Wirklich?« Manuela lächelte. »Wenn du noch ein bißchen bleibst, dann erzähl' ich dir den neuesten Witz.«

Anett streichelte ihre Wange. »Wenn du willst.«

»Wie macht man einen Ossi?«

Anett schüttelte den Kopf. »Weiß ich nicht.«

»Also gut. Man nehme ein bißchen Stroh und etwas Scheiße, nicht zuviel Scheiße, sonst wird's ein Wessi.«

Sie lachten beide hellauf, so daß Manuelas Freund erstaunt zur Tür hereinschaute.

»Gib mir bitte ein Glas Wasser«, bat Manuela.

»Ich mach' das schon, geh nur«, sagte Anett.

Sie goß einen kräftigen Schluck Selters ins Glas und stützte Manuelas Kopf beim Trinken. Sie war ihr so nahe, daß sie ihren Geruch wahrnehmen konnte. Sie sah das immer noch matte Lächeln in ihrem Gesicht, dann fiel Manuela erschöpft in sich zusammen. Werde ich sie je wiedersehen? fragte sich Anett, als sie in der Tür stand und noch einmal zurückschaute.

Anetts letzter Arbeitstag begann wie gewöhnlich. Längst waren alle Utensilien verkauft, auf die ihre Nachfolgerin keinen Wert legte. Es hatte sich rasch eine Interessentin für das Studio gefunden. Anett ließ das kleine Radio laufen, sie lag auf der Lederliege, rauchte und überlegte: Hier sind Spitzenleistungen der französischen Liebeskunst vollbracht worden. Viele Geheimnisse schwirren in diesem Raum. Es tut mir nicht weh, zu gehen.

An der Tür läutete es. Ein verängstigt aussehender, älterer Herr stand davor. Fest umklammerte er einen braunen, abgewetzten Geigenkasten, den er wie einen Schutzschild vor seinen Körper hielt.

»Willst du zu mir?« fragte Anett verwundert, denn sie hatte zu dieser frühen Abendstunde nicht mit einem Gast gerechnet.

»Wenn Sie Antonia sind? Sie sind doch Antonia?«

Anett nickte. Der Mann blieb in der Mitte des Zimmers stehen und sah sich um.

»Setz dich«, sagte sie freundlich.

Er schien jeden Augenblick umfallen zu wollen.

»Tut das auch nicht weh?«

»Du hast mir gerade noch gefehlt. Weißt du denn überhaupt, wo du dich befindest?«

»Ja, ja«, nickte er eifrig. »Ich habe das mal im Fernsehen gesehen. Das würde mir schon gefallen.«

»Na also. Es kommt drauf an, was du willst.«

Anett wußte, daß dies wieder einmal so ein Gast war, der eigentlich hier nichts zu suchen hatte. Sie arbeitete nicht gerne mit diesen »Ausrutschern«, wie sie diese Männer nannte. Womöglich schrie so einer das ganze Haus zusammen, das konnte sich keine aus ihrer Branche leisten. Ungewöhnlich sanftmütig sagte sie: »So, nun stellen wir erst mal das gute Stück beiseite und ziehen dich aus.«

Sie griff nach dem Kasten.

»Vorsicht!« rief er, als er sah, wie lieblos sie die Geige auf den Boden stellen wollte.

Auf seinem zerfurchten Gesicht lag ein feinsinniges Lächeln, das auch nicht verschwand, als er sich bedächtig entkleidete. Mit der Garderobe legte er nicht nur die äußere Schale, sondern auch die schlechte Haltung ab. Vor ihr stand ein Mann, der zweifellos auf sich achtete. Kein Gramm Fett saß dort, wo man einen Bauch vermutet hätte.

»Ja, da staunen Sie, nicht wahr? Um mich fit zu halten für mich und meine Annerose« – er deutete auf den Kasten und küßte ihn – »spiele ich regelmäßig Tennis. Sport hält den Geist und Körper jung.« Behutsam nahm er die Geige aus dem Kasten. »Ich liebe Musik, sie ersetzt mir die Freundin.«

Dann begann er zu spielen. Bach. Ergriffen hörte Anett zu. Sie schloß die Augen. Welch ein Glück, daß ich zur Besinnung gekommen bin, dachte sie. Ich muß retten, was noch zu retten ist. Sie lauschte dem Abschiedskonzert. Als sie die Augen öffnete, kam ihr der Geiger wie ein Überbleibsel aus fernen Zeiten vor. Er gab ihr das Geld mit einer tiefen Verbeugung und dankte für das wundervolle Konzert, das er ihr zu Ehren geben durfte. Anett verbarg den Spott in ihren Augen, sie wollte ihn nicht verletzen. Nachdem er sich angezogen hatte und gegangen war, geschah etwas Ungewöhnliches mit ihr. In dem nüchternen Arbeitszimmer neben der schwarzen Liege brach Anett in Tränen aus.

Anderthalb Monate später lagen alle notwendigen Papiere zur Auswanderung bereit. Der Zufall wollte es, daß Anett in einer Tageszeitung die Stellenanzeige eines internationalen Optikkonzerns fand, der dringend einen Glasbläser für Neuseeland suchte. Ihre Bewerbung wurde angenommen und sicherte ihr die finanzielle Unabhängigkeit von Norman.

»Wer hätte gedacht«, sagte sie zu ihm, »daß mir

die Ausbildung im Osten einmal von Nutzen sein würde.«

Drei Tage vor der Abreise kamen Anetts Eltern nochmals zu Besuch. Ein letztes Mal bereitete sie ihnen einen schönen Abend. Sie gingen zu viert in die Kunstbibliothek zur Eröffnungsausstellung von XTC-Ecstasy-Tanzfotografie von D. Blum im Dialog mit der Tanzfotografie der zwanziger Jahre.

In der Eingangshalle des Museums für europäische Kunst spielten die Berliner Philharmoniker das ›Canzone Cornetto‹ von Samuel Scheidt. Anett setzte sich zu Norman. Ihre Eltern hatten in der zweiten Reihe Platz genommen.

Wie immer kamen Normans Liebkosungen unerwartet, so auch diesmal. Kaum war der letzte Ton verklungen, sah er sie versonnen an, bog ihren Kopf etwas zurück und küßte sie vor aller Augen. Ein wunderbares Gefühl der Geborgenheit beschlich Anett, einen Mann neben sich zu haben, der sich ihrer in der Öffentlichkeit nicht schämte. Er streichelte verstohlen ihren weißen Schenkel und bewegte die Lippen – er wollte etwas Liebes sagen, es gelang ihm nicht, da Anett ihm zuflüsterte: »Herr Neuseeländer, Ihre Hand ruht nicht da, wo sie eigentlich hingehört.«

Er biß ihr zärtlich ins Ohrläppchen. »Und wo gehört sie hin?«

»Später.«

Der Abend war mild, so daß sie noch einen Spaziergang in die Innenstadt machten. Engumschlungen liefen Anett und Norman neben den Eltern her. Als sie vor einem Hochzeitsausstatter stehen blieben, lächelte der Vater, und die Mutter sagte: »Vielleicht bekommen wir doch noch ein Enkelkind.«

Norman bot sich an, die Eltern zum Bahnhof zu bringen. Anetts Vater fuhr aus Altersgründen schon lange nicht mehr Auto. Der Abschied löste Mutter und Tochter in Tränen auf. Anett versprach, recht bald wieder nach Deutschland zu kommen.

Der Vater lächelte weise. »Nun flieg erst mal fort…«

Anett blieb daheim, zu sehr bedrückte sie der Abschied. Sie begann die Wohnung aufzuräumen.

Norman besaß die Angewohnheit, seine Sachen dort fallen zu lassen, wo er sie gerade auszog. Gedankenverloren hob sie seine Jacke vom Boden auf. Bis auf wenige Kleidungsstücke war bereits alles im Koffer verstaut. Aus der Innentasche rutschte die Brieftasche, mehrere Fotos fielen heraus. Achtlos sammelte sie die Bilder auf, eines war unter ein Tischbein gerutscht. Um es nicht zu beschädigen, hob sie den Tisch ein wenig an. Ihre Aufmerksamkeit wurde auf einen Mann auf dem Foto gelenkt, der dicht neben Norman stand. Er trug ein großes Schaf auf seinen Schultern. Was war es, was sie an diesem Mann so sehr fesselte?

Verwirrt nahm sie die Fotografie an sich und betrachtete die Aufnahme von nahem. Der Mann sah prächtig aus. Irgend etwas in seinem bärtigen Gesicht erinnerte sie an jemanden. Aber an wen? Wie alt mochte er sein – vielleicht dreißig? Das schulterlange, wellige, dunkle Haar, der dichte Bartwuchs ließen keine genaue Schätzung zu. Allerdings ein Schmunzeln konnte der Bart nicht verbergen. Auch sein Blick erinnerte sie an jemanden, aber an wen nur?

Das Bild ließ sie nicht los. Sie beschloß, Norman danach zu fragen. Kaum hatte er die Wohnungstür aufgeschlossen, hielt sie ihm die Fotografie entgegen. »Wer ist das? Mit wem stehst du da?«

Norman begann mit einer für ihn ungewöhnlichen Leidenschaft zu reden: »Ein Freund, mein bester Freund. Wir haben uns vor acht Jahren kennengelernt, er ist Tierarzt. Da fällt mir ein, nein, daß ich nicht eher daran gedacht habe!« Norman schlug sich gegen die Stirn: »Er ist auch aus dem Osten, aber schon vor Jahren geflohen. Er redet selten darüber. Jedenfalls hat er während des Studiums einen Fluchtversuch unternommen, der verraten wurde. Drei oder vier Jahre saß er wohl wegen Republikflucht im Gefängnis, ist dann von der Bundesrepublik freigekauft worden und sofort ausgewandert. Ronny haßt Deutschland. Ihr werdet euch bestimmt gut verstehen.«

Anett ließ die Fotografie fallen. Ronny! Sie versuchte, ihre Gedanken zu ordnen, doch es war unmöglich; sie wimmelten wie Fische im Wasser durcheinander. Sie begriff nur das eine: Ich werde Ronny wiedersehen!

Anett hob das Bild auf und reichte es ihm. »Ich fand es beim Aufräumen.«

Langsam kam sie wieder zu sich. Dann stammelte sie schüchtern wie ein Kind, dem man ein Geschenk in Aussicht stellt: »Was soll ich dazu sagen? Ich freue mich, deinen Freund kennenzulernen.«

Nun wußte sie, weshalb sie Ronny nicht im Internat angetroffen hatte.

In dieser Nacht sah sie Ronny im Traum. Er hatte sie vergessen. Sie wollte ihn lieben, doch sie konnte es nicht. Er blieb kalt. Anett wälzte sich unruhig hin und her, sie sprach im Schlaf, schlichte, kindliche Worte, mit denen Norman nichts anzufangen wußte.

Am folgenden Morgen erwachte sie spät. Die Sonne schien durch die kleinen Oberlichter des großen Fensters. Das Leben war schön! An diesem Morgen gefiel ihr alles, sowohl der alte Hinterhof als auch der Lärm im Treppenhaus. Sie wäre fähig gewesen, alles zu umarmen. Selbst der Hausmeister mit seinem Gebrüll »He, Kinder! Ruhe!« konnte sie nicht aus der Fassung bringen.

Sie strahlte Norman an. »Die Schlacht der Paß- und Zollkontrollen kann beginnen.«

Er küßte sie und nahm im Hinausgehen den letzten Pfirsich aus der Obstschale. »In einer Stunde bin ich mit dem Taxi da.«

Sie wartete, bis die Tür klappte, dann stellte sie sich rauchend ans geöffnete Fenster. Ein dunkelhaariges Mädchen, Anett schätzte es auf höchstens sechzehn Jahre, stolzierte in hochhackigen, giftgrünen Schuhen über die Terrasse der Dachgeschoßwohnung von gegenüber. Der jugendliche Körper bewegte sich fast schlangenartig, als wolle er sich des engen, pinkfarbenen Stretch-Minikleides entledigen. Sieht aus wie eine vom Babystrich, dachte Anett. Vor den Korbsesseln blieb das Mädchen stehen. Achtlos streifte es die Schuhe ab, ließ sich lässig nieder und schloß die Augen. Sie streckte die Füße aus und wandte das Gesicht der Sonne zu.

Nie zuvor hatte sich Anett die Zeit genommen, das morgendliche Treiben im Haus gegenüber zu beobachten. Aus ihrem Blickwinkel ähnelte das Dachgeschoß mit seinem massiven Geländer einer Festung, auf der soeben der Hausherr erschien. Ein hochaufgeschossener, dünner Mann mit einem im Vergleich zu dem langen Körper winzigen Köpfchen. Er trug eine pompöse, goldbraune Sonnenbrille, zwischen den Zähnen hielt er eine langstielige gelbe Rose. Vorsichtig balancierte er ein Frühstückstablett durch die Sitzmöbel. Das Mädchen nahm keine Notiz davon, gleichmütig sonnte es sich weiter. Der Mann zog merklich die Stirn in Falten. Durch die Blume im Mund zum Schweigen verdammt, gelang es ihm nicht, das Mädchen zur geringsten Hilfeleistung zu ermuntern.

Als er den Tisch erreichte, passierte es. Die Kellnereleganz verwandelte sich in eine zirkusreife Akrobatiknummer, als er über den ausgestreckten Fuß des Mädchens stolperte. Das Tablett fiel klirrend zu Boden, Tassen, Teller, Gläser und die Sektflasche zerschellten auf den Terrazzoplatten. Ein Ei flog über die Regenrinne und klatschte nach dem freien Fall in die Mitte des sauber gefegten Hofes. Der Apfelsinensaft lief durch ein Leck im Abflußrohr orangefarben an der Hausfassade hinunter.

Anett fürchtete einen ihrer Lachanfälle und trat einen Schritt zurück. Das Mädchen schrie hysterisch auf, an ihrem Busen klebte Konfitüre.

»Verdammt«, jammerte er, »ich habe mir einen Dorn in den Fuß getreten.«

Das Mädchen hob die Rose auf und schleuderte sie dem Ei hinterher. »Deine Schuld, was läufst du barfuß.«

Sie schlüpfte in ihre Schuhe, stand auf und wandte sich zum Gehen.

»Du kannst doch jetzt nicht abhauen!« rief er empört.

»Hör mal, Alter, wir hatten eine Nacht, vom Frühstück war keine Rede. Also zick jetzt nicht rum und laß mich gehen.«

»Aber...«

»Nichts aber. Hör bloß auf.«

Das Mädchen gähnte und verschwand von der Bildfläche.

Anett atmete tief durch. Es war doch immer wieder und überall dasselbe. Sie schloß das Fenster und musterte das Zimmer, um sich zu vergewissern, daß sie nichts vergessen hatte.

Die Schranktüren standen noch offen. Zwischen den Jacken, die sie nicht mehr brauchte, fand sie eines ihrer ersten Latexkleider. Das enge Mieder ließ die Brüste praller erscheinen, als sie in Wirklichkeit waren. Weshalb es noch im Schrank hing, wußte sie nicht. Einer albernen Eingebung folgend, zog sie ihre Jeans aus, streifte noch einmal das Kleid über, kämmte sich die Haare streng nach hinten und betrachtete sich ausgiebig im Spiegel.

Da klopfte es an der Tür. Wer konnte das jetzt noch sein? Zögernd öffnete sie; ein Fremder stand vor ihr.

»Guten Tag, mein Name ist Bunzlau, ich bin der Makler. Ich komme wegen der Wohnung. Die ist doch frei?«

Anett erkannte sofort, daß er bei ihrem Anblick mit anderen Gedanken beschäftigt war. Seine Blicke glitten an ihrem kaum bedeckten Körper hin und her. An den Handschuhen, die sie gerade überzog, blieben sie haften. Anett schloß für wenige Sekunden die Augen. Der Mann wirkte steif und arrogant. Es sah so aus, als stelle er sich extra in Positur. Seine übertrieben lässige Kleidung aus Leinenstoffen ließ ihn schlampig statt sportlich erscheinen. Das spärliche graue Haar lag ordentlich über seine Stirnglatze gekämmt. Der Mund stand leicht offen, als wolle er sabbern. Seine kleinen braunen Augen hatten einen stechenden Blick, der abstieß.

Ein Schoßkriecher, durchzuckte es Anett. Ein Mann, der über Leichen geht, um an sein Ziel zu gelangen. Einer jener Männer, die gerne mal wollen, sich aber nicht trauen, die Frauen wie mich verachten, die glauben, der Titel eines Berufes befreie sie von jeder Moral. Dabei fürchten sie die Entdeckung wie der Teufel das Weihwasser. Sie würden alles leugnen, bis zum letzten Atemzug.

Sie würde ihn einschüchtern und, wenn es nötig war, fesseln. Er würde alles geschehen lassen, um es wenigstens ein einziges Mal zu erleben, da war Anett sicher. Sie sah seinen Kopf rot anlaufen, er begann zu schwitzen. An der Krawatte zog sie ihn ins Zimmer.

»Ausziehen!« Seine Trägheit mißfiel ihr. »Hat dir deine Mutter nicht beigebracht, wie man sich auszieht?«

Sie griff nach den Nylonseilen, die, vom Packen übriggeblieben, auf einem Stuhl lagen. Ohne Federlesens fesselte sie ihn. Willig ließ er mit sich machen, was sie wollte. Zusammengekauert kniete er vor ihr.

Sie höhnte: »Wo ist der Mann, den du mir vormachst? Wo?«

Er sah sie an. Seinem menschenverachtenden Blick vermochte sie nicht zu widerstehen. Wutentbrannt schlug sie zu. Verbissen keuchte er: »Du kleine Nutte!«

Erbarmungslos schwang sie das Seilende. Er schwitzte fürchterlich und roch. Urplötzlich erinnerte sie sich an die Nacht mit Olaf in der Scheune. Sie hatte sich all die Jahre selbst betrogen, doch jetzt begann sie zu begreifen. Sie konnte nichts mehr verlieren. Angewidert betrachtete sie die nackte Gestalt. »Mund auf!«

Sie steckte ihm ein Taschentuch hinein. Erneut peitschten die Schläge. Sie, die bisher den Männern das strenge Ritual der Lust diktiert hatte, verlor die Kontrolle über sich. Mit einem Mal packte sie das Grausen, ihr wurde unheimlich. Warum verliere ich den Kopf? dachte sie. Sind das die Nerven? Was mußte der mir auch über den Weg laufen? Was will ich von ihm? Ja, sie sollen ihn in seiner Jämmerlichkeit sehen. Abrupt hörte sie auf.

Eilig kleidete sie sich um. Mit einer Zigarette in der Hand trat sie wieder zum Fenster. Nachdem sie sich beruhigt hatte, nahm sie dem Mann den Knebel aus dem Mund und ging in die Küche, um Mineralwasser zu holen.

An der Haustür klingelte es.

Norman, dachte sie erlöst.

»Wer ist da?« fragte sie über die Sprechanlage.

»Das Taxi!«

Sie steckte das Fotoalbum in die Tasche, klemmte sich den Affen unter den Arm und ergriff den Koffer. Achtlos stieg sie über die am Boden liegende Gestalt hinweg. Den Wohnungsschlüssel warf sie in Kaschunkes Briefkasten.

Als der Hausmeister eine halbe Stunde später die Wohnungstür aufschloß, fand er das am Boden liegende »Abschiedsgeschenk«.

**Band 12610**

**Elizabeth Palmer**

**Intimitäten**

**Ein brillanter Roman aus dem Künstlermilieu**

Das Galeristenpaar James und Victoria Harting hat zur Dinnerparty eingeladen. Unter den Gästen befinden sich auch der Künstler Jack Carey und dessen Frau Ellen. Kurz vor Ende steckt Jack der attraktiven Tessa, der Schwester des Gastgebers, in eindeutiger Absicht seine Visitenkarte zu. Tessas eifersüchtigem Ehemann Alexander entgeht dies nicht.
Auch Ginevra, Victorias Freundin aus Unizeiten, beobachtet aufmerksam das Geschehen. Doch nicht einmal sie kann die schockierenden Ereignisse vorhersehen, die sich über ihnen zusammenbrauen ...

BASTEI LÜBBE

**Band 12619**

**Gamîla Ghâli**

## Myrte und Rose

**Die Geschichte einer wunderbaren, innigen Liebe**

Fürst Hâmid el-Ghâzi rettet einen Knaben bei einem Sklavenhändler vor der Kastration und nimmt ihn mit sich. Zwischen den beiden entwickelt sich eine tiefe Zuneigung, eine Liebe, die auf vollkommener Hingabe basiert und doch rein und keusch ist.
Da taucht Emir Hussein auf, der Knaben den Frauen vorzieht. Als er Shahîn kaufen will, lehnt der Fürst den Handel strikt ab. Voller Zorn verbündet sich der Emir daraufhin mit Hamids ungeliebtem Sohn und verwickelt das Heer des Fürsten in einen erbitterten Krieg. Doch die Liebe ist stärker als alle Macht der Welt.

BASTEI LÜBBE

**Band 12626**

**Una Mary Parker**

**Triumph der Unschuld**

**Roman einer traumhaften Liebe, die jäh zerstört wird**

Mit Disziplin und Intelligenz hat die junge Beverley Franklin ihr Studium gemeistert und arbeitet nun erfolgreich in einer New Yorker Public-Relations-Agentur. Als sie dann auch noch in Anthony Amesbury, dem Abkömmling einer alten englischen Adelsfamilie, den Mann fürs Leben findet und ihm einen Sohn schenkt, scheint ihr Glück vollkommen. Doch schon zu Beginn ihrer Beziehung hat sich Beverleys Chefin in Anthony verliebt und glaubt aufgrund der Weissagung von Tarotkarten, Anspruch auf ihn zu haben. Der Wahnsinn der Widersacherin geht so weit, daß sie nicht einmal vor Mord zurückschreckt...

BASTEI LÜBBE